AtV

Danielle Thiéry, geboren 1947, zwei Kinder, Kriminalkommissarin in Paris und in den siebziger Jahren die erste Frau an der Spitze eines französischen Kommissariats. 1991 findet sie endlich die Zeit zu schreiben. Seitdem hat sie eine Fernsehserie entwickelt, an mehreren Fernsehproduktionen mitgearbeitet, einen autobiographischen Roman (Prix Bourgogne 1997) und sieben Krimis (Prix Polar 1998) geschrieben. Jahrzehntelange Tuchfühlung mit dem Verbrechen, große Menschenkenntnis und ein Händchen für spannende Plots ergeben jene unverwechselbare Mischung, mit der sie sich bereits eine stattliche Fangemeinde erobert hat.

Im Aufbau Taschenbuch Verlag erschien bisher ihr Roman »Der tödliche Charme des Doktor Martin«.

Edwige Marion, ihr neuer, viel zu netter Freund Gilles und ihre Tochter Nina freuen sich auf die wohlverdienten Ferien am Meer. Doch da bekommt Marion eine mysteriöse Lieferung von fünfzehn Kartons ins Haus. Sie enthalten die Habseligkeiten eines alten Freundes ihres früh verschiedenen Vaters, Gustave Léman, der wenige Tage zuvor ermordet wurde. Das unverhoffte Erbe birgt nicht nur ein paar unangenehme Überraschungen zu Marions eigener Vergangenheit, es könnte auch gewisse hohe Polizeifunktionäre in Bedrängnis bringen. Als Marion merkt, daß sie verfolgt und ihr Telefon abgehört wird, weiß sie, daß sie mal wieder auf eigene Faust ermitteln muß, um die unbequeme Wahrheit ans Licht zu zerren. Zwischen Lyon, Dijon und einem verschlafenen Dörfchen im Burgund nehmen ihre Ferien einen etwas weniger geruhsamen Verlauf als erwartet.

Danielle Thiéry

Der letzte Klient des Maître Renoir

Roman

Aus dem Französischen von Sabine Schwenk

Aufbau Taschenbuch Verlag

Die Originalausgabe unter dem Titel
Origine inconnue
wurde 2001 von Editions Robert Laffont/Susanna Lea Associates veröffentlicht.

ISBN 3-7466-1982-3

1. Auflage 2003

Einbandgestaltung und Foto Torsten Lemme
Druck Elsnerdruck GmbH, Berlin
Printed in Germany

www.aufbau-taschenbuch.de

Für Pierre und Eric Meillant, vielen Dank …

Das Leben ist eine ruhige Hölle …

1

Ein Luftzug fährt raschelnd durch die vergilbten Papierfetzen, die verstreut auf dem Boden liegen. Graue Wollmäuse drehen sich träge im Kreis, während ein Stockwerk höher ein Fenster leise im Wind klappert.

Dem alten Mann mit dem nackten Oberkörper ist plötzlich kalt. Seine falschen Zähne schlagen aufeinander, und der Schmerz, der ihm die Brust zusammenschnürt und seinen linken Arm gefühllos macht, wird immer heftiger. Er schließt die Augen, preßt die trockenen Lippen zusammen. Seine Kehle brennt, er ist durstig. Hinter dem Rücken spürt er seinen Peiniger, der sich schwer atmend an etwas zu schaffen macht, und das durch Mark und Bein gehende Geräusch von Metallteilen, die aneinander reiben, läßt ihn das Schlimmste befürchten.

Unmerklich bewegt sich die Luft. Ein fauliger Atem dringt ihm in die Nase. Er ist da. Das Gesicht dicht vor dem des Alten, sieht er ihn aus seinen Fuchsaugen an. Er streckt die rechte Hand zu den Wunden hin, aus denen Blut sickert, drückt einen Fingernagel in den Krater, den ein Zigarillo gegraben hat.

Der Alte bäumt sich auf, unterdrückt einen Schrei. Lieber verrecken, als seine Qualen zur Schau stellen. Lieber sterben, als auch nur ein bißchen nachgeben. Sterben, ja, er will jetzt nur noch sterben, und zwar so schnell wie möglich.

Die linke Hand des Kerls wird sichtbar, sie umklammert den Griff eines Messers, dessen lange, gebogene Klinge an die Dolchattrappen arabischer Reiterspiele für Touristen erinnert. Aber diese Klinge ist aus Stahl, auch wenn sie kaum glänzt im langsam ersterbenden Tageslicht, das durch die schmutzigen Scheiben dringt.

»Also? Willst du die Frage noch einmal hören?«

Die Klinge, scharf wie ein Rasiermesser, nähert sich dem entstellten Gesicht, dessen unzählige Falten trotz des Dämmerlichts deutlich zu erkennen sind. Am Kinn hält sie inne, gleitet dann über die von schütteren Bartstoppeln bedeckte Wange, streicht sanft über die schmale Nase des Alten und zieht dabei eine feine, rosafarbene Spur, auf der winzige Blutstropfen perlen. Unter dem rechten Auge macht sie halt, scheint zu zögern, ehe sie einige Millimeter tief in die welke Haut der unteren Lidfalte eindringt. Der Schmerz läßt den alten Mann zusammenzucken; plötzlich wird ihm auch das Brennen der langen Schnittwunde bewußt.

»Ich will eine Antwort, sonst pflück ich dir das Auge raus. Erst das hier, und dann das andere. Kapiert?«

Der Alte lächelt unmerklich. Er hat keine Angst. Er hatte noch nie Angst, weder vor Schmerzen, noch vor dem Tod. Er ist am Ende seines Weges angelangt.

Er sammelt seine Kräfte und einen letzten Rest Speichel, indem er die Lippen bewegt, als versuchte er zu sprechen. Der Folterknecht läßt sich täuschen und beugt sich vor, um dem Geständnis zu lauschen, auf das er seit Stunden hofft. Der Speichelstrahl, der nach gebratenen Zwiebeln und Kohlsuppe riecht, landet unter seiner Nase. Von dort läuft er ihm direkt über die Lippen, die aufgrund der ständig verstopften Nase immer ein wenig geöffnet sind. Er schreckt zurück, fährt sich mit der freien Hand übers Kinn, während er wutentbrannt den stinkenden Schleim des Alten ausspuckt.

»Du alter Dreckskerl! Das wirst du mir büßen!«

»Vollidiot …« murmelt der gefesselte Mann.

Wie gern hätte er seine Verachtung und seinen Abscheu hinausgeschrien, doch seine Kräfte verlassen ihn. Der Schmerz in der Brust blockiert die Atmung. Er versucht weiterzuatmen, nur noch ein bißchen Luft zu bekommen, um den Unmut seines Peinigers gebührend auszukosten. Doch ein rötlicher Schleier legt sich über seine Augen, ein schillernder Endorphinnebel, der die Angst verhüllt und dem Tod ein wenig von seinem Schrecken nimmt. Dem Tod, denkt er, während tief in seiner Brust etwas zerbirst.

Die Klinge des Dolches kehrt an ihren Platz unter dem Auge zurück und dringt tief in die Lidfalte ein. Blut spritzt aus der Wunde, doch der alte Mann rührt sich nicht. Wutschnaubend zerschneidet der Folterknecht die Haut rings um die Augenhöhle, ohne auf den geringsten Widerstand zu stoßen.

»Ich werd dir dein Glupschauge schon zeigen ... Gleich fällt's dir in den Schoß!«

Keine Reaktion, nicht das leiseste Zeichen von Schmerz. Als er so tief in die Augenhöhle eingedrungen ist, daß er den Sehnerv berührt, geht ein Ruck durch den Körper des Alten, ein Reflex, durch den sein Kopf nach hinten kippt. Getragen von einer lauwarmen Blutfontäne springt das Auge heraus, landet auf der Hand, die das Messer hält, prallt ab und fällt mit einem leisen Klatschen auf die abgewetzten Steinplatten.

Der alte Mann bewegt sich nicht, gibt keinen Laut von sich.

Nur sein Mund öffnet sich leicht, und als der Folterer auf das gesunde Auge blickt, das starr die schmutzige Zimmerdecke fixiert, begreift er, daß der Alte ihn ein letztes Mal geschnitten hat.

2

Die Morgendämmerung erinnert an das Ende tropischer Nächte. Ein feuchter, schwüler Lufthauch bläht die Gardinen vor dem weit geöffneten Fenster, in der Ferne grollt ein Donner. Marion schlägt langsam die Augen auf. Es wird hell über den Hügeln und Feldern; das Zimmer ist von Düften erfüllt, die der jungen Frau ein tiefes Glücksgefühl geben. Eigentlich würde sie gern die Beine ausstrecken, um sich ein wenig abzukühlen, aber sie rührt sich nicht, sondern genießt das Gefühl totaler Erfüllung, in das sie der gleichmäßig atmende, dicht an sie geschmiegte Körper an ihrer Seite versetzt.

Ein Nachtvogel begrüßt den nahenden Tag mit einem besorgten Ruf; der Wind wird stärker. Der dünne Vorhang am Fenster weht zu Marion herüber, streift ihre feuchte Haut. Sie schaudert, und der Mann scheint es im Schlaf zu spüren, denn seine Hand, die entspannt auf ihrer Hüfte ruht, bewegt sich unmerklich. Die junge Frau hat es bemerkt und wird sogleich von einem Verlangen erfüllt, das sie alles andere vergessen läßt: Sie will, daß Leben in diese Hand kommt, daß diese Hand sie dort berührt, wo sie ganz Frau ist. Ihr Bauch beginnt zu beben, wird heiß. Sie rückt näher. Kaum ein paar Zentimeter, und sie holt ihren Gefährten in die Welt der Lebenden zurück. Noch halb im Schlaf schiebt er sich zwischen die Schenkel der jungen Frau, die aufstöhnt und sich seiner zärtlichen Berührung öffnet. Die Begierde, die ihren Körper wie eine Welle überspült, läßt sie erzittern. Sie gibt sich ihrer Lust hin. Ihr Körper bäumt sich auf.

Draußen zucken kurze Blitze über den Horizont.

3

Dicke Gewitterwolken ballen sich am grauen Himmel. Aus der Ferne ertönt seit Stunden ein Donnergrollen; der Wind fegt durch das Tal und über die Hänge des »Bergs«, peitscht über die Wacholderhecken längs der schmalen Straße, die sich in engen Serpentinen zum Haus hochschlängelt. Durch das Küchenfenster betrachtet Marion die Kiefern; sie stemmen sich dem nahenden Sturm entgegen wie ein zerbrechlicher Wall, der den Gemüsefeldern und einer Handvoll Schafen und Kühen so gut es geht Schutz gewährt. Entspannt genießt sie die Gewitterstimmung, und ihr Alltag, die Kripo, die laufenden Fälle könnten ferner nicht sein.

Kommissarin Edwige Marion, von allen kurz Marion genannt, ist all das, was außerhalb ihrer kleinen, privaten Welt geschieht, in diesem Moment herzlich egal.

Nichtsdestotrotz streckt sie automatisch die Hand aus und drückt auf den grünen Knopf ihres Radios, das auf France Info eingestellt ist. Im Wetterbericht ist von einem Tief die Rede, das von Westen her näher kommt und eine weitere Verschlechterung des Wetters mit sich bringt, aber Marion, deren Blick über die Landschaft schweift, hört kaum hin. Weiter unten, auf der Höhe der ersten Straßenbiegung, erweckt ein weißer Strich, der sich vorwärts bewegt, ihre Aufmerksamkeit. Er verschwindet, als der Wind für einen Moment abflaut und die Büsche sich wieder aufrichten. Marion, der plötzlich einfällt, daß sie in die Küche gekommen ist, um Frühstück zu machen, füllt den Wasserkocher. Sie legt ein Tablett auf die Arbeitsplatte, stellt drei Tassen, Toastbrot, Brombeergelee und gesalzene Butter darauf. Dann nimmt sie die Küchenpapierrolle, reißt drei Stücke ab, faltet sie und klemmt sie unter die Tassen, gibt zwei Löffel Kakao in Ninas Becher und etwas Ceylon-Tee in eine Fayencekanne, deren tiefblaue Farbe sie liebt.

Ein kurzer Blick aus dem Fenster, und sie sieht, wie der weiße Strich hinter der dritten Kurve wieder auftaucht, ehe sie dank eines Lochs in der Hecke erkennt, daß es sich um einen kleinen Lieferwagen handelt, auf dessen Tür der Name eines Umzugsunternehmens prangt.

So ein Sonntag ist ideal zum Umziehen, sagt sich Marion, während im Radio die Acht-Uhr-Nachrichten beginnen. Der Sprecher verkündet die neusten Meldungen: ein Lebensmittelskandal, ein Busunfall in Spanien, eine in der Ferienlethargie versackte Finanzaffäre, die nun wohl doch wieder aktuell wird. Eine leichte Berührung von hinten, gefolgt von einem zärtlichen Kuß in den Nacken, schneidet dem Katastrophenverkünder das Wort ab. Gilles Arme umfangen sie. Mit geschlossen Augen sinkt sie glückselig zurück.

»Schießerei in einer Bar in Lyon«, leiert der Ansager mit tonloser Stimme herunter. »Zwei Verletzte ...«

Marion erstarrt.

Klack. Gilles Finger auf dem roten Knopf. Stille.

»He!« protestiert Marion. »Was fällt dir ein? Laß mich gefälligst die Nachrichten hören!«

»Kommt nicht in Frage!« erwidert Gilles und hält ihre Arme fest, damit sie das Gerät nicht wieder einschalten kann. »Vergiß dieses blöde Ding mit seinen Horrormeldungen! Du bist im Urlaub.«

Er lacht wie ein großer Junge, der zu Streichen aufgelegt ist. Groß und kräftig ist er, aber richtig gut sieht er eigentlich nicht aus. Marion versucht sich mit diversen Tricks aus seinem Griff zu befreien, was ihr schließlich gelingt.

Klack. Der grüne Knopf. Zu spät, der Sprecher hat schon das Thema gewechselt.

»Mist«, schimpft sie vor sich hin. »Ich hätte wirklich gern gewußt, wo das war ...«

»Du wirst es schon früh genug erfahren«, sagt Gilles und

gibt ihr einen Kuß. »Was ist jetzt mit dem Frühstück? Ich sterbe vor Hunger.«

Marion erwidert seinen Kuß, während ihr wieder einmal auffällt, daß dieser Mann ständig Appetit hat, ein Umstand, der seine nicht gerade asketische Figur erklärt. Aber sie muß zugeben, daß er mit den Nachrichten recht hat. Heute ist ihr erster Urlaubstag, und es ist wichtig für sie beide, daß es ihr gelingt, die Arbeit und alle Tagesereignisse völlig aus ihren Gedanken zu verbannen. Trotzdem kann sie nicht verhindern, daß Gilles autoritäres Gebaren sie leicht verärgert. Zärtlich, aufmerksam und vernünftig, aber eben trotzdem autoritär. Sie bemüht sich, ihren Unmut nicht zu zeigen; ihr Liebster merkt sofort, was los ist, zieht sie an sich, und entschuldigt sich dafür, daß er sich in Dinge eingemischt hat, die ihn nichts angehen. Um einen Schlußstrich zu ziehen, schickt sie ihn los, Nina aufzuwecken. Am nächsten Morgen wollen sie Richtung Süden fahren, ein paar Tage faulenzen, und bis dahin ist noch viel zu tun.

Als Gilles wieder fort ist, stützt sie sich mit den Ellbogen auf den Rand des Spülbeckens, aber das Radio wieder anzuschalten wagt sie nicht. Sie schaut durch das geschlossene Fenster.

Der weiße Lieferwagen hat den Hang erklommen und die letzte Kurve erreicht. Er fährt jetzt langsamer, als bräuchte er etwas Zeit zum Verschnaufen. Marion wird stutzig und schaut genauer hin: Sie erkennt die Silhouette des Fahrers, der sich über den Beifahrersitz beugt. Bestimmt studiert er eine Karte, weil er sich verfahren hat. Schließlich kommt das Fahrzeug ganz zum Stehen. Trotz tosenden Windes und einer Folge von Donnerschlägen, die immer näher kommen, hört Marion, wie die Handbremse gezogen wird. Die Tür geht auf, ein junger Mann mit Rasta-Mütze springt auf die Straße und geht mit wippendem Gang auf das Eingangstor zu. Er beugt sich über den Briefkasten, auf dem ihre drei Namen stehen, und sieht zum Fenster hoch. Marion tritt rasch zur Seite, weil sie nicht nackt gesehen werden will, doch dann fällt ihr ein, daß sie ein T-Shirt von Gilles übergestreift hat, ehe sie in die Küche kam, und sie stößt einen Fensterflügel auf.

Der Mann macht aus seiner Ungeduld keinen Hehl, so als sei Marion persönlich daran schuld, daß er die Orientierung verloren hat.

»Haben Sie sich verfahren?« schreit sie, um das immer lautere Donnergrollen zu übertönen. »Die Straße hier führt nur zu unserem Haus.«

»Ich weiß«, erwidert der Fahrer mit wütendem Blick. »Seit zwei Stunden kurve ich schon durch die Gegend. Aber gut, jetzt hab ich Sie ja gefunden ...«

Auch er muß schreien. Ein paar dicke Tropfen landen auf seiner Mütze, und er blickt hoch, um zu sehen, wann sich der Zorn des Himmels über ihm entladen wird.

»Wie bitte?« brüllt Marion. »Was haben Sie gesagt?«

Er streckt ein Blatt Papier in die Höhe, immer noch bemüht, die Ruhe zu bewahren, während weitere Tropfen vom pechschwarzen Himmel herabfallen.

»Sie sind doch Madame Marion? Edwige Marion?«

»Ja, aber ...«

»Ich habe eine Lieferung für Sie!« schreit er und duckt sich. »Kann ich reinkommen? Ich hab heute schon geduscht.«

»Warten Sie«, protestiert Marion. »Das verstehe ich nicht. Was für eine Lieferung? Ich habe nichts bestellt!«

Der Gedankc, daß Gilles dahinterstecken könnte, bringt ihr Blut in Wallungen. Sie ruft sich die Situation des Vortags in Erinnerung, als er beim Nachtisch um ihre Hand angehalten hat.

»Heirate mich!« Es klang wie ein Befehl. Als er dann Marions finsteren Blick bemerkte, hatte er sich rasch korrigiert: »Ich möchte dich in aller Form und mit allem gebotenem Ernst bitten, mich zu heiraten, meine Liebste ...«

Ein Blick zum Lieferwagen, auf den inzwischen der Wolkenbruch niederprasselt, treibt ihr die Zornesröte ins Gesicht. Gilles wird doch wohl ihre Antwort nicht vorweggenommen haben? Er wird doch wohl nicht auf die Idee gekommen sein, ihr an einem Sonntagmorgen, nach dem Liebesspiel und einer heißen Nacht, seine Möbel liefern zu lassen?

»Hören Sie«, empört sich der Fahrer. »Ich habe nicht vor, meinen Sonntag vor Ihrer Haustür zu verbringen. Nachdem ich sowieso schon zuerst bei Ihrer alten Adresse war. Zum Glück hat mir ein netter Nachbar gesagt, daß Sie umgezogen sind ... Nehmen Sie die Ladung jetzt an, oder soll ich Ihnen alles in den Garten kippen?«

Die Ladung? Hat er wirklich »die Ladung« gesagt? O Gott, dann hat sie also den richtigen Riecher gehabt. Gilles zieht ein!

»Was ist denn los?« hört sie hinter sich die Stimme ihres Geliebten. »Was schreist du so?«

Marion dreht sich um.

»Sag mal, Gilles Andrieux«, erwidert sie und mustert ihn scharf, »du bist nicht zufällig im Begriff, hier einzuziehen?«

Sie deutet auf den Lieferwagen und den Fahrer, der sich unter einen Trompetenbaum geflüchtet hat. Gilles Verblüffung kann nicht gespielt sein.

»So etwas würdest du doch nicht tun, oder?« fragt sie wieder und weiß nicht mehr, ob sie sich ärgern oder über die beleidigte Miene ihres Lebensgefährten lachen soll.

»Ich hoffe, das ist nicht dein Ernst«, sagt er, als er endlich zu begreifen scheint, was überhaupt los ist. »Und laß doch den armen Typen da nicht mitten im Gewitter unter einem Baum stehen, das ist gefährlich!«

»Was macht ihr hier eigentlich? Bei dem Krach kann ja kein Mensch schlafen!«

In der Küchentür steht Nina, zerzaust und im Pyjama, die Augen noch vom Schlaf verklebt, und blinzelt ins Morgenlicht. Ein wandelnder Vorwurf.

»Es ist wegen dem Lieferwagen«, stammelt Marion.

»Welchem Lieferwagen?«

Nina reißt die Augen auf. Ihre Mutter erscheint wie vor den Kopf geschlagen und gibt eine verworrene Erklärung ab. Das liegt an ihm, denkt die Kleine voller Groll, während sie auf Gilles nackte Füße starrt, deren Zehen sich auf dem Fliesenboden krümmen.

»Jetzt hört mal zu«, sagt Marion schließlich entnervt und geht zur Haustür. »Ich weiß nicht, was das Ganze soll, aber ich habe den Eindruck, daß mir hier irgend jemand einen bösen Streich spielt.«

Sie schiebt den Riegel zurück und öffnet die Tür, worauf der Fahrer völlig durchnäßt hereinstürzt; die bunte Mütze klebt ihm am Kopf, während der Regen immer heftiger auf die Karosserie seines Autos trommelt.

»Tut mir leid«, murmelt Marion. »Ich mache Ihnen einen Kaffee.«

Der Mann, der sich schon wieder beruhigt hat, nimmt die Einladung mit einem Nicken an und reicht ihr den aufgeweichten Zettel.

»Unterschreiben Sie hier. Wo soll ich das Ganze hinstellen?«

Marion wird plötzlich schwindelig; sie lehnt sich an die leuchtend gelbe Küchenwand und hält sich an einer Stuhllehne fest.

»Ich unterschreibe gar nichts! Ich weiß überhaupt nicht,

was Sie mir da bringen. Ich nehme keine Lieferung an, solange ich nicht weiß, worum es sich handelt und wer der Absender ist.«

Der Fahrer hält ihr nochmals den Zettel unter die Nase, worauf sie ihn schließlich entgegennimmt. Auch Gilles und Nina sind inzwischen nähergekommen. Das Mädchen mustert den Rasta-Mann, als ginge eine große Gefahr von ihm aus, und auch Gilles, der angespannt wirkt, sieht so aus, als wolle er ihm jede Sekunde an die Gurgel gehen.

»Hier steht's. Fünfzehn Kartons auf Ihren Namen, der Absender ist Monsieur Tarquin, Notar, Cours Lafayette 12 in Lyon. Reicht Ihnen das?«

Der Mann sieht aus wie ein waschechter Jamaikaner, aber sein makelloser Lyoneser Akzent deutet auf eine weniger exotische Herkunft hin.

»Fünfzehn Kartons! Ich glaub, ich träume, du hast wohl die ganze Heilsarmee geplündert«, lästert Nina, die Marions Vorliebe für Trödelkram kennt.

»Ich versteh das nicht«, murmelt Marion mißmutig. »Das muß ein Irrtum sein, ich rufe diesen Notar an.«

»Heute ist Sonntag«, erwidert der Mann mit einem mitleidigen Achselzucken. »Ich hab den Job aus reiner Nettigkeit angenommen, und außerdem hab ich dann morgen weniger zu tun. Aber den ganzen Tag schlag ich mir nicht damit um die Ohren. Ich soll liefern, also liefere ich. Jetzt sagen Sie, was Sie wollen, sonst stell ich Ihnen den ganzen Kram in den Hof!«

Gilles setzt gerade an, den jungen Mann zu mehr Höflichkeit zu ermahnen, da unterbricht ihn Marion mit einer Handbewegung.

»Sie haben recht, wir haben schließlich alle zu tun«, sagt sie und hält nach einer Regenjacke oder einem Schirm Ausschau, um sich in den sintflutartigen Regen, der inzwischen noch heftiger geworden ist, hinauszuwagen.

Sie läuft zum Lieferwagen, dicht gefolgt von dem jungen Rasta-Mann, der durch die Pfützen patscht wie ein tapsiger kleiner Hund. Er öffnet eine Tür, und Marion gibt ihm zu verstehen, daß sie in den Wagen steigen will. Er reicht ihr die Hand, aber sie ignoriert seine Geste und ist mit einem Satz im Laderaum verschwunden. Eine Serie von Blitzen, denen fast im gleichen Moment die Donnerschläge folgen, deutet darauf hin, daß sich das Gewitter direkt über ihnen befindet. Nina, die in der Eingangstür steht, behauptet sogar, gesehen zu haben, wie eine Feuerkugel vom Himmel fiel, worauf Gilles sie ins Haus zieht. Wieder am Küchenfenster, warten die beiden gespannt, was Marion sich wohl einfallen lassen wird, um den Fahrer und seine Kartons zum Teufel zu schicken. Seit fünf Minuten ist sie jetzt schon in diesem blöden Lieferwagen, und Nina beginnt ungeduldig zu werden.

Als Marion schließlich wieder zum Vorschein kommt, fällt ihnen als erstes ihr bleiches Gesicht auf und der verstörte Blick, mit dem sie zu ihnen herübersieht, fast so, als hätte sie vergessen, daß es die beiden gibt.

Der Regen hat noch nicht aufgehört, doch er wird von Minute zu Minute schwächer, und auch der Wind flaut ab. Unter ihrem Regenschirm, der den Cognac Martell anpreist, winkt Marion ihnen zu. Beide beugen sich aus dem Fenster.

»Macht mal die Garage auf und räumt eine Ecke frei!« ruft sie. »Wir müssen fünfzehn Kartons unterbringen.«

Nina sieht Gilles an, der seinen Blick auf Marion geheftet hat, die wiederum den Lieferwagen fixiert. Keiner rührt sich. Erst das Telefon holt alle in die Realität zurück. Nina läuft los.

Als sie zurückkommt, ist die Sommerbräune aus ihrem Gesicht gewichen. Unsicher setzt sie einen Fuß vor den anderen und ergreift instinktiv Gilles Hand, während sie ihre Mutter voller Verzweiflung anstarrt.

»Wer war das?« will Marion wissen.

»Das war für dich«, flüstert Nina mit zitternder Stimme. »Das Krankenhaus.«

4

Von ihren Männern hat Marion schon einige sterben sehen. Die Vorstellung, daß sie noch einen verlieren könnte, ist unerträglich. Ausgerechnet ihn.

Talon atmet noch, aber durch den Kopfverband und die rote Jodtinktur, die man hastig auf seinen nackten Oberkörper aufgetragen hat, ist er kaum zu erkennen. Die erste Kugel hat seine Kopfhaut gestreift, sie war harmlos. Die Kugel, die ihn womöglich ins Jenseits befördern wird, ist in seinen Bauch eingedrungen, wo sie sich noch immer befindet. Kaliber 38, hohe Mündungsgeschwindigkeit. Der diensthabende Beamte, den Nina am anderen Ende der Leitung hatte, bat ohne Umschweife darum, man möge so schnell wie möglich Kommissarin Marion benachrichtigen: Lieutenant Talon liege im Sterben und habe nach seiner Chefin verlangt, so wie andere sich den Beistand eines Priesters wünschen. Die Nachricht ist wie ein Gewitter über Nina hereingebrochen, die Talon wie einen großen Bruder liebt. Sie wäre beinahe ohnmächtig geworden.

Talon war nicht bei Bewußtsein, als Marion ungekämmt und mit irgendwelchen rasch zusammengeklaubten Kleidern am Leib im Krankenhaus eingetroffen ist. Er wird noch immer künstlich beatmet und ist an ein Gerät zur Kontrolle der Herzfunktion angeschlossen, und obwohl Marion schon seit einer halben Stunde sein blutleeres Gesicht fixiert, ohne auch nur das leiseste Lebenszeichen wahrzunehmen, kann sie sich nicht dazu durchringen zu gehen; sie ist sich sicher, daß ihre

Anwesenheit der einzige Grund dafür ist, daß man die Geräte noch nicht ausgeschaltet hat.

Irgendwo schlägt eine Tür, und sie hört durch Kreppsohlen gedämpfte Schritte, die näherkommen. Der Assistenzarzt, der Marion empfangen hat, um ihr Talons Fall zu erklären, geht um Bett Nummer 2 der Intensivstation herum und stellt sich vor sie hin, die Hände in den Taschen seines aufgeknöpften Kittels. In seinen Augen sucht sie nach einem Grund, doch noch zu hoffen, aber er weicht ihrem Blick aus.

»Der Mann, der zusammen mit ihm eingeliefert wurde, ist soeben verstorben. Um neun Uhr achtundzwanzig«, sagt er mit ausdrucksloser Stimme.

Er muß um die dreißig sein, obwohl er irgendwie alt wirkt mit seinem bleichen Gesicht und dem schütteren Haar, die Haut voller Aknenarben, von denen einige angeschwollen sind und so frisch, als stecke er mitten in der Pubertät.

»O mein Gott«, murmelt Marion, während ihr Blick wieder zu Talon wandert. »Mach, daß alles ein Alptraum ist ...«

»Es tut mir leid«, sagt der Arzt mit Grabesstimme. »Aber Sie sollten wissen, daß er kaum Chancen hat, es lebend zu überstehen.«

»Aber er war doch wieder bei Bewußtsein!«

»Nicht daß ich wüßte ...«

»Er hat mich zu sich gebeten. Ich dachte ... Dann haben Sie das veranlaßt?«

»Auf seinem Organspender-Ausweis steht Ihr Name, neben seiner Blutgruppe. Sie sind die Person, die wir im Todesfall verständigen sollten.«

»Im Todesfall!« empört sich Marion. »Das ist doch verrückt ... Er ist noch am Leben, und Sie haben schon alles verplant, sein Herz, seine Lunge, seine ...«

»Wir haben ihn letzte Nacht operiert«, fällt ihr der Arzt ungeduldig ins Wort. »Aber die Kugel steckt in einem Wirbel in unmittelbarer Nähe zum Rückenmark. So nah, daß wir ein zu großes Risiko eingehen, wenn wir sie entfernen. Sollte er überleben, bräuchte er nur einmal zu stolpern, das Stückchen Blei würde sich verschieben, und dann ...«

Was ist besser, tot zu sein oder ein Lebender auf Abruf, fragt sich Marion.

»Wann haben wir Gewißheit?«

Der Assistenzarzt verzieht den Mund.

»Für mich ist er tot. Allerdings ist noch eine gewisse Hirntätigkeit zu verzeichnen, weshalb der Chef noch ein bißchen warten will. Gibt es Familienangehörige, die benachrichtigt werden sollten?«

Marion schüttelt den Kopf, während sie fassungslos auf das aschgraue Gesicht ihres Kollegen starrt, seinen schütteren Bart und die geschlossenen Augen. Auf einmal sieht sie ihn vor sich, wie er ein großes, kariertes Taschentuch zückt, um seine Brille zu putzen, wie er mit von Druckertinte schwarz verschmierten Fingern über seine weichen Wangen streicht, und die Empörung schnürt ihr die Kehle zu.

»Das kannst du mir nicht antun, Jérôme Talon!« sagt sie mit zusammengebissenen Zähnen, während sich hinter ihr der Assistenzarzt Richtung Tür davonmacht. »Hörst du mich? Das ist unmöglich, nicht du.«

Das regelmäßige Piepen des Monitors, der Talons Herztätigkeit abbildet, ist die einzige Reaktion auf den Befehl, den sie ihrem Lieutenant mit heiserer Stimme zugeflüstert hat. Ihre Verzweiflung ist so groß, daß sie gegen das ungeschriebene Kripo-Gesetz verstoßen hat, demzufolge Chef und Untergebene sich zu siezen haben.

»Und Nina? Was soll ich Nina sagen? Findest du nicht, daß sie schon genug mitgemacht hat? Ihr Vater, Léo ... und jetzt du ... Was ist eigentlich mit euch Kerlen los, daß ihr ständig das Weite sucht? Was soll das?«

In der Stille des Krankenhauses wartet sie auf eine Antwort. Es kommt ihr so vor, als hätte Talon den linken Zeigefinger bewegt, und wie gebannt starrt sie darauf, beschwört ihn, sich noch einmal zu rühren. Aber sie hat es sich eingebildet, nichts ist passiert, Talon wird sich nicht rühren.

»Verdammt noch mal«, flucht Marion. »Was hab ich dem lieben Gott eigentlich getan? Warum war ich gestern Nacht nicht bei dir, Jérôme? Statt dessen ...«

Sie beugt sich zu ihm vor, und unter ihren Lidern brennen die Tränen, die sie unterdrückt, weil man ihr gesagt hat, daß man »positiv« sein muß, wenn man einem Menschen dabei helfen will, aus dem Koma zu erwachen. Sie flüstert:

»Statt dessen habe ich gegessen, geschlafen und gevögelt, mein lieber Jérôme, während sie dich abgeknallt haben. Ich mache mir Vorwürfe, schreckliche Vorwürfe. Jérôme, du mußt mich hören!«

So sehr sie es auch zu verhindern sucht, stiehlt sich doch eine Träne aus ihrem Auge und kullert an ihrer Nase hinunter. Sie wischt sie mit dem Handrücken ab. Mit gebrochener Stimme fährt sie fort:

»Ich verbiete dir zu sterben, hast du verstanden? Du hast nicht das Recht, mich allein zu lassen. Wir beide haben uns doch noch nie im Stich gelassen, Talon, oder? Was soll ich jetzt bloß machen? Lavot ist schon nach Lateinamerika abgehauen. Er sagt, es wär nur für ein Jahr, aber ich weiß, daß er nicht mehr zurückkommt. Er hat sich für Mathilde und die Jungs entschieden, ist ja auch normal. Und Quercy, der strebt nach Höherem ... Der verzieht sich nach Paris, ins Ministerium. Und jetzt bist du auch noch dabei, den Löffel abzugeben ...«

Ein unterdrücktes Schluchzen schnürt ihr die Kehle zu.

»Was soll in dem ganzen Schlamassel bloß aus mir werden? Ist dir eigentlich klar, daß ich diesen Job ohne dich nicht mehr machen kann? Bitte, Talon … Jérôme … sag was. Nur ein Wort, damit ich weiß, was du denkst. Ich hab dich doch lieb, du blöder Idiot …«

Sie beugt sich noch weiter zu ihm vor, legt vorsichtig ihre Stirn auf Talons leblose, wenn auch warme Hand und läßt ihren Tränen freien Lauf, ohne jede Scham, wie eine große Schwester, die ihren kleinen Bruder sterben sieht und ihm etwas von ihrem Leben abgeben will.

5

»Das Schlimmste ist die Ohnmacht. Du stehst da und würdest alles geben, dein Blut, dein Leben … alles. Aber das kannst du nicht, du kannst nichts tun. Nichts. Der Tod nimmt dir die Entscheidung aus der Hand, er nimmt dir alles. Deine Freunde, deine Brüder.«

Marion streift durch das Wohnzimmer wie ein Raubtier im Käfig. Wegen der Feuchtigkeit und weil es mit Einbruch der Nacht plötzlich kühler geworden ist, hat Gilles im Kamin ein knisterndes Feuer entzündet; über der Glut hat er ein paar in Ingwersauce eingelegte Hühnerbrüstchen gegrillt, dazu eine Handvoll Pfifferlinge, die er Gott weiß wie herbeigezaubert hat. Er hat sich die größte Mühe gegeben, um Marion und Nina aufzuheitern, aber beide haben das Essen verschmäht, und die Kleine hat nicht ein einziges Mal den Mund aufgetan. Der weiße Rand um ihre Lippen verriet, wie schwer es ihr fiel, nicht aufzuschluchzen und ihren Kummer zu verbergen. Schließlich ist sie schlafen gegangen, und als Marion eine Viertelstunde später nach ihr gesehen hat, lag sie zusammengerollt, von Kummer und Müdigkeit übermannt, auf dem Bett. Das alte Kuscheltier, das sie in besonders verzweifelten Momenten aus den

Tiefen des Wandschranks hervorholt, hielt sie fest an sich gedrückt.

»Er ist noch nicht tot«, stellt Gilles behutsam richtig. »Du mußt daran glauben, Marion ... Wo noch ....«

»Wo noch Leben ist, ist auch Hoffnung«, unterbricht ihn Marion in bitterem Ton. »Die alte Leier kenn ich schon, danke.«

Gilles' Miene verfinstert sich. Es ist nicht zu übersehen, daß seine Beschwichtigungsversuche vergeblich sind. Nicht nur das, Marion nimmt sie ihm sogar übel.

»Das wollte ich nicht sagen«, erwidert er geduldig. »Solange er noch Vitalfunktionen aufweist, darf man in der Tat hoffen, daß er es schafft. Ich denke, du hast gut daran getan, den ganzen Tag bei ihm zu bleiben.«

Marion bleibt stehen und mustert Gilles. Schwang in seiner letzten Bemerkung nicht ein unterschwelliger Vorwurf mit? Die ohnehin schlechte Stimmung wird noch angespannter. In ihrem Zustand bringt sie es fertig, jeden noch so harmlosen Satz in einen Angriff gegen ihre Person umzudeuten. Gilles fügt eilig hinzu:

»Du kannst nichts dafür, Marion ... Solche Dinge passieren einfach ... Es ist nicht deine Schuld.«

»Doch, es ist meine Schuld«, sagt sie und starrt wieder in das Kaminfeuer. »Ich hätte dort sein sollen, bei ihm, mich den Kugeln stellen wie die anderen ...«

»Also wirklich! Red doch keinen Unsinn ... Du kannst und brauchst nicht ständig bei ihnen zu sein, es sei denn, du bist keine gute Chefin. Die Jungs sind erwachsen, volljährig, selbständig.«

»Eben nicht, das haben wir ja gesehen! Die Sache wäre anders gelaufen, wenn ich dabeigewesen wäre. Wenn geschossen wird, vergißt man, wer man ist und wo man ist, dann ist man nur noch ein kleines Kind, das die Hosen voll hat. Du kannst gar nicht wissen, wie das ist, woher auch.«

Zuerst will Gilles protestieren, aber dann wird ihm klar, daß es sinnlos ist, in einen Streit einzusteigen, den seine Partnerin wahrscheinlich nur sucht, um sich abzureagieren und ihre Schuldgefühle zu vergessen. Selbstbeherrschung ist eine der größten Stärken dieses Mannes, der so anders ist als alle Männer, die Marion bis dahin kennengelernt hat. Er streckt ihr die Hand entgegen, damit sie sich zu ihm auf die Bank setzt, aber sie tut so, als bemerke sie es nicht.

»Ich baue Brücken und Straßen«, erwidert er trotzdem. »Ich weiß nicht viel über deinen Beruf, sicher, aber du vergißt, wie wir uns kennengelernt haben … Im Club Med war das nicht, wenn ich mich recht erinnere …«

Marion entspannt sich ein wenig und läßt sich sogar zu einem kurzen Lächeln hinreißen. Dabei ist die Erinnerung an ihre erste Begegnung alles andere als komisch. Beim bloßen Gedanken daran läuft es Gilles kalt den Rücken herunter. Marion dreht sich zu ihm um. Sie sieht mitgenommen aus, und ihr Blick wirkt plötzlich hilflos.

»Ich will nicht, daß Talon stirbt«, bricht es aus ihr hervor, während sie sich in seine Arme flüchtet. »Es ist so ungerecht, ich will das nicht. Ich hätte dasein sollen, ich hätte verhindert, daß auf ihn geschossen wird …«

Gilles hält sie lange umschlungen, läßt ihr Zeit, all diese nutzlosen Worte zu sagen und ihre Wut und Verzweiflung herauszuschreien, an der sie zu ersticken droht, seit sie aus dem Krankenhaus zurückgekehrt ist und krank vor Angst darauf wartet, daß das Telefon klingelt. Er sagt ihr, daß er sie liebt und daß er den Schmerz mit ihr teilen wird. Und langsam, ganz allmählich, kommt Marion zur Ruhe. Schließlich schweigen beide, wie in stiller Andacht. Sie ergreift als erste wieder das Wort.

»Ich werde morgen nicht mitfahren«, sagt sie und schnieft. »Ich muß mich um Talon kümmern und um diese Schießerei. Das bin ich ihm schuldig.«

Gilles nickt schweigend. Er hat damit gerechnet, und trotz seiner Enttäuschung ist er irgendwie auch stolz. Stolz auf diese aufrechte, starke Frau, die eingewilligt hat, ihn zu heiraten. Im Oktober, weil das die Zeit der Weinlese ist und sie mütterlicherseits aus dem Burgund stammt.

»Und überhaupt muß ich auch mit diesem Notar reden«, fügt sie hinzu. »Du hast mich noch gar nicht gefragt, warum ich diese Kartons heute morgen angenommen habe ...«

Gilles kommt es so vor, als lägen Lichtjahre zwischen dieser morgendlichen Episode und jetzt, obwohl ihn die Sache durchaus nicht kaltgelassen hat; schließlich war er derjenige, der sich die ganze Arbeit aufgehalst und die fünfzehn bleischweren, von Staub und Spinnweben bedeckten Kartons in die Garage geschleppt hat.

»Also gut«, seufzt er. »Warum?«

»Eigentlich weiß ich das selbst nicht genau. Na ja, ich habe einen Karton aufgemacht und darin den Namen des Absenders gefunden.«

Sie schweigt wieder und schließt die Augen, den Kopf an Gilles Schulter gelehnt, als hätte sie damit alles zu dem Thema gesagt.

»Und wer ist es?«

»Gustave Léman.«

»Was du nicht sagst ....« erwidert Gilles ironisch. »Und wer ist dieser Gustave Léman?«

»Er war der beste Freund meines Vaters. Das ist lange her ... Habe ich dir von meinem Vater erzählt?«

»Du hast mir nur gesagt, daß er Polizist war und im Dienst getötet wurde, als du noch ein kleines Mädchen warst.«

»Ja, genau. Gus und er waren wie Brüder. Ich erinnere

mich noch ziemlich gut an Gus, aber zeitlich einordnen könnte ich meine Erinnerungen nicht. Ich glaube, daß ich ihn seit mindestens dreißig Jahren nicht mehr gesehen habe. In der ganzen Zeit habe ich eigentlich auch nichts von ihm gehört. Nichts, nicht einmal das kleinste Lebenszeichen.«

»Warum soll er dir dann die Kartons geschickt haben? Wenn ein Notar eingeschaltet war, bedeutet das wohl …«

»Daß Gus gestorben ist.«

Gilles sieht sie an. Er ist versucht, ihr etwas zu entgegnen, aber er tut es nicht. Für heute hat er genug geredet.

6

Der Notargehilfe der Kanzlei Charles Tarquin und Söhne öffnet die Tür des Büros von Charles Tarquin junior und kündigt die Besucherin an.

»Gestatten Sie, Maître Tarquin: Madame Edwige Marion!«

Seine manierierte Unterwürfigkeit ist Marion ein Rätsel. Man kann sich durchaus respektvoll gegenüber seinem Vorgesetzten verhalten, ohne es gleich so zu übertreiben.

Die junge Frau überquert einen dicken Wollteppich in Rot- und Grüntönen und geht auf zwei antike, edle Ledersessel zu, auf die der Notargehilfe mit theatralischer Geste gedeutet hat.

Im ersten Moment glaubt Marion, daß ein Irrtum vorliegt und das Büro leer ist. Doch dann hört sie hinter dem riesigen Empire-Schreibtisch ein schabendes Geräusch und fährt aus ihrem Sessel hoch, was dieser mit einem langgezogenen Ächzen quittiert. Vor Verlegenheit verschlägt es ihr erst einmal die Sprache, als sie einen kleinen, schmächtigen Mann erblickt, der sich in Kauerstellung seine Schuhe, vermutlich Größe 32, zubindet und dabei ihren neugierigen Blick erwidert. Er hat die Glupschaugen eines Chamäleons, einen Spitzbart, wie er zur Zeit der ägyptischen Pharaonen modern war, und trägt eine merkwürdig zusammengewürfelte Kluft, deren Farben auf Teppich und Tapeten abgestimmt sind.

»Guten Tag«, stammelt Marion.

»Diese verflixten Schnürschuhe«, schimpft Maître Charles Tarquin junior vor sich hin. »Bei meinen Füßen! Warum habe ich eigentlich auf diese dusselige Kuh gehört? Mokassins! Es geht doch nichts über Mokassins!«

Der Notar richtet sich wieder auf und macht sich daran, seinen Stuhl zu erklimmen. Wenn er steht, kann er so eben über die Schreibtischplatte aus Mahagoni hinwegsehen, was nach Marions Schätzung auf eine Größe von ein Meter fünfzehn, höchstens ein Meter zwanzig schließen läßt.

»Guten Tag, Kommissarin Marion!« sagt er mit lauter, hoher Stimme, nachdem er erstaunlich behende wieder Platz genommen hat. »Was kann ich für Sie tun?«

Er stützt seine kurzen Unterarme auf die Schreibtischkante und faltet die Hände, deren Finger so dick sind wie die eines erwachsenen Mannes, aber nur streichholzlang. Marions fassungsloses Gesicht veranlaßt ihn zu einem breiten Grinsen, und er hilft ihr rasch über ihre Verlegenheit hinweg:

»Manche Leute würden sagen, daß ich ein kleiner Mann bin oder ein bißchen zu kurz geraten. Alles dummes Geschwätz. Ich bin ein Zwerg. Das kann jeder sehen, also brauchen wir nicht länger darüber zu reden. Sie sind eine sehr schöne Frau, Kommissarin Marion.«

Marion weiß nicht, ob sie die Flucht ergreifen oder losprusten soll, aber Maître Tarquin hat seine vorstehenden Augen schon auf das Aktenblatt geheftet, das der ehrerbietige Gehilfe für ihn vorbereitet hat. Als er aufsieht, ist seine

Miene so ernst und professionell, daß Marion sich wieder auf den Grund ihres Kommens besinnt.

»Ich kann Ihnen nicht viel dazu sagen«, verkündet er mit seiner merkwürdigen Stimme, als die junge Frau ihm ihr Problem vorgetragen hat. »Ich bin nicht der Testamentsvollstrecker von Monsieur Gustave Léman. Ich habe die Sache von meinem Kollegen Renoir in Dijon übertragen bekommen … Monsieur Léman ist gestorben in … warten Sie …«

Er blickt wieder auf das Blatt Papier, wobei er seinen kurzen Spitzbart streichelt.

» … Charmes. Das liegt auch im Departement Côte d'Or. Kennen Sie den Ort?«

»Nie davon gehört. Meine Mutter ist in Dijon geboren, aber sie hat nur die ersten zwanzig Jahre ihres Lebens dort verbracht, wenn ich mich recht erinnere. Sie ist vor achtzehn Jahren gestorben. Das ist das einzige, was mir zu dieser Gegend einfällt.«

»Und dieser Gustave Léman?«

»Er war ein Freund meines verstorbenen Vaters.«

»Tja, vor drei Tagen ist Monsieur Léman gestorben und hat Sie zu seiner Alleinerbin benannt.«

Marion muß an ihre Garage denken, in der sich fünfzehn Kartons stapeln. Ein komisches Erbe. Die Erinnerung an Gilles, ächzend unter dem Gewicht dieses merkwürdigen Nachlasses, entlockt ihr ein Lächeln.

»Warum mich? Ich finde, das ist eine sonderbare Vorgehensweise«, erwidert Marion, während Maître Tarquin junior sie erstaunt ansieht. »Ich meine, niemand hat mich davon in Kenntnis gesetzt … Ich habe diese Kartons aus Mitleid mit dem Fahrer des Lieferwagens angenommen, aber … ich habe darüber nachgedacht und … könnte ich dieses Erbe … ausschlagen?«

»Selbstverständlich. Allerdings ist der Fall meinen Informationen zufolge alles andere als einfach.«

»Das heißt?«

»Kannten Sie Monsieur Léman gut?«

»Aber das habe ich Ihnen doch gerade erklärt, Maître Tarquin!« ruft Marion aus. »Er war so alt wie mein Vater, und ich habe ihn im Lauf meines Lebens vielleicht drei- oder viermal gesehen, in der Zeit zwischen meiner Geburt und meinem fünften oder sechsten Lebensjahr.«

Maître Tarquin neigt erneut den Kopf und verzieht seine dicken Lippen, was ihn nicht unbedingt anziehender macht.

»Ich wollte sagen, haben Sie ihn von Berufs wegen gekannt?«

»Warum? Sollte ich?«

Marion versteht überhaupt nichts mehr, und dieses Ratespiel mit einem zwergwüchsigen Notar geht ihr langsam auf die Nerven.

»Hören Sie, Maître Tarquin«, sagt sie in bestimmtem Ton, »ich bitte Sie um eine Erklärung, wenn das nicht zuviel verlangt ist.«

»Ich denke, Sie werden nicht umhinkönnen, meinem Kollegen Renoir im Burgund einen Besuch abzustatten.«

»Soll das ein Witz sein? Das kommt überhaupt nicht in Frage.«

Der kleine Mann richtet sich auf.

»So lautet Monsieur Lémans Letzter Wille. Außerdem obliegt es Ihnen, die Beerdigung zu organisieren, so steht es in meiner Akte.«

Das ist ja wohl die Höhe, denkt Marion verdutzt. Jetzt soll ich auch noch bezahlen!

Die Zwergenhände klatschen auf den Schreibtisch, und der Notar springt mit einem Satz von seinem Stuhl. Er stellt sich vor Marion auf. Da sie noch sitzt, sind ihre Gesichter fast auf gleicher Höhe.

»Ich habe so das Gefühl«, sagt er und beugt sich mit einem vieldeutigen Lächeln zu ihr hin, »daß Sie diese Reise unternehmen werden. Als Polizistin werden Sie sich das nicht entgehen lassen.«

Marion weicht unmerklich zurück. Dieser Mann weckt eine instinktive Abneigung in ihr und geht ihr außerordentlich auf die Nerven. Sie denkt an Talon, der im Sterben liegt, an die Ermittlungen zu der Schießerei, die noch im üblichen Anfangschaos stecken, an Gilles Enttäuschung, an Ninas Kummer … Mit einem Ruck steht sie auf, streicht ihre beigefarbene Leinenhose glatt, nimmt die dazu passende Jacke, die sie über die Armlehne des Sessels gelegt hat, und macht einen großen Schritt zur Seite, um den Abstand zwischen sich und dem Notar zu vergrößern.

»Glauben Sie?« fragt sie und blickt fest in die Augen des kleinen Mannes, dessen Spitzbart jetzt allenfalls noch ihre Taille streifen könnte.

»Ich bin mir sogar sicher. Denn wissen Sie, Kommissarin Marion, Monsieur Gustave Léman ist in der Tat gestorben, aber er starb keines natürlichen Todes, wie man so schön sagt … Er wurde ermordet.«

7

»Was habe ich mit diesem alten Kerl zu schaffen, den ich noch nicht mal gekannt habe …«, murmelt Marion, während sie mit Blaulicht und heulendem Martinshorn durch die Straßen der Stadt rast. Ihre Gedanken kreisen immer wieder um Charles Tarquin junior und das tragische Ende von Gustave Léman, denn sonst müßte sie an das denken, was sie am

Ende der Straße erwartet, in die sie gerade mit Tempo hundert eingebogen ist. Ein plötzlicher Anruf aus dem Krankenhaus hat sie aus den Fängen dieses merkwürdigen Notars befreit.

Auf den Straßen herrscht kaum Verkehr. Im August ist die Stadt menschenleer, sogar die Polizisten gehen am Strand auf »Verbrecherjagd«.

In der Ferne sieht sie die schmutziggelben dicken Mauern des Édouard-Herriot-Krankenhauses.

Talon liegt noch in derselben Abteilung wie am Vortag, und als sie die Intensivstation betritt, sieht sie vor dem Bett jemanden in einem weißen Kittel stehen, dessen schlaff herabhängende Schöße schon von weitem verraten, daß es wieder der Assistenzarzt ist. Als der pickelige Mediziner sich zu ihr umdreht, erblickt Marion hinter ihm das aschgraue Gesicht von Talon. Er ist noch immer nicht bei Bewußtsein.

»Was ist los?« fragt Marion mit belegter Stimme.

»Sie müssen ein Formular unterschreiben, mit dem Sie uns zur Organentnahme ermächtigen. Gestern waren Sie so schnell wieder weg, daß ich …«

»Gestern haben Sie mir gesagt, daß er noch eine kleine Überlebenschance hat. Daß Ihr Chef noch Hoffnung hegt und daß …«

»Aber ja doch, sicher. Die Unterschrift brauchen wir nur für den Fall, daß wir schnell handeln müssen und Sie nicht da sind.«

»Wo soll ich denn bitteschön sein?« zischt ihn Marion an.

Der Arzt zuckt mürrisch die Achseln.

»Das ist eine reine Formsache.«

Dann ist Talon, sein Lachen, seine Freuden, seine Sorgen, sein ganzes Leben jetzt also nur noch eine reine Formsache …

Sie ist schon drauf und dran, diesem fischblütigen Arzt eine schneidende Antwort zu geben, als eine Bewegung an der Tür sie innehalten läßt. Eine mittelgroße junge Frau in Jeans und einem blauen, kurzärmeligen Hemd steht zögernd auf der Schwelle. Sie ist sehr hübsch, mit dunklem Teint, schwarzem, vollem Haar und strahlend weißen Zähnen. Ihr abgespanntes Gesicht läßt auf eine durchwachte Nacht schließen.

»Hallo Meceri«, sagt Marion mit neutraler Stimme. »Es gibt keine besonders guten Neuigkeiten ...«

»Ich weiß«, murmelt das junge Mädchen. »Ich war diese Nacht hier ...«

Marion dreht sich zum Assistenzarzt um und sieht ihn eindringlich an.

»Schalten Sie das Gerät noch nicht ab, bitte. Er ist jung, er ist stark, und er ist gesund. Wir bleiben bei ihm, wir reden mit ihm. Er wird zu uns zurückkommen, da bin ich mir sicher ...«

Der Arzt verschränkt wortlos die mageren Arme über seinem Stethoskop, dessen Bügel klappernd gegeneinanderschlagen, und dreht sich zur Tür um. Lange verweilt sein Blick auf den harmonischen Gesichtszügen von Naïma Meceri, dann sieht er Marion an und seufzt.

»Aber den Zettel müssen Sie trotzdem unterschreiben.«

Es herrscht Schweigen zwischen Kommissarin Marion und ihrer jüngsten Kollegin, die ihre schwarzen Augen verzweifelt auf Talons Gesicht geheftet hat.

»Er wird doch nicht sterben, oder?« sagt sie mit einer Stimme, in der sich Wut und Trauer überlagern.

Meceri ist erst seit knapp zwei Monaten im Polizeidienst und zum ersten Mal mit einer so ernsten Sache konfrontiert. Dem Tod.

»Nein«, lügt Marion, »aber wir sollten uns lieber innerlich darauf vorbereiten. Sie haben gehört, was der Arzt gesagt hat.«

Die junge Frau zupft nervös an ihren Locken.

»Was wird passieren?« fragt sie hilflos. »Bekomme ich Schwierigkeiten?«

»Sie werden Erklärungen liefern müssen, und das ohne Ende. Es wird zu Gegenüberstellungen kommen. Und mit großer Wahrscheinlichkeit auch zu einem Prozeß, in dem es um Fahrlässigkeit gehen wird und um Wiedergutmachung. Letztlich wird sich alles ums Geld drehen.«

»Wird man mich vom Dienst suspendieren?«

»Ach was ... Außer Sie haben einen groben Fehler begangen. Im übrigen sind Sie noch Beamtin auf Probe, im schlimmsten Fall könnte man Ihnen deshalb die Übernahme ins Beamtenverhältnis verweigern. Erzählen Sie mir genau, was passiert ist.«

8

Alle sind im Flur, wo eine spontane Betriebsversammlung in Anwesenheit des Gewerkschaftsvertreters stattfindet. In kleinen Gruppen stehen sie um die Kaffeemaschine herum, und Marion hält kurz an, um ihnen zuzuhören.

Was sie aufschnappt, sind allerlei Kommentare über den chronischen Personalmangel, über Kollegen, die aus dem Dienst scheiden und deren Stellen vakant bleiben, über die Inkompetenz der Vorgesetzten, die es sich aus schnöden Karrieregründen verkneifen, »im Ministerium mal ordentlich auf den Tisch zu hauen«, um die nötigen Mittel locker zu machen, über die wachsende Zahl von Polizistinnen, die bei Einsätzen eine Bürde sind. Sie hört, daß die jüngste Polizistin, die als letzte in Marions Abteilung gekommen ist, direkt für den Ausgang der Schießerei am vergangenen Samstag abend verantwortlich gemacht wird, und beschließt, daß es an der Zeit ist, sich einzumischen.

Die erste Person, deren Blick sie begegnet, ist ausgerechnet Naïma Meceri. Mit verschränkten Armen steht sie da, still und bleich an die Wand gelehnt, und offensichtlich erleichtert, als sie Marion kommen sieht. Marion hat sich nach ihrem Gespräch mit Naïma dazu entschlossen, ihren Einfluß geltend zu machen, denn sie ist überzeugt, daß die junge Frau ihre Hilfe brauchen wird, mehr noch als Talon, der im Moment durch seinen Gesundheitszustand unantastbar ist.

Naïma Meceri ist erst vor kurzem zur Lyoneser Kripo gestoßen, wo es neben Marion noch zwei weitere weibliche Mitarbeiter gibt. Erschwerender Begleitumstand: die Neue ist ein »Mischling« – französische Mutter, algerischer Vater –, was zu den üblichen Vorbehalten gegenüber Frauen erschwerend hinzukommt. Dabei ist Meceris Biographie dazu angetan, alle Klischees Lügen zu strafen: Mit ihren zwei älteren Brüdern stammt sie aus einer vernünftig proportionierten Familie, die obendrein intakt ist. Sie kommt nicht aus einem der Vorstadtghettos in La Courneuve, sondern aus Cognac, wo ihr Vater Angestellter in einer Branntweinbrennerei ist. Sie wurde nicht im Alter von zwölf Jahren von ihren Brüdern vergewaltigt und hatte eine glückliche Kindheit. Sie hat mit niemandem eine Rechnung zu begleichen, außer vielleicht mit sich selbst, so wie die meisten jungen Frauen ihres Alters. Ihr größter Schwachpunkt ist nach Marions Ansicht ihre Überstürztheit. Ihrer Begeisterungsfähigkeit und Impulsivität – oder auch Unüberlegtheit – verdankt sie, je nach Tagesform, die Beinamen Intercity oder Attila. Sie wird sich mit der Zeit bessern, und im übrigen findet Marion es absolut nicht normal, daß sie sich ihre ersten

Sporen nicht in einer etwas harmloseren Abteilung verdienen darf. Das zu ihrer Verteidigung.

Die Gespräche verstummen auf einen Schlag, als man Marion bemerkt. Eigentlich sollte sie in der Sonne braten, und niemand hat mit ihrem Besuch gerechnet. Sogar Capitaine Yves Capdevil wirkt überrascht. Marion ist dafür um so glücklicher, ihn zu sehen.

Vor einem knappen Monat ist er ins Kriminalkommissariat der Lyoneser Polizei zurückgekehrt, und sie hat die Neuigkeit mit Freude zur Kenntnis genommen. Dabei bedeutet diese Rückkehr für den Beamten ein doppeltes Scheitern: zum einen das Scheitern seiner Beziehung mit einer temperamentvollen, exzentrischen Pariserin, die ihm während ihres gesamten Zusammenseins hart zugesetzt hat; zum anderen das Scheitern seiner Karriere im »Amt für den Schutz von Kulturgütern«, denn für diese, insbesondere die Werke der Malerei, hegt er eine im Grunde noch größere Leidenschaft als die, die er seiner ausgeflippten Geliebten entgegenbrachte. Beides unter einen Hut zu bringen war eine einzige Folter für ihn, und so hat Capdevil, wie zwei Jahre zuvor in entgegengesetzter Richtung, einen Schlußstrich gezogen und erneut alles hinter sich gelassen, um nach Lyon zurückzukehren, wo er noch einige Kontakte hatte. Marion ist die letzte, die sich darüber beklagen würde: Capitaine Capdevil ist ein ausgesprochener Ästhet. Er mag weder Pistolen noch Leichen, was ihn deutlich von Talon unterscheidet, mit dem er bislang ein ungleiches, aber hervorragend funktionierendes Team gebildet hat. »Wie gewonnen, so zerronnen«, denkt Marion bedrückt.

»Setzen Sie sich und hören Sie mir zu!« befiehlt sie ihren Beamten und Beamtinnen, nachdem sie alle in den engen, düsteren Besprechungsraum beordert hat.

Als erstes schildert sie Talons Zustand, was stumm zur

Kenntnis genommen wird. Die Kollegen sind erschüttert und gereizt, ihre Gesichter verkrampft.

Dann fährt sie fort:

»In einer knappen Stunde werden die Ermittler der Dienstaufsichtsbehörde mit den Zeugenvernehmungen beginnen. Wie Sie wissen, gibt es Vorschriften, die immer dann gelten, wenn Polizeibeamte direkt in eine Straftat verwickelt sind, und so hat die Staatsanwaltschaft veranlaßt, daß Untersuchungen zu der Schießerei im *Chien qui fume*, einem Spielklub im Stadtzentrum, durchgeführt werden. Die Umstände dieser bewaffneten Auseinandersetzung zwischen Gästen und Kripobeamten scheinen noch völlig unklar zu sein.«

Marion hat sich von Meceri schildern lassen, wie es dazu kommen konnte, daß ein gewöhnlicher Polizeieinsatz innerhalb von wenigen Augenblicken außer Kontrolle geriet. Natürlich hat sie Talons Version nicht gehört, aber sie kann sich denken, was er als wichtigstes Argument angeführt hätte: den Sommermonat August, in dem die Hälfte der Kollegen in Urlaub sind. Sie selbst ebenfalls nicht da. Dafür der *Chien qui fume* jeden Abend zum Bersten voll, hauptsächlich Ausländer. Da das Lokal als Schlupfwinkel für gewisse Mafiakreise der Region gilt, die dort ihre Geldwäsche betreiben, wird es seit sechs Monaten intensiv überwacht; man hat sogar einen verdeckten Ermittler eingeschleust. Nachdem der Mann wochenlang nichts von sich hören ließ, hat er sich ausgerechnet besagten Samstag ausgesucht, um sich bei Talon zu melden, der Wachdienst hatte und nehmen mußte, was da war, um überhaupt ein Team aufstellen zu können.

»Einen Frischling und einen Säufer«, bringt es ein Beamter links von Marion in bitterem Ton auf den Punkt.

Der Frischling ist Naïma Meceri. Der Säufer – und der

Vollständigkeit halber hätte man vielleicht Kiffer und Kokser hinzufügen müssen – ist Capitaine Prunier, der es für ratsam gehalten hat, sich erst einmal krank schreiben zu lassen und in Deckung zu gehen.

Auf dem Flip-Chart zeichnet Marion die Positionen der verschiedenen Beteiligten auf dem Höhepunkt des Geschehens ein. Talon und Naïma bildeten die Vorhut. Nachdem sie das Lokal als Paar in Zivil betreten hatten, sollten sie sich der Zielperson so weit wie möglich nähern, während an den Ein- und Ausgängen verteilt sechs Beamte auf Talons Zeichen warteten. Einer von ihnen war Prunier, der die Tür zu den Toiletten überwachen sollte. Der Zustand des Beamten in dieser schwierigen Situation war niemandem entgangen, und sicher war das auch der Grund, warum Talon ihn dorthin plaziert hatte. Marion weiß, daß er Prunier hätte heimschicken müssen und daß ihn diese Fehleinschätzung womöglich teuer zu stehen kommen wird, sofern er überlebt.

»Hier nimmt die Katastrophe ihren Anfang«, urteilt Marion, um rasch hinzuzufügen, daß es hinterher immer leicht ist, Kritik zu üben, vor allem, wenn man nicht dabei war.

Der erste Teil des Einsatzes scheint normal abgelaufen zu sein. Aber in dem Moment, als Talon und Naïma Meceri den gesuchten Mann ansprechen, um seine Personalien zu überprüfen, glaubt Prunier zu sehen, wie einer der Spieler in die Innentasche seiner Jacke greift und einen Gegenstand hervorzieht, den er für eine Waffe hält. Da er hinter dem Mann steht, hat er Talon in der Schußlinie. Sein Aufschrei läßt Panik ausbrechen. Beim ersten Schuß sieht Meceri Blut von der Stirn ihres Kollegen spritzen, ohne zu begreifen, was eigentlich vor sich geht. Talon zieht seine Waffe, ohne genau zu erkennen, wer ihn bedroht. Als ihm die zweite Kugel die Eingeweide zerreißt, zielt er in Richtung des Schützen, den er im dichten Rauch nur erahnen kann. Der Dicke vor ihm, der in der einen Hand seine Brieftasche, in der anderen wohl eine Colaflasche hält, wirft sich in panischer Angst genau in die Flugbahn seiner Kugel.

»Interessant ...« durchbricht eine Stimme hinter Marion die bleierne Stille, die ihre Ausführungen begleitet hat. »Interessant, aber aus der Luft gegriffen.«

Sie fährt herum. Paul Quercy starrt sie an, die Arme über dem marineblauen Anzug verschränkt. Mit seinem korrekten Haarschnitt, der Hornbrille und dem Ordensband der Ehrenlegion im Knopfloch ähnelt der Leiter der Kripo eher einem Ministerialbeamten als einem Polizeichef. Lange messen sich die beiden mit Blicken, und Marion liest in Quercys Augen, wie sehr ihm dieser Fall gegen den Strich geht. Die Beamten rühren sich nicht, sondern warten gespannt, ob es wieder einmal zu einem Schlagabtausch zwischen dem Kripochef und der Kommissarin kommen wird.

Quercy wendet sich an die Gruppe:

»Was Sie gehört haben, ist die Version Ihrer Chefin, die auf einem Ohr taub ist«, sagt er trocken und sieht Marion dabei von der Seite an. »Ich bin der festen Überzeugung, daß der Anwalt *wirklich* bewaffnet war und daß in dem ganzen Chaos jemand seine Waffe hat verschwinden lassen. Um uns in die Scheiße zu reiten. Ich kenne einige Journalisten oder auch andere Leute, die den Bullen immer gern eins auswischen, nach dem Motto: ›Polizei schießt auf redlichen Anwalt ... Ein Versehen, mangelnde Koordination?‹ Damit aus diesem schlimmen Vorfall, den ich mehr als bedauere, ein Riesenskandal wird. Dann könnten sie uns endlich mal nach Lust und Laune an den Pranger stellen. Das will ich verhindern. Die Dienstaufsichtsbehörde hat gerade mit den Zeugenvernehmungen begonnen. In einer Stunde gebe ich eine Pressekonferenz, und ich verbiete allen hier Anwesenden, sich außerhalb der offiziellen Befragungen zu dem Fall zu äußern. Ich will, daß wir es bis auf weiteres bei der anfänglichen Darstellung der Ereignisse bewenden lassen: Der Anwalt hat eine Waffe gezogen, Capitaine Prunier wollte seinen bedrohten Kollegen schützen und hat ebenfalls zur Waffe gegriffen. Daraufhin sind Schüsse gefallen, über deren Herkunft noch nichts bekannt ist, und in dem ganzen Tumult wurde Talon von mehreren Kugeln getroffen. Er hat zurückgeschossen und den Anwalt tödlich verletzt. Nicht wahr, Mademoiselle Meceri?«

Naïma Meceri reißt die Augen auf, und alle Köpfe drehen sich zu ihr hin. Hilfesuchend sieht sie Marion an, die ihr zu verstehen gibt, daß sie nichts für sie tun kann.

»Ich habe nicht alles gesehen«, sagt die junge Frau mit heiserer Stimme. »Ich war ja dabei, die Papiere von dem Mann zu überprüfen, ich weiß nicht ...«

»Sehr gut«, fällt ihr Quercy ins Wort. »Halten Sie sich an das, was Sie wirklich gesehen und getan haben, und versuchen Sie nicht, irgendwelche Schlüsse zu ziehen oder sich zusammenzureimen, wer wohl was getan hat.«

Er dreht sich zu Marion um, die ihn herausfordernd ansieht, die Hände in die Hüften gestemmt. Quercy fährt unbeirrt fort:

»Diese Anweisungen gelten für alle, Kommissarin Marion ... Also los jetzt, Leute! Die Kundgebung ist vorbei, macht euch wieder an die Arbeit – wenn ihr es irgend jemandem heimzahlen wollt, ist das immer noch der beste Weg.«

Unter leisem Protest stehen die Beamten auf und verlassen den Raum, ohne Quercy im Vorbeigehen zu grüßen; nur der Gewerkschaftsvertreter bedenkt ihn aus unerklärlichen Gründen mit einem leisen »Danke, Monsieur Quercy«. Marion sieht den verschlossenen Gesichtern an, wie aufgebracht alle sind, obwohl man sich ihr gegenüber freundlich oder neutral verhält. Das Problem hat nichts mit Marions Verhältnis zu ihren Mitarbeitern zu tun, es liegt viel tiefer. Was sich hier zeigt, ist eine allgemeine Unzufriedenheit, die eines Tages auch vor den besten Polizisten nicht mehr haltmachen wird.

»Warum sind Sie hier?« fragt Quercy, als alle gegangen sind.

Marion fährt zusammen. Jetzt redet er noch immer in diesem Chefton mit ihr, dabei sind sie doch allein! Sie dreht sich um, als stünde jemand hinter ihr.

»Haben Sie mit mir gesprochen, Chef?«

»Nein, mit dem Papst! Ich dachte, Sie wären im Urlaub.«

»Ich bleibe hier.«

»Das ist doch lächerlich. Sie brauchen Ihren Urlaub, genau wie jeder andere auch. Für wen halten Sie sich? Glauben Sie, daß wir ohne Sie nicht überleben können?«

Er vergräbt die Hände tief in seinen Hosentaschen und klimpert mit ein paar Geldstücken.

»Das ist ein Fall, wie er schlimmer nicht sein könnte«, sagt sie. »Talon ist einer meiner engsten ...«

»Eben. Sie haben weder den nötigen Abstand noch die nötige Objektivität. Nehmen Sie sich Ihre freien Tage, wir halten Sie auf dem laufenden.«

Marion sieht ihn aufmerksam an. Sie kennt ihn in- und auswendig, diesen bärbeißigen, aufrichtigen Mann, und deshalb weiß sie, daß er ihr nicht alles gesagt hat.

»Was wollen Sie eigentlich beweisen mit ihrer vorgekauten Geschichte, die wir alle der Dienstaufsichtsbehörde auftischen sollen? Die wird sowieso im Handumdrehen widerlegt sein. Sie wissen genausogut wie ich, daß Prunier auf Talon geschossen hat, weil er zwei oder drei Promille im Blut hatte oder mit Koks zugeknallt war. Da mache ich nicht mit.

Prunier ist rauschgiftsüchtig und damit eine Gefahr für die Allgemeinheit, er muß gefeuert werden.«

»Ich werde ihn feuern, sobald ich Beweise für Ihre Behauptung habe. Zum Beispiel dann, wenn das ballistische Gutachten vorliegt.«

»Das kann ja wohl nicht wahr sein! Sie geben diesem Typen Rückendeckung und lassen Talon im Regen stehen!«

»Talon hat einen exzellenten Lebenslauf und hervorragende Zeugnisse, die ihn vor größeren Schwierigkeiten bewahren werden. Und in seinem augenblicklichen Zustand riskiert er sowieso nichts. Nun ja, Sie wissen schon, wie das gemeint war …«

»Ich bitte Sie, Monsieur Quercy, werden Sie nicht zynisch. Und Prunier, womit hat er soviel Fürsorge verdient?«

»Vier Kinder, eine Verletzung im Dienst.«

»Und was noch? Ist er in Ihrer Partei? Ist er Freimaurer? Gewerkschaftler wahrscheinlich, muß ja, wenn man so einen Rattenschwanz von Problemen hinter sich herzieht wie der …«

Marion ist außer sich. Quercy weist sie in schneidendem Ton zurecht:

»Ich verlange von Ihnen, daß Sie die Finger von diesem Fall lassen, Kommissarin Marion. Sie werden die Sache mir, Ihrem Vorgesetzten, überlassen. Ich kümmere mich darum, und zwar anhand der Informationen, über die ich verfüge. Und damit basta.«

Marion hat schon den Mund geöffnet, um zurückzuschießen, doch Quercys eisiger Blick läßt sie innehalten. Sie wählt eine neue Taktik.

»Kann es sein, daß Sie mich loswerden wollen?« fragt sie in möglichst gelassenem Ton.

Er verdreht die Augen.

»Sie leiden unter Wahnvorstellungen … Obwohl Sie schon

recht haben«, fügt er hinzu, als hätte er plötzlich keine Zeit mehr für Feinheiten. »Ich will Sie nicht zwischen den Füßen haben. Wegen dieses Falls habe ich einen Anschiß vom Minister bekommen …«

»Ich dachte, Sie wären dicke Freunde.«

»In der Politik gibt es keine Freunde, da gibt es nur nützliche und vor allem unauffällige Helfer und Mitarbeiter. Ein zukünftiges Mitglied im Beraterstab des Ministers, das sich in den Medien äußern muß, weil seine Leute einen Anwalt über den Haufen geschossen haben – auch wenn er noch so anrüchig war und aus Marseille stammte –, ist nicht unbedingt die beste Werbung, die man sich im Ministerium wünschen kann. Können Sie mir folgen?«

»Sehr gut. Dann ist es also beschlossene Sache, Sie verlassen uns?«

Obwohl die beiden wegen jeder Kleinigkeit aneinandergeraten, ist Marion wenig begeistert von der Vorstellung, daß Quercy sie und ihre Männer im Stich lassen könnte, um in den Fluren des Innenministeriums Männchen zu machen. Er nickt.

»Ich wußte gar nicht, daß es Sie so in die Politik und die Vorzimmer unserer lieben Minister zieht. Sie hoffen wohl wirklich darauf, daß Sie vor der Rente noch einen ordentlichen Karrieresprung machen können …«

»Sie haben ja keine Ahnung! Ich versuche doch nur zu vermeiden, daß man mich in den Ruhestand versetzt. Einen anderen Weg habe ich nicht gefunden. Mit ein bißchen Glück wird man mich zum Polizeipräsidenten ernennen, und dann kann ich bis fünfundsechzig weitermachen.«

Damit wäre das ständige Tête-à-tête mit Madame Quercy um sechs Jahre aufgeschoben. Vorausgesetzt, sein Ministerfreund bleibt so lange im Amt …

»Und außerdem«, fügt der Kripochef mit einem schiefen

Grinsen hinzu, »gefällt mir die Vorstellung, im Verborgenen die Strippen zu ziehen, anstatt auf Ganoven zu schießen.«

»Mal ganz unter uns, Chef: Wann haben Sie das letzte Mal auf Ganoven geschossen?«

Er wirft ihr einen bösen Blick zu, ist aber so überrumpelt, daß er nicht auf ihre freche Bemerkung eingeht.

»Versprechen Sie mir, daß Sie sich aus diesem Fall raushalten?«

»Schon gut, ich habe verstanden ... Aber Sie können mich nicht daran hindern, mich verantwortlich zu fühlen.«

»Und auch schuldig? Das ist doch genau das, was ich sage: Wenn es nach Ihnen ginge, würden Sie noch behaupten, daß Sie mit in diesem Scheißlokal waren und daß Sie selbst auf den Anwalt geschossen haben – bloß um Talon, Meceri und die anderen zu decken. Nur nicht Prunier, den Sie nicht riechen können. Tun Sie mir also einen Gefallen: Räumen Sie das Feld, Sie werden hier im Moment nicht gebraucht!«

Marion ist gekränkt. Obwohl Quercy nicht ganz unrecht hat: Daß sie an jenem Abend nicht bei ihren Männern war, läßt ihr keine Ruhe, und sie würde alles dafür geben, es rückgängig machen zu können. Sie ahnt schon, daß ihre nächste Äußerung Quercy nicht gefallen wird.

»Ich habe darum gebeten, vor der Dienstaufsichtsbehörde aussagen zu dürfen. Es sind meine Leute, ich habe das Recht dazu.«

Quercys buschige, graumelierte Augenbrauen haben sich zu einem dicken Strich zusammengezogen. Seine schwarzen Augen funkeln.

»Wie kann man nur so stur sein! Und was wollen Sie denen sagen?«

»Das ist meine Sache. Aber seien Sie unbesorgt, zu den Ereignissen selbst werde ich mich nicht äußern, nur zu einigen technischen Aspekten, und ich werde denen sagen, daß Sie ein guter Chef sind. Dann bin ich weg.«

»Wohin fahren Sie?«

»Muß ich Ihnen das auch sagen?« fragt sie ironisch zurück.

»Es könnte sein, daß ich Sie erreichen muß.«

Sein Blick ist wieder ausweichend.

Alter Lügner, denkt Marion, du willst doch nur sichergehen, daß ich wirklich abreise …

»Ich fahre ins Burgund. Nach Charmes. Das ist zwanzig Kilometer von Dijon entfernt.«

Zu der Reise hat sie sich just in diesem Moment entschlossen. Sie will das Erbe jenes Mannes, den sie kaum kennt, zwar nicht annehmen, aber sie muß wissen, was Gus Léman zugestoßen ist. Berufskrankheit.

»Zur Familie von Ihrem neuen Verehrer?« fragt Quercy aus Höflichkeit.

»Erstens ist er kein neuer Verehrer, sondern mein zukünftiger Ehemann. Und zweitens stammt er aus Savoyen und nicht aus dem Burgund. Ich gehe zur Beerdigung eines alten Freundes meines Vaters.«

Quercy erstarrt. Der verstorbene Félix Marion wird normalerweise zwischen den beiden niemals erwähnt, obwohl Quercy, dessen Verhältnis zu der jungen Frau man als fast väterlich bezeichnen könnte, unbewußt seinen Platz eingenommen hat.

»Wer ist es denn?«

»Gustave Léman.«

Dieses Mal kann der Kripochef seine Überraschung nicht verbergen. Ihm entfährt ein leiser Ausruf, den er sogleich mit einem Hüsteln zu vertuschen sucht. Aber Marion ist nichts entgangen.

»Kennen Sie ihn?«

Er weicht aus:

»Nein ... Woran ist der Mann gestorben?«

»Soweit ich weiß, ist er umgebracht worden. Mehr Informationen habe ich nicht. Er hat mich ... dazu bestimmt, mich um seine Beerdigung zu kümmern.«

Sie hakt nach:

»Kennen sie ihn?«

Quercy sieht sie kurz an, dann kehrt er ihr den Rücken zu und fängt an, mit vorgetäuschtem Interesse das Flip-Chart zu studieren. Wieder klimpert es laut in seiner Hosentasche.

»Ich würde ja gern wissen, wie Sie ein so sicheres Urteil über Ereignisse fällen können, bei denen Sie gar nicht zugegen waren ...«, weicht er von neuem aus und unterstreicht seine Bemerkung mit einem Zungenschnalzen.

»Chef!« protestiert Marion. »Warum wechseln Sie das Thema? Sie haben mir noch nicht geantwortet. Haben Sie diesen Mann gekannt?«

»Wen?«

»Gustave Léman. Sagt Ihnen das nichts, Léman?«

»Heißt der Genfer See nicht so? Lac Léman?«

Keiner kann so schöne Pirouetten drehen wie Quercy. Marion zuckt die Achseln und läßt ihn einfach stehen. Dabei wird sie das Gefühl nicht los, daß er sie irgendwie für dumm verkauft.

9

Das Dörfchen Charmes, im Nordosten von Dijon gelegen, sieht mit seinen Steinhäusern kaum anders aus als die meisten Orte im Burgund, nur daß es, im Gegensatz zu den Dörfern der Weingegenden, bescheiden daherkommt. Es liegt an einem sanften Hügel und ist über eine schnurgerade Straße erreichbar, die zu beiden Seiten von uralten, majestätischen Platanen gesäumt ist. Auf den letzten hundert

Metern, vor einer scharfen Kurve, zieht sich eine hohe, baufällige Mauer an der Straße entlang. Sie umschließt einen Park, dessen ausgesuchte Baumarten auf ein großes Anwesen schließen lassen, das schon bessere Zeiten gesehen hat. Marion fährt langsamer; hinter der Kurve stößt sie auf den Dorfplatz. Im Grunde ist es nur eine Kreuzung, an der zwei Straßen im rechten Winkel aufeinandertreffen, mit einer ramponierten Bushaltestelle, einer alten Viehwaage und vier Häusern ohne besonderes Gepräge. Rechter Hand versteckt sich hinter einem fast vollständig überwucherten Portal ein massiger Bau, von dem nicht mehr als der schiefergedeckte Dachfirst zu sehen ist.

Der Platz ist leer. Die Uhr auf Marions Armaturenbrett zeigt neun. An einem Haus am Rand der Landstraße, die den Ort in zwei Hälften teilt, hängt ein rostiges Schild mit der Aufschrift »Café Rodelot«; an den Klappläden, die seit Ewigkeiten weder geschlossen noch gestrichen worden sind, preisen zwei alte Werbetafeln aus Blech Byrrh und Cinzano an, den Aperitif, den man braucht. Die Tür ist geöffnet, und ein Vorhang aus bunten Plastikstreifen bewegt sich träge in der frischen Brise, die Ende August schon einen Vorgeschmack auf den nahenden Herbst gibt. Marion hat Lust auf einen starken Espresso, aber sie kann sich nicht vorstellen, daß es in diesem Kaff so etwas gibt. Im Radio werden die Neun-Uhr-Nachrichten angekündigt, was ihr einen kurzen Moment Zeit gibt, über den nächsten Schritt nachzudenken. Entweder sie trinkt erst einmal einen dünnen Kaffee, oder sie stattet den Gendarmen einen Besuch ab, ehe sie zu ihrem Treffen mit dem Notar nach Dijon fährt, um sich die fünfzehn Kartons und alles, was damit zusammenhängt, so schnell wie möglich vom Hals zu schaffen.

Als die Kurznachrichten beendet sind, fällt Marion auf, daß von den Ereignissen im *Chien qui fume* schon keine

Rede mehr war. Dabei weiß sie von ihren Kollegen von der Dienstaufsichtsbehörde, die sie gestern eine Stunde lang verhört haben, daß die Frau des Anwalts und sein Partner Anzeige erstattet haben. Sie schaltet das Radio aus, zieht den Schlüssel ab und beschließt, es mit dem Kaffee zu versuchen, und sei es auch nur, um zu sehen, welche Stimmung in dem Dorf herrscht, in dem Gus Léman gestorben ist.

Als sie aus ihrem Peugeot steigt, taucht von rechts ein gelbes Postauto auf; es bleibt vor einem blumengeschmückten Haus stehen, auf dessen Fassade eine gerade noch leserliche Aufschrift verrät, daß es einst einem Hufschmied gehörte. Ohne aus dem Wagen zu steigen, wirft der Postbote eine Zeitung und zwei oder drei Briefe Richtung Tür, die verstreut vor der Schwelle liegenbleiben. Während Marion den Platz überquert, um ins Café zu gehen, denkt sie darüber nach, wie faul die Briefträger heutzutage geworden sind, und als sie sich umdreht, sieht sie, daß das gelbe Auto noch nicht weitergefahren ist, vermutlich weil der Fahrer sich Zeit nimmt, ihr in aller Ruhe nachzusehen. In diesem Moment wird ihr bewußt, daß ihr Wagen mit dem Lyoneser Kennzeichen und sie selbst in ihrem lavendelfarbenen, großstädtischen Hosenanzug unter den Dorfbewohnern bestimmt viele Fragen aufwerfen.

Von innen erinnert das Café mit seinen an der Wand aufgereihten Holztischen und den vergilbten Werbeplakaten für Spirituosen, die es längst nicht mehr gibt, an die Kulisse eines Nachkriegsfilms. Der Geruch nach Wein und Chlorwasser vermischt sich mit den moderigen Kellerdüften, die durch eine weit geöffnete Falltür nach oben steigen. Auch das Klirren von Flaschen dringt aus dem Keller und eine Frauenstimme, deren zittriger Klang darauf schließen läßt, daß sie weitaus älter ist als das ganze Lokal. An dem ersten Tisch sitzt mit dem Rücken zur Eingangstür ein einsamer

Gast, der mit einer Hand einen Schoppen Weißwein umklammert und mit der anderen ein halb gefülltes Glas, als fürchte er, jemand könne versuchen, ihm beides wegzunehmen. Er dreht sich nicht um, als Marion den Raum betritt, und erwidert ihren Gruß nur mit einem Murren, aber sie spürt seinen Blick, als sie zur Theke geht, auf der ein Erdnußspender thront. In der Falltür taucht erst ein Kopf auf, dann ein Arm, an dem ein mit Weinflaschen gefüllter Korb hängt. Die Frau, die ein graues, mit malvenfarbenen Blümchen gemustertes Kleid trägt, ist gut und gern achtzig Jahre alt und schrumpeliger als eine Backpflaume. Ächzend hievt sie sich aus dem dunklen Loch und läßt die Klappe zufallen, ehe sie sich, die Hände ins Kreuz gestützt, langsam wieder aufrichtet. Dem Mann mit dem Schoppen kommt es nicht in den Sinn, ihr zu helfen. Er beschränkt sich darauf, die Verrenkungen der alten Frau mit einem mißbilligenden Kopfschütteln zur Kenntnis zu nehmen.

»Was soll ich Ihnen bringen ... Mademoiselle?« fragt die Frau mit zusammengekniffenen Lippen, ohne Marion zu begrüßen. Ihr schleppender Tonfall und das gerollte R weisen sie zweifelsfrei als Einheimische aus.

Das Lokal hat keine Espressomaschine, und Marion muß sich das Lachen verbeißen, als die Wirtin wieder aus der Küche kommt, vor sich eine riesige Trinkschale mit einer Flüssigkeit, die unverkennbar nach Zichorienkaffee riecht. Das übertrifft ihre schlimmsten Befürchtungen. Am Tresen läßt sie sich den Geruch in die Nase steigen, während die alte Frau zwischen Marion und dem einsamen Gast Stellung bezieht. Aus ihren trüben Augen sprechen Fragen über Fragen, aber sie würde eher tot umfallen, als ein Gespräch anzufangen. So beschließt Marion, die Initiative zu ergreifen. Während sie unaufhörlich in der wäßrigen Brühe rührt, die die Wirtin vor sie hingestellt hat, erkundigt sie sich:

»Wissen Sie, wo das Haus von Monsieur Léman ist?«

Betretenes Schweigen. Der Weintrinker läßt sich dazu herab, träge aufzublicken, und schlägt unter dem Tisch die Stiefel übereinander, an denen noch Stallmist klebt.

»Warum wollen Sie das wissen?« fragt die Frau mit unverhohlenem Mißtrauen.

Nach kurzem Zögern beschließt Marion, lieber keine komplizierten Erklärungen abzugeben. Ausweichend antwortet sie:

»Ich muß mit ihm sprechen.«

Der Bauer kippt in einem Zug sein Glas herunter und schnalzt mit der Zunge.

»Das wird nicht leicht sein ...«, sagt er grinsend, nachdem er ein paar Weintropfen aus seinem Schnurrbart geleckt hat.

Argwöhnisch schaltet sich die Alte wieder ein:

»Sie sind doch nicht etwa von der Presse?«

»Warum? Gibt es einen Grund, weshalb die Presse sich für Monsieur Léman interessieren sollte?«

Die Frau wirkt verunsichert. Sie zuckt die Achseln.

»Keine Ahnung, was weiß denn ich ... Aber den Gus, den werden Sie hier nicht finden ...«

»Aha. Und wo finde ich ihn?«

Der Gast schenkt sich den restlichen Wein ein und tauscht wissende Blicke mit der Wirtin aus, während er das Glas zum Mund führt. Die zwei verstehen sich, ohne ein Wort zu sagen. Vor den Fensterscheiben schwirren laut summend ein paar Fliegen umher. Marion will schon aufgeben, da kommt ihr eine Idee.

»Wenn Monsieur Léman nicht hier ist, könnte ich vielleicht seine Frau sprechen ...«

»Wen, die Claire?«

Der Vorname ist wie von selbst über die schmalen Lippen gekommen. Der Gast fährt zusammen, als hätte seine Komplizin etwas Unanständiges gesagt. Unter seinem grimmigen Blick verliert die Alte sichtlich die Fassung.

»Sie sollten lieber mal bei den Gendarmen nachfragen«, sagt sie rasch. »In Mirabel. Da werden Sie schon was erfahren. Wir kennen Sie schließlich gar nicht ...«

»Dann sagen Sie mir wenigstens, wo sein Haus ist«, seufzt Marion.

10

Schließlich hat sie der Alten die erbetene Auskunft abgerungen, nachdem sie für ihren kaum angerührten Kaffee den doppelten Preis gezahlt hat. Sie spürt noch die Augenpaare, die sich, hinter den Vorhängen versteckt, in ihre Schulterblätter bohren, als sie zu ihrem Auto zurückkehrt, um zum Friedhof zu fahren. Sie durchquert das Dorf, rollt eine lange, leicht abfallende Straße hinab, die von Bauernhöfen und niedrigen Häusern ohne Gärten gesäumt ist. Auf der rechten Seite sieht sie die Schule, dann ein Stück weiter die Kirche mit einer hinreißenden Kreuzigungsgruppe, ehe die Straße wieder ansteigt und Marion schließlich am Dorfrand, wo es Richtung Mirabel weitergeht, den Friedhof erreicht. Direkt gegenüber befindet sich das Haus von Gus Léman. Auf dem äußersten Zipfel des Hochplateaus gelegen, überragt es unübersehbar die Ebene, die sich wie eine braungrüne, von einigen Baumgruppen durchbrochene Patchworkdecke bis zum Horizont erstreckt. In der Ferne erkennt man den Wald von Velours, ein dunkler Fleck, der sich bis zur deutschen Grenze hinzieht.

Das Haus ist in schlechtem Zustand, genauso wie der Garten, der mit Holzpflöcken und Stacheldraht umzäunt ist. Aber so bescheiden das alles auch ist, hat es doch einen ganz besonderen Charme. Als Marion durch eine von Wildrosen und blühenden Stockmalven überwucherte Öffnung im Zaun tritt, überkommt sie ein merkwürdiges Gefühl, so als würde sie das steile Dach und den Moos- und Buchsbaumgeruch plötzlich wiedererkennen. Sie bleibt stehen, um die glyzinienberankte Gartenlaube zu betrachten. Bilder kommen hoch: Liegestühle unter dem Laubengang, eine Schaukel, das rhythmische Knarren der Halteringe. Frauengelächter, der Duft nach warmer Milch ... Dann werden Marions sonderbare Impressionen von Ninas fröhlicher Stimme überlagert. Sie glaubt schon, die Hammerschläge zu hören, mit denen Gilles als leidenschaftlicher Heimwerker diesen alten Steinen zu Leibe rückt, und auf einmal löst sich alles in Luft auf.

Marion erschrickt, als ihr bewußt wird, daß sie sich dieses Haus instinktiv angeeignet hat; dieses Haus, zu dem ihr ein gelbes Absperrband mit der schwarzen Aufschrift »Polizeilicher Erkennungsdienst. Betreten verboten« den Zugang verwehrt. Die Tür ist versiegelt, und trotz der Entfernung kann Marion auf dem Holz deutlich die Spuren des Rußpulvers erkennen, mit dem man die Fingerabdrücke abgepinselt hat.

Sie geht um das Haus herum, dessen Fensterläden geschlossen sind, und als sie den Garten durchquert, entdeckt sie am äußersten Ende des Plateaus eine schmiedeeiserne Bank, von der man einen überwältigenden Blick über die Ebene hat. Für einen Augenblick vergißt Marion alles um sich herum.

»An manchen Tagen sieht man bis zum Mont Blanc!«

Sie zuckt zusammen und fährt von der Bank hoch. Auf der anderen Seite des Zauns steht, auf einen Stock gestützt, ein alter Mann mit einem Zigarettenstummel im Mund und sieht sie an. Er trägt einen blauen Overall, Stiefel und eine karierte Schirmmütze.

»Das stimmt wirklich«, beharrt er und deutet zum Horizont. »Aber wenn man ihn sieht, bedeutet das Regen. Für welche Zeitung arbeiten Sie? *Le Bien public*?«

Hier scheint man wirklich überall Presseleute zu wittern.

»Nein«, sagt Marion vorsichtig. »Warum?«

»Sie kommen ein bißchen spät, die anderen waren alle schon hier. Die ganze Konkurrenz ...!«

»Tatsächlich? Sie scheinen ja gut informiert zu sein, Monsieur ...?«

»Léon, man nennt mich Vater Léon. Wissen Sie, bei mir ist das so: Ich seh nichts, ich hör nichts ... Aber eins ist sicher, die Gendarmen werden denjenigen, der das getan hat, niemals finden.«

»Warum?«

»Weil ... ich werd's Ihnen sagen ... so wie das gemacht worden ist, das ist typisch Gestapo, Geheimdienst und Konsorten. Ne andere Erklärung gibt's nicht.«

In der Ferne hört man das langsam näher kommende Geräusch eines Motors. Dann das Knirschen von Kies vor dem Friedhof, und als Marion sich umdreht, kann sie gerade noch sehen, wie das Postauto wendet und Richtung Dorf zurückfährt. Es verschwindet hinter den riesigen Rosenbüschen, und kurz darauf wird der Motor ausgestellt.

»Das ist der Postbote«, erklärt Vater Léon. »Jetzt genehmigt er sich bei Jeanjean ein Gläschen.«

»Was sagten Sie eben über Gustave Léman?«

»Ich habe gesagt, daß man ihm übel mitgespielt hat. Er war in sein Geburtshaus zurückgekehrt, um hier seinen Lebensabend zu verbringen. Er hatte das Recht darauf, in Frieden zu sterben, selbst wenn stimmt, was immer so gesagt wurde ...«

»Was wurde denn gesagt?«

Der Alte schüttelt wieder den Kopf. Er scheint das Für

und Wider abzuwägen, während er Marion mustert, die sich Mühe gibt, ihre Ungeduld zu verbergen. Ihre Mutter pflegte zu sagen, daß die Bauern im Burgund echte Maulesel sind: Es dauert, bis sie in Schwung kommen, aber wenn sie einmal loslegen, kann man sie nicht mehr bremsen. Bis jetzt hat der Alte nur den ersten Teil dieser Weisheit bestätigt.

»Er hat im Krieg so Sachen gemacht …« setzt der alte Mann an und hält im gleichen Moment inne.

Marion denkt rasch nach. Das ist unmöglich: Gus muß zu Beginn des Zweiten Weltkrieges fünf Jahre alt gewesen sein, allerhöchstens zehn …

Als sie den Mann darauf anspricht, schüttelt er langsam den Kopf.

»Ich meine nicht den Zweiten Weltkrieg. Nein, den Algerienkrieg. Und da weiß ich, wovon ich rede, Mademoiselle. Mein Sohn hat dort sein Leben gelassen … Ein guter Junge, das können Sie mir glauben.«

»Tut mir leid«, murmelt Marion. »Und was sind das für ›Sachen‹, auf die Sie anspielen?«

»Oh, ich hab nichts gesehen … aber die Leute hier sagen, daß er genauso geendet hat wie manche von den Arabern, die er im Dschebel gepiesackt hat. Folter …«

Die kleinen Augen von Vater Léon blitzen kurz auf, als bereue er schon, zu viel gesagt zu haben.

11

»Hier, Kommissarin Marion. Aber Vorsicht, das geben wir nicht jedem in die Hände!«

Der Chef der Gendarmerie, der seine gesamte Brigade (acht Männer, davon zwei in Urlaub) um sich geschart hat, legt einen Satz Farbfotos vor Marion auf den Tisch, welche die Leute vom gerichtsmedizinischen Institut, Außenstelle Dijon, am Tatort aufgenommen haben. Die Bilder sind unerträglich, und Marion, die sich nur verschwommen an Gustave Léman erinnert, wäre außerstande, den Freund ihres Vaters wiederzuerkennen. Da liegt ein magerer alter Mann seitlich auf dem Küchenboden, den Kopf mitten in einer Blutlache, den Körper von Wunden und durch Zigaretten hervorgerufenen Verbrennungen bedeckt. Gefoltert, mit ausgeschältem Augapfel.

Während sie aufmerksam ein Bild nach dem anderen betrachtet und versucht, auf das eine oder andere Detail zu stoßen, das den Gendarmen vielleicht entgangen ist, stellt sie systematisch eine Reihe von Fragen. Die Antworten kommen in höflichem, um nicht zu sagen liebenswürdigem Ton, was Marion fast auf die Nerven geht, weil es gekünstelt wirkt. Man hat ihr die Akte vorgelegt, sie hat den Bericht der Spurensicherung gelesen und die Zeugenvernehmungen, darunter natürlich auch die Aussage eines gewissen Pierre Blanc, des Postboten von Charmes. Er hat die Leiche entdeckt, nachdem er Gus drei Tage lang nicht gesehen und sich Sorgen gemacht hatte. Es fehlt noch das gerichtsmedizinische Gutachten, das auf sich warten läßt, dessen Inhalt der Brigadeleiter aber im wesentlichen kennt, weil er der Obduktion beigewohnt hat. Gus ist mindestens zwei oder drei Stunden lang gefoltert worden, ehe er einem Herzinfarkt erlag. Das Ausschälen des Augapfels, worin man die letztliche Todesursache hätte vermuten können, hat erst nach Eintreten des Todes stattgefunden. Marion reagiert mit Erleichterung auf diese Information. Es gibt Abscheulichkeiten, die einfach nicht sein dürfen.

»Wir werden die Leute finden, die das getan haben«, behauptet der Gendarmeriechef und widerspricht damit dem alten Nachbarn von Gus.

»Haben Sie eine Täterbeschreibung?«

Plötzlich verunsichert, verzieht er das Gesicht:

»Ja ... na ja, eigentlich nicht ... Bis jetzt nichts Aussagekräftiges. Wir haben ziemlich viele Fingerabdrücke, die üblichen Tatortspuren eben, die zur Zeit analysiert werden ... Wir haben noch keine Ergebnisse. Und direkte Zeugen gibt es nicht, wie Sie ja selbst gesehen haben.«

»Hatte Monsieur Léman schon einmal mit der Justiz zu tun? Gibt es irgend etwas, das aktenkundig geworden ist?«

Der Gendarm zögert für den Bruchteil einer Sekunde. Aus einer vagen Ahnung heraus oder vielleicht auch nur aus Gewohnheit hat Marion Capitaine Capdevil den Auftrag gegeben, das Vorleben von Gus Léman abzuklopfen. Sie hat keine konkreten Erwartungen, was die Ergebnisse dieser Nachforschungen betrifft, aber ihr Gefühl sagt ihr, daß niemand einen unbescholtenen Bürger einer solchen Folter unterziehen würde.

»Nein, da gibt es nichts zu melden«, erwidert der Gendarm. »Wenn Sie meine Meinung hören wollen, dann haben wir es mit einem gemeinen Verbrechen zu tun. Im Lauf der letzten Jahre sind hier häufiger alleinstehende alte Leute überfallen worden. Wir überprüfen jetzt jeden, der wegen ähnlicher Vergehen schon einmal verhaftet wurde. Diese Typen beobachten die alten Leutchen, und irgendwann schlagen sie dann zu. Manchmal quälen sie ihre Opfer, damit sie ihnen verraten, wo sie ihre Ersparnisse versteckt haben.«

»Finden Sie denn, das paßt zu dem, was Sie über Monsieur Léman wissen? Er schien doch nicht gerade im Geld zu schwimmen ...«

»Es gibt Fixer, die bereit sind, für zwei oder drei Scheine jemanden umzubringen.«

»Sicher«, räumt Marion ein. »Aber sein Haus ist eine halbe

Ruine … Wenn er Geld hatte, muß derjenige, der ihn umgebracht hat, das gewußt haben.«

Der Brigadeleiter wendet den Blick ab und starrt auf die Fotos; er ist offenbar nicht bereit, auf Marions Theorie einzugehen.

»Ich denke eher an eine Zufallsbegegnung … Léman wohnte erst seit anderthalb Monaten hier. Er hatte seit fast vierzig Jahren keinen Fuß mehr in das Haus gesetzt.«

»Wie bitte?« ruft Marion aus, die langsam – ob sie will oder nicht – anbeißt und merkt, wie ihr Jagdinstinkt erwacht.

Der Gendarm wirft seinen Männern einen raschen Blick zu, plötzlich besorgt, er könnte dieser Frau schon zu viel verraten haben. Er dreht sich kurz zur Tür des Nachbarzimmers um, die geschlossen ist.

»Hören Sie, Kommissarin Marion, ich habe nichts dagegen, Ihnen alle Fragen zu beantworten, aber ich würde schon gerne wissen, was Sie hergeführt hat. Ich hoffe, Sie sind nicht gekommen, um uns den Fall zu entziehen, denn um Ihnen die Wahrheit zu sagen, solche Fälle sind bei uns nicht gerade an der Tagesordnung, und … nun ja … wenn Sie Informationen haben … ich meine, wenn es Dinge gibt, die wir nicht wissen und die Sie …«

Er hat den Faden verloren. Marion mustert ihn schweigend, überzeugt davon, daß hier irgend etwas faul ist. Das Telefon rettet den Gendarmen aus seiner mißlichen Lage.

»Für Sie, Chef«, sagt einer der Männer, der den Hörer abgenommen hat.

Der Gendarmeriechef meldet sich mit einem schneidigen »Brigadeleiter Chrétiennot am Apparat«. Marion kommt es so vor, als würde er ein wenig den Rücken durchdrücken, ja geradezu strammstehen, während er seinem Gesprächspartner zuhört. Er sagt kein Wort und legt auf, nachdem er ein zackiges »Zu Befehl!« in den Hörer gebellt hat. Für einen kurzen

Moment steht er da und starrt auf das Telefon, als müßte er erst wieder zu Atem kommen, dann dreht er sich zu Marion um:

»Wo waren wir stehengeblieben, Kommissarin Marion?«

»Bei den vierzig Jahren, die Monsieur Léman sich in Charmes nicht hat blicken lassen. Das sagten Sie doch, oder?«

»Das ist richtig«, erwidert der Gendarm leise, während er seinen Männern ein Zeichen gibt, sich wieder an die Arbeit zu machen. »Sollte er doch einmal gekommen sein, muß er das geheimgehalten haben. Niemand hat etwas davon bemerkt.«

»Hat sich in seiner Abwesenheit jemand um das Haus gekümmert?«

»Sein Nachbar, Vater Léon, hat im Garten das Gröbste gemacht. Ansonsten ist eine frühere Angestellte der Familie Léman von Zeit zu Zeit vorbeigekommen, um wenigstens zu lüften, seit der Vater 1988 gestorben war. Als Gus zurückgekommen ist, um dort zu wohnen, hat sie aufgehört, sich darum zu kümmern. Er war sehr ... ungesellig.«

»Hatte er keine Verwandten mehr in Charmes?«

»Nein, niemanden. Seine Familie stammte nicht aus der Gegend, und er war der einzige Sohn. Er ist noch nicht einmal zur Beerdigung seiner Eltern gekommen.«

»Und seine Frau?«

Die Frage scheint Chrétiennot zu überraschen, er schüttelt langsam den Kopf.

»Seine Frau? Welche Frau? Meines Wissens hatte Gus Léman keine Frau. Zumindest keine Ehefrau. So ist es jedenfalls im Standesregister vermerkt. Warum?«

Marion fragt sich, was es mit dem Vornamen auf sich hat, den die Gastwirtin genannt hat, beschließt aber, diese Information für sich zu behalten.

»Oh, ich war einfach davon ausgegangen. Haben Vater Léon und die frühere Hausangestellte für ihre Arbeit im Haus eigentlich etwas bekommen?«

Der Gendarm sieht Marion verdutzt an. Diese Frage hat er sich offenkundig noch nicht gestellt. Seine Verlegenheit ist nicht zu übersehen, und sein ohnehin schon mit geplatzten Äderchen übersätes Gesicht wird noch röter.

»Nun ja ... das habe ich nicht überprüft ...«

»Wissen Sie, wo Monsieur Léman die besagten vierzig Jahre verbracht hat?« fragt Marion, um ihm aus der Bedrängnis zu helfen.

»Nein. Das weiß niemand.«

12

Marion blättert durch den Satz Fotos, die man im Haus von Gus aufgenommen hat.

Er studiert ihre feinen Gesichtszüge, ihre sonnengebräunte Haut, das braune, von hellen Strähnchen durchzogene Haar, das sie kurz geschnitten trägt, nach hinten gekämmt, was ihrem Gesicht Entschlossenheit verleiht. Sein Blick wandert vom Hals hinab über die Umrisse ihrer vollen Brüste unter dem Jackett, verweilt auf ihrer schmalen Taille, registriert die festen, muskulösen Oberschenkel und die schlanken Knöchel, die aus beigen Wildledersandalen hervorragen. Er durchsucht die verborgensten Winkel seines Hirns, wühlt in seinen Erinnerungen, um zwei Bilder zusammenzubringen. Das Bild dieser Frau, die konzentriert die Stirn runzelt und immer wieder elegant die Beine übereinanderschlägt, und ein anderes, flüchtiges Bild. Ein Traum.

Eine schlimme Ahnung läßt seinen Atem stocken, und ihm wird heiß. Er würde ein paar Jahre seines Lebens hergeben, um zu erfahren, was diese Frau hier im Schilde führt.

Sie ist Polizistin, das ist alles, was er über sie weiß. Er hat gehört, wie sie sich vorgestellt hat, und er ist nicht so naiv zu glauben, daß die junge Frau unter ihren enganliegenden Kleidern nicht die ganze Ausrüstung trägt, die sie zur Ausübung ihres Berufs braucht.

Plötzlich durchzuckt es ihn, eine jähe Eingebung, und das Bild einer Uniform, eines Degens und eines stolzen, triumphierenden Blicks überlagert das Bild dieser Frau.

Er reißt die Augen auf. Das Schwitzen wird heftiger, sein Atem geht schneller.

Er weiß, wer sie ist.

»Kommst du?« fragt eine Stimme hinter ihm.

13

Die Sonne steht schon hoch am Himmel, als Marion sich anschickt, die Gendarmerie von Mirabel zu verlassen. Brigadeleiter Chrétiennot begleitet sie bis in den Eingangsbereich, wo ein junger Gendarm gerade die Post sortiert. Der Briefträger hat sie auf den Empfangstresen gelegt, auf dem sich Fotos vermißter Kinder und verschwundener Erwachsener türmen. Durch die halb geöffnete Eingangstür kann Marion den Postboten sehen, der draußen auf der Freitreppe ins Gespräch mit einem gedrungenen, schnauzbärtigen Gendarmen vertieft ist. Sie fängt ein paar Fetzen ihrer Unterhaltung auf: Sie reden von dem »Fall«, einem Ereignis, wie es in der Gegend noch nie vorgekommen ist. Die Ermordung von Gus Léman, diesem geheimnisumwitterten alten Mann, wird den Dörflern mindestens für die nächsten zehn Jahre Gesprächsstoff liefern.

Als sie dem Brigadeleiter zum Abschied die Hand entgegenstreckt, kommt ihr eine Idee. Sie hat nicht die Absicht, diesem Gendarmen, dessen aufgesetzte Liebenswürdigkeit ihr von Anfang an suspekt war, ihr Leben zu erzählen, aber irgend etwas sagt ihr, daß sie sein Spielchen vielleicht doch mitspielen sollte, wenigstens ein bißchen. Nur um zu sehen, was dann passiert.

Als sie gerade ansetzen will, tritt ein Mann in Zivil durch eine hinter Postern versteckte Seitentür in den Raum. Ein großer, athletischer Typ, sehr gutaussehend, mit kurzgeschorenem, braunem Haar und stahlblauen Augen; er trägt einen grauen Leinenanzug und ein weißes Hemd. Er hat eine sonderbare Ausstrahlung, denkt Marion, kalt und irgendwie gefährlich. Als sie seinen durchdringenden Blick auf sich spürt, sieht sie sich in dem Gefühl bestätigt, das sie vom ersten Augenblick an in dieser Gendarmerie beschlichen hat: Man wußte, daß sie kommen würde, man hat auf sie gewartet, hat sie hinter dieser verborgenen Scheibe, von der sie sich nicht eine Sekunde hat täuschen lassen, heimlich beobachtet. Man hat ihre Fragen belauscht, auf die der Brigadeleiter allzu eilfertig Antwort gegeben hat, und jetzt geht man auf Tuchfühlung, weil die Dinge nicht so gelaufen sind, wie man sich das vorgestellt hatte.

Während der Mann näher kommt, ergreift Chrétiennot eilig das Wort:

»Commandant, darf ich Ihnen Kommissarin Marion vorstellen, von der Kripo in Lyon. Kommissarin Marion, das ist Commandant Martinez, der so freundlich war, uns aus unserer Zentrale in Dijon einen kleinen Überraschungsbesuch abzustatten …«

»Schon gut«, brummt Martinez. Er wendet sich an Marion: »Was verschafft uns die Ehre, Frau Kommissarin?«

»Eine ziemlich traurige Angelegenheit«, erwidert sie mit einem kurzen, den Umständen angemessenen Lächeln. »Wissen Sie, meine Mutter ist hier geboren.«

»In Mirabel?« ruft der Brigadeleiter aus und reißt die Augen auf.

Der junge Gendarm, der die Briefe sortiert, hält inne,

während draußen das Gespräch zwischen dem Postboten und dem Schnurrbartträger abbricht. Der Commandant verzieht keine Miene. Marion kann vor diesem Publikum, das wie gebannt an ihren Lippen hängt, nicht mehr an sich halten und muß lachen:

»Nein, nicht in Mirabel, in Charmes!«

»In Charmes?« rufen ihre Zuhörer wie aus einem Munde.

»Ja. Sie war eine Sandkastenfreundin von Monsieur Léman. Sie ist vor ein paar Jahren gestorben und hat mir das Versprechen abgenommen, an der Beerdigung ihres Freundes teilzunehmen, wenn es so weit wäre. Sie können sich also vorstellen, wie traurig und überrascht ich war, als ich erfahren habe, was ihm zugestoßen ist. Alles andere ist reine Neugier, weil ich selbst Polizistin bin. Hätten Sie an meiner Stelle nicht genauso reagiert?«

Alle stimmen ihr einhellig zu.

Sie hat noch nie so schlecht gelogen. Sie weiß, daß man ihre Behauptung überprüfen wird, aber bis dahin wird sie einen kleinen Vorsprung haben. Denn jetzt fängt die Geschichte wirklich an, sie zu interessieren. Warum hat man diesen Schönling auf sie angesetzt? Weil man fürchtet, daß die Kripo über Informationen verfügt, die der Gendarmerie vorenthalten werden?* Wenn das der Fall wäre, hätte man sich als erstes Quercy vorgeknöpft. Man hätte ihm ganz offiziell zu verstehen gegeben, daß er sich nicht einmischen oder mit den Gendarmen zusammenarbeiten soll.

Aber solche Winkelzüge gehören eigentlich nicht zu den Gepflogenheiten der Gendarmerie. Etwas anderes muß da-

* Gendarmerie und Polizei sind in Frankreich zwei voneinander unabhängige staatliche Institutionen, deren Aufgabe es ist, für öffentliche Sicherheit und Ordnung zu sorgen. Ihre Kompetenzen überschneiden sich zum Teil, was mitunter zu Rangeleien führt.

hinterstecken. Sie merkt, wie ihr Entschluß, sich diese Testamentsgeschichte so schnell wie möglich vom Hals zu schaffen, ins Wanken gerät, und fragt sich, ob es nicht besser gewesen wäre, sie hätte zunächst den Inhalt der Kartons einer Prüfung unterzogen.

»Wer hat Sie über seinen Tod informiert?« fragt Commandant Martinez mit eisiger Stimme.

Für einen kurzen Moment verschlägt es Marion die Sprache. Sie hielt das Thema für beendet, aber offensichtlich hat sie die Neugier dieses Mannes nicht befriedigt. Rasch setzt sie ein strahlendes Lächeln auf, ihre wirkungsvollste Waffe.

»Oh, die Kripo in Dijon hat eine Nachricht nach Paris geschickt, die auch zu uns nach Lyon weitergeleitet wurde. Brigadeleiter Chrétiennot hat es ja schon angesprochen. In unserer Gegend hat es ziemlich viele ähnlich geartete Überfälle auf ältere Menschen gegeben … Als ich Monsieur Lémans Namen gesehen habe, ist bei mir natürlich gleich der Groschen gefallen. So, jetzt muß ich aber los, haben Sie herzlichen Dank für alles.«

»Fahren Sie zurück nach Lyon?« fragt der Brigadeleiter, sichtlich erleichtert über diese Perspektive.

»Heute abend. Ich muß noch zwei, drei Dinge erledigen.«

Für den Bruchteil einer Sekunde kommt es ihr vor, als würde Commandant Martinez sie mit seinem Blick ausziehen.

»Wenn Sie Hilfe brauchen …« schlägt er betont liebenswürdig vor. »Mein Wagen und meine Leute stehen Ihnen jederzeit zur Verfügung.«

Chrétiennot wirft ihm einen empörten Blick zu, aber Martinez schert sich nicht darum. Seine Augen sind auf Marions Gesicht geheftet, als suchte er verzweifelt nach einem Weg, sie noch ein wenig aufzuhalten.

Er stößt den Brigadeleiter, den er nicht wirklich ernst zu

nehmen scheint, unsanft mit dem Ellbogen an. Der Mann, der sich gerade anschickte, der Kommissarin die Hand zu schütteln, zuckt zusammen und stammelt ein paar Höflichkeitsfloskeln.

»Auf Wiedersehen, meine Herren«, sagt Marion.

Im letzten Moment faßt sich Martinez ein Herz und fragt:

»Möchten Sie sich das Haus von Monsieur Léman ansehen?«

Chrétiennots entgeistertes Gesicht spricht Bände. Marion fragt sich, was diese Gendarmen eigentlich aushecken, und beschließt, die Einladung lieber nicht anzunehmen.

14

Während der Fahrt nach Dijon läßt Marion den Rückspiegel nicht aus den Augen. Es war ihr nicht schwergefallen, auf dem Parkplatz der Gendarmerie Martinez' Auto zu identifizieren; außer ihrem Peugeot stand dort nur noch ein Wagen: ein schwarzer Golf GTI Cabrio, der bestens zum Gernegroß-Gehabe des Gendarmen paßt. Sie hat keinerlei Zweifel, daß dieser Mann ihretwegen nach Mirabel gekommen ist, und sein Vorschlag, ihr den Tatort zu zeigen, beweist, daß er ihren Aufenthalt im Burgund noch etwas verlängern wollte. Sie hätte zu gern den Grund gewußt.

Daß sie die Einladung ausgeschlagen hat, bestätigt natürlich auch den angeblichen Grund ihrer Reise: Sie ist gekommen, um Gus Léman zu Grabe zu tragen, und hat aus reiner Neugier bei der Gendarmerie vorbeigeschaut, was angesichts der Umstände seines Todes durchaus verständlich ist. Jetzt hat sie erfahren, was sie wissen wollte, und fährt wieder heim.

Der Commandant hat den Beleidigten gespielt und Marion ist gespannt, was als nächstes passieren wird.

Die Sonne scheint, obwohl es immer noch recht frisch ist. Marion ist fast ein bißchen enttäuscht, daß sich Martinez in seinem Golf nicht an ihre Fersen geheftet hat. Die Straße ist menschenleer, bis auf ein Motorrad, das einige Kilometer hinter Charmes aufgetaucht ist und seitdem in so großer Entfernung hinter Marion herfährt, daß sie nicht viel dazu sagen kann.

Da kein Verkehr ist, nutzt sie ihre Fahrt, um ein paar Telefonate zu erledigen.

Im Édouard-Herriot-Krankenhaus erkundigt sie sich nach Talons Befinden: Sein Zustand ist unverändert. Nichts deutet bisher darauf hin, daß der Beamte in die Welt der Lebenden zurückkehren wird, aber die Schläuche erfüllen nach wie vor ihre Funktion.

Danach ruft sie Gilles an, um ihn zu bitten, Nina in die Intensivstation zu begleiten. Je mehr Menschen, die ihn lieben, Talon um sich hat, desto größer sind seine Chancen, aus dem Koma zu erwachen.

»Sie ist schon seit heute morgen, seit acht Uhr bei ihm«, verkündet Gilles mit trauriger Stimme. »Du warst kaum weg, da hat sie mich bekniet, daß ich sie hinbringe. Und jetzt soll ich auch noch Lisette holen, darum hat Nina mich gebeten ... Sag mal, Liebling ... dieser Talon ...?«

»Was, dieser Talon? Komm bloß nicht auf irgendwelche komischen Gedanken, Gilles. Er ist Ninas bester Freund, und er ist schwul.«

Sein plötzlicher Argwohn, der unangebrachter nicht sein könnte, ärgert Marion. Sie beendet das Gespräch und verspricht ihrem Verlobten, daß sie bis zum Abend wieder zu Hause ist.

Bei der Kripo meldet sich Naïma Meceri, die Wachdienst hat, und ihre Stimme klingt angespannt.

»Haben Sie die Neuigkeit schon gehört, Chef?«

»Nein, natürlich nicht ...«

»Prunier hat versucht, sich das Leben zu nehmen. Ein Kilo Beruhigungspillen und dazu Gott weiß wieviel Whisky.«

»Ist er ...?«

»Es hat nicht geklappt.«

»Na, klasse!« feixt Marion. »So ein Schlaumeier ... Damit sind jedwede Repressalien gegen ihn wohl erst mal vom Tisch. Wie waren die Reaktionen?«

»Keine Ahnung. Aber es gibt Gerüchte, daß Talon, sollte er aus dem Koma erwachen, sofort vor den Untersuchungsrichter kommen wird.«

»Vor welchen genau?« faucht Marion.

»Lévy. Er scheint keine besondere Vorliebe für Polizisten zu haben.«

»Versuchen Sie, mich zum Chef durchzustellen«, befiehlt Marion, ehe sie sich einen lautstarken Wutausbruch gestattet.

Trotz ihrer Hartnäckigkeit gelingt es ihr nicht, mit Quercy zu sprechen, der offenbar auf Tauchstation gegangen ist, und so beschließt sie angesichts der neuen Entwicklungen, schnellstmöglich nach Lyon zurückzukehren.

Als sie die Stadtgrenze von Dijon erreicht, ist das Motorrad in ihrem Rückspiegel schon lange verschwunden. Vorsichtshalber dreht sie trotzdem ein paar Runden durch die Einbahnstraßen des Zentrums, um sicherzugehen, daß ihr niemand folgt. Schließlich fährt sie beruhigt in ein Parkhaus direkt gegenüber der Hauptpost, das sie zu Fuß verläßt.

In der Rue de la Liberté bleibt sie vor dem Haus stehen, in dem sich das Büro von Maître Renoir befindet, mit dem sie für halb zwölf einen Termin ausgemacht hat. Ihr bleibt noch Zeit, das Gebäude mit seinen Säulen in Form von weiblichen Statuen und den kunstvoll gearbeiteten Balkonen zu bewundern, dessen Architektur zum Schönsten zählt, was der

Stadtteil zu bieten hat. Als sie die Treppe hochsteigt, beginnt das Handy in ihrer Jackentasche zu vibrieren.

»Madame Marion?«

Die Frau stellt sich als Renoirs Sekretärin vor. Mit erstickter, beschämter Stimme entschuldigt sie sich:

»Es tut mir wirklich leid, daß ich Ihnen erst so spät Bescheid sage«, versichert sie. »Aber ich muß Ihr Treffen mit Maître Renoir auf morgen verschieben.«

Marion protestiert: Sie ist schon im Treppenhaus.

»Es tut mir leid«, wiederholt die Frau. »Das Büro ist geschlossen, hier ist niemand. Morgen zur gleichen Uhrzeit, ginge das?«

Wütend setzt sich Marion auf eine Stufe. Ihre ganze Planung ist über den Haufen geworfen. Die Frau am anderen Ende der Leitung wartet schweigend auf eine Antwort. Nach einer Weile hüstelt sie leise, und Marion glaubt zu hören, wie sie sich die Nase putzt. Aufgebracht entgegnet sie:

»Tut mir leid, aber ich kann nicht bleiben. Ich fahre zurück nach Lyon, ich habe dort zu tun. Im übrigen ist mir diese ganze Geschichte völlig egal, ich habe sowieso die Absicht, Monsieur Lémans Erbe auszuschlagen.«

Die Frau hat sich offenbar wieder gefangen: Mit etwas festerer Stimme bittet sie Marion, noch einmal darüber nachzudenken und keine übereilten Entscheidungen zu treffen. Ihre Worte rufen der jungen Frau in Erinnerung, was Maître Tarquin junior in Lyon schon zu ihr gesagt hat.

»Darf ich wissen warum?« fragt sie, ohne ihre Verärgerung ganz verhehlen zu können.

»Ich kann Ihnen nichts sagen. Sie sollten lieber mit Maître Renoir sprechen.«

»Hören Sie, Madame, ich bin berufstätig und habe eine Familie. Und langsam reicht mir diese Geheimnistuerei. Wenn Sie mir nichts sagen, werde ich …«

»Bitte, Madame Marion.«

Die Stimme der Sekretärin klingt flehend, und Marion weiß nicht mehr, was sie sagen soll.

Ihr Zorn legt sich gänzlich, als die Frau ihr den Grund für die unerwartete Absage nennt: Der Vater von Maître Renoir ist plötzlich verstorben.

Marion schaltet ihr Handy aus, nachdem sie so etwas wie eine Entschuldigung gestammelt und versprochen hat, am nächsten Tag wiederzukommen. Unentschlossen bleibt sie auf der Treppe sitzen und betrachtet ein merkwürdiges kleines Insekt mit großen Fühlern, das langsam eine Stufe erklimmt. Sie kann sich nicht dazu durchringen aufzustehen. Das Insekt gibt einen Ton von sich, der schrill ist und sachte zugleich und überhaupt nicht in diese Umgebung paßt, genausowenig wie die leise Stimme, die Marion einflüstert, daß sie gerade die schlechteste Entscheidung ihres Lebens getroffen hat.

Und plötzlich durchzuckt sie, ohne jede Vorwarnung, der Gedanke an Gus Léman, der in einem Kühlfach des Leichenschauhauses auf Eis liegt.

15

Das Leichenschauhaus unterscheidet sich auf den ersten Blick nicht von all denen, die Marion in ihren Kripojahren schon kennengelernt hat. Es ist nur ein bißchen moderner und funktionaler als die anderen, die sich in der Regel im hintersten, dunkelsten und schmutzigsten Winkel eines wenig besuchten Krankenhaustraktes verstecken. Doch die perfekte Beleuchtung, die lackierten Wände und glänzenden Metallflächen haben auch eine Kehrseite: Sie strahlen eine Kälte aus, eine tödliche Ödnis, die schlimmer ist als anderswo.

Durch ihre häufigen Begegnungen mit Marsal, dem Gerichtsmediziner von Lyon, hat sich eine ganz bestimmte Vorstellung von den Vertretern dieser alles andere als populären Disziplin in Marions Kopf festgesetzt: alte, verhutzelte Mediziner, ledig oder auch Witwer, schlecht gekleidet, glatzköpfig und weiß wie Mehlwürmer. Als die Person, die Gus Lémans Obduktion vorgenommen hat, den Raum betritt, reibt sich Marion die Augen: Sonia Bonte ist eine Frau um die Vierzig, attraktiv und von einer gewissen Nonchalance; mit ihren zehn Zentimeter hohen Absätzen, ihrem blonden, modisch hochgesteckten Haar und ihrem perfekten Make-up hätte sie auf der Titelseite einer Modezeitschrift posieren können. Die Kleider, die der weiße Kittel verbirgt, müssen teuer und elegant sein. Durch die Kripo von Dijon über Marions Besuch informiert, bereitet sie der jungen Kommissarin einen warmherzigen Empfang.

Gus Léman liegt im Fach Nummer 12. Seine Haut ist gelblich geworden, und von den Spuren seiner Verletzungen sind nur noch ein paar runde, rötliche Flecken und zahlreiche braune, klar umrissene Krater zu sehen. Die Nähte, mit denen die während der Autopsie vorgenommenen Einschnitte in Hals, Brust, Unterleib und Schädel wieder geschlossen wurden, sind die Arbeit eines soliden Handwerkers. Das herausgeschälte Auge ist durch einen Wattebausch ersetzt worden, die Lider hat man zusammengenäht. Was Marion hier sieht, hat keinerlei Ähnlichkeit mehr mit dem gequälten, mißhandelten Körper, den die Gendarmen von Mirabel fotografiert haben. Gus wirkt größer, kräftiger, trotz seiner Magerkeit. Ein unbekannter Totenschneider, der mit Nadel und Faden umzugehen weiß, hat ihm seine Würde zurückgegeben.

»Der Durchmesser der Verbrennungen ist etwas größer als der einer normalen Zigarette«, erläutert die Ärztin, die Marions Blick verfolgt hat.

»Eine Zigarre?«

»Nein, irgend etwas dazwischen. Eine kleine Zigarre oder eine dicke Zigarette, so wie diese schrecklichen Dinger aus Heu oder Mais, die man früher geraucht hat. Oder Zigarillos. Verstehen Sie?«

»Ich weiß nicht«, sagt Marion, ohne aufzublicken. »Ich rauche nicht. Was meinen Sie, wie viele Personen haben sich an der Folter beteiligt?«

»Schwer zu sagen. Das Opfer saß, hatte die Hände auf dem Rücken zusammengebunden und war an den Füßen gefesselt. Die Verbrennungen sind über den ganzen Oberkörper verteilt, und wie Sie sehen, sind die Warzenhöfe besonders stark betroffen. Weiter kann man davon ausgehen, daß ein sehr scharfes Messer benutzt wurde.«

»Oder eine Rasierklinge?«

Doktor Bonte bringt durch eine anmutige Bewegung ihres Kopfes, bei der ihr eine Strähne in die Stirn fällt, ihren Zweifel zum Ausdruck.

»Nein, eine Rasierklinge hinterläßt Einschnitte mit asymmetrischen Rändern. Es muß ein Messer mit einer schmalen, gebogenen Klinge gewesen sein. Das schließe ich aus den Verletzungen in der Augenhöhle.«

Die Gerichtsmedizinerin hält inne, um nachzudenken; zwischen ihren sauber gezupften Augenbrauen tut sich eine senkrechte Falte auf.

»Aber um ihre Frage nach der Anzahl der Täter zu beantworten«, fährt sie fort, als Marion sie ansieht, »ich glaube, daß es nur einer war. Einem schwachen alten Mann wie ihm hätte man nicht so viele Fesseln angelegt, wenn mehrere Täter beteiligt gewesen wären. Außerdem haben die Folterungen etwas Monomanes: als erstes die Verbrennungen mit dem Zigarillo, dann, nächste Etappe, die Einschnitte mit dem Messer ... Ich bin mir fast sicher, daß hier nur eine Person am Werk war. Haben Sie sonst noch Fragen?«

Marion deutet auf weitere Spuren an den Knien und Ellbogen, in der Leistengegend und in der Taille, wo die Haut aufgeschürft ist, als wäre jemand mit einer Käsereibe darübergegangen.

»Diese Verletzungen sind mir schon auf den Fotos der Spurensicherung aufgefallen«, sagt sie. »Ich nehme an, daß man ihn gezwungen hat, sich hinzuknien und auf den Ellbogen zu kriechen ...«

»Das ist gut möglich«, stimmt die Pathologin Marion zu. »Er muß sich gewehrt haben, wollte sich vielleicht losreißen und ist hingefallen. Aus diesem Grund sah sich der Täter wahrscheinlich gezwungen, ihn zu fesseln.«

»Wenn das der Grund ist«, wendet Marion ein, »dann kann ich mir allerdings die Verletzungen in der Leistenbeuge, in der Taille, am Hals, auf den Füßen und auf den Handrücken nicht erklären, die völlig identisch sind. Und schon gar nicht die vielen Stellen an seinem Körper, die wie längst vernarbte Wunden aussehen.«

Während Marion spricht, deutet sie mit dem Finger auf die Stellen, die sie meint. Sonia Bonte wirft ihr einen interessierten Blick zu.

»Sie haben ein scharfes Auge ...«, sagt sie anerkennend. »Und Sie haben keine Angst vor Leichen. Ja, das stimmt, ich habe in meinem Bericht, den ich noch nicht an die Gendarmerie weitergeleitet habe, vermerkt, daß der Verstorbene alle Symptome einer Hautkrankheit aufweist, an der er seit längerem gelitten haben muß. Wahrscheinlich eine unheilbare Erbkrankheit.«

»Welche?«

»Oh, um das mit Gewißheit sagen zu können, bräuchten wir eine Karyotypeninterpretation. Ich fand es nicht notwendig, eine so teure Analyse in Auftrag zu geben, da die Krankheit, um die es hier geht, für den Fall nicht von Belang ist. Monsieur Léman ist infolge eines Herzinfarkts gestorben, und auch ohne den Infarkt hätte er keinerlei Chance gehabt, eine Ausschälung des Augapfels zu überleben. Was seine Haut angeht, würde ich auf eine bullöse Epidermolyse tippen. Dabei handelt es sich um eine hoch vererbliche Krankheit, die den Betroffenen das Leben zur Hölle macht, obwohl man damit hundert Jahre alt werden kann. Die Haut wird so empfindlich, daß jedes Kratzen, jede noch so leichte Abschürfung Wunden hervorruft, die intensiv behandelt werden müssen. Der Heilungsprozeß ist langwierig und hinterläßt blasenförmige Narben – von daher der Name –, die an Brandnarben erinnern. Das Gesicht ist niemals betroffen«, fügt sie hinzu, als könnte sie Marions Gedanken lesen.

Sonia Bonte tritt zwei Schritte zurück und wirft einen kurzen Blick auf die Wanduhr über der Tür zum Obduktionsraum.

»Es tut mir leid, aber ich habe in fünf Minuten eine Autopsie«, sagt sie und schiebt das Kühlfach zu.

Gus Léman verschwindet in der stählernen Wand, in der sich Kühlkammer an Kühlkammer reiht. Marion folgt der Ärztin in den Obduktionsraum, wo sich ein Mann in grünem OP-Kittel, der ihnen den Rücken zuwendet, vor einem der Tische zu schaffen macht. Sonia Bonte zieht sich für einen kurzen Moment in ein Nebenzimmer zurück, und als sie wieder auftaucht, trägt sie Stiefel, eine weiße Plastikschürze und eine große Schutzbrille im Gesicht. Der Mann in Grün tritt zur Seite, und der nackte Körper eines sechs- oder siebenjährigen Mädchens wird sichtbar. Marions Herz beginnt zu rasen. Die Ärztin wirft ihr einen kurzen Blick zu und bemerkt ihre plötzliche Blässe.

»Bei Kindern ist es am schlimmsten«, murmelt sie teilnahmsvoll.

»Haben Sie welche?« fragt Marion, wild entschlossen, vor dem ersten Ansetzen des Skalpells zu fliehen.

»Zwei. Ja, ich weiß. Sie fragen sich, warum ich mir ausgerechnet die Gerichtsmedizin ausgesucht habe ... Ich will es Ihnen sagen: Ich kann keine Lebenden behandeln, weil ich es nicht ertrage, sie zu verlieren. Bei den Toten weiß ich wenigstens, daß ... Aber ich gebe zu, daß es auch mir bei Kindern sehr schwerfällt. Kannst du mit dem Thoraxschnitt anfangen, Michel? Davor habe ich immer am meisten Angst ...«

Der Mann in Grün nickt und fügt hinzu, daß er nur gewartet habe, ob die Dame von der Kripo nicht vielleicht gehen wolle. Sonia Bonte dankt ihm mit einem kurzen Lidschlag.

»Wissen Sie, Kommissarin Marion«, sagt sie und stützt sich mit beiden Händen auf die Tischkante. »Monsieur Léman hätte ohnehin nicht mehr lange gelebt ...«

»Wie bitte?«

»Krebs. Er hatte einen Lebertumor. So groß wie eine Orange, inoperabel. Er wäre höchstens noch einen Monat am Leben geblieben.«

»Denken Sie, daß er es wußte?«

»Natürlich.«

Sonia Bonte dreht sich um und tritt mit der natürlichen Eleganz, die ihr eigen ist, an den Obduktionstisch. Marion sieht, wie sie sich über den kleinen Körper beugt. Aus ihren geschminkten Augen spricht nichts als wissenschaftliches Interesse.

16

Der kleine, halbkreisförmige Platz ist fast leer. Ein Leichenwagen hat kurz angehalten, und auch die wenigen Autos, die noch auf dem Grünstreifen parken, fahren nach und nach davon. In der Mittagszeit stehen in Dijon die Uhren still.

Er starrt so gebannt auf die Eingangstür des gerichtsmedizinischen Instituts, daß ihm fast die Augen aus dem Kopf fallen.

Um halb zwölf verschwindet die Sonne, was schon seit dem frühen Morgen zu befürchten war, hinter einem grauen, zerklüfteten Wolkengebirge. Eine knappe Minute später hält ein Wagen an der Hausecke, und zwei Männer steigen aus. Eilig laufen sie die Treppe hoch. Einer der beiden trägt eine Umhängetasche und einen Fotoapparat. Der jüngere ist in zwei Sätzen oben. Sie verschwinden im Inneren des Gebäudes, und hinter ihnen schlägt mit einem lauten, metallischen Geräusch die Tür zu.

Das Warten geht weiter. Im Hintergrund rauscht die Stadt, während oben, auf dem Dach des Krankenhauses, das Dröhnen von Rotorblättern ertönt, als ein Hubschrauber landet.

In diesem Moment schwingt erneut die Flügeltür auf: Sie kommt aus dem Gebäude. Er wartet, bis sie die steinernen Stufen betritt, dann drückt er mit einem Finger, den ein Handschuh umhüllt, auf die grüne Taste seines Telefons.

17

Marion tritt aus dem modernen Gebäude und zieht die große Tür hinter sich zu. Das Geräusch hallt über den stillen, leeren Platz. Mit ihrer Tasche in der Hand beginnt sie die Stufen hinabzusteigen und schaut dabei immer wieder zum Himmel, der sich verfinstert hat. Als sie einen Fuß auf den Bürgersteig setzt, klingelt ihr Telefon. Sie zieht es rasch aus der Tasche, um das Gespräch anzunehmen. Zuerst hört sie nichts, und auf ihr »Hallo« erfolgt keine Antwort. Als sie das Gerät schon ausschalten will, nimmt sie ein alarmierendes Geräusch wahr: das nervöse Dröhnen, ja Aufheulen eines Motors. Merkwürdigerweise hat sie den Eindruck, als käme dieses Brummen ganz aus der Nähe und würde durch das Telefon verstärkt, so als hörte sie es in Stereo. Die Straße, die geradeaus ins Stadtzentrum führt, ist leer. Sie läßt ihren Blick eine Vierteldrehung nach rechts schweifen, während das Motorengeräusch weiter aus dem Telefon hallt und gleichzeitig – jetzt gibt es keinen Zweifel mehr – von hinten näher kommt. Sie fährt herum, doch es ist zu spät: Das Motorrad rast auf sie zu. Sie kann gerade noch den Fahrer sehen, der ganz in Schwarz gekleidet ist und einen getönten Integralhelm trägt. Reflexartig wirft sie sich nach hinten. Durch den Sprung kann sie verhindern, daß das Fahrzeug ihren ganzen Körper erfaßt, aber der Schlag gegen die Beine schleudert sie auf die Treppenstufen, während ihre Tasche drei Meter weiter auf der Fahrbahn landet.

Der Motorradfahrer rollt ein Stück weiter, ehe er scharf bremst und mit qualmenden Reifen eine Kehrtwendung macht. Niedergestreckt durch einen stechenden Schmerz im Becken und in der linken Hüfte, sieht Marion, die noch ganz benommen ist, wie das Motorrad erneut auf sie zu rast. Sie will aufspringen, aber es ist wie in einem Alptraum: Die schmerzenden Glieder gehorchen ihr nicht.

Voller Entsetzen sieht sie, wie sich die Maschine aufrichtet und auf dem Hinterreifen mit Vollgas auf sie zu donnert.

18

Als sie die Augen wieder aufschlägt, liegt sie noch immer an derselben Stelle, auf der Eingangstreppe des gerichtsmedizinischen Instituts. Ein Regentropfen fällt auf ihre Hand, ein zweiter auf ihre Nase, und sie empfindet Dankbarkeit. Eine Frauenstimme fragt, ob alles in Ordnung sei, und voller Erleichterung sieht sie, wie sich Sonia Bontes Gesicht über sie beugt.

Dann knirschen Reifen auf dem Asphalt, eine Wagentür wird zugeschlagen. Am Fuß der Treppe steht ein schwarzer Golf Cabrio. Sie schaudert vor Angst.

»Ich hab diesen Wahnsinnigen gesehen!« ertönt die Stimme von Commandant Martinez. »Er ist in diese Richtung gefahren …«

Er deutet auf eine Straße, die sich stadtauswärts zwischen kleinen Einfamilienhäusern verliert.

»Ich informiere die Zentrale«, sagt eine andere Männerstimme hinter Marion, die bereits aufzustehen versucht. »Können Sie den Mann beschreiben, Monsieur?«

»Bewegen Sie sich nicht!« befiehlt die Ärztin und legt Marion eine Hand auf die Schulter. »Wir tragen Sie rein. Capitaine, gehen Sie zum Empfang, lassen Sie eine Trage kommen. Schnell, bitte …«

»Nein, keine Trage!« protestiert Marion. »Es geht schon so.«

»Immer mit der Ruhe … Haben Sie Schmerzen?«

»Ja«, antwortet Marion und verzieht das Gesicht. »Ziemlich, im Kreuz.«

Sie bewegt die Arme und sieht, daß ihre rechte Hand noch immer das Handy umklammert. Langsam beginnt das Blut wieder wie gewohnt durch ihre Beine zu strömen, was ein Kribbeln verursacht und eine Wärme, die bis in den Rücken hochsteigt. Sie testet, ob sie die Beine bewegen kann und zieht die Knie an, um ungeachtet des Protests der Ärztin aufzustehen. Doch Sonia Bonte hält sie mit festem Griff am Boden

»Ich bitte Sie«, sagt sie. »Wenn Sie sich das Rückgrat gebrochen haben, riskieren Sie eine bleibende Lähmung. Beruhigen Sie sich, es wird schon gehen. Man wird sich um Sie kümmern.«

»Danke«, murmelt Marion, dem Weinen nahe. »Wer hat Ihnen Bescheid gesagt?«

Sonia Bonte deutet mit dem Kinn auf zwei Männer, der eine um die fünfzig, mit einem Fotoapparat um den Hals, der andere deutlich jünger und gerade dabei, im Polizistenjargon in ein Handy zu schwadronieren. Der jüngere Mann unterbricht sich und dreht sich zu Martinez um, der Marion mit nachdenklicher Miene, die Hände in den Taschen, betrachtet.

»Der Typ auf dem Motorrad: mittelgroß, schwarzer Lederanzug und schwarzer Sturzhelm? Stimmt das so?« fragt er.

»Tolles Täterprofil«, bemerkt sein Begleiter süffisant.

Marion vermutet, daß es sich bei den beiden um zwei Polizisten handelt, die der Obduktion des jungen Mädchens beiwohnen sollten.

»Und das Motorrad?«

Die Frage ist an Marion gerichtet.

»Da habe ich nicht drauf geachtet. Ich glaube rot. Oder grün.«

Der Polizist runzelt ungeduldig die Stirn, das Handy weiter am Ohr:

»Was denn jetzt ...«

»Ich weiß es nicht.«

»Okay ... Die Farbe ist unklar. Eher hell oder dunkel?«

»Ich sagte doch ...«

»Schon gut. Haben Sie sich das polizeiliche Kennzeichen gemerkt?«

»Negativ«, schaltet sich Martinez ein. »Das Motorrad hatte keins.«

»Scheiße. Überhaupt kein Kennzeichen?«

»Ich sagte doch: nein«, erwidert der Commandant ungeduldig.

»Was machen Sie hier?« fragt ihn Marion, während zwei Männer in Weiß mit einer aufgeklappten Trage auf sie zu kommen.

Martinez deutet mit dem Finger auf die Baumwipfel rings um den Platz, die von den letzten Etagen eines fünfstöckigen Hauses überragt werden. Auf dem Flachdach ragt eine riesige, mit unzähligen Seilen befestigte Antenne empor.

»Die Gendarmerie-Zentrale«, sagt er trocken. »Ich habe diesen Idioten auf seiner Maschine vorbeirasen sehen ... Was ist passiert?«

Die beiden Krankenpfleger, um die Dr. Bonte gebeten hat, fangen an, Marion mit Unterstützung der Gerichtsärztin hochzuheben wie ein rohes Ei. Gerade als man sie, immer noch in der Horizontalen, vorsichtig auf die Trage legen will, richtet sich Marion mit einem Ruck auf.

»Meine Tasche! Er hat mir meine Tasche geklaut!«

19

Marion ist wieder auf dem Weg nach Charmes, und während der Fahrt kommt es ihr vor, als würde sie einen Film zurückspulen. Neben ihr liegt eine Tasche – Werbegeschenk eines Herstellers von Sonnenschutzcremes –, die ihr Sonia Bonte geliehen hat, sowie eine improvisierte Minimalausrüstung für eine Nacht. Die Ärztin hat ihr wertvolle Hilfe geleistet und ist ihr den ganzen langen Nachmittag nicht von der Seite gewichen.

Der Tag neigte sich schon dem Ende zu, als Marion nach einer Reihe von Untersuchungen endlich das Krankenhaus verlassen durfte. Ergebnis: Sie ist mit einem blauen Auge davongekommen. Das Motorrad hat sie am Bein getroffen, und ihr Becken ist mit voller Wucht gegen die Kanten der Institutstreppe geschlagen. Der harte, wenn auch schöne Kalkstein hat ihr auf einer Fläche von zwanzig Quadratzentimetern die Haut weggerissen. Zum Glück hat sie keine inneren Verletzungen davongetragen und wird mit einigen spektakulären blauen Flecken und einem hübschen Riß in ihrer Hose davonkommen.

Der Dienststellenleiter von Dijon ist persönlich erschienen, um ihre Aussage aufzunehmen.

»Du erstattest natürlich Anzeige, oder?«

»Warum sollte ich? Mach ihn erst Mal dingfest, dann sehe ich weiter ...«

»Ich brauche eine Anzeige, sonst kann ich nicht einmal seine Personalien überprüfen ... wenn ich ihn überhaupt finde.«

So war das minutenlang zwischen den beiden hin und her gegangen. Marion hatte weder den Täter noch das Motorrad gesehen, wozu sollte ihre Anzeige da gut sein? Sie würde doch nur bei den zahlreichen ungeklärten Fällen landen und schließlich dort enden, wo sie alle endeten: abgelegt und vergessen in einem Papierstapel auf irgendeinem Schreibtisch im Justizpalast.

»Das war ein kleiner Ganove, der mir meine Tasche geklaut hat, sonst nichts. Von solchen Halbstarken wimmelt es hier doch bestimmt wie in jeder Großstadt. Ich will kein Trara darum machen. Ich habe mich ja nicht einmal krank schreiben lassen müssen.«

Der Beamte, der ihre Weigerung nicht verstehen konnte, hat nicht lockergelassen.

»Sicher, von solchen Handtaschendieben gibt es schon ziemlich viele, aber in der Regel suchen sie sich ältere Opfer aus, sind immer zu zweit und machen sich nicht die Mühe, das Kennzeichen von ihren Maschinen abzuschrauben, weil sie die eh geklaut haben.«

Marion hat seine gesamten Argumente vom Tisch gefegt: Was man ihr gestohlen hat, ist nicht von Bedeutung. Da sie schon lange daran gewöhnt ist, bei Einsätzen keine Tasche mit sich herumzuschleppen, trägt sie alle wirklich wichtigen Dinge direkt am Leib. Ihre Waffe im Schulter- oder Gürtelholster, den Rest in ihren Kleidertaschen oder an Karabinerhaken, die sie ebenfalls an ihrem Gürtel befestigt.

»Sogar meinen Hausschlüssel. Und wenn er auf meine Adresse scharf war, hat er sich geschnitten: In meinen Papieren ist die neue nämlich noch gar nicht eingetragen. Okay?«

»Ich denke ohnehin nicht, daß jemand vorhat, bei dir zu Hause aufzukreuzen. Bei solchen Überfällen geht es nur um Bargeld, das riecht nicht und ist anonym. Aber du solltest dir das Ganze trotzdem gut überlegen.«

»Ich hab's mir gut überlegt.«

Das, was Marion wirklich denkt, hat sie ihm gegenüber lieber für sich behalten: daß ihr Geld den Mann auf dem Motorrad genauso wenig interessiert hat wie ihre Hausschlüssel und der restliche Inhalt ihrer Tasche.

Während der Fahrt nach Charmes hat Marion lange darüber nachgedacht, warum ihr das Auftauchen von Commandant Martinez unmittelbar nach dem Überfall ein so ungutes Gefühl bereitet hat. Die Hände am Steuer, die Augen auf den Rückspiegel geheftet, läßt sie alle Details, die ihr Gehirn seit ihrer Abreise aus Mirabel gespeichert hat, noch einmal Revue passieren. Der enttäuschte Martinez vor dem Eingang der Gendarmerie. Das Motorrad, das kurz hinter Charmes in ihrem Rückspiegel aufgetaucht ist. Wenn dieses Motorrad sie über den Haufen gefahren hat, nachdem es ihr durch die ganze Stadt gefolgt ist, ohne daß sie es, trotz größter Wachsamkeit, bemerkt hat, kann dies nur bedeuten, daß sie es nicht mit einem kleinen Taschendieb aus der Provinz zu tun hat.

Immer wieder sieht sie Martinez' Gesicht vor sich, seine harten Züge, seine kalten, stahlblauen Augen …

»Er kann ja nicht gleichzeitig sein Auto und das Motorrad genommen haben …« murmelt Marion vor sich hin, als sie das letzte Dorf vor Charmes hinter sich läßt.

Obwohl Marion nicht den leisesten Zweifel hegt, daß Martinez etwas mit dem Überfall zu tun hat, muß sie zugeben, daß er sich vorbildlich benommen hat. Während der gesamten Untersuchung ist er im Krankenhaus geblieben. Diskret, um nicht zu sagen schweigsam, und dabei so präsent, daß Marion ihn schließlich entnervt darum gebeten hat, sie in Ruhe zu lassen. Als sie das Krankenhaus endlich verließ, war er immer noch da, schlug ihr vor, einen Kaffee oder Cognac mit ihm zu trinken oder eine Kleinigkeit essen zu gehen … Sie mußte richtig unwirsch werden, damit er sie gehen ließ.

Als zu beiden Seiten der Fahrbahn Platanen auftauchen und sie am Ende der schnurgeraden Straße die Kirchturmspitze von Charmes erkennt, faßt sie einen plötzlichen Entschluß und wählt die Nummer von Capitaine Capdevil. Es ist schon nach sieben, und da sie weiß, daß er ein eher häuslicher Typ ist, rechnet sie fest damit, ihn zu Hause anzutreffen. Tatsächlich ist er da und sieht gerade fern, wie Marion den Hintergrundgeräuschen entnimmt.

Als sie mit dem Bericht über ihren »Unfall« fertig ist, äußert der Beamte seine Bestürzung.

»Das ist ja übel, Chef! Ich hoffe, die sind diesem Kerl dicht auf den Fersen.«

»Durch den häufigen Besuch von Museen sind Sie wohl

etwas optimistisch geworden, Capdevil ... Ich habe noch nicht einmal Anzeige erstattet.«

»Ah, verstehe, Sie wollen ihn selbst schnappen ... Das sieht Ihnen ähnlich. Aber machen Sie nichts im Alleingang, Chef, das ist zu gefährlich! Wollen Sie, daß ich komme?« schlägt er vor, und das Zögern in seiner Stimme verrät, daß er inständig betet, sie möge nein sagen.

»Bloß nicht!« erwidert sie und teilt ihm statt dessen noch eine Reihe von Einzelheiten mit, die sich der erleichterte Beamte aufmerksam anhört.

»Glauben Sie, daß dieser Mordversuch in Zusammenhang mit Ihrem Besuch in Dijon steht?«

»Jetzt übertreiben Sie mal nicht, Capdevil! Noch ist es nicht mehr als ein Handtaschenraub. Aber es könnte schon sein, daß es da eine Verbindung gibt.«

»Da ich nicht weiß, worum es geht ...«

»Das erkläre ich Ihnen, wenn ich zurück bin. Jedenfalls habe ich gründlich nachgedacht, und ich glaube – wenn es denn tatsächlich einen Zusammenhang gibt –, diesem Kerl ist ein kleiner Fehler unterlaufen.«

Nachdem Capdevil Marions Ausführungen angehört und einen Moment nachgedacht hat, stimmt er ihr zu:

»Verstehe. Ihr Handtaschendieb trifft Vorkehrungen wie ein Profi. Er folgt Ihnen, er beobachtet Sie. Als er Sie rauskommen sieht, ruft er Sie auf Ihrem Handy an. Stimmt's? Aber ich kapier nicht warum.«

»Er wollte mich ablenken, ganz einfach.«

»So ein Esel! Wenn er wirklich ein Profi ist, müßte er doch wissen, daß man ihm übers Handy leicht auf die Spur kommen kann.«

»Genau. Und das ist auch der Punkt, der mich an der Sache stört.«

Marion hat am Straßenrand angehalten. Unter den hohen Platanen ist es schon recht dunkel, obwohl die Abenddämmerung noch nicht wirklich eingesetzt hat. Bis auf die schrillen Rufe der letzten Schwalben, die ihr Winterquartier noch nicht bezogen haben und am Himmel hintereinander herjagen, herrscht völlige Stille.

»Soll ich veranlassen, daß der Anruf zurückverfolgt wird?«

»Ja. Ich möchte außerdem, daß Sie Informationen über einen Gendarmerie-Commandanten einholen ...«

Am anderen Ende der Leitung ist ein leises Pfeifen zu hören.

»Wenn's weiter nichts ist!«

»Lassen Sie sich von Naïma Meceri helfen.«

»Sind Sie sicher, Chef?«

»Ich habe großes Vertrauen in sie. Die hat einiges auf dem Kasten.«

»Wenn Sie es sagen ... Und ich, haben Sie in mich kein Vertrauen mehr?«

»Reden Sie keinen Unsinn! Ich kenne Sie ein bißchen, das ist alles ...«

»Das ist alles? Was soll das heißen?«

»Ich muß hier noch ein paar Dinge erledigen«, unterbricht ihn Marion, die keine Lust hat, sich mit Capdevil über seine mangelnde Leidenschaft für die Kripo zu streiten. »Ich werde nicht vor morgen zurück sein und traue mich nicht, bei mir zu Hause anzurufen ...«

»Haben Sie Angst, daß Ihr Verlobter Ihnen nicht glaubt?« fragt Capdevil, der sich in den Grauzonen des Lebens bestens auskennt.

»Ich habe Angst, daß ich die Wahrheit nicht vor ihm verbergen kann. Und ich kenne ihn, er würde sofort bei mir aufkreuzen.«

»Da täte er auch recht dran. Ich rufe die beiden an, versprochen.«

»Danke«, murmelt sie. »Den Kollegen sagen Sie natürlich auch nichts ... und schon gar nicht Quercy.«

Warum jetzt schon die Neuigkeit verbreiten, daß sie sich die Handtasche hat klauen lassen wie eine der alten Großmütterchen, denen sie immer wieder erklärt, auf welche Weise so etwas zu vermeiden ist.

Als sie das Gespräch gerade beenden will, fällt ihr noch etwas Wichtiges ein.

»Sagen Sie, Capdevil, ehe ich's vergesse ... Ich hatte Sie doch gebeten, ein bißchen in Lémans Vorleben herumzuschnüffeln. Haben Sie was gefunden?«

Schweigen. Marion grinst.

»Hallo, Capdevil, können Sie mich hören? Gustave Léman, sagt Ihnen das was?«

»Ah! Oh! Du lieber Gott, an den hab ich gar nicht mehr gedacht! Nein, nichts. Negativ.«

»Überhaupt nichts? Das kann doch gar nicht sein ...«

»Doch, wirklich. Er hatte zwar eine Akte, aber außer daß er wohl mal die Ausweispapiere verloren hat, stand da nichts drin. Das scheint Ihnen ja nicht zu schmecken ...«

»Na ja, ich hatte mir mehr erhofft. Capdevil?«

»Ja?«

»Ich bin mir sicher, daß da doch was ist. Suchen Sie weiter und ... verlieren Sie keine Zeit!«

Der Beamte murmelt ein paar unfreundliche Worte über die Rechte der Beamten und die Abschaffung der Sklaverei. Aber das tut er nur, um überhaupt etwas zu sagen und um seine Angst zu verbergen, daß seine Chefin in eine heikle Geschichte hineingeraten sein könnte.

20

Dicke Wolken hängen am Himmel, und der Tag geht nun rasch zu Ende, als Marion den Dorfplatz von Charmes erreicht. Durch die offene Tür des Café Rodelot sickert eine gelbe Lichtpfütze auf die Fahrbahn, und die Straße ist genauso menschenleer wie am Morgen. Marion fährt durch das Dorf, ohne auch nur einem streunenden Hund zu begegnen. Als das Haus von Gus Léman und der Friedhof hinter ihr liegen und die Straße etwas abschüssig wird, bremst sie ab, um in einen kleinen, grasbewachsenen Weg einzubiegen. Nach einigen holperigen Metern stellt sie den Motor aus. Dann steckt sie das Handy in ihre Hosentasche und holt eine kleine Taschenlampe aus dem Handschuhfach. Nachdem sie das Auto abgeschlossen hat, geht sie zu Fuß zum Haus.

Ihr Kreuz tut weh, und sie humpelt wie eine alte Frau. Am Fuß der Steigung, die zum Garten von Gus Léman führt, bleibt sie stehen, um Luft zu holen und zu horchen. Langsam senkt sich die Nacht über das Land. Aus der Ferne hallt von Zeit zu Zeit das Kläffen eines Hundes herüber.

Zu ihrer Linken, hinten in einem Garten, der direkt an Gus Lémans Grundstück angrenzt, entdeckt Marion ein erleuchtetes Fenster, aus dem ein paar Flüche und Schimpfworte zu hören sind. Kein Zweifel, daß diese belegte Stimme Vater Léon gehört, der wohl einen über den Durst getrunken hat. Als Antwort ertönt das Gezänk einer alten Frau, dann lautes Türenknallen.

Marion erklimmt die Böschung, kriecht unter dem Stacheldrahtzaun durch, den sie mit einer Hand hochhält, um nicht mit der Jacke hängenzubleiben, und betritt den Garten. Sie folgt ihrem Gefühl, schlägt einen Bogen um die noch immer versiegelte Tür und die Fenster mit den geschlossenen Läden. Als sie um das Haus herumgeht, entdeckt sie genau das, worauf sie gehofft hatte: ein halbes Dutzend Stufen, die in einem schon im Halbdunkel liegenden Loch verschwinden. Sie wirft einen Blick auf Vater Léons Garten und stellt fest, daß man von dort, wo sie steht, das Haus des alten Nachbarn nicht sehen kann. Beruhigt schließt sie die Augen und versucht, ihre Erinnerungen wieder hochsteigen zu lassen. Klare Erinnerungen sind es eigentlich nicht, eher wirre Empfindungen wie aus einem Traum. Von Nina hat sie gelernt, daß man sich sogar in die jüngste Kindheit zurückversetzen und echte Erinnerungen von den vielen Geschichten, die einem die Erwachsenen erzählt haben, unterscheiden kann. Bilder tauchen auf, und plötzlich ist sie fest davon überzeugt: Sie war schon einmal hier.

Nach kurzem Zögern beginnt sie die Treppe hinabzusteigen.

Die Kellertür ist nur angelehnt, und niemand hat es für nötig befunden, sie zu versiegeln. Vorsichtig stößt Marion sie auf, ihr ganzer Körper ist in Alarmbereitschaft. Im Inneren ist es feucht und kalt, es stinkt nach altem Ruß, toten Kröten und fauligen Kartoffeln. Uralte Flaschen, an denen schwarzer Staub klebt, leere Konservengläser und wurmstichige Holzkisten tauchen im Lichtkegel der Taschenlampe auf. In diesen Keller hat mit Sicherheit seit etlichen Jahren niemand mehr einen Fuß gesetzt.

Sie richtet den Strahl ihrer Lampe auf die Decke, um sie systematisch abzusuchen. In einer von riesigen Spinnweben verhüllten Ecke hält sie inne. Die Lampe wirft nur einen kleinen Lichtkegel, aber Marion hat gefunden, was sie gesucht hat. Die Decke ist niedrig, in Ermangelung einer Leiter stapelt sie einige Kisten übereinander, von denen sie hofft, daß sie unter ihrem Gewicht nicht zusammenbrechen. Die Falltür ist ebenfalls weder verriegelt noch versiegelt, und sie braucht nur ein paar Sekunden, um sie zu öffnen. Mit einem akrobatischen Aufschwung landet sie auf dem Fußboden des Erdgeschosses. Das Blut rauscht ihr in den Ohren.

Es ist sehr dunkel in der Küche, und Marion nimmt sich Zeit, um Luft zu holen und zu warten, daß sich ihre Augen an die Umgebung gewöhnen. Erst als sie sicher ist, daß niemand sie auf frischer Tat ertappen wird, beginnt sie ihren Rundgang.

Abgesehen von der Küche besteht das Erdgeschoß aus einem einzigen Raum, in dem sich der Kamin befindet, ein Tisch mit zwei Bänken, eine stehengebliebene Wanduhr, ein Schrank und ein in die Ecke geschobenes Bett, wie es in diesen kühlen Gegenden des Burgund, wo man in bescheidenen Häusern noch bis vor wenigen Jahren im Winter nur den wichtigsten Raum beheizte, Tradition ist. Vor dem Kamin ein umgekippter Stuhl, und zu dessen Füßen eine mit Kreide umrissene Silhouette. Einen Meter weiter ein schwärzlicher Fleck, um den ebenfalls ein weißer Kreis gezogen ist.

Emotionslos betrachtet Marion den Schauplatz des Verbrechens: Es ist ein Anblick, der sich ihr schon dutzendfach geboten hat. Aber irgend etwas irritiert sie an dieser Szenerie. Aufmerksam betrachtet sie jedes Möbelstück und lenkt den Lichtkegel auf die Spuren der Ermittler, die Abdrücke ihrer Schuhe auf den Terrakottafliesen. Sie geht zwei Schritte weiter, und als sie sich dem Kamin nähert, wird ihr klar, was sie so stutzig macht. Der Geruch. Aufmerksam schnuppernd atmet sie tief durch die Nase ein. Das erste, was sie erkennen kann, ist der Geruch von altem Ruß und Feuchtigkeit. Dann der Gestank von totem Fleisch und Blut, der sich hartnäckig hält, monatelang. Außerdem riecht es nach Küche, nach Fett, das an Topfböden klebt. Aber da ist noch ein anderer Geruch, der alles überlagert und von der Feuerstelle herzurühren scheint. Marion geht um den Stuhl herum, den Gus umgerissen hat, als er zu Boden fiel, stellt eine Fußspitze auf die Gußeisenplatte im Kamin und beugt sich vor. Ein unverkennbarer Geruch nach Kampfer, Arnika, Jodtinktur und Gewürzpflanzen steigt ihr in die Nase. Ja, sie kennt ihn, erkennt ihn wieder. Rasch ist ihr auch klargeworden, woher er kommt. Neben einem verkohlten Holzscheit liegt ein Papiertaschentuch, das die Leute von der Spurensicherung übersehen haben müssen, es sei denn, einer von ihnen hat es selbst in den Kamin geworfen. Ohne groß nachzudenken, hebt Marion das Tuch an einem Eckchen vorsichtig vom Boden auf und hält es sich vors Gesicht. Mit geschlossenen Augen wühlt sie in ihren Erinnerungen. Aber so sehr sie sich auch bemüht, ihr Hirn weigert sich, die Information freizugeben. Nach einigem Suchen findet sie in der Tasche, die ihr Sonia Bonte geliehen hat, ein leeres, verschließbares Plastiktütchen. Sie steckt das Taschentuch hinein und setzt ihren Kontrollgang fort.

Das obere Stockwerk besteht aus zwei Zimmern. In dem einen befindet sich nur ein großer Tisch, auf dem jemand in Erwartung des Winters einige Birnen und Äpfel ausgelegt hat. In dem anderen steht ein Eisenbett. Hier muß Gus geschlafen haben, spartanisch wie ein Mönch, ohne Toilette, geschweige denn Badezimmer.

Ein Nachttischchen, ein Spiegelschrank und ein Nachttopf aus blau emailliertem Blech sind alles, was das Zimmer sonst noch zu bieten hat. Mit Hilfe eines Kopfkissenbezugs, der zusammengeknüllt auf dem Fußboden liegt, zieht Marion die Schublade des Nachttischchens auf, ohne ihre Fingerabdrücke zu hinterlassen. Inhalt der Schublade: ein Fläschchen Jodtinktur, eine angefangene Salbentube, auf der in roten Buchstaben Sparfix steht, eine Schachtel Kompressen, zwei verpackte Einwegspritzen, ein noch in Plastik eingeschweißter Block Briefpapier, ein paar Umschläge und ein goldener Füllfederhalter der Marke Dunhill, der hier völlig aus dem Rahmen fällt.

In dem Spiegelschrank befinden sich einige säuberlich gefaltete Hemden und ein paar an Bügeln aufgehängte Kleidungsstücke. Als Marion den etwas rauhen Stoff eines schwarzen Anzugs befühlt, ertasten ihre Finger einen härteren Gegenstand. Aus der Brusttasche zieht sie eine abgenutzte Brieftasche hervor. Während sie sie öffnet, kann sie sich des Gedankens nicht erwehren, daß die Gendarmen doch ziemlich schlampig gearbeitet haben. Aber dann erinnert sie sich an einen Fall, in dem einer ihrer eigenen Leute die Tatwaffe übersehen hat, weil er nicht gewagt hatte, einige Gegenstände in Augenschein zu nehmen, die offenbar dem Totenkult dienten und auf einem buddhistischen Altar aufgereiht waren. Dieses letzte Detail war es wohl, was ihn gänzlich aus der Fassung gebracht hatte. Ob auch die Gendarmen von Charmes aus Aberglauben vor diesem Schrank zurückgeschreckt sind?

In der Brieftasche stecken ein Personalausweis und ein Führerschein, beide auf den Namen Gustave Léman ausgeschrieben. Auf den Fotos ist Gus höchstens zwanzig, was die Daten auf den Papieren bestätigen: Sie wurden 1958 ausgestellt. Abgesehen davon sind ein paar klein gefaltete Hundert-Franc-Scheine das einzige, was Marion finden kann. Als sie näher hinsieht, fällt ihr auf, daß in der Brieftasche die Trennwände aus Plastik offenbar herausgerissen wurden. Nachdenklich starrt sie darauf, ehe sie auch diesen Fund in ihrer Tasche verschwinden läßt, ein Tabubruch, bei dem sie sich schon ein wenig auf die Lippen beißt.

Auch wenn das, was sie getan hat, illegal ist und vor keinem Gericht Verwendung finden wird, widerlegt die Entdeckung dieser Brieftasche mit den Geldscheinen darin die Theorie von Brigadeleiter Chrétiennot: Ein Diebstahl war nicht das Motiv für die Ermordung von Gus Léman.

21

Der Dorfplatz hat mit einemmal ein völlig anderes Gesicht, und was Marion zwischen den kreuz und quer vor dem Café Rodelot parkenden Autos entdeckt, schnürt ihr die Kehle zu. Der schwarze Golf von Martinez!

Sie hält vor dem Haus des Hufschmieds an, worauf hinter dem Fenster sogleich eine Silhouette erscheint. Dann geht das Licht aus, und Marion fühlt sich beobachtet.

In dem Café herrscht große Aufregung, das Stimmengewirr hallt bis zu Marion herüber. Sie fragt sich, was dort wohl los ist und warum der Commandant unter den Gästen ist. Für einen kurzen Moment kommt ihr der Gedanke, daß er ihr vom Krankenhaus aus gefolgt sein könnte, und sie nimmt sich vor, an einem entsprechenden Auffrischungskurs für Kripo-Beamte teilzunehmen. Wenn sie inzwischen so blöd ist, sich beschatten zu lassen, ohne das geringste zu merken, sollte sie lieber gleich den Beruf wechseln!

Falls Martinez ihr wirklich auf Schritt und Tritt gefolgt ist, seit sie die Unfallstation verlassen hat, wird er sie auch dabei beobachtet haben, wie sie in der Bar eines Hotels ein Bier getrunken hat. Sie hat dort für die Nacht ein Zimmer reserviert, was Martinez allerdings nicht bemerkt haben kann. Als sie ihren letzten Schluck Bier herunterspülte, war sie auf den dummen Gedanken gekommen, sich heimlich zu Gus Lémans Haus zu schleichen, denn der Vorschlag von Commandant Martinez, sie hineinzulassen, ging ihr nicht aus dem Sinn, und sie hatte nicht übel Lust, ihm zuvorzukommen.

Plötzlich wird Marion heiß: Und wenn der Gendarm ihr bis zum Haus von Gus gefolgt ist, ihre heimliche »Hausdurchsuchung« abgewartet hat und rasch ins Café gefahren ist, noch ehe sie wieder am Steuer saß?

»Das paßt doch alles nicht zusammen«, sagt sie halblaut,

den Blick fest auf das erleuchtete Fenster gerichtet. »Es kann einfach nicht sein, daß ich nichts gesehen und nichts gehört habe. Ich verstehe nicht, was hier läuft.«

Und es gibt nur einen Weg, das herauszufinden.

Ihr plötzlicher Auftritt im Café Rodelot wird mit allgemeiner Verblüffung zur Kenntnis genommen, und sofort erstirbt jedes Gespräch. Sieben oder mehr Augenpaare fixieren Marion, darunter die stahlblauen Augen von Commandant Martinez, der sie von Kopf bis Fuß mustert. Sein kühler, fast etwas spöttischer Blick verweilt auf den dunklen Flecken, die sie trotz größter Bemühungen nicht ganz aus ihrem lavendelfarbenen Hosenanzug entfernen konnte.

»Guten Abend«, sagt sie in den Raum.

Marion, normalerweise ein eher zurückhaltender Typ, kann eine erstaunliche Dreistigkeit an den Tag legen, wenn der Beruf es von ihr verlangt. Jetzt, in diesem Café, kommt sie sich allerdings vor wie ein armes Häschen, das man in einen Käfig voll ausgehungerter Raubtiere gesteckt hat. Mutter Rodelot taucht wie ein Zombie aus dem Nebenraum auf. Sie wischt sich die Hände an einer verblichenen blauen Gartenschürze ab und starrt Marion ungläubig an.

»Oh, Kommissarin Marion!« ruft Commandant Martinez aus. »Was für eine Überraschung!«

Der metallische Klang seiner Stimme will nicht zu den freundlichen Worten passen. Marions Sorge wächst, als sie einen raschen Blick in die Runde wirft und zwei Gendarmen aus der Brigade von Mirabel erkennt. Sie ist in eine Falle getappt wie ein Idiot, und jetzt werden diese Typen sie einlochen! Obwohl die beiden offenbar genauso sprachlos über ihr Erscheinen sind wie die übrigen männlichen Gäste, darunter der morgendliche Weintrinker mit den schmutzigen Stiefeln und der Briefträger, den sie im Lauf des Tages drei Mal, wenn auch nur kurz, gesehen hat und der hartnäckig auf seine Schuhe starrt. Während sie weiter in die Runde blickt, steigt ihr aus der Erinnerung wieder jener Geruch in die Nase, der sie im Haus von Gus so irritiert hat. Und plötzlich taucht ein Bild vor ihrem inneren Auge auf: das Bild eines Mannes, der eine Schaukel anstößt, auf der sie sitzt, und in der Ferne ein kleiner Junge, der sich in der Nase bohrt, während er zu ihr herübersieht. Mit dem Geruch verflüchtigt sich auch die Erinnerung.

Im gleichen Moment merkt sie, daß Martinez etwas zu ihr sagt:

»Haben Sie die Absicht, sich in Charmes niederzulassen?«

»Und Sie?« erwidert sie und sieht ihn durchdringend an.

Die Stille ist bleiern. Die Männer halten den Atem an, und Mutter Rodelot mit ihren trüben, hervortretenden Augen ist wie zur Salzsäule erstarrt. Nur der Bauer mit den dreckigen Schuhen bewegt rhythmisch ein Bein, an sein Glas geklammert wie an einen Rettungsring und kurz davor, im Alkoholnebel zu versinken.

Marion wendet sich an die Wirtin:

»Einen Cognac, bitte, Madame.«

Martinez gibt einen leisen, ironischen Pfiff von sich.

»Und die Herren?« fügt Marion frech hinzu. »Möchten Sie nicht auch noch ein Glas? Die Runde geht auf meine Rechnung!«

Ihre Einladung wirkt wie ein Zauberspruch: Im Nu kommt wieder Leben in die Männer, und die Gespräche werden fortgesetzt, auch an dem Tisch, wo die Gendarmen aus Mirabel sitzen. Marion atmet auf. Sie sind nicht ihretwegen gekommen. Die Wirtin sputet sich: So eine gewinnbringende Bestellung kommt bei ihr nicht alle Tage vor. Nur der Postbote hält sich bedeckt und wehrt das vor ihn gestellte Glas mit einer Handbewegung und einem mürrischen »Mir reicht's« ab.

Martinez beobachtet Marion unschlüssig, mit einem Funkeln in den Augen, aus dem Bewunderung, aber auch Mißbilligung spricht.

»Also, Commandant Martinez«, Marion hat beschlossen, zum Angriff überzugehen, und nimmt einen ordentlichen Schluck Cognac, »Sie wollten wissen, warum ich hier aufgetaucht bin?«

Sie hat in normaler Lautstärke gesprochen, und die Männer senken instinktiv ihre Stimmen.

»Warum glauben Sie, daß mich das interessiert?«

»Ich glaube es nicht, ich bin mir sicher.«

Sie spürt, wie der Alkohol angenehm durch ihren Körper strömt, die schmerzenden Stellen wärmt, die Angst eindämmt. Die Hitze steigt ihr aus dem Magen in die Wangen. Fast hätte sie darüber die ungute Stimmung vergessen, die ihr entgegenschlägt.

Sie dreht sich zu den Gendarmen von Mirabel um, die noch ihre Uniformen tragen, nur die Käppis haben sie auf einem der Tische abgelegt. Der kleine Stämmige mit seinem Schnurrbart, der ihm wie ein Querbalken im Gesicht hängt, betrachtet sie mit höflicher Gleichgültigkeit. Ohne Martinez weiter zu beachten, spricht sie ihn an:

»Könnten Sie Ihrem Chef sagen, daß ich die Einladung von Commandant Martinez, mir das Haus von Monsieur Léman anzusehen, gerne annehme? Morgen früh. Sagen wir … um neun?«

Ganz plötzlich ist sie auf die Idee gekommen, Martinez zu provozieren und damit vielleicht auf dem falschen Fuß zu erwischen. Und sollte sie im Haus Spuren hinterlassen haben, könnte sie diese bei einem neuerlichen Besuch verwischen, falls sie – in so einem kleinen Dorf weiß man nie – doch jemand gesehen hat. Das Gesicht von Martinez bereitet ihr Genugtuung.

»Aber ... ich meine ...« stammelt der schnauzbärtige Gendarm. »Ich weiß nicht ... Warum?«

Marion leert ihr Glas, verschluckt sich, hustet.

»Vielleicht entdecken meine Luchsaugen ja noch das eine oder andere Indiz«, antwortet sie schließlich und wischt sich eine Träne ab. »Nein, das war nur Spaß. Was dahintersteht, ist meine ... sagen wir ... ganz persönliche Neugier.«

»Stimmt es, daß Sie den Alten gekannt haben?« platzt der zweite Gendarm heraus, womit Marions Vermutung, daß dieses Thema Gesprächsstoff war, ehe sie das Café betreten hat, zur Gewißheit wird.

»Und daß der Notar aus Dijon auch ins Gras gebissen hat?« nuschelt der gestiefelte Weintrinker.

»Das reicht jetzt«, schaltet sich Commandant Martinez ein. »Was zu sagen war, ist gesagt worden, und der Rest geht Sie alle nichts an. Wenn Sie möchten, werde ich Sie selbst begleiten, Kommissarin Marion.«

Er verbeugt sich steif. Marion willigt mit einer zerstreuten Handbewegung ein, schockiert, wieder einmal feststellen zu müssen, wie utopisch die Vorstellung ist, polizeiliche Ermittlungen liefen unter Ausschluß der Öffentlichkeit ab. Um so mehr auf dem Land, wo sich Gerüchte in Windeseile verbreiten, häufig sogar die Ermittler selbst damit hausieren gehen. Auch hier haben sich die Gendarmen dazu hinreißen lassen, die Flüsterpropaganda zu bestätigen oder zumindest nicht zu dementieren. Sie kennen jeden, und der Verbrecher, den sie suchen, ist immer der Fremde, der von auswärts kommt. Feind ist grundsätzlich der, mit dem man noch nie einen getrunken hat.

Die Dorfbewohner schweigen, und der Bauer mit den dreckigen Stiefeln beginnt vor sich hin zu knurren und gefährlich zu schwanken.

»Hör mal, Dédé«, schimpft Madame Rodelot, »wir brauchen noch 'ne Schubkarre, um dich nach Hause zu schaffen. Los, jetzt geh schon heim!«

Dédé schüttelt heftig den Kopf und deutet mit dem Finger auf den letzten Schoppen, der schon wieder leer ist.

»Du machst wohl Witze!« sagt die Frau. »Für heute hast du genug gepichelt … So, wer will jetzt ein Omelett essen?«

Ein Tisch am Ende des Raums ist für vier Personen gedeckt. Niemand antwortet, und die Alte zieht sich erzürnt in den Nebenraum zurück. Beim Gedanken an das Omelett krampft sich Marions Magen zusammen, und ihr wird fast schwindelig. Seit dem Frühstück hat sie nichts zu sich genommen.

»Sie sollten eine Kleinigkeit essen«, schlägt Martinez vor, als könnte er Gedanken lesen. »Darf ich Sie einladen?«

Lieber sterbe ich … lautet die Antwort, die ihre schwarzen Augen versprühen.

»Sie begehen einen Fehler, Reine macht die besten Omelettes, die ich je gegessen habe.«

»Also gut«, hört sie sich antworten. »Unter einer Bedingung …«

Sie beugt sich zu ihm vor und flüstert so leise, daß nur er es hören kann:

»Sie sagen mir, warum Sie mich seit heute morgen verfolgen. Und was ich Ihnen getan habe.«

Martinez mustert Marion mit seinen blauen, harten Augen und deutet ein Lächeln an. Dann leert er in einem Zug sein Glas Pastis, faßt sie am Arm und zieht sie zu dem Tisch am Ende des Raums.

22

Das Klingeln ihres Handys läßt Marion zusammenzucken. Auf dem Tisch thront das saftige, duftende Omelett mit Pilzen und Speck. Daneben stehen ein Glas Gewürzgürkchen und ein Fläschchen Essig, beides unerläßliche Zutaten, die im Burgund zu einem guten Omelett mit auf den Tisch gehören, wie die Wirtin betont. Martinez, der Marion gegenüber Platz genommen hat, füllt ihre Gläser mit einem dunklen, schweren Landwein. In dem Lokal ist es wieder still geworden, nachdem die übrigen Gäste gegangen sind. Der Briefträger hat sich als erster aufgemacht, gefolgt von den beiden Gendarmen, die Dédé am Schlafittchen gepackt haben, um ihn seiner besseren Hälfte zurückzubringen.

Wirtin Rodelot macht sich in der Küche zu schaffen, möglichst nah an der Tür, damit ihr auch ja nichts von dem Gespräch entgeht.

»Oh, du bist's!« ruft Marion aus und merkt, daß sie schon ziemlich benebelt ist.

»Ist alles in Ordnung?« fragt Gilles mit leicht belegter Stimme. »Dein Scherge hat mich eben angerufen. Ist etwas passiert?«

»Nein, nichts Besonderes ... Ich muß noch ein bißchen länger bleiben, das ist alles. Ich erklär's dir später.«

»Bist du sicher, daß alles in Ordnung ist? Du klingst so komisch. Und diese Sache mit der Handtasche, die du verloren hast ...«

Was ist dieser Capdevil nur für ein Idiot!, tobt Marion innerlich, während Martinez ihr ein großes Stück Omelett auftut, dessen Duft ihr sofort das Wasser im Mund zusammenlaufen läßt.

»Das ist nicht so wichtig, wirklich«, antwortet sie etwas schroff. »Ich muß jetzt aufhören, ich hab zu tun.«

»Willst du nicht wissen, wie es Nina geht?«

»Doch ...«, murmelt Marion, die den Namen der Kleinen in Martinez' Anwesenheit nicht aussprechen wollte. »Ist alles in Ordnung?«

»Na ja«, sagt Gilles, verärgert über ihre Reserviertheit und gleichzeitig in Sorge. »Ich merke zwar, daß dich das nicht besonders interessiert, aber ich kann dich beruhigen: Es geht ihr gut. Sie hat den ganzen Tag im Krankenhaus verbracht und will morgen wieder hin ... Ich mußte richtig mit ihr kämpfen, damit sie Talons Hand wieder losließ. Weißt du, ich glaube, das alles bringt überhaupt nichts ...«

Marion unterbricht ihn in scharfem Ton:

»Das hast du ihr hoffentlich nicht gesagt?«

»Nein, natürlich nicht! Aber du mußt doch zugeben, daß unsere Ferien ziemlich merkwürdig verlaufen, oder?«

»Ist sie bei dir?«

Gilles zögert, ehe er eine wohlüberlegte Antwort gibt:

»Wir haben uns ein bißchen gezankt, und sie wollte lieber bei ihrer Omi schlafen. Ich bin allein.«

»Warum der Streit?«

»Ich habe sie dabei ertappt, wie sie in der Garage herumgewühlt hat, und zwar ausgerechnet in den ...«

»Okay, ist schon gut!« fällt ihm Marion ins Wort, von einer plötzlichen, unerklärlichen Unruhe erfaßt. »Ich muß auflegen, wir reden morgen darüber. Bis dann.«

Sie steckt das Telefon wieder in ihre Tasche und taucht die Gabel in das goldgelbe, saftige Omelett, während sie mit der anderen Hand nach einer fingerdicken Scheibe Brot greift.

»Ich wäre ungern Ihr Ehemann«, bemerkt Martinez, der ihr beim Essen zusieht.

Sie schluckt einen Bissen herunter.

»Das verlangt ja auch Gott sei Dank niemand von Ihnen. Also?«

»Nun, ich denke ...«, fängt Martinez an und setzt ein nachdenkliches Gesicht auf. »Ich denke, ich muß Ihnen ein Geständnis machen ...«

»Na, das fängt ja gut an!«

Sie ißt schnell und leert in einem Zug ihr Glas Wein.

Martinez schenkt ihr sofort nach. Er selbst hat bisher weder seinen Teller noch sein Glas angerührt.

Sie blickt auf, um ihn eingehend zu betrachten. Mit einem rätselhaften Ausdruck in seinem Gesicht beugt er sich zu ihr vor.

»Heute morgen habe ich die Brigade von Mirabel aufgesucht, um ein paar … Kontrollen vorzunehmen. Ich weiß nicht, ob Sie das interessiert oder überhaupt etwas angeht, aber es gab in dieser Brigade einige interne Probleme.«

Marion hört ihm zu, wenn sie auch überzeugt davon ist, daß er das Blaue vom Himmel herunterlügt. Sie versucht zu erraten, was jetzt kommen wird.

»Als Sie dort eingetroffen sind, war ich gerade dabei, die Akten einzusehen …«

»Sie haben sich in mich verliebt und sind mir den ganzen Tag gefolgt, ohne den Mut zu finden, mir Ihre Gefühle zu gestehen«, führt sie seinen Satz zu Ende und schiebt ihren leeren Teller von sich.

Dann streckt sie ihm ihr Glas hin, das er sofort wieder füllt. Sie leert es und hält es ihm gleich noch einmal hin, damit er ihr abermals nachschenkt.

»Sie sollten hier schlafen«, sagt Martinez mit ruhiger Stimme.

Marion hält seinem durchdringenden Blick stand und denkt sich ihren Teil: Der schöne Commandant Martinez mit seinem Golf Cabrio ist offensichtlich ein Anmacher, der nimmt, was ihm vor die Flinte kommt.

Hinter ihrem Rücken ein leises Geräusch: Im Türrahmen lauert mit gespitzten Ohren die Wirtin Rodelot.

»Mit Ihnen?« erwidert Marion provokant.

»Ich denke nicht, nein«, antwortet er kühl und lehnt sich zurück.

Marion rückt mit ihrem Stuhl vom Tisch ab.

»Gefalle ich Ihnen nicht?« fragt sie.

»Sie sind unwiderstehlich.«

Er starrt sie an. Sein Gesichtsausdruck ist noch immer schwer zu deuten. Er ähnelt einem Tier, das kaltblütig seine Beute belauert. Es liegt klar auf der Hand, daß er nichts für sie empfindet, weder Mitleid noch Haß, noch Begierde. Er ist aus einem Grund hier, den sie nicht kennt, und plötzlich schämt sie sich, ihn so dumm provoziert zu haben. Sein undurchdringlicher Blick macht ihr auf einmal Angst.

Marion fragt sich gerade, wie sie sich aus dieser unangenehmen Lage befreien soll, da ertönt eine Melodie, die an einen Militärmarsch erinnert und sich als das Klingeln von Martinez' Handy entpuppt. Ohne jede Eile zieht er es aus seiner Tasche, um den Anruf entgegenzunehmen, und setzt damit ihrer Unterhaltung ein vorläufiges Ende. Er hört zu, murmelt ein paar unverständliche Worte und beendet das Gespräch. Marion kommt es so vor, als wäre er ein wenig verärgert, aber vielleicht liegt es daran, daß sie ihn mit zorniger Miene beobachtet hat.

Martinez steht wortlos auf und wühlt in seiner Hosentasche. Er streckt der Cafébesitzerin einen Geldschein hin, den die Frau entgegennimmt und dann unschlüssig in der Hand hält.

»Ich zahle meinen Anteil«, sagt Marion rasch.

Martinez zuckt die Achseln; er fordert die Frau auf, das Wechselgeld zu behalten und alles übrige selbst zu regeln. Dann beugt er sich zu Marion herab, und ein Lächeln umspielt seinen wohlgeformten Mund.

»Ich wollte Sie nur darauf hinweisen, daß Sie zu viel getrunken haben, um noch Auto zu fahren. Ansonsten sehen Sie ausgesprochen gut aus, aber Sie sind nicht der Nabel der Welt«, sagt er und betont dabei jede Silbe.

»Sie haben meine Frage nicht beantwortet.«

Er steuert auf die Tür zu, dreht sich um. Seine Miene ist wieder genauso eisig und unpersönlich wie zuvor.

»Ich verstehe nicht, worüber Sie reden wollen.«

»Gehen Sie doch hin, wo der Pfeffer wächst!« ruft sie, nachdem Martinez das Lokal längst verlassen hat. Nur noch die leise schaukelnden Plastikstreifen des Vorhangs verraten, daß jemand hindurchgegangen ist. Marion fragt sich mit schwerem Kopf, ob sie nicht alles geträumt hat.

Als sie das Café Rodelot eine Viertelstunde später verläßt, ist der Platz menschenleer. Nur eine einsame Laterne, die an der Fassade einer früheren Relaisstation befestigt ist, wirft ihr gelbliches Licht auf den feucht glänzenden Asphalt. Ein leichter Nebel ist aufgekommen, der in der Dunkelheit die Umrisse der Häuser verwischt.

Marions grauer Peugeot ist das letzte Auto auf dem Platz. Ein merkwürdiger Anblick, wie der Wagen so dasteht, von Nacht und Nebel beinahe verschluckt. Marion hört das Rumpeln der Stühle, die Mutter Rodelot unsanft zusammenrückt, und ganz nah, hinter einer Gittertür, das Winseln eines schlafenden Hundes.

Wenige Augenblicke später läuft Marion zum Café zurück und stößt die Tür auf, die die Wirtin gerade abschließen wollte. Erschrocken weicht die Frau zurück.

»Ich bin's noch einmal«, beruhigt Marion sie. »Ich habe ein Problem.«

Sie deutet auf ihr parkendes Auto. Die Wirtin beugt sich vor und sieht im Scheinwerferlicht eines langsam vorbeifahrenden Wagens, was Marion ihr zeigen will: Die vier Reifen sind platt.

»Gibt es eine Werkstatt, die ich anrufen kann?«

»Ja, aber um diese Uhrzeit hat die natürlich zu. Die nächste werden Sie wohl in Dijon finden. Aber es würde mich sehr wundern, wenn mitten in der Nacht jemand hier rauskommen würde.«

Mit einemmal fühlt sich Marion unendlich müde. Sie braucht Schlaf, sie hat zuviel getrunken. Wie gern wäre sie jetzt zu Hause, in Gilles Armen, mit Nina an ihrer Seite, vor einem gemütlich flackernden Kamin. Statt dessen sitzt sie in diesem abgelegenen, feindseligen Dorf fest.

Die alte Frau sieht sie mitleidig an. Sie gibt sich einen Ruck.

»Bleiben Sie nicht draußen stehen. Ich kann Ihnen ein Zimmer vermieten.«

23

Marion kann nicht einschlafen, trotz ihres Schwipses. Die Schmerzen, die von ihrem linken Bein bis in den Rücken ausstrahlen, erinnern sie auf unangenehme Weise daran, daß seit dem Wiederauftauchen von Gus Léman in ihrem Leben einiges schiefzulaufen scheint. Was ihr hier in diesem Dorf entgegenschlägt, ist weder Interesse noch Neugier, sondern Haß.

Jedes Mal kurz vor dem Einschlafen läßt irgendein Geräusch in dem alten, fremden Haus sie hochfahren. Das Zimmer ist genauso vorsintflutlich wie seine Besitzerin, und ein Geruch nach Mottenkugeln umweht ihre Nase. In einer Ecke tropft leise, aber beharrlich der Wasserhahn über einem Waschbecken, das eine spanische Wand aus verblichenem Stoff notdürftig kaschiert.

Bevor Marion unter die uralten, mit der Zeit wunderbar weich gewordenen Baumwollaken geschlüpft ist, hat sie ihrem Bedürfnis nachgegeben, ihre Tochter anzurufen. Es war noch nicht zehn, und Nina gehört leider sowieso nicht zu den Menschen, die früh schlafen gehen. Sie war gleich selbst am Apparat. Ohne Punkt und Komma hat sie ihr haarklein ihren Tag mit Talon geschildert und erzählt, wie sehr sie sich bemüht hat, ihm eine Reaktion zu entlocken. Sie war überzeugt, daß er ein Augenlid bewegt hatte, und redete sich ein, er hätte sie gehört. Sie hatte den Chirurgen befragt, der Talon operiert hatte, und auch die Ärzte von der Unfallstation: Sie wußte alles über seine Verletzung, über die Position der Kugel, die man ihr auf den Röntgenbildern gezeigt hatte, seine Überlebenschancen, die Reha-Klinik, in die man ihn zunächst überweisen würde, die Gefahren, die ihm in Zukunft drohen würden, und alle Folgeerscheinungen, mit denen er sicher zu rechnen hätte. Sie warf mit medizinischen Fachbegriffen um sich, und ihrer Mutter ist klargeworden: Nina hat ihren Weg gefunden, sie wird Ärztin werden.

Für den folgenden Tag hat sich das Mädchen vorgenommen, wieder bei Talon zu bleiben. Marion hat sie dazu ermutigt, ganz im Gegensatz zu Gilles, dessen Bemerkung ihr noch immer die Zornesröte ins Gesicht treibt.

Nach einem kurzen Schweigen hat Nina gefragt:

»Warum bist du so lange weg, Mama?«

»Übertreibst du nicht ein bißchen?« hat Marion gemurmelt. »Ich bin doch erst heute morgen gefahren.«

»Du bist noch nie so lange weg gewesen.« Nina hat nicht lockergelassen. »Kommst du morgen zurück?«

»Ja, meine Kleine, morgen.«

»Versprochen?«

»Versprochen.«

Als die Sprache auf Gilles kam, hat Nina, die ein rechter Hitzkopf ist, gleich wieder zu schmollen begonnen.

»Ich will nicht, daß du heiratest«, gab sie zu, als Marion nachbohrte.

»Aber ... Warum? Dabei magst du Gilles doch gern, oder?«

»Ja, ich mag ihn, aber wenn er da ist, kann ich nicht mehr machen, was ich will. Er tut so, als wäre er mein Vater, und ich habe keine Lust, daß er sich ständig einmischt.«

Im Hintergrund hörte Marion Lisette protestieren: Was haben diese Kinder von heute nur für Manieren! Marion gab ihrer Tochter zu verstehen, daß sie Gilles gegenüber ungerecht sei.

»Ich werde nie heiraten«, verkündete Nina.

»Woher willst du das wissen?«

»Oder wenn doch ... dann nur Jérôme Talon.«

»Der ist viel zu alt für dich.«

In Ninas Antwort, die erst nach kurzem Nachdenken kam, schwang eine leichte Beklommenheit mit; dahinter verbarg sich eine abgrundtiefe Angst, über die sie mit ihrem Geplapper hinwegzutäuschen versuchte:

»Mama?«

»Ja, mein Schatz?«

»Wenn Jérôme gelähmt bleibt, dann braucht er jemanden, der sich um ihn kümmert, er hat ja keine Familie. Mama?«

»Hör zu, mein Schatz«, hat Marion sie zu beruhigen versucht. »Er wird wieder gesund.«

»Aber wenn er nicht gesund wird?«

»Dann hat er ja uns. Mach dir keine Sorgen. Und jetzt gib mir einen dicken Kuß ...«

Aber Nina wollte ihre Mutter noch ein bißchen für sich haben und tat alles, um sie so lange wie möglich in der Leitung zu halten.

»Weißt du, Mama, ich hab ein tolles Bild gefunden!«

»Wie, ein Bild? Was für ein Bild?«

»In der Garage ...«

Marions Puls begann zu rasen.

»Da reden wir morgen drüber, in Ordnung?« hat sie geantwortet und das Gespräch beendet.

Aus unerklärlichen Gründen packt sie jedesmal, wenn von Gus Lémans Kartons die Rede ist, eine furchtbare Unruhe, besonders seit sie weiß, daß Nina darin herumgewühlt hat.

Sie wälzt sich im Bett hin und her, schiebt schließlich das Kopfkissen zur Seite, dessen Spitzenbordüre sie an der Nase kitzelt. In dem Moment, als ihr Körper sich zu entspannen beginnt und das monotone Tropfen des Wasserhahns nicht mehr in ihr Bewußtsein dringt, läßt ein lautes Getöse sie mit wild pochendem Herzen im Bett hochfahren. Sie braucht mehrere Sekunden, um sich zu fangen und zu begreifen, was dieser Lärm zu bedeuten hat: Es sind die Kirchturmglocken, die Sturm läuten.

Draußen schlagen Türen, Motoren starten, Stimmen hallen über den Platz. Das im Nebel der Nacht versunkene Dorf wird jäh aus dem Schlaf gerissen.

Auch im Haus geht etwas vor sich. Auf der Treppe knarren Schritte, während draußen, unter Marions Fenster, laut gegen die Cafétür gehämmert wird. Sie steht auf und zieht sich hastig an.

Unten ist der große Raum hell erleuchtet. Madame Rodelot trägt ihr Blümchenkleid – man könnte glauben, sie schliefe darin –, und ihre Füße stecken in dicken, karierten Pantoffeln. Durch die offene Tür wird erkennbar, welches Chaos draußen herrscht, in der Dunkelheit laufen die Menschen in heillosem Durcheinander hin und her.

Plötzlich hört die Sturmglocke auf zu läuten, und der letzte Ton hängt zitternd in der nächtlichen Luft. Die alte Frau sieht Marion an, als hätte sie diesen Aufruhr zu verantworten.

»Was ist denn los?« fragt Marion, während die Wirtin die Falltür öffnet, die zum Keller führt.

»Ich muß für Nachschub sorgen. Die werden Durst haben.«

»Bitte?« fragt Marion entgeistert.

Die Alte, die schon bis zur Hüfte im Treppenabgang verschwunden ist, schüttelt langsam den Kopf und deutet zur Straße:

»Hören Sie die Glocken denn nicht? Es brennt.«

24

Die Flammen züngeln so hoch, daß man sich durchaus fragen kann, woraus sich dieser Brand speist. Das Feuer tost und schleudert Funkengarben in den rauchgrauen Himmel. Es ist unmöglich, sich dem Flammenmeer zu nähern, und die Menge der Schaulustigen steht in sicherem Abstand vor der Friedhofsmauer, an einem windgeschützten Ort. Männer in blauen Overalls sind darunter und Frauen, die sich zum Schutz gegen die Kälte in Strickjacken gehüllt haben. Eine trägt sogar noch ihr Nachthemd und Pantoffeln. Auch ein paar Kinder sind da, brav und still.

Man hat zwei Fahrzeuge der Feuerwehr und eine Motorpumpe in Stellung gebracht; die Schläuche wurden an einen nahegelegenen Hydranten angeschlossen. Jemand kündigt an, daß Verstärkung aus Mirabel unterwegs ist, aber der Chef der freiwilligen Feuerwehr von Charmes ist pessimistisch: Niemand wird das Haus von Gus Léman, das wie ein Heuhaufen in Flammen aufgegangen ist, noch retten können.

Marion erkennt Vater Léon, der einer alten Dame den Arm reicht. Die Frau hat eine unglaubliche Rückgratverkrümmung und schimpft wie ein Rohrspatz, weil man die beiden angewiesen hat, ihr Haus zu verlassen.

»Mich in meinem Alter mitten in der Nacht einfach so auf die Straße zu setzen …«

»Gehen Sie doch ins Café, da haben Sie's warm«, schlägt

ein Mann vor und verschwindet, weil er anderswo gebraucht wird.

Die Flammen werfen ihr Licht auf die Gesichter, lassen die Schatten tanzen. Marion begegnet Vater Léons Blick und in seinen Augen liest sie dasselbe wie in den Augen von Madame Rodelot: eine Anklage.

Der schrille, disharmonische Klang zweier Martinshörner, die einander zu übertönen versuchen, kommt näher. Die Zuschauer halten sich mit verzerrten Gesichtern die Ohren zu, als zwei weitere Feuerwehrfahrzeuge auf der Straße zum Stehen kommen. Ein Raunen geht durch die Menge: hinter den Feuerwehrleuten sind auch einige Wagen der Gendarmerie aufgetaucht. Marion erkennt die rundliche Silhouette von Brigadeleiter Chrétiennot, während aus unerfindlichen Gründen plötzlich die Erinnerung an den Geruch in ihr wach wird, den sie in Gus Lémans Haus wiederentdeckt hat. Der Geruch ist so stark, daß er den Gestank nach brennendem Holz und heißem Metall überlagert, und auch dieses Mal befällt Marion ein Gefühl der Beklemmung. Sie läßt ihren Blick über die Menge schweifen und sieht die Gendarmen, die sich unter die Leute gemischt haben, Hände schütteln, hier und da ein paar Worte wechseln. Immer wieder fängt sie verstohlene Blicke auf. Die beiden Gendarmen, die sie am Vorabend im Café Rodelot gesehen hat, unterhalten sich mit einem Mann, der ihr den Rücken zukehrt. Das einzige, was sie erkennen kann, ist sein blau-gelber Blouson, wie ihn Postangestellte tragen. Einer der beiden Gendarmen löst sich aus der Gruppe und setzt seinen Weg fort, nachdem er ihr aus den Augenwinkeln einen kurzen Blick zugeworfen hat. Er tritt zu seinem Chef, der gerade mit Vater Léon diskutiert, und die beiden Männer führen ein leises Gespräch. Chrétiennot stellt sich plötzlich auf die Zehenspitzen, als suche er jemanden. Seine kleinen, schwarzen Augen heften sich auf Marion, und er raunt seinem Begleiter ein paar Worte zu, ehe er sich einen Weg durch die Menge bahnt und auf sie zu kommt. Er wirkt nicht mehr so liebenswürdig wie bei ihrer ersten Begegnung. Er kann eben doch nicht aus seiner Haut heraus, denkt Marion mit mulmigem Gefühl.

Als Chrétiennot fast bei ihr angelangt ist, setzt er sich sein Käppi, das er bis dahin in der Hand gehalten hat, wieder auf, als wolle er seinem Anliegen Nachdruck verleihen. Er tippt mit zwei Fingern an seine Kopfbedeckung.

»Madame Marion«, sagt er mit Grabesstimme. »Ich möchte Ihnen ein paar Fragen stellen. Hätten Sie die Güte, mich in mein Büro zu begleiten?«

25

Es ist vier Uhr morgens, als Marion die Gendarmerie von Mirabel verläßt. Brigadeleiter Chrétiennot hat bei der Durchführung seines »Verhörs«, wie sie es genannt hat, große Vorsicht walten lassen.

»Sie sind aus freien Stücken mitgekommen und können jederzeit gehen«, hat er beteuert, als Marion ihn fragte, ob er sie gleich über ihre Rechte informieren werde und ob sie einen Anwalt kommen lassen solle. Bei aller Ironie hat Marion schnell begriffen, daß der Brand in Gus Lémans Haus gelegt wurde und daß der Gendarm tatsächlich sie dafür verantwortlich macht. Sie ist die Nummer eins auf der Liste der Verdächtigen. Der Brigadeleiter hat mehrere »glaubwürdige Zeugen« erwähnt, um seine Verdächtigungen zu untermauern. Mindestens zwei Personen haben die junge Frau am frühen Abend um das Haus herumschleichen sehen, und es ist nicht schwer zu erraten, um wen es sich dabei handelt:

Vater Léon und vermutlich der Postbote, der schon von Berufs wegen alles sieht, alles hört, alles herumerzählt.

Aus Angst, einige unangenehme Wahrheiten preisgeben zu müssen, hat Marion dem Gendarmen gar nicht erst die Zeit gelassen, seinen Standpunkt auszuführen. Statt dessen ist sie Chrétiennot mit der Ankündigung zuvorgekommen, wegen der Sachbeschädigung an ihrem Auto Anzeige erstatten zu wollen. Da ihm der Überfall, der sich am frühen Nachmittag zugetragen hatte, noch nicht zu Ohren gekommen war, hat er um so perplexer reagiert, als Marion ihr Mißtrauen gegenüber Commandant Martinez durchscheinen ließ. Der Brigadeleiter, für den solche Verdächtigungen gegenüber einem einzelnen Gendarmen einem Angriff auf die gesamte Gendarmerie gleichkamen, war empört:

»Das sind schwerwiegende Anschuldigungen ...«

»Sie sehen also, wie unangenehm es ist, wenn man unter Verdacht steht, mein lieber Chrétiennot«, erwiderte Marion mit ruhiger Stimme. »Ich sage nicht, daß es Commandant Martinez selbst war, ich sage nur, daß seine Anwesenheit am Tatort mich zu dieser Annahme verleitet. Sie verstehen doch, was ich meine, oder?«

Chrétiennot hat lange über diesen gewagten Rückschluß nachgedacht, ein Umstand, den Marion geschickt zu nutzen wußte.

»Man will mich offensichtlich einschüchtern. Erst stiehlt man mir auf brutale Weise meine Tasche, dann zersticht man mir die Reifen, damit ich gezwungen bin, in Charmes zu bleiben und als Verdächtige herzuhalten, während das Haus von Gus Léman in Brand gesteckt wird.«

»Ich verstehe nicht, wozu das alles«, hat der Gendarm schließlich mit sichtlich verärgerter Miene gesagt.

Ihr Argument, daß niemand ein Haus, das er gerade geerbt hat, in Brand stecken würde, mußte sich Marion natürlich verbeißen, denn sonst hätte sie ihre ganze Geschichte preisgeben müssen. Aber eins ist sicher: Ihre Äußerungen haben den Gendarmen verunsichert, was es ihr erleichterte, ihr Eindringen in Gus Lémans Haus zu leugnen. Am Ende hat sie noch ein paar Bemerkungen über die Fragwürdigkeit von Zeugenaussagen im allgemeinen zum Besten gegeben, nachdem ihr das Motto ihres ersten Chefs wieder eingefallen ist: »Wenn du in flagranti erwischt wirst, lenkst du erst einmal vom Thema ab; danach wird nur noch geleugnet.«

Chrétiennot, der zwar irritiert, aber keineswegs überzeugt war, hat schließlich angeordnet, man möge Marion zu ihrem Zimmer zurückbegleiten, nachdem er ihr erst noch mitgeteilt hatte, daß er seine Vorgesetzten und den Untersuchungsrichter informieren und sie mit Konsequenzen rechnen müsse.

Wenigstens sind jetzt meine Spuren verwischt, dachte sie, als der Wagen der Gendarmerie an Gus Lémans Haus vorbeifuhr.

Gegen zwei Uhr morgens hatte man die Flammen unter Kontrolle gebracht, und die Feuerwehrleute konnten damit beginnen, die Trümmer zu durchsuchen. Jetzt sind nur noch zwei Feuerwehrautos vor Ort sowie die Gendarmen, die in Begleitung einiger Spezialisten von der Spurensicherung den Tatort besichtigen. Nach ersten Erkenntnissen gibt es keinerlei Zweifel daran, daß es sich um Brandstiftung handelt, denn offenbar wurden große Mengen eines hochbrennbaren Stoffes verwendet. Darüber hinaus ist das Feuer an mehreren Orten gleichzeitig ausgebrochen: innen, außen und sogar im Keller.

Das Café Rodelot ist geöffnet und hell erleuchtet, aber da niemand zu sehen ist, geht Marion direkt in ihr Zimmer. Sofort wird ihr klar, daß in ihrer Abwesenheit jemand dagewesen ist. Vielleicht war es die Wirtin, wahrscheinlich sogar. Aber es kann auch einer der Gendarmen von Mirabel gewesen sein, oder Martinez persönlich. Die ganze Nacht hindurch hat er sich nicht blicken lassen, aber sie spürt, daß er sie belauert. Aus Vorsicht hatte sie nur die von Sonia Bonte geliehene Tasche und die wenigen Schminksachen und Toilettenartikel, die ihr die Gerichtsärztin aus den Krankenhausbeständen zusammengesucht hat, im Zimmer zurückgelassen. Alles übrige, so auch die im Haus von Gus Léman entdeckten Beweisstücke, hat sie im Kofferraum ihres Wagens untergebracht, dem sichersten Versteck, das ihr eingefallen ist. Sie schaudert bei der Vorstellung, was passiert wäre, wenn jemand die Brieftasche von Gus Léman bei ihren Sachen gefunden hätte ...

Plötzlich fühlt sie sich unwohl in diesem fremden, ungastlichen Zimmer und kann es kaum erwarten, daß endlich der Morgen anbricht. Sie nimmt sich Zeit, sich an dem kleinen Becken gründlich zu waschen – wie gern hätte sie jetzt eine Dusche gehabt – und ihren ehemals lavendelfarbenen Hosenanzug zu reinigen, so gut es geht.

Draußen im Flur, auf der Treppe oder hinter der Tür hört sie es immer wieder knarren und rascheln, hört sie ein Seufzen oder ein Flüstern, als hielte sich ein halbes Dutzend Spione in dem alten Gebäude versteckt. Gereizt und mit gespitzten Ohren schleicht Marion über die alten, knarrenden Holzdielen zur braun gestrichenen Zimmertür. Sie legt eine Hand auf den runden Griff, dreht behutsam daran und reißt die Tür auf. Flur und Treppe sind leer, und das einzige Geräusch, das sie hören kann, ist ein vibrierendes Schnarchen, das aus einem der Zimmer dringt.

Madame Rodelot schläft, niemand spioniert ihr nach, und Marion ärgert sich über diesen Anfall von Verfolgungswahn.

Sie macht die Tür wieder zu, dreht den Schlüssel im Schloß und legt sich angezogen aufs Bett.

26

Es ist Tag. Durch die Fensterläden dringen goldene Sonnenstrahlen, in denen hier und da ein glitzerndes Staubkörnchen tanzt. Unter dem Fenster fährt ein Auto vorbei, was die Waschschüssel aus Steingut und den dazu passenden Krug auf der Kommode zum Vibrieren bringt. Marion wirft einen Blick auf ihre Armbanduhr und sieht, daß es fast acht ist. Mit der flachen Hand streicht sie sich das Haar glatt, dann sucht sie ihre wenigen Gepäckstücke zusammen und geht ins Erdgeschoß hinunter.

Madame Rodelot sitzt allein an einem Tisch und schält Kartoffeln. Als Antwort auf Marions Gruß deutet sie mit dem Kinn auf einen Zettel, auf dem sie eine Telefonnummer notiert hat.

»Die Werkstatt«, sagt sie knapp, als wolle sie die Luft, die sie zum Atmen braucht, nicht mit Reden vergeuden.

»Danke«, erwidert Marion und geht auf die weit geöffnete Cafétür zu.

Ihr Auto erinnert mit seinen platten Reifen an eine dicke Kröte, die so viele Fliegen vertilgt hat, daß ihr Bauch den Boden berührt. Über der Karosserie liegt ein feuchter Schleier, in dem ein paar Spaßvögel herumgemalt haben. Während Marion die Nummer der Werkstatt wählt, sagt sie sich innerlich fluchend, daß dieser Scherz sie ein Vermögen kosten wird und daß sie sich an ihre Kollegen in Dijon hätte wenden sollen. Die hätten ihr bestimmt aus der Patsche geholfen. Auf der anderen Seite weiß sie selbst, wie langsam die Behörden gerade in solchen Fällen sind, und außerdem hat sie keinerlei Lust, daß diese unangenehme Geschichte in allen Dienststellen die Runde macht.

Die Werkstatt Chatelain verspricht, in der nächsten halben Stunde jemanden vorbeizuschicken, und Marion kehrt ins

Café zurück. Madame Rodelot scheint sich nicht von der Stelle gerührt zu haben; trotzdem stehen eine dampfende Trinkschale und zwei gebutterte Baguettescheiben auf einem Tisch, dazu eine Zuckerdose und ein Glas Marmelade. Die braune Flüssigkeit in der Schale sieht dunkler aus als tags zuvor, und als Marion den Kopf darüber hält, steigt ihr ein kräftiger, köstlicher Kaffeeduft in die Nase. Voller Anerkennung dreht sie sich zu Madame Rodelot um, die wieder ihr abweisendes Gesicht zur Schau stellt und sich rasch über ihre Kartoffeln beugt, um den freundlichen Absichten der jungen Frau sofort Einhalt zu gebieten. Marion beißt in eine Baguettescheibe, das Brot ist knusprig und frisch, und die gelbe Butter schmeckt wunderbar nach Ferien. Sie taucht ihren Löffel in die Marmelade, kostet davon. Es ist hausgemachtes Pflaumenmus, cremig und braun, mit einigen festeren Stücken darin. Mit halb geschlossenen Augen nimmt Marion noch einen Löffel und verzehrt die zweite Brotscheibe, wobei sie alles um sich herum vergißt. Dann trinkt sie in Ruhe ihren Kaffee aus.

Sie hat keine Erfahrungen mit dem Landleben, hat niemals Ferien auf dem Bauernhof verbracht, etwa bei einer Großmutter oder Tante, aber als sie jetzt den letzten Schluck Kaffee genießt, weiß sie, daß es so und nicht anders gewesen wäre.

Schließlich steht Marion auf und nimmt gegenüber von Madame Rodelot Platz. Die Ellbogen auf den Tisch gestützt, sieht sie ihr eine Zeitlang dabei zu, wie sie in einer unglaublichen Geschwindigkeit ihre Kartoffeln schält, mit einem spitzen, rasiermesserscharfen Messer. Die Schalen fallen in langen Spiralen, dünn wie Seidenpapier, auf eine Zeitung, wo sie schon einen beachtlichen Haufen gebildet haben.

»Danke«, sagt Marion leise. »Das war köstlich.«

Die alte Dame zuckt mit den Schultern, ohne die Miene zu verziehen. Nur ein kurzes, kaum wahrnehmbares Aufleuchten ihrer müden Augen verrät einen Anflug von Freude. Sie nimmt die nächste Kartoffel aus dem Eimer, der neben ihrem Stuhl steht. Er ist noch halb voll, und Marion fragt sich, für wen die vielen Kartoffeln gedacht sind, die in einer großen, mit trübem Wasser gefüllten Wanne landen, sobald sie geschält sind.

»Gleich kommt der Mechaniker und holt mein Auto ab«, sagt sie. »Kann ich Ihnen solange noch ein bißchen helfen?«

»So sehen Sie aus! Ich habe bis heute Mittag weiß Gott genug Zeit. Ich brauche keine Hilfe.«

»Gut«, erwidert Marion, durch den barschen Ton der Frau doch etwas verunsichert. »Wieviel schulde ich Ihnen für das Zimmer und das Frühstück?«

»Was Sie mir gestern abend gegeben haben, reicht vollkommen.«

»Soll das ein Witz sein? Hundertfünfzig Francs ...«

»Wissen Sie, wir sind hier nicht in Paris ... Für gewöhnlich vermiete ich keine Zimmer. Das war nur ausnahmsweise, um Ihnen aus der Verlegenheit zu helfen.«

Marion bedankt sich erneut. Fasziniert sieht sie der alten Dame weiter beim Schälen zu und beobachtet die geübten Bewegungen ihrer vom Rheuma verformten Finger; es wird wieder still in dem Raum mit der niedrigen Decke. Die Plastikstreifen an der Tür rascheln, Marion dreht sich um. Da ist niemand, es war nur der Wind.

»Madame«, sagt sie schließlich und gibt sich einen Ruck. »Gestern haben Sie den Namen Claire genannt, als ich von Monsieur Lémans Frau sprach. Wen meinten Sie damit?«

Wirtin Rodelot zeigt keinerlei Reaktion. Nur eine kurze, ungeschickte Bewegung, die die Spirale aus Kartoffelschale zerteilt, läßt auf eine gewisse Erregung schließen.

»Ich habe mich vertan«, murmelt sie unfreundlich. »Ich hab da was durcheinandergebracht.«

»Nein, das glaube ich nicht«, beharrt Marion leise. »Sie bringen doch nichts durcheinander. Seit wann führen Sie dieses Café? Seit dreißig, vierzig Jahren?«

»Fünfzig.«

»Sehen Sie! Fünfzig Jahre. Da müssen Sie doch besser als jeder andere wissen, was man sich im Dorf so erzählt.«

»Manchmal bringe ich Sachen durcheinander«, wiederholt die Frau verstockt. »Ich bin neunundsiebzig.«

»Nein, nein«, widerspricht Marion hartnäckig und schüttelt den Kopf. »Sie bringen nichts durcheinander. Sie sind kein bißchen verkalkt und stehen mit beiden Beinen fest auf dem Boden. Ich bitte Sie, es ist wichtig.«

»Für wen? Für Sie? Wir aus dem Dorf haben Sie um nichts gebeten. Sie sind hier aufgetaucht und haben versucht, uns auszuhorchen. Das ist unanständig.«

»Es tut mir leid ...« stammelt Marion, von dem Angriff überrascht.

»Sie sind doch von der Polizei«, fährt die Alte fort. »Dann suchen Sie eben.«

»Gut. Ich habe verstanden. Aber ich warne Sie: Wenn ich erst einmal angefangen habe zu suchen, wird manch einer hier ziemliche Bauchschmerzen bekommen. Allen voran derjenige, der mein Auto kaputtgemacht hat und, wie ich annehme, auch in meinem Zimmer war und meine Sachen durchwühlt hat.«

Der verächtliche Ausdruck weicht jäh aus Madame Rodelots Gesicht. Ihr Messer verharrt für einen Augenblick in der Luft, ehe sie weiterschält. Marion sieht, daß ihre Bewegungen fahriger werden und die Kartoffelschalen dikker.

»Ich habe oben in meinem Zimmer die Fingerabdrücke gesichert, und auf meiner Tasche waren auch welche. Ich werde sie analysieren lassen, und Sie können mir glauben, daß ich mir so etwas nicht gefallen lasse. Sie kennen mich nicht.«

Sie steht auf. Madame Rodelot sinkt auf ihrem Stuhl in sich zusammen, während sie zu der jungen Kommissarin aufblickt. Marion liest die Sorge in ihren Augen.

»Die Claire«, stößt die Wirtin schließlich hervor, »die war nicht dem Gus seine Frau, natürlich nicht, er hat ja nie geheiratet.«

»Wer war sie dann?«

»Verlobt waren sie, wollten heiraten. Dann ist er zur Armee gegangen, seinen Wehrdienst leisten ... in Algerien. Einmal ist er noch auf Urlaub gekommen, und dann haben wir ihn nie wieder gesehen.«

»Und ... Claire?«

»Na, die hat ihn natürlich auch nie wieder gesehen ... Die hat geweint, das kann ich Ihnen sagen.«

»Was ist aus ihr geworden?«

»Sie ist gestorben.«

Wieder rascheln die Plastikstreifen, und dieses Mal steckt ein Mann in einem blauen, ölverschmierten Overall den Kopf durch den Vorhang. Die Werkstatt hat Wort gehalten, seit Marions Anruf ist noch keine halbe Stunde vergangen.

»Ich nehme mal an, es geht um den da«, sagt der Mechaniker und deutet mit dem Daumen Richtung Platz. »Ich nehm ihn gleich mit. Sie können ihn dann in der Werkstatt abholen.«

»Nein, ich weiß nicht, wie ich zu Ihnen kommen soll, ich fahre lieber mit Ihnen mit«, entgegnet Marion schnell, obwohl es ihr leid tut, das Gespräch mit Madame Rodelot beenden zu müssen. Während der Mechaniker das Café wieder verläßt, wendet sie sich zu der alten Frau um.

»Danke für alles. Ich werde bestimmt wiederkommen.«

»Hören Sie«, sagt die Wirtin ablehnend. »Das würde ich Ihnen nicht empfehlen. Das sind doch alles uralte Geschichten. Man soll die Toten ruhen lassen, glauben Sie mir.«

»Ich weiß. Trotzdem danke.«

Als sie über die Türschwelle tritt, sieht sie Dédé, den Bauern in seinen unverwüstlichen, dreckverschmierten Stiefeln auf das Café zusteuern, einen Zigarettenstummel an der Unterlippe. Das ist seine Zeit, Zeit für den ersten Schoppen Weißen. Hinter ihrem Rücken hüstelt die alte Frau, und Marion dreht sich um. Sie schält schon wieder und hat, ohne Dédé gesehen zu haben, bereits einen Schoppen und ein Glas neben die Wanne gestellt.

»Wissen Sie«, sagt die Alte plötzlich quer durch den Raum. »Das mit Ihrem Auto, ich weiß nicht, wer das war, aber geben Sie den Gendarmen nicht die Schuld. Ich bin mir sicher, daß die nichts damit zu tun haben.«

»Wie bitte? Woher wollen Sie das wissen?«

»Ich weiß es eben.«

Marion hätte gern weitergebohrt, aber Madame Rodelots Miene ist wieder verschlossen. Draußen auf dem Platz ertönt mehrfaches Hupen: Der Mechaniker wird ungeduldig.

27

Das Gebäude in der Rue de la Liberté ist von innen noch prunkvoller, als die Fassade vermuten läßt. Die zu beiden Seiten der Eingangstür aufgereihten Kupfertafeln verraten, daß sich hier zahlreiche Vertreter der freien Berufe zusammengefunden haben, um ihren sichtlich gewinnbringenden Geschäften nachzugehen. Nachdem man eine Halle aus hellem Marmor durchquert hat, in der gewaltige Spiegel mit vergoldeten Rahmen prangen, gelangt man über eine Steintreppe in die oberen Stockwerke. Ihr schmiedeeisernes Geländer, dessen Eleganz durch einige in Bronze gearbeitete Details besonders zur Geltung kommt, die Lüster und aufwendigen Wandleuchten, deren gedämpftes Licht die Pflanzen auf den Fensterbänken umschmeichelt, bescheinigen einmal mehr den immensen Reichtum, der in diesen Räumen herrscht. An den Wänden hängen Gemälde, und auf den Treppenabsätzen steht Mobiliar, was beweist, daß man hier keine Angst vor Dieben hat.

Das Büro von Maître Renoir erstreckt sich über zwei Stockwerke. In der unteren Etage befindet sich das Arbeitszimmer des Notars. Die Frau, die Marion empfängt, ist eine Dame um die fünfzig mit nußbraunen Augen und einem Gesicht, aus dem das Unglück der Welt spricht. Sie hält ein feuchtes, zerknülltes Taschentuch in der Hand, und man spürt, daß ihr Kummer ehrlich ist. Wahrscheinlich ist das die Frau, die Marion tags zuvor angerufen hat, um den Termin zu verschieben.

Während sie Marion zu einer Tür hinter einer Wandbespannung aus grünem und goldenem Samt führt, sagt sie mit tonloser Stimme:

»Maître Renoir erwartet Sie, Madame.«

Sie öffnet die Tür und tritt zur Seite. Marion gelangt in ein Büro, das so geräumig ist, daß man bequem eine fünfköpfige Familie darin unterbringen könnte. Es befindet sich in einer mit zahlreichen Fenstern versehenen Rotunde, von der aus sich ein herrlicher Blick über den Jardin Darcy bietet. Eine junge Frau, schlank und elegant in einem dezenten Strickkostüm, erhebt sich und geht auf Marion zu, die ihre Verblüffung kaum verbergen kann. Ihr Hirn arbeitet auf Hochtouren, während sie sich daran zu erinnern versucht, wo sie dieses spitze, mit Sommersprossen übersäte Gesichtchen schon einmal gesehen hat. Bilder schwirren ihr durch den Kopf. Stimmengewirr in einem Hörsaal, Bücher, die mit lautem Knall auf Holztische schlagen, junge Leute, die sich lachend begrüßen …

»Hab ich's mir doch gedacht!« ruft Maître Renoir aus. »Es ist wirklich dieselbe Edwige Marion.«

»Suzanne Renoir!« entfährt es Marion. »Na, so was! Was machst du denn hier?«

Suzanne Renoir sieht abgespannt aus, ihr ungeschminktes Gesicht ist bleich. Sie hat hohle Wangen und eine etwas zu lang geratene Nase, aber die grünen Augen verleihen ihr einen geheimnisvollen Charme, zu dem die rote Löwenmähne das ihre beiträgt. Sie lächelt Marion offenherzig an. Marion, die sich plötzlich um zwanzig Jahre zurückversetzt fühlt, kommt es vor, als stünde ein Geist vor ihr.

»Ich bin Notarin«, antwortet die junge Frau und spreizt die Hände, die ebenso sommersprossig sind wie ihr Gesicht.

»Wirklich?« sagt Marion. Sie verschränkt die Arme vor der weißen, kurzärmeligen Bluse, die sie kurz vor ihrem Termin noch erstanden hat. »Ich weiß nicht warum, aber ich hatte fest mit einem Mann gerechnet! Daß jetzt eine Frau vor mir steht, und dann auch noch du, verschlägt mir die Sprache!«

»Und mir verschlägt die Sprache, daß du dich überhaupt an mich erinnerst … An der Uni hast du nie mit mir geredet.«

Aus Suzannes Bemerkung spricht ein leises Bedauern, und Marion tut überrascht.

»Wir waren so viele«, sagt sie entschuldigend. »Und ich bin ziemlich schüchtern, oder sagen wir reserviert. Ich bin nicht der Typ, der anderen Leuten um den Hals fällt.«

»Das kommt drauf an, welchen Leuten«, erwidert die Notarin ironisch. »Du hast immer viele Jungs um dich geschart.«

Marion muß lachen. Sie kann es immer noch nicht fassen.

»Das ist heute noch genauso«, versichert sie. »Und du?«

»Oh, ich und die Männer …« murmelt Suzanne vieldeutig.

Eine innere Stimme flüstert Marion zu, daß sie ein heikles Thema angeschnitten hat, und Suzannes Blick legt ihr nahe, es schnell zu wechseln.

»Ich habe das mit deinem Vater gehört«, sagt sie mit belegter Stimme. »Es tut mir leid.«

Sofort füllen sich Suzannes Augen mit Tränen. Sie geht auf ein granatfarbenes Ledersofa zu, läßt sich auf die Kissen sinken und bedeutet Marion, neben ihr Platz zu nehmen.

»Ich verstehe das nicht«, flüstert sie. »Es ist so ungerecht …«

Marion hätte gern Anteil genommen, aber ihr fehlen die Worte, Beileidsbekundungen waren noch nie ihre Stärke. Also beschränkt sie sich darauf, so teilnahmsvoll, wie ihr das möglich ist, mit dem Kopf zu nicken.

»Meine Mutter ist kurz nach meiner Geburt gestorben«, fährt Suzanne Renoir fort. »Mein Vater hat sie angebetet und seine ganze Liebe auf mich übertragen. Er hat mich damit fast erstickt, aber ich habe ihm trotzdem viel davon zurückgegeben. Er war ein außergewöhnlicher Mann. Er hat nie wieder geheiratet und scheint niemals auch nur ein kleines Liebesabenteuer gehabt zu haben. Die einzige Frau, die jemals einen Fuß in unser Haus gesetzt hat, ist Josée, die Sekretärin, die dich eben empfangen hat. Auch sie hat ihm in gewisser Weise ihr Leben geopfert. So wie ich.«

»Geopfert?« wundert sich Marion. »Dein Leben scheint doch ein ziemlicher Erfolg zu sein.«

Sie deutet auf die prunkvolle Einrichtung, die Dekorationsgegenstände und Gemälde, nach denen sich Capdevil die Finger lecken würde und von denen sie selbst, wenn sie

Sinn für solchen Luxus hätte, sich nicht ein einziges leisten könnte.

Suzanne wischt sich eine Träne ab, die langsam an ihrer Nase hinabgelaufen ist.

»Mein Vater hat alles auf mich gesetzt ... Du glaubst, daß ich ein Traumleben habe. Ich halte mein Leben für verpfuscht.«

Marion reißt die Augen auf. Die Menschen überraschen einen doch immer wieder. Suzanne sieht sie mit flackernden Augen an.

»Mein Vater hat gewollt, daß ich seine Nachfolge antrete, aber ich verabscheue diesen Beruf.«

Marion rechnet mit dem Schlimmsten.

»Was wolltest du denn werden?«

»Polizistin.«

Nach langem Schweigen fügt Suzanne hinzu:

»Ich bin sehr unzufrieden.«

Marion ist sprachlos. Polizistin, Suzanne Renoir! Was für eine verrückte Vorstellung! Es würde überhaupt nicht zu ihr passen. Man spürt, daß sie allzu behütet aufgewachsen ist, daß es ihr niemals an irgend etwas gefehlt hat. In dieser mittelgroßen Provinzstadt müssen die Heiratskandidaten sie umschwirrt haben wie Fliegen. Marion versucht sich Suzanne vorzustellen, wie ihre schmalen, gepflegten Hände eine Waffe umklammern, mit der sie einen abgebrühten Ganoven in Schach zu halten versucht. Sie lächelt verstohlen, was Suzanne sofort mit einem Stirnrunzeln quittiert.

»Wie?« Marion muß sich zwingen, ihr wieder zuzuhören. »Was hast du gesagt?«

»Als du mit der Kanzlei den Termin ausgemacht hast, lebte mein Vater noch. »Er hat sich um deine Akte gekümmert.«

»Ich dachte, er hätte sich schon zur Ruhe gesetzt?«

»Ja, aber noch nicht ganz«, bestätigt Suzanne. »Er hatte

mir alle Aufgaben übertragen, bis auf ein paar spezielle, uralte Klienten, die nur von ihm betreut werden wollten, oder Angelegenheiten, an denen ihm persönlich etwas lag. Bei Gustave Léman war beides der Fall. Er und mein Vater haben sich während ihres Militärdienstes in Algerien kennengelernt. Sie waren etwa gleich alt und sind danach immer in Kontakt geblieben. Mein Vater hat mir von Monsieur Léman erzählt, als er gestorben ist; ich selbst habe ihn nie kennengelernt.«

»Aus der Akte dürfte ja wohl das Wichtigste hervorgehen«, erwidert Marion, die merkt, wie sie langsam ungeduldig wird. Es wird Zeit, diese Sache zu Ende zu bringen.

Suzanne verschränkt die Finger, schlägt die Beine übereinander, stellt wieder einen Fuß neben den anderen.

»Das ist es ja gerade ... Papa kam eigentlich gar nicht mehr in die Kanzlei und hatte seine ganzen Akten mit nach Hause genommen. Wenn er nicht gerade im Garten beschäftigt war, hat er daran gearbeitet ... Seine Klienten oder deren Erben empfing er persönlich, was immer Anlaß zu einem guten Essen gab, bei dem auch die eine oder andere Flasche geleert wurde.«

Da bin ich ja gerade noch mal davongekommen, denkt Marion, die nur zu gern um einen Kaffee gebeten hätte.

»Er ist am Tag vor eurem Termin ... gestorben, und ich habe überall gesucht, aber Monsieur Lémans Akte ist unauffindbar.«

»Vielleicht ist sie hier?«

Suzanne schüttelt ihre flammendrote Mähne.

»Unmöglich. Papa hat an seinem letzten Abend noch daran gearbeitet. Er hatte ein paar Schriftstücke aufgesetzt, die du unterschreiben solltest. Danach ist er nicht mehr in die Kanzlei gekommen, und ich bin mir sicher, daß Josée sie nicht angerührt hat. Heute morgen habe ich wegen unseres

Termins den Haussafe geöffnet. Da ist die Akte auch nicht. Edwige ... die ganze Sache gefällt mir nicht.«

»Mir auch nicht ...« murmelt Marion, die aus Suzannes Ausführungen eine direkte Schlußfolgerung gezogen hat: Sie ist für nichts und wieder nichts nach Dijon gekommen.

28

Sie sitzen einander gegenüber in einem winzigen indischen Restaurant, dem Sangri Sha. Suzanne stochert mit ihrer Gabel in einem Gemüse-Curry herum, von dem sie noch keinen Bissen angerührt hat. Marion geht der Kummer der jungen Frau nahe, und sie knabbert lustlos an ihrem Käse-Nan, zu dem sie sich Auberginenpüree mit Safran bestellt hat. Sie selbst hat darauf bestanden, ihre frühere Kommilitonin zum Mittagessen einzuladen, aber jetzt, wo Suzanne einen so mitgenommenen Eindruck macht, fragt sie sich, ob es eine gute Idee war.

»Hatte dein Vater noch anderswo einen Safe?« erkundigt sie sich leise, um sich der Neugier eines Mannes zu entziehen, der allein am Nachbartisch sitzt. »Zum Beispiel in einer Bank?«

»Ja, aber da liegen nur Wertgegenstände drin, keine Papiere. Auf die Idee bin ich natürlich auch schon gekommen.«

»Glaubst du, daß jemand die Akte entwendet hat?«

»Es gibt keine andere Erklärung.«

»Aber zu welchem Zweck?« wundert sich Marion. Das Geheimnis um Gus Léman scheint langsam immer undurchdringlicher zu werden. »Und wer?«

»Wenn ich das wüßte! Ich habe keine Ahnung, was in der Akte stand. Papa hat ziemlich geheimnisvoll getan, was diesen Nachlaß betraf. Er wollte nur mit dir darüber reden.«

Marion muß wieder an die Ereignisse denken, die seit dem Vortag über sie hereingebrochen sind. Sie zögert, sich Suzanne anzuvertrauen, weil die junge Notarin eigentlich schon genug zu verdauen hat, aber dann beschließt sie, ihr doch in Ansätzen davon zu erzählen. Während Suzanne zuhört, wird sie langsam immer bleicher und hält sich die Hand vor den Mund. Man könnte meinen, sie hätte ein Gespenst gesehen.

»Was ist los?« fragt Marion beunruhigt, während ein indischer Kellner an ihren Tisch tritt.

Mit verschränkten Armen steht er da und wartet, bis Suzanne ihm mit einer fahrigen Handbewegung die Erlaubnis erteilt, die noch fast vollen Teller abzuräumen. Dann wühlt sie auf der Suche nach einem Tempo in ihrer Tasche.

Während der Kellner seines Amtes waltet und Suzanne sich schneuzt, sieht Marion durchs Fenster auf die Straße. Ihr Blick fällt auf einen konvexen Spiegel an der gegenüberliegenden Hauswand, der den Bewohnern das Herausfahren aus ihrer Garage erleichtern soll. Das etwas verzerrte Bild, das sich darin widerspiegelt, läßt ihr das Blut in den Adern gefrieren. Im toten Winkel der Kurve, in nur zehn Meter Abstand zur Tür des Sangri Sha, sitzt ein schwarz gekleideter und behelmter Motorradfahrer auf einer Maschine, die Marion sofort wiederzuerkennen glaubt.

»Warte eine Minute auf mich«, flüstert sie Suzanne ins Ohr, die überrascht zusieht, wie Marion aufsteht und hastig den Raum durchquert.

Der Notausgang des Lokals führt ins Treppenhaus. Hinter der gläsernen Haustür an die Wand gelehnt, nimmt sich Marion Zeit, den Motorradfahrer aufmerksam zu betrachten. Mehr als seine schwarze Kleidung, die Lederstiefel und -handschuhe und den dunklen Helm kann sie nicht sehen. Die Marke des vermutlich japanischen Motorrads, das weiß ist, mit grünen Streifen auf dem Tank, kann sie nicht lesen. Dafür hat Marion das Nummernschild im Visier. Blitzschnell prägt sie sich das Kennzeichen ein. Während sie noch überlegt, was sie als nächstes tun soll, dreht der Fahrer den Kopf in ihre Richtung. Es ist zu spät, um zurückzutreten und sich richtig zu verstecken.

»Scheibenkleister«, murmelt sie, wütend auf sich selbst. »Jetzt aber ran!«

Während sie die Tür öffnet, setzt sich das Motorrad in Bewegung, wendet und verschwindet rasch Richtung Rue de la Liberté. Nach einem Spurt bis zur Straßenecke bleibt Marion unter den verblüfften Blicken einer Gruppe von Passanten, die Sandwiches kauend durch die Stadt schlendern, stehen und schnappt nach Luft. Das Motorrad ist im Gedränge verschwunden.

Im Sangri Sha hat sich Suzanne nicht vom Fleck gerührt. Sie wirft Marion, die das Kennzeichen auf einer Ecke des Papiertischtuchs notiert, einen fragenden Blick zu. Der Mann am Nachbartisch ist gegangen, ein Pärchen nimmt gerade seinen Platz ein.

»Ich habe das Gefühl, daß der Typ mit dem Motorrad noch immer hier herumlungert«, sagt sie niedergeschlagen.

»O mein Gott!« erwidert Suzanne entsetzt.

Marion versucht sie zu beruhigen.

»Mach dir keine Sorgen, der ist hinter mir her.«

»Bist du dir da ganz sicher?«

»Warum?«

»Ich weiß nicht. Aber nachdem du von diesem Motorradfahrer erzählt hast, ist mir wieder eingefallen, daß mein Vater einen Typen erwähnt hat, der ihn einen Tag vor seinem Tod aufgesucht hat. Er konnte oder wollte mir nicht sagen, worum es ging, aber er war unheimlich aufgebracht. Seit diesem Besuch war er irgendwie hektisch. Ich weiß nicht, warum.«

Ein ungutes Gefühl befällt Marion. Sie gibt dem Kellner ein Zeichen, zahlt die Rechnung und führt Suzanne aus dem Lokal. Auf der Straße ist alles normal. Kein versteckter Motorradfahrer, niemand, der auf der Lauer liegt. Zumindest auf den ersten Blick.

Zurück in der Kanzlei, bittet sie Suzanne, sich zu setzen.

»Was geht hier vor?« fragt die junge Notarin mit erstickter Stimme.

»Erzähl mir, wie dein Vater gestorben ist.«

29

Es hat keinen Sinn, sich der Wahrheit zu verschließen: Maître Georges Renoir ist nicht von selbst von der Leiter gefallen.

In wenigen Minuten hat Marion die letzten Stunden des Notars rekonstruiert, der in einem schönen Haus am Stadtrand von Dijon einen begüterten Ruhestand genoß. Mit ihren ersten Verdachtsmomenten wendet sie sich telefonisch an die Kripo von Dijon, die die Ermittlungen durchführen wird, sobald Suzanne Anzeige erstattet hat. Der Kommissar, dem sie ihre Überlegungen anvertraut, ist derselbe, der ihr das Treffen mit Sonia Bonte, der Gerichtsmedizinerin, ermöglicht hat.

»Maître Renoir hat am Tag vor seinem Tod noch einmal Besuch bekommen«, faßt sie zusammen. »Ein direkter Nachbar der Renoirs gibt an, erregte Stimmen gehört zu haben, als er sich in der Nähe der Hecke aufhielt, die die beiden Grundstücke voneinander trennt. Georges Renoir und ein Unbekannter hatten eine heftige Auseinandersetzung, deren Inhalt er nicht verstehen konnte. Er hat nur ein paar Worte aufgeschnappt: Algerien, Kind, Krankheit. Zwei Jugendliche aus der Nachbarschaft, die auf der Straße Roller fuhren, haben ein Motorrad bemerkt, das vor dem Haus des Notars auf dem Bürgersteig parkte. Sie sind lange um die Maschine herumgeschlichen: Es war eine weiß-grüne Yamaha 750. Darauf kannst du dich verlassen, die Jungs kennen sich aus.«

»Und das Kennzeichen?«

»Sonst noch Fragen?« seufzt Marion. »Josée Braun, die Sekretärin der Kanzlei, hat Maître Renoir am nächsten Tag im Garten gefunden, leblos. Ein Motorrad hat sie nicht gesehen, aber in der Nähe des Tors stand ein Auto, als sie morgens kam, um mit ihrem Chef einen Tee zu trinken. Marke, Farbe, Kennzeichen weiß sie nicht mehr, sie hat nur ein kreischendes Geräusch gehört, als das Auto anfuhr. Vermutlich ein technisches Problem.«

Marion verzichtet darauf zu berichten, was sie vor dem Sangri Sha gesehen und welchen Schluß sie aus den zurückliegenden Ereignissen gezogen hat: Das Motorrad vor dem gerichtsmedizinischen Institut, das vor dem Restaurant und das beim Haus von Maître Renoir sind ein und dieselbe Maschine. Eine Yamaha 750, weiß-grün, zugelassen im Departement Côte-d'Or.

»Der Leichnam des Notars lag am Fuß einer Leiter«, fährt sie nach kurzem Schweigen fort. »Der Hausarzt, den Josée zu Hilfe rief, hat mit größter Selbstverständlichkeit auf einen Sturz geschlossen, und jetzt ist es ihm äußerst peinlich, daß er vor dem Ausstellen des Totenscheins keine weiteren Untersuchungen durchgeführt hat. Er hat eine Kopfverletzung festgestellt und einen Bluterguß am Hals, in der Nähe der Halsschlagader. Daraus schloß er, daß sein Patient, der – wie man zur Verteidigung des Arztes hinzufügen muß – unter Herzbeschwerden litt, von denen er sonst niemandem erzählt hatte, durch ein plötzliches Unwohlsein oder eine falsche Bewegung von der Leiter gestürzt ist.«

»Auf was für ein Motiv tippst du?«

Marion nimmt sich ein paar Sekunden Bedenkzeit.

»Suzanne, die Tochter des Opfers, hat mir beteuert, daß sie seit dem ›Unfall‹ nichts angerührt hat und daß im ganzen Haus nichts in Unordnung gebracht oder gestohlen worden ist.«

Wieder verzichtet Marion darauf, ein Detail zu erwähnen: die verschwundene Akte von Gustave Léman.

Als sie den Hörer aufgelegt hat und nach besten Kräften versucht, Suzanne wieder aufzurichten, kommt ihr erneut ihre gestohlene Handtasche in den Sinn: Ob der Täter gehofft hat, darin die Akte zu finden?

»Diese Unterlagen sind vielleicht das Verbindungsglied zwischen dem, was mir passiert ist, und dem Tod deines Vaters«, sagt sie zu Suzanne. »Ich habe mit meinen Kollegen noch nicht darüber geredet. Versuch es ein paar Tage lang für dich zu behalten. Ich will Ellbogenfreiheit haben.«

Suzanne ist sehr niedergeschlagen. Die Einäscherung ihres Vaters, die für den kommenden Tag angesetzt war, muß verschoben werden, und Marion hat ihr nicht verschwiegen, daß der alte Mann, der bis zu seiner Einsargung im Krematorium liegt, einer Obduktion unterzogen wird. Jedenfalls müßte der Staatsanwalt diese Entscheidung treffen. Besser, seine Tochter bereitet sich schon einmal darauf vor. Wieder einmal erfährt Marion, was für eine erschütternde Erfahrung es ist, wenn ein Mensch, der einem nahesteht, umgebracht wird; in Gedanken ist sie bei all denen, die auch sie schon verloren hat, und bei Talon, der ihr, so hofft sie mit aller Kraft, erhalten bleiben wird.

Um Suzanne zu beruhigen, ruft sie Sonia Bonte an und bittet sie darum, schon jetzt eine erste gerichtsmedizinische Untersuchung an dem Notar vorzunehmen, sozusagen inoffiziell. In ein paar Sätzen erläutert sie die Situation. Die Pathologin willigt ein: Sie wird den Verstorbenen untersuchen, ohne auf die richterliche Anweisung zu warten.

»Wenn ich Sie richtig verstanden habe, werde ich wohl auch Monsieur Léman noch etwas länger hierbehalten müssen ...«, erkundigt sie sich mit ihrer warmen Stimme.

»Ich fürchte ja.«

»Kommissarin Marion?«

Sonia Bonte klingt plötzlich befangen.

»Hören Sie ... Ich ... Ich habe eben Besuch bekommen. Ich dürfte Ihnen eigentlich nichts davon sagen. Aber bei diesem ... Typen habe ich keine Skrupel.«

»Wer war es?«

»Wenn ich Ihnen sage: ein schöner Mann mit blauen Augen, dem man nicht im Dunkeln begegnen möchte?«

»Was wollte er?«

»Mir die Würmer aus der Nase ziehen.«

»Wegen Monsieur Léman?«

»Nein, er wollte, daß ich über Sie Auskunft gebe.«

»Wie, über mich? Was wollte er denn wissen?«

»Alles und nichts. Was Sie mir über ihre Beziehung zu Monsieur Léman erzählt haben. Ob Sie mir Geheimnisse anvertraut haben.«

»Du lieber Himmel! Was denn für Geheimnisse?«

»Keine Ahnung. Aber da Sie nun wirklich nicht der Typ sind, der jedem sofort sein Leben erzählt, ist es mir nicht schwergefallen, ihn mit leeren Worten abzuspeisen.«

»Und?«

»Er hat mir nicht geglaubt. Dann hat er alle Register gezogen, hat es mit Drohungen und Versprechungen versucht, immer schön abwechselnd.«

»Was haben Sie jetzt vor?«

»Das müssen Sie mir sagen. Erklären Sie mir, was ich tun soll.«

»Warum würden Sie das für mich tun?«

»Weil ich glaube, daß Sie in Gefahr sind.«

30

Während der Rückfahrt nach Lyon fragt sich Marion beunruhigt nach dem Grund für diese Welle von Gewalt seit Gus Lémans Tod. Der Inhalt der Akte, die den Notar dazu veranlaßt hat, so große Vorsicht walten zu lassen, und nach der sein Mörder immer noch verbissen sucht, muß brisant sein.

Es ist offensichtlich jemand, der schon lange vor Marion von Gus Lémans Tod und von seiner Verbindung zu Maître Renoir erfahren hat und seitdem die Nachlaßakte in seinen Besitz bringen will. Zu welchem Zweck? Um sie zu vernichten? Sie zu Geld zu machen? Maître Renoir hat für seinen Widerstand mit dem Leben bezahlt, und durch Marions Erscheinen ist die ganze Sache noch komplizierter geworden.

»Aber was für eine Sache eigentlich, zum Teufel nochmal?« ruft sie aus, während sie einen langen Lastwagenkonvoi überholt, der sie, dem Herdentrieb sei's gedankt, mit einem überwältigenden Hup- und Blinkkonzert zur Kenntnis nimmt.

Ob der Mann mit den Gendarmen in Verbindung steht, genauer gesagt, mit Commandant Martinez, der ihr wie ein Jagdhund an den Fersen klebt?

Marion fährt zusammen, als das Autotelefon klingelt. Es ist Meceri.

»Ich habe gerade erfahren, was es mit dem Kennzeichen des Motorrads auf sich hat. Das wird Sie nicht gerade erfreuen, Chef ...«

»Legen Sie los«, ermutigt sie Marion.

»Es gehört zu einem Auto der Marke Fiat, das der Besitzer vor einem Jahr abgemeldet hat, weil es schrottreif war.«

»Wie heißt er? Wo wohnt er?«

»Mignot, Roger, er ist Inhaber einer Autoreparaturwerkstatt in Mirabel, Departement Côte-d'Or.«

»Na, so was! Welch ein Zufall ...«

»Soll ich weitermachen? In der Werkstatt nachfragen?«

»Bloß nicht!« ruft Marion aus, die gerade die Stadtgrenze von Lyon passiert hat. »Wir wollen doch keine schlafenden Hunde wecken.«

Sie legt auf, als oben am »Berg« ihr Haus sichtbar wird, dessen Giebeldach fast den Boden berührt. Wegen des Schnees, hatten ihr die Vormieter erklärt, die auch behaupteten, daß die Straße im Winter manchmal zwischen kirchturmhohen Schneeverwehungen versinke und dann ein bis zwei Wochen lang nicht befahrbar sei, da sie niemals geräumt werde. Marion war so begeistert von der Vorstellung, sich in einem Haus niederzulassen, das sie an das Heim der Sieben Zwerge erinnerte, daß sie diesen kritischen Bemerkungen keine Beachtung geschenkt hatte. Mit der Entscheidung, hier mitten in der Natur ihren Wohnsitz zu nehmen, wollte sie einen Schlußstrich unter die Vergangenheit ziehen und Nina ein besseres Zuhause geben. Sie vergaß dabei, daß die Kleine älter wurde und daß sie selbst das Landleben noch nie besonders gemocht hatte. Während sie die Tür aufschließt, fragt sie sich, wo eigentlich die Anzeige hingekommen ist, die sie in irgendeiner Wurfsendung aufgestöbert hat: Maisonettewohnung am Quais de Saône, mitten im Stadtzentrum ...

Als sie über die Türschwelle tritt, springt ihr als erstes ein kleines Gemälde ins Auge, das auf der Kommode gegenüber der Eingangstür steht, ein naives, eher unbeholfenes Bild, dessen Guaschfarben schon verblichen sind. Es zeigt ein zweigeschossiges Schlößchen mit quadratischem Grundriß und zwei eleganten, wenn auch recht massigen Türmen, bunten Dachziegeln und ziemlich unproportioniert und simpel wiedergegebenen Rundfenstern. Einige Nebengebäude und Ställe runden das Bild ab, das etwas Geheimnisvolles ausstrahlt und zugleich eine große Ruhe. Rechts unten in der Ecke ist es unterschrieben mit »C. Arthur«.

Marion betrachtet das Gemälde lange, nimmt es in die Hand, dreht es um. Es ist in einen altmodischen Rahmen aus braunem, teils vergoldetem Holz gefaßt. Auf der Rückseite steht geschrieben: »Unser Traumhaus … G und C … Charmes 1955«. Plötzlich überkommt die junge Frau ein starkes Unbehagen. Es kommt ihr vor, als würde sie ein Geheimnis verletzen, sich ungefragt Zugang zu einer Liebesgeschichte verschaffen. G für Gustave, C für Claire … Sie hätte wetten können, welches Schloß dem Künstler als Vorlage gedient hat: das Schloß am Ortsrand von Charmes, inmitten seines urwaldartig verwucherten Parks. Wie alle Verliebten hatte sich auch dieses Paar ein Märchen erträumt.

Wodurch war der Zauber gebrochen worden? Durch den Algerienkrieg, der in allen Äußerungen immer wieder auftaucht? Durch Claires Tod? Marions Instinkt sagt ihr, daß es eine dritte Erklärung geben muß, aber sie weiß einfach nicht genug.

Vorsichtig stellt sie das Gemälde wieder dorthin, wo Nina es für sie aufgebaut hat.

Das Haus ist tadellos aufgeräumt. Gilles ist ein durch und durch häuslicher Mann, der nicht nur kochen und saubermachen kann, sondern sich auch als Gärtner und Heimwerker hervortut … Sein Sternzeichen ist Jungfrau, was seine fast besessene Ordnungsliebe erklärt. Er ist das komplette Gegenteil von Marion, deren chronische Unordentlichkeit und Gleichgültigkeit gegenüber häuslichen Dingen ihn zur Verzweiflung bringen. Gilles, der Mann mit den vielen Qualitäten, ist nicht da. Auf dem Küchentisch liegt ein Zettel, zwischen einem knusprigen Brot, einem Obstteller und einem winzigen, würfelförmigen Paket in goldenem Geschenkpapier, dessen weiße Satinschleife Marion lieber gar nicht erst aufzieht. Sie ahnt, was sich darin verbirgt, und ärgert sich jetzt schon darüber. Ein Ring, der ein Versprechen besiegeln soll. Blanker Konformismus, aus ihrer Sicht. Diese aufmerksame Geste müßte ihr zu Herzen gehen, doch sie reagiert mürrisch und stopft das Geschenk rasch in die von Sonia Bonte geliehene Tasche.

»Hier ist es zu traurig ohne dich«, hat Gilles geschrieben. »Ich habe noch allerhand zu erledigen, du weißt schon, warum … Ich bin Freitag wieder da. Ich küsse dich. Gilles.«

»Heute ist Mittwoch«, denkt Marion und muß zugeben, daß ihr Märchenhaus ohne ihn, und vor allem ohne Nina, wirklich ziemlich trostlos ist.

»Bist du's, mein Schatz?« fragt sie eine Minute später, den Telefonhörer am Ohr. »Ich bin zurück …«

Am anderen Ende der Leitung springt Nina vor Freude an die Decke. Marion wird es warm ums Herz. Plötzlich sieht der Himmel heller aus, und das Haus wirkt nicht mehr so kalt, ja fast feindselig wie noch einen Augenblick zuvor.

»Ich schau mal kurz im Büro vorbei, und dann hol ich dich bei Omi ab.«

Ninas Freude ist schon wieder etwas gedämpft.

»Nur fünf Minuten«, verspricht ihr Marion. »Ich muß eine klitzekleine Sache erledigen.«

»Mama?«

»Ja, Schätzchen …«

»Gehen wir danach ins Krankenhaus?«

»Fehler Nummer zwei«, freut sich Capdevil. »Also wirklich, das Nummernschild von einem verschrotteten Auto zu nehmen ... das muß man erst mal bringen. Es sei denn, er hat das nicht extra gemacht ...«

»Nein, so ein Pech kann man nicht haben. Das ist kein Zufall.«

»Was bedeutet, daß zwischen ihm und dem Besitzer des Fiats eine Verbindung besteht.«

»Möglich. Für einen Profi ist das jedenfalls ein zu großer Schnitzer.«

Marion hat plötzlich an Commandant Martinez gedacht.

»Warum hat er eigentlich ein Nummernschild drangeschraubt? Warum hat er das beim ersten Mal, vor dem Leichenschauhaus, nicht auch getan?«

»Weil im Stadtzentrum in der Regel mehr Bullen unterwegs sind, da hätte man ihn kontrollieren können«, entgegnet Capdevil ungewöhnlich pragmatisch.

»Dann war das mit dem Nummernschild Absicht. Man will mich in eine Falle locken. Gut, daß ich nicht nach Mirabel zurückgefahren bin.«

»Ich verstehe nicht, warum Sie die Sache nicht den Gendarmen überlassen wollen. Oder der Kripo in Dijon.«

Marion verzieht den Mund.

»Ich weiß nicht, ich hab bei den Gendarmen ein schlechtes Gefühl. Und für die Kripo ist es noch viel zu früh. Die sollen erst mal die Ermittlungen zum Tod des Notars aufnehmen und sich einarbeiten. Bis die Staatsanwaltschaft in die Gänge kommt, können ein bis zwei Wochen vergehen. Und so wie die Dinge laufen, weiß ich nicht, ob ich bis dahin noch am Leben bin.«

Capdevil fährt zusammen, er ist abergläubisch:

»Nein, Chef, machen Sie darüber bloß keine Witze! Warum glauben Sie …?«

»Daß man mir meine Tasche gestohlen hat, war kein Zufall. Ich habe während der Fahrt nachgedacht: Der Typ auf dem Motorrad, der mich überfallen hat, hat das, was er suchte, nicht gefunden. Er wird weitersuchen …«

»Sie brauchen Personenschutz, Chef.«

»Das ist eine Privatangelegenheit«, entgegnet Marion.

Der Beamte starrt sie besorgt an.

»Das heißt, daß Sie wieder hinfahren wollen … Hab ich recht?«

Naïma Meceri hat Marions Stimme gehört. Sie geht durch den Gang und klopft an ihre Bürotür. Capdevil, der gerade von den Ergebnissen seiner Nachforschungen berichten wollte, macht ein finsteres Gesicht.

»Ich komme dann später noch mal«, sagt er.

»Ich bitte Sie, Capdevil«, fährt Marion ihn an. »Ich hatte Sie gebeten, mit Meceri zusammenzuarbeiten. Was ist los?«

Naïma Meceri sieht müde aus. Sie trägt dieselbe Jeans wie am Montagmorgen im Krankenhaus und eine andere hellblaue Bluse, als hätte ihr Kleiderschrank keine Alternativen zu bieten.

»Sie hat zu viel Schiß wegen der Sache mit Talon«, entgegnet Capdevil, der dem Blick der jungen Frau ausweicht. »Ich hatte sie gebeten, die Nummer zurückzuverfolgen, unter der Sie vor dem Leichenschauhaus angerufen worden sind, und …«

»Und?« fragt Marion ungeduldig.

»Es tut mir leid«, schaltet sich Meceri ein, die dem Capitaine einen erbosten Blick zugeworfen hat, »aber ich bin erst seit knapp zwei Monaten hier, und er meint, ich müßte schon alles können, und zwar genauso gut und schnell wie er, nur daß er schon fünfzehn Jahre Kripo auf dem Buckel hat …«

»Achtzehn«, korrigiert sie Capdevil. »Ich will dir nur helfen, aber du verweigerst dich.«

»Ich habe gelernt, allein zurechtzukommen.«

»Na gut, dann pack mal aus. Mal sehen, ob du soviel auf dem Kasten hast, wie du sagst.«

Naïma Meceri greift in ihre Hemdtasche, unter der sich ein voller Busen erahnen läßt. Capdevil kann nicht umhin, die Brustwarze zu fixieren, die sich unter dem Stoff abzeichnet, während die junge Frau in der Tasche wühlt. Marion, die das Ganze amüsiert beobachtet, muß grinsen, als sich Capdevils Adamsapfel hebt und senkt.

»Um zwölf Uhr dreiundzwanzig ist ein Anruf auf Ihrem Handy eingegangen«, liest Meceri mit tonloser Stimme ab. »Er wurde bei der Basisstation Dijon-Nord registriert. Der Anrufer hat ebenfalls ein Mobiltelefon benutzt …«

Im selben Tonfall nennt sie eine Nummer. Capdevil sieht zur Decke hoch.

»Identifiziert?« fragt Marion.

Der Capitaine verschränkt erwartungsvoll die Arme, während seine Augen unter den geschwungenen Brauen feindselig funkeln.

»Es ist ein Kartentelefon von France Télécom Mobile, das ein gewisser Jean Némar in der Hauptpost von Dijon erworben hat. Adresse: Place Suquet Nummer 3 in Dijon.«

»Wie hast du das denn angestellt?« ruft der Capitaine enttäuscht aus. »Ich habe vor drei Wochen wegen mehrerer Handynummern angefragt und noch nicht eine einzige Auskunft bekommen …«

»Ich habe mir eben zu helfen gewußt«, erwidert Meceri, bemüht, keinen triumphierenden Ton anzuschlagen.

»Bravo«, sagt Marion. »Nur daß wir damit nicht weiterkommen.«

»Warum? Wir haben doch den Namen und die Adresse.«

»Den Namen, ja ja, den Namen ...«, wiederholt Capdevil ironisch. »Das hast du schlau gemacht, aber eben nicht schlau genug ...«

Naïma Meceri sieht ihn verständnislos an.

»Wie war der Name noch gleich? Némar? Oder Maré? Oder Ramé? Ist ja eigentlich auch egal ... Wie lang dauert das denn noch, bis bei dir der Groschen fällt!«

»Au, Scheiße!« ruft die junge Frau aus. »Wie bescheuert von mir! Und ich dachte, um so ein Kartentelefon zu bekommen, müßte man den Personalausweis vorzeigen!«

»Das habe ich früher auch gedacht«, versichert ihr Marion. »Als Anfänger muß man ein paar Sachen eben doch erklärt bekommen ... Die Adresse in Dijon brauchen wir übrigens gar nicht erst zu überprüfen: Das ist die vom Hauptkommissariat.«

»Der hat vielleicht Nerven, Ihr Motorradfreak.«

»Wenn er überhaupt welche hat«, erwidert Marion. »Ich glaube, der weiß ganz genau, was er tut. Aber irgendwann wird er einen Fehler machen. Unweigerlich.«

Naïma Meceri ist ungeduldig. Sie kann es kaum erwarten, mit Marion allein zu sein, um ihrer Chefin das Herz auszuschütten. Das weiß Capdevil, weshalb er sich schnell noch etwas einfallen läßt.

»Dieser Typ von der Gendarmerie ... Martinez ... Nicht leicht, was über ihn herauszubekommen. Antoine Martinez, geboren 1960 in Algier. Sein Vater war beim Militär. Über seine Laufbahn habe ich noch nichts Genaueres in Erfahrung bringen können. Im Ministerium habe ich alle Büros durch. Irgendwie habe ich das Gefühl, daß man mich abwimmeln will.«

»Gut. Versuchen Sie trotzdem, denen Dampf zu machen.«

»Vielleicht kennt der Chef ja jemanden ...«

Marion unterbricht ihn mit einer energischen Handbewegung.

»Nein«, sagt sie, »niemand darf etwas wissen. Außer Ihnen, Meceri und mir. Ist das klar?«

Capdevil nickt kurz, während seine kleinen, lebhaften Augen Marion prüfend mustern. Er scheint stolz zu sein, und zugleich besorgt. Ihm fehlt die Selbstbeherrschung, die Talon auszeichnet, und auch die Standhaftigkeit von Lavot. Er ist empfindlich, unsicher, und das weiß er.

»Holen Sie mir bitte einen Kaffee, Capdevil ...«

»Aber ... ich meine ...«

»Bitte.«

Er wirft Naïma Meceri einen finsteren Blick zu, verläßt das Zimmer und schlägt die Tür hinter sich zu, um sie fast im gleichen Moment wieder aufzumachen und sich zu entschuldigen: Sie ist ihm aus der Hand gerutscht. Selbst im Zorn legt Capitaine Capdevil seine guten Manieren nicht ab.

»Alles in Ordnung?« fragt Marion, während sich Meceri auf einen der beiden Stühle sinken läßt, auf denen sich ausnahmsweise einmal keine Papiere stapeln.

Die junge Frau stützt die Ellbogen auf ihre Knie und legt den Kopf in die Hände. Sie vergräbt die Finger in ihrem dicken, schwarzen Haar und zieht es nach hinten. Ihr Gesicht mit den leicht schräg stehenden Augen und den geschwungenen Lippen, unter denen ihre kleinen, regelmäßigen Zähne aufblitzen, hat etwas Katzenhaftes. Sie scheint am Ende ihrer Kräfte zu sein.

»Ich mußte schon zweimal vor der Dienstaufsichtsbehörde aussagen. Morgen wollen sie mich mehreren Zeugen gegenüberstellen.«

»Was für Zeugen?«

»Ich weiß nicht. Niemand weiß es. Manchmal wäre es mir fast lieber, ich würde gleich offiziell unter Anklage gestellt. Dann hätte ich wenigstens einen Anwalt. Dann wüßte ich, was Sache ist.«

»Was sagt eigentlich der Chef?«

»Er weicht mir aus. Er geht im übrigen allen Kollegen aus dem Weg. Ich weiß, daß er Talon im Krankenhaus besucht hat, aber er tut so, als wäre er nicht dagewesen. Er ist komisch.«

Marion ist bestürzt. Aber sie kann jetzt nicht gemeinsam mit Meceri über Quercy vom Leder ziehen. Das wäre ihm gegenüber unehrlich und außerdem schlechte Personalführung. Rasch erkundigt sie sich nach Talons Befinden. Das Kopfschütteln der jungen Frau ist alles andere als ermutigend.

»Ich war so oft da, wie ich konnte, sogar nachts, wenn man mich gelassen hat. Ihre kleine Tochter kümmert sich auch viel um ihn. Man könnte fast meinen, daß er nicht zurückkommen will. Dabei bin ich mir sicher, daß er manchmal die Augenlider bewegt.«

Nina hat genau dasselbe gesagt. Bewegt sich Talon wirklich, oder haben sich die beiden das nur eingeredet?

Naïma schildert ihre ganzen Ängste, und das kann sie vermutlich nur bei Marion tun, die aus ihrer stockenden Stimme und ihren zweideutigen Äußerungen heraushört, daß die junge Beamtin sich elend fühlt und daß es ihr die Kollegen auch nicht gerade leichtmachen. Aber als Marion nachhakt, weicht sie aus. Da gibt es etwas noch Schlimmeres, das sie beunruhigt.

»Ich weiß, daß das ballistische Gutachten da ist«, sagt sie zögernd. »Keiner von uns hat es gesehen, es ist gleich beim Chef gelandet. Heute abend hat er mich aufgefordert, meine Dienstwaffe im Labor abzugeben ...«

»Naïma«, sagt Marion, die noch mehr Ärger kommen sieht, leise, »haben Sie mir wirklich alles gesagt?«

32

»Hier, wenn Sie's absolut wissen wollen ...«

Quercy hat offensichtlich einen schlechten Tag. Seine buschigen Augenbrauen bilden nur noch einen dicken Strich, und wenn er die Hände in den Hosentaschen vergräbt, klingt das so, als trüge er die gesamten Hartgeldreserven der Banque de France mit sich herum.

Das Gutachten der Ballistiker segelt im Tiefflug durchs Büro. Marion fängt es auf.

»Ich weiß, daß Ihnen nicht gefallen wird, was da drinsteht, aber Sie müssen sich den Tatsachen beugen ...«

Zügig liest Marion den Text durch und überspringt die technischen Beschreibungen, um schneller zu den Schlußfolgerungen zu gelangen: Die Kugeln, von denen Talon getroffen wurde, stammen nicht aus der Waffe von Capitaine Prunier. Was den Anwalt aus Marseille betrifft, so wurde er tatsächlich durch Talons Revolver ins Jenseits befördert. Da steht es jetzt Schwarz auf Weiß, und Marion ist keineswegs überrascht. Sie wußte ja, was dieser Bericht enthalten würde. Talon hat geschossen, weil jemand auf ihn geschossen hat. Fragt sich nur wer ...

»Also«, sagt Quercy, »was habe ich gesagt? Sie hatten unrecht, Prunier zu beschuldigen. Weniger klar ist mir allerdings, welche Rolle die kleine Meceri gespielt hat.«

»Die kleine Meceri weiß nicht mehr, wo oben und unten ist, weil niemand ihr hilft. Im Gegenteil ...«

»Ich habe sie aufgefordert, den Ballistikern ihre Waffe auszuhändigen«, fährt der Kripochef ungerührt fort. »Ich verstehe nicht, warum die Waffe nicht gleich sichergestellt wurde, so wie die anderen auch.«

»Sie waren doch selbst am Tatort.« Marion kann sich die Bemerkung nicht verkneifen.

»Sie hätte sagen müssen, daß sie geschossen hat. Ihr Verhalten ist unerhört.«

»In die Luft. Sie hat in die Luft geschossen. Nicht auf Talon.«

»Das sagt sie. Ich gehe jede Wette ein, daß man feststellen wird, daß die Kugel, die in der Decke gefunden wurde und die Talon an der Stirn gestreift hat, aus ihrer Waffe abgefeuert worden ist.«

»So kann sie sich nicht getäuscht haben, selbst als Anfängerin.«

»Die Tatsache, daß sie nicht gleich alles gesagt hat, ist äußerst belastend«, donnert Quercy und schlägt mit der flachen Hand so fest auf den Tisch, daß die Zinnsoldaten, die sich darauf bekämpfen, erzittern. »Meceri ist eine Schwindlerin.«

Paul Quercy wedelt mit der Hand durch die Luft.

»Wollen Sie meine Meinung hören?« fährt er fort. »Die sind alle in Panik geraten. Unglaublich, aber wahr. Einige von ihnen haben Dinge getan, an die sie sich nicht mehr erinnern. Andere denken, daß sie Mist gebaut haben, dabei haben sie sich nichts vorzuwerfen …«

»Soll das eine Anspielung auf Prunier sein?«

Sie nimmt ihm das Gutachten, das er inzwischen als Fächer benutzt, wieder aus der Hand. Obwohl das Fenster weit geöffnet ist, steht die Luft in dem Raum. Langsam liest Marion noch einmal den Anfang durch.

»Wie erklären Sie sich die Tatsache, daß an Pruniers Waffe keinerlei Schmauchspuren festgestellt wurden?«

»Er wird sie gereinigt haben, ehe er sie im Labor abgegeben hat.«

»Und warum?«

»Reiner Automatismus.«

»Aha. Er legt einen Kollegen um, ohne es zu merken, tut

dann aus reinem Automatismus so, als ob nichts gewesen wäre, um sich schließlich mit einem mißglückten Selbstmordversuch aus der Affäre zu ziehen …«

»Finden Sie nicht, daß Sie ein bißchen zu weit gehen?«

Marion beschließt, noch weiter zu gehen.

»Chef, ich verlange von Ihnen, daß Sie aufhören, Prunier zu decken, und daß Sie der kleinen Meceri helfen, sonst bringe ich Sie in den Ruf, ein Frauenhasser und Rassist zu sein. Ich habe Argumente, und notfalls denke ich mir noch welche aus. Versprochen.«

»Dazu wären Sie glatt imstande«, murmelt Quercy, der merkwürdigerweise dem Konflikt mit ihr aus dem Weg zu gehen scheint. »Ich habe es auf niemanden abgesehen, aber wenn sie Mist gebaut hat, muß sie dafür geradestehen. So ist das nun einmal. Und Sie, alles in Ordnung? Wie war Ihre Reise?«

Sie zuckt die Achseln, durch Quercys plötzlichen Umschwung aus dem Konzept gebracht.

»Bestens, danke.«

Mehr will sie nicht dazu sagen. Aber aus seinem gespielt gleichgültigen Blick spricht die Aufforderung, alles zu erzählen.

»Eine Beerdigung ist weiß Gott kein Vergnügen«, sagt er mit heftigem Kopfschütteln. »War's nicht zu schlimm?«

Ohne daß sie den Grund nennen könnte, ist Marion plötzlich auf der Hut. Quercy versucht sie aufs Glatteis zu führen. Er hat das Thema gewechselt, damit sie nicht aneinandergeraten. Nein, dieses Spielchen wird sie nicht mitspielen, ausgeschlossen.

»Überhaupt nicht!« erwidert sie. »Ich liebe Beerdigungen.«

»Waren denn viele Leute da?«

»Eine unüberschaubare Menschenmenge folgte dem Leichenwagen, der von zwei weißen Pferden gezogen wurde.«

»Machen Sie sich nur lustig über mich«, brummt Quercy.

»Also dann«, sagt Marion, um das Ganze abzubrechen, »ich muß nach Hause. Nina wartet auf mich. Wegen Meceri kann ich mich doch auf Sie verlassen, Chef?«

Aber Quercy scheint es nicht eilig zu haben, sich von ihr zu verabschieden. Er geht um seinen Schreibtisch herum, öffnet eine kleine Tür, die sich hinter einem Mona-Lisa-Poster verbirgt, und nimmt zwei Gläser, eine Flasche Anisette und ein paar Eiswürfel aus einem Kühlschrank.

Marion sieht ihm entgeistert zu. In den fünf Jahren, die sie jetzt zusammenarbeiten, hat er so etwas noch nie getan.

»In Erinnerung an die guten alten Zeiten«, murmelt er, während er die Gläser füllt.

»Stop!« ruft Marion aus. »Ich mache mir nicht viel aus Anislikör.«

»Ach was, komm schon! Der ist gut. Dein Vater hat ihn schrecklich gern gemocht.«

»Ach ja?«

Was hat der plötzlich?, wundert sich Marion. Das wird doch wohl keine Anmache sein ...

»Apropos Dijon«, fügt Quercy hinzu, nachdem er einen tüchtigen Schluck genommen hat. »Haben Sie etwas von Ihrer Tasche gehört?«

33

»Dieser verdammte Capdevil!« tobt die junge Frau, während sie die Treppe hinuntereilt.

Aus Wut über die Indiskretion, die sie Capitaine Capdevil zuschreibt, wollte sich Marion gar nicht erst über den Vorfall äußern und ist gegangen, ohne ihren Likör zu trinken.

»So ein Vollidiot!« faucht sie, zumal sie befürchten muß,

daß Capdevil in der Hoffnung auf eine kleine Hilfestellung sogar so weit gegangen ist, mit Quercy über Martinez zu reden.

Ihr Zorn ist so groß, daß sie die Flurtür mit lautem Knall hinter sich zuschlägt.

Die Büros sind leer. Auch Capdevils Zimmer ist verlassen, und Marion ärgert sich, daß er nicht auf sie gewartet hat.

»Dem werde ich ordentlich einheizen«, sagt sie laut.

Ein Geräusch läßt sie zusammenfahren. Ein Schluchzen durchbricht die Stille, die in den Räumen der Kripo herrscht. Marion dreht sich um, betritt das Büro und schaltet diesmal das Licht an.

Naïma Meceri sitzt an ihrem Schreibtisch, die Arme auf der Tischplatte verschränkt, die Stirn darauf gestützt. Sie weint. Marion hockt sich neben die junge Frau und legt ihr zögernd eine Hand auf die Schulter.

»Aber, aber«, sagt sie. »Das ist doch alles nicht so schlimm. Unangenehm, aber nicht schlimm …«

Die Beamtin schüttelt ihre Locken, hebt den Kopf, und das kalte Licht der Neonröhren fällt auf ihr schmerzerfülltes Gesicht.

»Ich bin eine Niete«, schluchzt sie. »Ich mache alles zu schnell, ohne nachzudenken. Ich werde kündigen, ich arbeite als Verkäuferin oder … ganz egal was …«

Marion versucht sie zu beruhigen und richtet sich mit einer Grimasse wieder auf, denn ihr Bein schmerzt noch immer.

»Geben Sie mir eine ehrliche Antwort, Meceri. Worauf haben Sie geschossen? Oder auf wen?«

»In die Luft, da bin ich mir sicher.«

»Na, dann regen Sie sich doch nicht so auf. Das wird sich schon wieder einrenken. Sie müssen die Zähne zusammenbeißen.«

»Seit drei Tagen tue ich nichts anderes. Ich habe totalen Schiß, die freuen sich doch jetzt schon darauf, mich in die Pfanne zu hauen. Eine junge Frau, und dann auch noch eine Araberin ... Der Abschaum!«

»Jetzt hören Sie aber auf, Naïma«, weist Marion sie zurecht. »So etwas dürfen Sie nicht sagen!«

»Wissen Sie, ich höre ja, was die so reden, wenn sie glauben, daß ich nicht in der Nähe bin, oder so tun, als sähen sie mich nicht.«

Marions Gesichtszüge verhärten sich.

»Sie müssen mir sagen, wer ... Dagegen werde ich mit aller Strenge vorgehen. Schonungslos.«

Naïma Meceri lächelt traurig und wischt mit einer zornigen Geste über ihre feuchten Wangen.

»Mein Vater hat während des Krieges an der Seite der Franzosen gekämpft. Er hat alles aufgegeben und wird nie wieder nach Algerien zurückkehren können. Er ist glücklich hier, aber dort ist seine Heimat, und ich weiß, daß sie ihm fehlt. Er ist so stolz auf mich ...«

Wieder beginnt sie zu schluchzen, und Marion läßt es geschehen. Tränen und Lachen sind das beste Mittel, um Ängste abzuschütteln und Spannungen zu lösen. Langsam kommt Naïma zur Ruhe.

Marion hat das Gefühl, ihr Spiegelbild zu sehen. Sie ist selbst in die Fußstapfen ihres Vaters getreten, damit auch er dort, wo er ist, stolz auf sie sein kann. Die kleine Meceri rührt sie. Marion packt sie an den Schultern und zwingt sie aufzustehen.

»Sie müssen kämpfen, Meceri. Sie sind begabt und absolut fähig. Niemand hat das Recht, das Gegenteil zu behaupten. Verstanden?«

Naïma Meceri deutet ein Nicken an. Sie ist schon wieder einigermaßen gefaßt und atmet mehrmals tief durch, um sich zu beruhigen. Marion möchte ihr sagen, daß sie immer für sie da ist und ihr helfen wird, aber sie fürchtet einen neuen Tränenausbruch. Sie blickt auf die Uhr, es ist fast acht, Nina wird sie in der Luft zerreißen. Als sie sich anschickt, das Büro zu verlassen, fährt die junge Beamtin hoch.

»Ach ja, Chef, während Sie oben waren, hat eine Frau angerufen. Sie hat ihre Nummer hinterlassen.«

34

Sonia Bonte hat ihren liebenswürdigen Ton abgelegt, und Marion spürt, wie sich ihr Magen verkrampft.

»Ich habe Monsieur Georges Renoir untersucht«, sagt die Frau mit kühler Stimme. »Ich habe das ohne offizielle Anweisung getan, weil ich mich Ihnen gegenüber dazu verpflichtet hatte.«

»Gibt es ein Problem?« sagt Marion leise und fragt sich, was der Stimmungsumschwung der Ärztin zu bedeuten hat.

»Aufgrund der Leichenstarre und der Kleider des Toten konnte ich nicht alles überprüfen«, fährt Sonia Bonte fort, ohne ihr zu antworten. »Aber ich kann jetzt schon zwei Dinge sagen, die die Obduktion bestätigen wird: Der Tote hat eine sechs bis sieben Zentimeter lange Schädelverletzung an der rechten Schläfe erlitten, die durch einen harten, länglichen Gegenstand hervorgerufen worden ist. Ich habe ein paar Haare entnommen und die Wunde ausgekratzt. Durchs Binokular sind einige leicht phosphoreszierende Partikel erkennbar ...«

»Farbe?«

»Nein«, seufzt Sonia Bonte. »Die Laboranalyse wird zeigen, was es ist. Der Tod ist durch Ersticken eingetreten und durch eine Herzinsuffizienz beschleunigt worden. Am

Körper sind einige Suffusionen feststellbar, die Extremitäten und Lippen sind bläulichrot angelaufen, was auf eine Strangulation hinweist. Ich habe Fotos gemacht, auf deren Vergrößerung eindeutige Spuren erkennbar sind: Man hat ihm mit nackten Händen den Hals zugedrückt. Die Füße sind ödematös, woraus ich auf den schlechten Zustand seines Herzens geschlossen habe ... Das ist alles.«

»Ich wußte es doch! Bravo!« ruft Marion aus. »Ich danke Ihnen.«

»Nichts zu danken«, erwidert die Ärztin, und es klingt, als würde sie im nächsten Moment wortlos auflegen.

»Was ist denn los?« fragt Marion rasch. »Ich habe das Gefühl, daß Sie plötzlich böse auf mich sind.«

»Das kann man wohl sagen!«

Marion ist wie vor den Kopf geschlagen. Die Gerichtsmedizinerin schweigt feindselig. Plötzlich entschließt sie sich, doch zu reden.

»Der Polizist mit den blauen Augen hat mich zur Ordnung gerufen. Und ich dachte, unser Gespräch wäre vertraulich. Wenn ich das gewußt hätte ...«

»Aber«, stammelt Marion, »ich verstehe nicht ...«

»Sie haben ihm brühwarm erzählt, was ich Ihnen heute nachmittag gesagt habe. Er kocht vor Wut und hat mir Repressalien angedroht. Daß Sie's gleich wissen: Ich möchte in Zukunft nichts mehr mit dieser Sache zu tun haben.«

35

Es ist tiefe Nacht, und Marion starrt in das Feuer, das im Kamin flackert, während sie Ninas regelmäßigen Atemzügen lauscht. Irgendwann ist das Mädchen eingeschlafen, eng an seine Mutter geschmiegt. Das Oberteil seines rosa und grün gepunkteten Schlafanzugs ist hochgerutscht, die schmale Spatzentaille nackt. Ninas Haare, durch die täglichen Schwimmbadbesuche aufgehellt, sind gewachsen, und Marion hat sie ihr nach dem Duschen zu einem langen Zopf geflochten, der ihr bis zum Hosenbund reicht. Ihr Mund ist leicht geöffnet, und als Marion ihre schiefen Zähne sieht, fällt ihr wieder ein, daß Nina wohl bald eine Klammer braucht. Sie bewegt ihre eingeschlafenen Beine, und Nina streckt sich murrend, ehe sie sich wieder an den warmen Körper ihrer Mutter schmiegt, ein Arm um ihre Oberschenkel geschlungen. Es ist fast Mitternacht und Zeit, sie ins Bett zu tragen, aber Marion kann sich nicht dazu aufraffen.

Aus den Flammen blickt ihr Talons erstarrtes Gesicht entgegen. Vier Tage liegt er jetzt schon im Koma. Und nichts deutet darauf hin, daß er bald daraus erwachen wird, auch wenn Nina und Naïma das Gegenteil behaupten. Wie lange werden die Ärzte ihn noch einen der kostbaren Plätze auf der Intensivstation blockieren lassen? Marion weiß, daß die Hoffnung dahinschwindet, aber sie will noch daran glauben, mit aller Kraft.

Dabei hat sie an diesem Abend eigentlich ihr ganzer Mut verlassen.

Sonia Bontes Umschwenken hat einen unangenehmen Nachgeschmack hinterlassen. Genauso wie die Proteste von Capdevil, der stehenden Fußes ins Büro zurückgeeilt war, um sich einen Rüffel abzuholen:

»Ich schwöre Ihnen, daß ich dem Chef nichts gesagt habe!« hat er voller Zorn ausgerufen, als Marion seine Worte in Zweifel zog. »Ich habe den Diebstahl Ihrer Tasche ihm gegenüber nicht ein einziges Mal erwähnt. Sie hatten es mir doch verboten, und ... ich bin doch nicht verrückt geworden. Fragen Sie lieber mal bei Meceri nach ...«

Naïma, die das Ganze mit angehört hat, ist wie von der

Tarantel gestochen aufgesprungen. Sie wäre Capdevil fast an die Gurgel gegangen.

»Du armseliger Typ!« hat sie ausgestoßen. »Und feige obendrein!«

Marion hatte größte Mühe, sie zu beruhigen.

Jetzt, mit etwas Abstand, sagt sie sich, daß ein Zeuge des Diebstahls diese Indiskretion begangen haben muß, wenn Capedevil nicht gelogen hat. Trotzdem: Es mag ja sein, daß ihrem Chef mehrere Personen von dem Überfall berichtet haben, aber von ihrem Gespräch mit Sonia Bonte kann Martinez nur einer erzählt haben: sie selbst. Und auch sie ist schließlich nicht verrückt geworden.

Das Klingeln des Telefons läßt sie vom Sofa hochfahren, ohne daß Nina, die sich brummelnd und mit geschlossenen Augen zusammenkauert, aus ihrem Tiefschlaf erwacht. Marion hört eine Frauenstimme, die so verängstigt klingt, daß es der Kommissarin kalt über den Rücken läuft. Nur mit Mühe erkennt sie schließlich, wer sich hinter diesem erstickten Flüstern verbirgt: Suzanne Renoir.

»Suzanne? Was ist los?«

»Ich habe Angst, Edwige ...« haucht die Notarin. »Er ist hier, draußen. Ich höre seine Schritte auf dem Kies. Er ist vorsichtig, aber ich habe ihn durchs Speicherfenster gesehen. Hilf mir!«

»Ganz ruhig«, redet ihr Marion zu. »Wer ist das, ›er‹?«

»Der Motorradfahrer ... Ich bin mir sicher, daß er es ist. Er hat Papa umgebracht, jetzt wird er mich umbringen!«

»Was redest du da? Wo bist du?«

»In meinem Zimmer. Ich habe das Licht ausgelassen, ich sterbe vor Angst.«

»Hast du die Polizei gerufen?«

»Nein ...«

»Dann tu das jetzt, Suzanne, schnell! Wähl die 17, die werden sofort kommen.«

»O mein Gott!« stöhnt Suzanne, vor Entsetzen wie gelähmt. »Ich kann's nicht, ich hab solchen Schiß.«

»Okay, bleib dran!«

Marion schiebt Nina vorsichtig zur Seite und springt auf, um ihr Handy zu holen. Im Nu ist sie mit dem wachhabenden Beamten in der Zentrale der Kripo verbunden und weist ihn an, sofort die Kollegen in Dijon anzurufen. Sie gibt ihm Suzannes Adresse und betont, daß sich die Frau in akuter Gefahr befindet. Den Hörer, über den sie mit der Notarin verbunden ist, hat sie die ganze Zeit nicht aus der Hand gelegt.

»Die schicken eine Streife«, sagt sie zu Suzanne. »Hab keine Angst. Ist dein Haus abgeschlossen?«

»Ja. Gott sei Dank habe ich alles verriegelt.«

»Hast du eine Waffe?«

»Nein. Mein Vater hatte ein Gewehr, aber ich weiß nicht, wo er es aufbewahrt hat. Und ich kann mit so einem Ding eh nicht umgehen.«

Klar, das dachte ich mir, sagt sich Marion, die Suzannes Berufswunsch nicht vergessen hat.

»Sieh dich mal um«, befiehlt sie ihr. »In deinem Zimmer gibt es bestimmt irgendwelche stumpfen oder scharfen Gegenstände. Eine Schere, zum Beispiel, oder ein Schüreisen, oder ich weiß nicht was ...«

»Strategische Plazierung von Hilfsmitteln« nennt sie das in den Selbstverteidigungskursen, die sie für alleinstehende Frauen gibt.

»Ich hab zuviel Angst, Edwige ... Ah! Mein Gott!«

»Was?«

»Er hämmert unten an die Tür! Er versucht, einen Fensterladen aufzureißen oder die Tür aufzubrechen. Er wird reinkommen, er wird mich umbringen. Hilfe!«

»Was ist denn jetzt schon wieder los?«

Mit verschränkten Armen hockt Nina auf dem Sofa und starrt aus weit aufgerissenen Augen ihre Mutter an, die mit großen Schritten durchs Zimmer läuft, das schnurlose Telefon am rechten, das Handy am linken Ohr, und abwechselnd in beide Hörer spricht:

»Halt durch, Suzanne! Hast du etwas gefunden? Einen Golfschläger? Hervorragend. Ja, was haben Sie gesagt? Wie lange dauert es noch, bis Ihre Leute da sind? Ein bis zwei Minuten? Drei Minuten, Suzanne, du mußt noch drei Minuten durchhalten. Lauf zum Speicher hoch, schließ dich ein, du mußt Zeit gewinnen! Bist du sicher, daß du nicht raus kannst? Nein, geh nur aus dem Zimmer, wenn du genau weißt, daß es nicht riskant ist ...«

Am anderen Ende der Leitung ein Stöhnen. Um nichts in der Welt würde Suzanne das Telefon aus der Hand legen, das sie mit ihrer früheren Kommilitonin in Verbindung hält. Unten werden die Schläge immer lauter, und Marion kann aus der Ferne ermessen, wie heftig sie sind. Dann ein Knirschen, wie von berstendem Holz ...

»Der erste Fensterladen hat nachgegeben«, denkt sie, während ihr Herz zu rasen beginnt.

»Sagen Sie denen, sie sollen schnell machen, verdammt noch mal!« herrscht sie den wachhabenden Beamten der Polizeizentrale in Dijon an. »Dieser Wahnsinnige ist gleich im Haus!«

Das andere Telefon hat sie zugehalten, um Suzanne nicht noch mehr zu verängstigen. Sie dreht sich zu Nina um, die sie mit offenem Mund anstarrt, und bedeutet ihr mit einer Handbewegung, schlafen zu gehen. Die Kleine schüttelt heftig ihren Zopf: Dieses Schauspiel wird sie sich nicht entgehen lassen, ausgeschlossen. Von Suzanne hört Marion nur noch ein leises, verzweifeltes Wimmern.

Plötzlich heult sie laut auf, als wäre auf einmal ein Damm gebrochen. Draußen sind alle Geräusche erstorben. Die Hiebe des Angreifers haben abrupt aufgehört, und Marion kann jetzt in der Ferne die Stimmen der Polizisten hören, die nach Suzanne rufen. Sie stellt sich ihre bangen Gesichter vor, das Blaulicht in der Straße, die erleuchteten Fenster der Nachbarvillen und die Schaulustigen, die aus dem Dunkeln herbeigelaufen kommen wie Ratten, vom Blutgeruch angelockt.

»Mach ihnen auf«, sagt Marion, »und ruf mich später an.«

»Nein«, sagt Suzanne keuchend. »Leg nicht auf.«

37

»Dann hat's also keinen Toten gegeben?«

Nina runzelt ihre feinen Augenbrauen und sieht ihre Mutter ernst an. Sie sitzt auf dem Bett und massiert sich die Füße.

Marion kann sich nur mit Mühe ein Lachen verbeißen, obwohl die Situation eher tragisch als komisch ist.

»Immer klappt das nicht«, sagt sie mit zweideutigem Lächeln.

»Wer war die Frau am Telefon?«

»Eine frühere Bekannte von der Uni.«

»Wo wohnt die?«

»In Dijon.«

»Ist das, wo du gestern warst? Wetten, daß ...«

»Es tut mir leid, daß ich dich in diese Sache hineingezogen habe«, sagt Marion rasch. »Ich hatte dir versprochen ...«

»Oh, das macht mir nichts aus, im Gegenteil! Ich guck dir gern zu, wenn du Polizistin bist. Und außerdem kann ich so schon mal üben, für später.«

»Willst du Polizistin werden?« fragt Marion, erleichtert, das Thema wechseln zu können. »Ich dachte ...«

»Lieber Ärztin. Mal sehen. Aber weißt du, ich frage mich, ob er das lange aushalten wird ...«

»Er?«

»Gilles.«

Nina reibt sich noch immer vehement die Füße. Plötzlich spürt Marion, wie sich die Müdigkeit auf ihre Schultern senkt. Ihre schlaflose Nacht und dann dieser lange, strapaziöse Tag haben wieder einmal bewiesen, daß es mit ihrer Ausdauer auch nicht mehr so weit her ist. Ihr Rücken ist verspannt, und der Schmerz in ihrer malträtierten Hüfte ist so stark, daß sie sich vorsichtig auf die Bettkante sinken läßt. Nina beobachtet sie aus den Augenwinkeln.

»Fehlt er dir?« fragt die Kleine unvermittelt. Offensichtlich hat sie auf ihre erste Äußerung ohnehin keine Reaktion erwartet.

»Ein bißchen schon. Dir nicht?«

»Hm. Nicht besonders. Vor allem schlafe ich nachts besser.«

Marion erstarrt. Durch die blonden Strähnen, die ihr ins Gesicht fallen, wirft Nina ihrer Mutter wieder einen verstohlenen Blick zu. Es liegt klar auf der Hand, daß die Kleine ein Thema aufs Tapet bringen will, das Marion lieber nicht angeschnitten hätte.

»Ihr macht aber auch einen Radau, nachts.« Nina läßt nicht locker. »Wirst du ein Kind kriegen?«

Ihre Stimme klingt weiterhin unbeteiligt, aber mit einemmal wird Marion klar, daß aus ihrer Frage nicht nur ein plötzlicher Ernst spricht, sondern auch nackte Angst. Eine Angst, der Nina dadurch Ausdruck verleiht, daß sie mit den Fingern immer schneller über ihre Zehen reibt und schließlich mit methodischer Verbissenheit kleine Hautfetzen abreißt.

Marion setzt sich neben sie, schiebt die Haare zur Seite,

die das spitze Kindergesicht verbergen, und zwingt sie aufzusehen.

»Nein«, sagt sie und taucht ihre schwarzen Augen in das strahlende Blau von Ninas Blick. »Du wirst mein einziges Kind bleiben.«

»Aber wenn Gilles eins will?« beharrt das Mädchen.

»Er weiß, daß ich damit nicht einverstanden bin. Im übrigen kann es gut sein, daß das sowieso nicht mehr geht.«

»Wegen deiner Fehlgeburt?«

»Ja.«

»Aber wenn es trotzdem passieren würde ...«

»Nina, ich habe nein gesagt.«

Nina zieht ihre Nase kraus und schiebt die Unterlippe vor, um eine Haarsträhne wegzublasen, die ihr immer wieder in die Augen fällt. Sie ist noch nicht fertig.

»Mama? Wenn man mit jemandem schläft, kriegt man dann automatisch ein Baby?«

Marion hält die Luft an. Mehrfach hat sie schon Gespräche mit Nina geführt, in denen sie ihr die Dinge des Lebens erklären wollte, die Liebe zwischen den Geschlechtern, und so weiter und so fort. Das Ganze war immer vage geblieben und ihre Erklärungen allgemein. Dieses Mal ist sie direkt angesprochen und weiß, daß die Kleine mit ihren beinahe elf Jahren sich nicht mit Halbheiten zufriedengeben wird. Nina wird größer, ihr Körper verändert sich. Ihre Brüste beginnen zu wachsen. Sie ist noch kein junges Mädchen, aber auch kein Kind mehr.

»Wenn man mit jemandem schläft«, sagt sie und wägt ihre Worte genau ab, »dann tut man das vor allem, weil man denjenigen, mit dem man es tut, sehr lieb hat. Man tut es nicht, um ein Baby zu bekommen ...«

Nachdenklich wartet Nina ab, wie es weitergeht. Marion weiß sich nicht mehr zu helfen.

»Es ist etwas Natürliches zwischen zwei Erwachsenen, die sich lieben«, wiederholt sie.

Nina sieht ihre Mutter lange an, sucht nach Argumenten. Marion kann sich schon denken, wo das wahre Problem liegt: die Aussicht, sie mit einem Mann teilen zu müssen, der nicht ihr Vater ist und sich plötzlich zwischen die beiden gestellt hat und alles durcheinanderbringt. Schließlich verzichtet die Kleine auf weitere Diskussionen und kuschelt sich gähnend unter ihre Bettdecke, deren Häschenmuster vor noch gar nicht so langer Zeit von Margeriten abgelöst wurde. Marion streicht ihr übers Haar, kitzelt sie am Hals, zieht das Kopfkissen hoch. Aber Nina, die die Augen geschlossen und die Hände gefaltet hat, ist nicht mehr ansprechbar. Ihre Lippen bewegen sich stumm. Verblüfft, wagt Marion nicht, auch nur einen Mucks von sich zu geben. Als das Kind eine Minute später die Augen wieder aufschlägt, ist sein Blick noch ernster, wenn auch ein wenig gelassener.

»Ich bete für Jérôme Talon, Mama. Jeden Abend.«

Marion lächelt leise. Bei ihr erfährt Nina keinerlei religiöse Erziehung, woher mag sie nur diese plötzliche Frömmigkeit haben? Und woher kennt sie die Gebete? Ob ihre Großmutter, die im Alter immer frommer wird, etwas damit zu tun hat?

Nina gähnt noch einmal, ihre Bewegungen werden langsamer. Mit den Lippen deutet sie einen Kuß an, den ihre Mutter erwidert, nachdem sie mühsam aufgestanden ist und sich zu ihrer Tochter heruntergebeugt hat.

Auf der Türschwelle dreht sie sich noch einmal um. Ninas Augen sind weit aufgerissen.

»Mama«, fragt sie mit abwesender Stimme, »hängen wir das Schloß in meinem Zimmer auf, ja?«

38

Der Schlaf will nicht kommen. Trotz endlosen Duschens, trotz des frischen Schlafanzugs und neuer, nach Lavendel duftender Bettwäsche wälzt sie sich im Bett hin und her. Ninas Fragen, die merkwürdigen Dinge, die seit Gus Lémans Tod geschehen sind, und vor allem die letzten Ereignisse lassen ihr keine Ruhe. Suzanne Renoir, bedroht von jemandem, dem es anscheinend völlig egal ist, ob er sich bemerkbar macht oder nicht, der einen ganzen Fensterladen abgerissen und es geschafft hat, sich aus dem Staub zu machen, als die Polizeistreife kam …

»Von einem Motorrad keine Spur«, haben die Beamten aus Dijon gesagt. Morgen wird man ihr Informationen über einige Fahrzeuge faxen, deren Kennzeichen notiert worden sind. Aber verwertbare Zeugenaussagen gibt es nicht in diesem Wohnviertel, wo die Leute um Mitternacht in ihren Betten oder vor dem Fernseher schlafen.

Suzanne hat noch dreimal angerufen, ehe sie sich halbwegs beruhigen konnte, und Marion mußte mit der Polizei von Dijon verhandeln, um zu erreichen, daß die Gegend wenigstens bis zum nächsten Morgen überwacht wird. Danach wird sie sich etwas einfallen lassen müssen. Aber was? Sie hat nicht die leiseste Ahnung, eins jedoch ist sicher: Daß Suzanne jetzt so in der Klemme sitzt, hat sie teilweise ihr zu verdanken.

Nina hustet im Schlaf, und Marion muß zugeben, daß die Kleine recht hat: Die Wände in diesem Haus sind aus Papier.

Den Rücken auf ihr Kopfkissen gestützt, betrachtet sie durchs offene Fenster den riesigen Vollmond, den ausnahmsweise einmal keine Wolken verhüllen, und fleht ihn an, ihr zu helfen, ihr Leben wieder in Ordnung zu bringen. Der Mond scheint ihr zuzulächeln, selig und stumm.

Plötzlich springt Marion mit klopfendem Herzen aus dem Bett. Dieses Mal klingelt das Handy. Ein schneller Blick auf den Wecker verrät ihr, daß es zwei Uhr dreißig ist. Das kann nur wieder Ärger bedeuten.

»Edwige«, ertönt eine gebrochene Stimme aus dem Jenseits. »Ich bin's noch mal, Suzanne. Hab ich dich aufgeweckt?«

Nein, ich war gerade dabei, eine Patience zu legen, denkt Marion sarkastisch und hätte nicht übel Lust, die Notarin zum Teufel zu schicken. Sie nimmt sich vor, ihr Handy auszustellen, sobald sie Suzanne zum x-ten Mal beruhigt hat. Eigentlich hat sie vor, das Gespräch so kurz wie möglich zu halten, aber die Stimmlage ihrer Freundin läßt sie aufhorchen.

»Was ist los?«

»Ich bin in der Kanzlei«, sagt Suzanne verstört. »Man hat mich vor einer halben Stunde angerufen.«

»Wie bitte?«

»In der Kanzlei wurde eingebrochen. Hier herrscht das reinste Chaos.«

39

Marion steht im Garagentor und läßt widerwillig ihren Blick über die Kartons schweifen. Dabei sehen sie völlig harmlos aus, wie sie so dastehen, von Gilles mit großer Sorgfalt übereinandergestapelt.

Jetzt führt kein Weg mehr daran vorbei: Sie muß sie öffnen.

Mein lieber Schatz,

ich bin traurig. Du bist so weit weg und scheinst Dich immer mehr zu entfernen … Du hast meine letzten Briefe nicht beantwortet. Vielleicht haben sie Dich nicht erreicht? Unentwegt höre ich Radio, lese ängstlich die Zeitungen und besuche täglich Deine Eltern in der Hoffnung, daß sie etwas von Dir gehört haben. Ich hasse dieses Algerien, das Dich von mir entfernt. Ich klammere mich an die Erinnerungen, an unsere schönsten Momente, im Park »unseres« Hauses ... Weißt du noch, wie der Wind die Räder umgestürzt hat? Was hatten wir für eine Angst, überrascht zu werden! Ich zittere jetzt noch ... vor Glück und vor Wonne ... Manchmal habe ich das Gefühl, daß dies alles ist, was mir von uns bleibt.

Hier ist Herbst, die Blätter fallen. Bald wird es kalt werden. Allein der Gedanke daran läßt mir das Blut in den Adern gefrieren. Komm schnell zurück, mein Geliebter, und mach meinen Körper, der fern von Deinen Händen vergeht, wieder warm.

Deine Claire

Marion faltet den Brief zusammen und schiebt ihn vorsichtig in den Umschlag zurück, den sie wieder zu den anderen steckt. Ohne zu zögern, nimmt sie den nächsten.

Seit anderthalb Stunden offenbaren sich ihr die intimsten Seiten von Gus Lémans Leben, und sie weiß, daß sie erst in ihr Bett zurückkehren kann, wenn sie diese Sache zu Ende gebracht hat.

Der erste Karton enthielt nur belanglose Dinge, ein paar ärmliche Kinderspielsachen, einen alten, zerschlissenen Teddybären, einige mit Schnitzereien verzierte Holzstücke, eine handgestrickte Mütze mit passendem Schal, kleine Holzschuhe, in die jemand ungelenk den Namen Gustave geschrieben hatte. Der zweite Karton betraf eher die Schule: Hefte, Schulbücher und mehrere Bände aus einer Klassikerreihe für Kinder, die beim Schulfest verteilt wurden. Gustave

Léman war ein guter Schüler, fleißig und brav, dem der Lehrer, ein gewisser Monsieur Jacotin, jedes Jahr zur Kirmes ein Buch überreichte. *David Copperfield*, *Reise um die Erde in achtzig Tagen*, *Wolfsblut*...

Dann kam das Jugendalter, eine Berufsfachschule in Dijon, im Quartier Marcs-d'Or. Der junge Gus lernt Maschinenbau, doch der Fleiß und der Eifer seiner Schulzeit sind verflogen. Nach einem Jahr mit mangelhaften Leistungen wechselt er das Fach und arbeitet von nun an mit Holz. Zwei Kartons zeugen von seiner Begeisterung für dieses Material und von seinem Geschick im Umgang damit. Zwei hinreißende Miniaturmöbelstücke markieren den Abschluß seiner Lehrzeit. Eins davon, eine Nußbaumkommode, ist unvollendet. Die letzten Teile – Leisten, Knäufe und die Blenden der Schubladen – sind noch nicht befestigt und liegen in der Kiste herum.

Der junge Léman eignet sich auch buchhalterisches Wissen an, woraus Marion schließt, daß er vorhatte, eine Schreinerwerkstatt oder Kunsttischlerei zu eröffnen.

An diesem Punkt hat sie das Gefühl, sich einen Überblick über den ersten Teil von Gus Lémans Leben verschafft zu haben.

Eine Sache kommt Marion allerdings merkwürdig vor: Alle Kisten sind durchnumeriert und mit ihrem Namen versehen: Edwige Marion, geschrieben in einer altertümlichen, verschnörkelten Handschrift und mit einer Tinte, deren Blau bereits deutlich verblichen ist. Offensichtlich handelt es sich um Gus' Handschrift, und es gibt keinerlei Zweifel daran, daß diese Beschriftungen mindestens dreißig Jahre alt sind.

Auf der Oberseite der Kartons, die Marion in Augenschein genommen hat, klebt jeweils ein zehn Zentimeter breites, mehr oder weniger zerrissenes Etikett. Darauf kann man den Namen Gustave Léman und eine unvollständige

Adresse entziffern. Durch einen Vergleich sämtlicher Etiketten gelingt es Marion, sie zu vervollständigen: Boulevard Richard-Lenoir 26, Paris, XI. Arrondissement.

In ihrem Hirn setzt ein wohlbekannter Mechanismus ein: Irgendwie sagt ihr diese Adresse etwas. Wie wenn man den Namen eines Menschen wiedererkennt, ohne sich an sein Gesicht zu erinnern.

Marion hat ihre Müdigkeit vergessen, als sie die nächste Ladung Kartons in Angriff nimmt. Gus müßte inzwischen um die zwanzig sein, denn in der folgenden Kiste kündigt sich seine Zeit beim Militär an. Sie enthält Bücher über Waffen und Bodenkampftechniken, Generalstabskarten, einige militärische Ausrüstungsgegenstände, Patronenhülsen und vergilbte Schießscheiben, Trophäen, die ein junger, vor Stolz und Begeisterung strotzender Soldat aufbewahren wollte. Seine Ausbildung erhält er in Bordeaux und notiert fast täglich die militärischen Übungen, die mit Gepäck zurückgelegten Kilometer, die Sonderdienste und Urlaube, in denen er Claire Arthur trifft, seine Verlobte.

Marion hat nicht genug Energie, um jede dieser karierten Seiten zu lesen. In jedem Fall geht auch daraus hervor, daß der Einberufene Gustave Léman über einen labilen Gesundheitszustand verfügt und daß seine Hauterkrankung ihm zahlreiche Probleme bereitet. Wegen seiner »blutüberströmten« Füße wird er häufig von den Übungen freigestellt, und zu diesem Zeitpunkt beginnt man ihm Sparfix zu verschreiben, nachdem man ihm ein Pöstchen in der Buchhaltung und Verwaltung des Regiments zugewiesen hat. In einem Brief an seine Mutter, der merkwürdigerweise keinen Poststempel aufweist und offenbar nicht abgeschickt wurde, bittet er um »Mutter Blancs Balsam, das einzige Mittel, das mir Linderung verschafft« …

Für einen Augenblick läßt Marion ihre Gedanken um das

alte Haus in Charmes kreisen, und als sie die nächste Kiste öffnet, wird der intensive Geruch nach Kampfer und Arnika, der ihr dort begegnet ist, wieder lebendig. In einer kleinen khakifarbenen Leinentasche, zwischen einem Kommandodolch und einem Holzknüppel, militärischen Abzeichen, einer Uhr ohne Armband und sorgfältig gefalteten Taschentüchern stößt sie auf den Ursprung dieses Dufts, der sie verfolgt: ein kleiner Glastiegel, dessen Deckel, durch einen Gummiring abgedichtet, von einer Metallspange gehalten wird. Das Töpfchen ist leer, doch der aggressive Geruch hat die Zeit unbeschadet überdauert. Es ist der Geruch aus Charmes, jener Geruch, den das Taschentuch im Kamin verströmte und der Marion seit drei Tagen nicht aus dem Sinn geht. Mutter Blancs Balsam.

In einer dieser Kisten hat Marion auch das Schreiben von Claire entdeckt. Sie hat es aufs Geratewohl aus einem beeindruckend dicken Paket von Briefen gezogen, alle von nervöser Hand mit einer feinen, engen Schrift bedeckt. Sie liegen, chronologisch geordnet, in einem kleineren Karton. Der erste Stapel – hellblaue, mit rosa Seidenpapier gefütterte Umschläge – ist an die Kaserne in Bordeaux adressiert, wo Gus seine Militärlaufbahn begonnen hat. Der zweite – weiße, ungefütterte Umschläge, als hätte Gus inzwischen nicht mehr verdient – wurde nach Algier geschickt, Villa Manoubia.

Dem Brief, den Marion gelesen hat, folgen weitere, wenn auch in immer größeren Abständen, wie den Poststempeln zu entnehmen ist. Marion öffnet den letzten Brief des letzten Stapels. Aus ihm sprechen die Verbitterung und Verzweiflung einer verlassenen Verlobten:

Ich habe durch Deine Mutter von Deinem geplanten Heimaturlaub erfahren. Ich habe mit aller Kraft auf Dich gewartet. Aber du bist in Paris geblieben, ich wage zu glauben, daß Du nur aufgrund Deiner militärischen Verpflichtungen aufgehalten wurdest. Doch muß ich Dir sagen, daß ich immer häufiger die Hoffnung verliere. Gibt es eine andere Frau in Deinem Leben? Die Wahrheit, mein Liebster, wäre mir lieber als dieses Schweigen, das mich umbringt. Ich hatte, auch wenn ich Dir das nicht sagen sollte, eine Überraschung für Dich … Ich bitte dich inständig darum, mir zu antworten.

Deine Dich liebende und verzweifelte Claire

Claires Briefe sind die einzige Korrespondenz in diesem Wust von Papieren und Erinnerungsstücken, die Gus mit großer Sorgfalt und fast pedantischem Ordnungssinn aufbewahrt hat.

Aus den Tiefen von Kiste Nummer 8 tauchen weitere Dokumente auf, welche die Armee und seine ersten Monate in Algerien betreffen: 1958 und die folgenden Jahre, die Unruhen, die Demonstrationen, die Zerrissenheit eines Landes, in dem zwei Bevölkerungsgruppen um ihr Überleben kämpfen. Gus ist gehandikapt durch seine Haut, die sich abschält wie eine alte, vertrocknete Zwiebelpelle, die blutet und brennt. So wird er auf seinen Wunsch hin in eine Einheit versetzt, die nicht an direkten Einsätzen beteiligt ist. Davon zeugt die Kopie seines Antrags, die zusammen mit der Antwort des Obersts seines Regiments sorgfältig abgelegt wurde. Während Marion einige Hefte und Register durchblättert, wird ihr klar, daß diese Spezialeinheit mit der Beschaffung von militärisch relevanten Informationen betraut war. Voller Entsetzen stellt sie fest, daß die betreffenden Soldaten und Offiziere klare, kodifizierte Anweisungen erhielten. Die Folter galt dabei als eine der wichtigsten Methoden der Informationsbeschaffung, »da alle anderen Methoden bei einem Volk, das Meister der Lüge und Verstellung ist, zum Scheitern verurteilt sind.« Marion fällt die Anspielung von Vater Léon wieder ein, und plötzlich streift sie der Gedanke, daß ein Folteropfer oder ein naher Verwandter Rache geübt haben könnte. Solche Fälle von später Vergeltung hat es ja durchaus schon gegeben …

Beim Durchblättern des Rechenhefts, in dem Gus die abscheulichsten Details notiert hat, ist Marion auf ein Foto gestoßen, das während einer Demonstration in Algier aufgenommen und aus einer Zeitung ausgeschnitten worden ist. Man erkennt darauf die dunklen Uniformen der Polizisten, die sich hinter ihren Mannschaftswagen versammelt haben, man sieht Wolken von Tränengas und im Vordergrund, mit einem an einer Holzlatte befestigten Transparent in den Händen, einen jungen Mann, braunhaarig und schön, mit strahlenden Augen, als würde ihn der Glaube an den Kampf, den er führt, von innen erleuchten. Aus dem Spruchband geht hervor, daß er dem Komitee algerischer Studenten gegen die Unabhängigkeit angehört. Ein paar handschriftliche Kommentare, die Gus unter das Foto gesetzt hat, zeugen von der Bewunderung, die der junge Soldat diesem Studenten entgegenbringt. Ihre Begegnung und die Freundschaft, die daraus entstanden ist, haben sein Leben verändert. Gus, der kleine Kunstschreiner aus dem Burgund, hat sich dem Kampf der Algerienfranzosen angeschlossen, das Mutterland und seine Verlobte vergessen. Er hat Félix Marion kennengelernt.

40

Die Menge drängt sich um ein großes Gebäude, schreit wütende Slogans. Auf dem Balkon der ersten Etage tauchen zwei Männer auf. Der eine in Uniform. Er ergreift ein Megaphon und beginnt eine Ansprache an die Menge, die ihm nicht zuhört. Erste Geschosse fliegen, die Polizisten halten sich bereit, schieben Munition in die Granatwerfer.

In der Ferne taucht ein Wagen auf, von Motorrädern, Militärfahrzeugen und Soldaten flankiert. Es ist ein schwarzes Hotchkiss-Cabriolett. Der General steht aufrecht, überragt mit seinen zwei Metern das Getümmel. Unerschütterlich schiebt er sich durch die lärmende Menge, die zurückweicht und verstummt. Langsam ebbt der Tumult ab; als jemand erneut einen Slogan herausbrüllt, schlagen die Wellen noch einmal hoch. Plötzlich, völlig unerwartet, ertönt lauter Applaus. Wie von Zauberhand tauchen kleine Fahnen auf, die sich in der Sonne bewegen.

Marion irrt durch die Menge, sie ist ein kleines Mädchen, und sie ist nackt. Niemand beachtet sie. Zehn Meter vor ihr blickt sich ein Paar in die Augen, Hand in Hand. Gus Léman ist in Zivil. Er verschlingt seine brünette, schlanke Begleiterin, die flache Schuhe und ein ärmelloses Kleid aus rosafarbenem Vichy trägt, mit den Augen. Ihre Haare sind zu einem Pferdeschwanz zusammengebunden, mit einem weißen Band, das im heißen Wind flattert.

Die kleine Marion will nach dem Paar rufen, sich bemerkbar machen, doch über ihre trockenen Lippen kommt kein Ton. Plötzlich ist sie müde, am liebsten würde sie sich mitten auf dem Platz in den Staub legen, den die vorrückenden Polizeitrupps aufwirbeln wie ein Sturm den Wüstensand. Ihre Beine sind taub, der rechte Arm ganz steif, die Augen fallen ihr zu. Gus versucht die brünette junge Frau festzuhalten, die Marion plötzlich entdeckt hat und auf sie zu läuft. Sie packt Marion an der Schulter und schüttelt sie:

»Mama, Mama«, ruft sie. »Wach auf!«

Marion fährt hoch und sieht sich benommen um: Vor ihr türmt sich ein Berg von Kisten, der mit dem von Gilles mit minuziöser Sorgfalt errichteten Turm kaum noch etwas zu tun hat. Ihr Blick streift den Rasenmäher und ein paar Gartenwerkzeuge, die ordentlich aufgereiht an der Garagenwand lehnen.

»Mama! Was machst du denn hier? Hast du etwa hier geschlafen? Bist du krank?«

Ninas Stimme dringt nur mit Mühe in ihr Bewußtsein vor.

»Was ist das für ein Foto?«

Marion richtet sich mit schmerzverzerrtem Gesicht auf. Ihre Glieder sind steif. Sie stützt sich auf den Karton, über dem sie, aufgewühlt und erschöpft, irgendwann eingeschlafen ist, und steht stöhnend auf. Sie fühlt sich schmutzig und ausgelaugt.

Ihr Blick fällt auf das Foto, das sie noch immer in der Hand hält und auf dem Nina mit verrenktem Hals etwas zu erkennen versucht. Ein Schwarzweißfoto, aufgenommen auf einem menschenleeren Platz in Paris, zwischen einem Springbrunnen und einer Litfaßsäule. Eine brünette junge Frau in einem Trapezkleid und ein junger Mann, der sie mit den Augen verschlingt. Auf der Rückseite steht: »In Erinnerung an einen wundervollen Tag. August 1959.«

Der junge Mann ist Gus Léman, kurzes Haar, spitzes Gesicht, weder häßlich noch schön. Rechts über der Oberlippe ein Leberfleck, und die Augen erstaunlich hell. Die junge Frau dagegen hat pechschwarze Augen und ebenso schwarzes Haar. Sie ist bildschön. Die Widmung auf der Rückseite des Fotos hat sie mit ihrem Namen unterzeichnet: Agnès Moreau. Auch die Adresse hat sie hinzugefügt: Boulevard Richard-Lenoir 26, Paris, XI. Arrondissement.

»Wer ist das auf dem Foto«, bohrt Nina weiter, die langsam ungeduldig wird.

Marion starrt wieder auf das rechteckige Stück Papier, als zweifle sie selbst an dem, was sie darauf sieht. Sie schließt die Augen, schlägt sie wieder auf. Die Figuren haben sich nicht bewegt. Sie dreht sich zu Nina um.

»Das ist meine Mutter.«

41

Capdevil ist sofort herbeigeeilt. Als Marion aus der Dusche kommt, steht er im Flur und betrachtet nachdenklich das Bild, das immer noch auf der Kommode steht.

»Dieses scheußliche Teil haben Sie doch nicht etwa gekauft?« will er wissen, denn er kennt Marions Neigung zu unüberlegten Erwerbungen, besonders wenn es sich um Flohmarkt-Plunder handelt.

»Was soll das heißen, dieses scheußliche Teil?« entgegnet Marion leicht beleidigt. »Das ist doch ein schönes Schloß.«

»Gegen das Schloß habe ich ja nichts. Obwohl es schon ein bißchen verkitscht ist, mit diesen Türmen und Burgwarten ... Aber vom Künstlerischen her ist das Bild total wertlos. Na ja, das Werk eines Amateurs eben.«

»Genau«, räumt Marion ein, während ihr Blick auf zwei ungelenk dargestellte Fahrräder fällt, die umgekippt am Fuß einer kleinen Mauer liegen.

Die Erinnerung an Claires Brief, in dem die junge Frau Gus dieses Detail ins Gedächtnis ruft, läßt ein sonderbar wehmütiges Schuldgefühl in ihr aufsteigen. Claires Träume sind zerplatzt, weil ihr Verlobter Agnès Moreau kennengelernt hat, ihre Mutter!

»Unglaublich ...« murmelt sie, außerstande, sich die Folgen dieser Begegnung auszumalen.

»Bitte?«

»Nein, nichts ... Ich frage mich nur, wo dieses Schloß steht.«

Capitaine Capdevil trägt die für ihn typische Kluft: eine Hose aus Wollstoff von undefinierbarem Grau und eine grünliche Tweedjacke. Sie begleitet ihn durch alle Jahreszeiten, trostlos und unwandelbar. Dem Beamten ist niemals zu warm oder zu kalt, und nichts könnte ihm gleichgültiger sein als sein Aussehen. Aus seiner Brusttasche zieht er eine Lupe und nimmt das Gemälde in Augenschein.

»Im Burgund«, sagt er schließlich. »Zur Zeit der Herzöge hat man viele von diesen Schlössern erbaut, alle im selben Stil. Ich wette, es steht auf einer Anhöhe und ist im Lauf der Jahrhunderte immer wieder umgebaut worden. Soll ich es in meine Obhut nehmen?«

»O nein! Das würde mir Nina niemals verzeihen.«

»Darf ich ein Foto davon machen?«

»Wenn Sie wollen«, murmelt Marion, während Capdevil schon einen winzigen Fotoapparat aus seiner Brusttasche zieht.

»Es tut mir leid wegen gestern«, sagt Marion, als der Beamte fertig ist.

Der ruhige Ton seiner Chefin ist für Capdevil ein untrügliches Zeichen: Sie meint es ehrlich, vor allem aber braucht sie ihn.

»Haben Sie das, worum ich Sie gebeten hatte, mitgebracht?«

Capdevil holt aus einer anderen Jackentasche, die mit allen möglichen Dingen vollgestopft und völlig ausgebeult ist, ein Handy, eins jener Alpha-Geräte, die in Marions Team manchmal gezielt zum Einsatz kommen. Sie sind auf frei erfundene Benutzer angemeldet, also anonym. Dann zaubert der Capitaine noch ein Ladegerät aus seiner Jackentasche hervor und reicht beides seiner Chefin.

Marion schaltet das Handy ein, bedeutet dem Beamten, ihr zu folgen, und tritt aus dem Haus. Verdutzt und mit besorgter Miene geht er ihr nach, ohne Fragen zu stellen. Mit ruhigen Schritten, wie ein Paar, das spazierengeht, steuern die beiden auf die Straße zu.

»Was soll das?« will Capdevil schließlich wissen.

Seine geschwungenen Augenbrauen recken sich dem hellblauen, fast weißen Himmel entgegen.

Marion wählt eine Nummer. Während die Verbindung aufgebaut wird, klärt sie Capdevil auf:

»Meine Telefonleitungen werden angezapft«, sagt sie.

Und dann, fast im gleichen Moment:

»Suzanne? Hör mir gut zu! Du gehst jetzt in das Café auf der anderen Straßenseite, das an der Ecke. Rühr dich dort nicht vom Fleck, ich rufe dich in zehn Minuten wieder an. Tu bitte, was ich dir sage.«

Sie unterbricht die Verbindung, ehe die Notarin etwas erwidern kann, und fängt einen ungläubigen Blick ihres Mitarbeiters auf.

»Ich kann mich auf nichts mehr verlassen«, sagt sie. »Und ich leide nicht unter Verfolgungswahn. Ich habe begründete Zweifel an der Vertraulichkeit meiner Telefonate, das ist alles.«

»Wer?«

»Ich weiß nicht. Die Dienstaufsichtsbehörde vielleicht, im Rahmen der Untersuchungen zu den Vorfällen im *Chien qui fume* ...«

Sie äußert diese Vermutung, als wolle sie nicht nur ihren Kollegen, sondern auch sich selbst davon überzeugen. Capdevil zuckt mit den etwas hängenden Schultern.

»Sie waren doch gar nicht dabei. Warum also? Sie haben mit der Sache nichts zu tun.«

»Stimmt. Obwohl ich schon seltsamere Dinge erlebt habe. Aber Sie haben bestimmt recht. Ich denke, es hat etwas mit den Ereignissen der letzten Tage zu tun. Und das Ganze steht in direktem Zusammenhang mit ...«

»Gustave Léman?«

Sie nickt.

»Die dortige Gendarmerie hört Ihre Gespräche mit?« mutmaßt Capdevil ungläubig.

»Nein, es sei denn, die denken, daß ich den Alten umgebracht habe ... Ich glaube, ehrlich gesagt, daß der Grund woanders liegt. Ich vermute, daß ich Dingen auf die Spur gekommen bin, die für einige hochgestellte Persönlichkeiten kompromittierend sind.«

»Für wen?«

»Hohe Tiere bei Polizei und Gendarmerie.«

»Im Ernst?«

Marion nickt.

»Ich muß noch ein paar Details klären ...«

Capdevil pfeift leise. Er tritt von einem Fuß auf den anderen, während er einer Gruppe von Kühen nachsieht, die an einem elektrisch geladenen Zaun entlang hügelan steigen. Von der leichten Brise getragen, weht ihnen der Geruch von Kuhfladen und warmer Milch entgegen.

»Jedenfalls müssen es Leute sein, die über so viel Einfluß und Macht verfügen, daß sie eine Überwachung meiner Telefonleitungen anordnen können. Jemand, der das entsprechende Papier vom persönlichen Referenten des Premierministers unterzeichnen lassen kann ... Auf so hoher Ebene kommt doch niemand mehr auf die Idee, zu überprüfen, ob das Vorgehen überhaupt begründet ist. Das wird an die entsprechenden Stellen weitergeleitet, und die sorgen dafür, daß der Befehl ausgeführt wird. So einfach geht das.«

»Aber warum?«

»Persönliche Gründe. Diese Leute haben eine Karriere hinter sich, haben Ambitionen. Da könnte ein gewisser Gus Léman, der plötzlich auftaucht, nachdem man ihn längst für tot hielt, Sand ins Getriebe streuen ... Und ich scheine mitten ins Fettnäpfchen getreten zu sein. Ich hab's nicht absichtlich gemacht, ich verstehe das alles selbst nicht, aber eins ist sicher, ich bin denen ein Dorn im Auge.«

»Womit hat das Ganze zu tun?«

»Mit der OAS*«.

42

Suzanne Renoir sitzt im *Rayon de lune* an einem Fenstertisch, von dem aus sie das Halbrund des Platzes gut überblicken kann. Es ist fünfzehn Uhr. Sie fragt sich noch immer, worauf Marion hinauswill, aber sie beginnt Gefallen an diesem aufregenden Spiel zu finden, auch wenn sie vor Angst fast umkommt.

Sie hat alle Anweisungen Wort für Wort befolgt. Als ihre Ex-Kommilitonin sie um zwölf Uhr in der Kanzlei anrief, hat sie zehn Minuten gewartet und sich dann ins *Concorde* begeben, eine Brasserie, in der sie früher ganze Nachmittage lang ihre Vorlesungen durchgearbeitet und sich dabei mit Kaffee und Erdnüssen vollgestopft hat.

Kaum daß sie Platz genommen hatte, wurde sie ans Telefon gerufen. Es war Marion, die sich nach den genauen Umständen des Einbruchs in die Kanzlei erkundigte. Suzanne konnte detailliert Auskunft geben: Der Verbrecher hatte im Keller des Gebäudes ein Feuer gelegt und damit die gesamte Aufmerksamkeit von Polizei und Feuerwehr auf das Untergeschoß gelenkt. Aus Sicherheitsgründen hatte man zudem im ganzen Haus die Stromversorgung unterbrochen. Da nun

* (frz.) *Organisation de l'Armée Secrète*, eine 1961 von nationalistischen Algerienfranzosen und Angehörigen der französischen Algerienarmee gegründete Geheimorganisation, die die Entkolonialisierung Algeriens und damit die Politik des französischen Staatspräsidenten de Gaulle mit Terror bekämpfte.

die Alarmanlage der Kanzlei außer Betrieb war, konnte er in aller Ruhe seinen Geschäften nachgehen, sozusagen vor den Augen der Sicherheitskräfte.

»Die Bestandsaufnahme ist noch nicht abgeschlossen«, beendete Suzanne ihren Bericht, doch ohne es aussprechen zu müssen, hatten die beiden Frauen schon erraten, wonach der ungebetene Gast gesucht hatte.

»Die werden ihr Unwesen treiben, bis sie fündig geworden sind«, kündigte Marion an, wobei die Verwendung des Plurals einer der Punkte war, an denen sie selbst noch Zweifel hegte. »Die Vorgehensweise, mit der wir es hier zu tun haben, ist intelligent, genau durchdacht und äußerst geschickt. Du brauchst Schutz. Ich kümmere mich darum.«

Wie, das sagte sie nicht, und Suzanne bewunderte ihre Kaltblütigkeit. Sie war zu dem Schluß gekommen, daß die Lage ernst war und die Kommissarin befürchtete, es mit einer mächtigen und gut organisierten Gruppe zu tun zu haben, die imstande war, sie zu bespitzeln, etwa über das Telefon.

Zwischen zwölf und vierzehn Uhr ist Suzanne in eine Geschäftsstelle der France Télécom gegangen, um einen Vertrag über die Nutzung eines Handys abzuschließen, das sie sofort in Betrieb nehmen konnte. Das Vibrieren des Geräts an ihrem Bauch läßt sie zusammenfahren. Marion hat eine Minute Verspätung.

Suzanne wendet sich ab, um in das winzige Telefon zu sprechen, für das sie einen horrenden Preis gezahlt hat.

»Also?« hört sie Marions Stimme.

»Kein Typ in Sicht«, gluckst die Notarin. »Und ich bin allein hier, abgesehen von der Bedienung.«

Aus gutem Grund, hätte sie fast hinzugefügt.

Das *Rayon de lune* ist eine Lesben-Bar. Männer sind dort keine gern gesehenen Gäste.

»Und draußen?« fragt Marion.

»Ein paar Autos. Ich hatte eben das Gefühl, mir würde jemand folgen, und jetzt muß ich dir sagen, daß mein Gefühl offenbar begründet war: Zwanzig Meter weiter sitzt ein Typ in einem Auto. Ein schwarzer Golf Cabrio.«

Marion verbeißt sich den Kommentar. Was ihr die Notarin gesagt hat, überrascht sie nicht. Commandant Martinez hat sich eine andere Zielscheibe gesucht, aber er ist immer noch da.

»Was soll ich jetzt tun?« flüstert Suzanne in ihr Mini-Handy.

Marion konzentriert sich und sieht dabei aus dem Fenster. Nina spielt draußen im Garten mit dem Kaninchen, das Gilles ihr geschenkt hat. Choupette ist drei Monate alt, ein niedliches, weiches Fellknäuel. Es wird nicht lange dauern, hat ihr ein alter Kollege mit zwanzig Jahren Funkstreife auf dem Buckel angekündigt, und das Tier hat sich größenmäßig verdreifacht, knabbert an Stromkabeln, Telefonleitungen, Sofas und Topfpflanzen …

»Im Moment nichts«, sagt sie, ohne die Kleine aus den Augen zu lassen. »Das heißt, doch …«

»Ja?« fragt Suzanne, die ihre Erregung nicht verbergen kann. »Sag schon … Weißt du, das bringt mich auf andere Gedanken. Und außerdem geht es doch darum, Papas Mörder zu finden, oder, Edwige?«

»Hör mal, Suzanne«, entgegnet Marion angespannt. »Tu mir einen Gefallen …«

»Aber klar doch, das sagte ich doch gerade … Was denn?«

»Hör auf, mich Edwige zu nennen!«

Suzanne ist sprachlos.

»Ich mag meinen Vornamen nicht«, erklärt ihr Marion. »Das ist nun mal so. Alle nennen mich einfach Marion. Also, wenn du vielleicht auch …«

»Natürlich, Ed…, ich meine … Marion. Ein komisches Gefühl hab ich schon dabei, aber wenn es dir lieber ist.«

»Danke. Wo waren wir stehengeblieben?«

»Äh …« stammelt Suzanne, die den Faden verloren hat. »Ach ja, du wolltest mich um etwas bitten.«

»Genau! Jetzt fällt's mir wieder ein. Weißt du, wo dein Vater …«

Sie wollte sagen: » … wo dein Vater die Kartons her hat?« doch sie hält abrupt inne. Ist es sinnvoll, Gus Lémans Kisten Suzanne gegenüber zu erwähnen, die offenbar nichts von ihrer Existenz weiß, denn sonst hätte sie bestimmt davon gesprochen?

Mit Unterstützung von Maître Tarquin junior hat Marion den Namen des Transportunternehmens in Erfahrung gebracht, Les Messageries Lyonnaises, das die Kartons in Dijon abgeholt hat. Direkt in der Kanzlei, Rue de la Liberté Nummer 2. Aber auch davon weiß Suzanne offenkundig nichts.

Marion beschließt, ihr die Frage anders zu stellen:

»Weißt du, worin Gustave Lémans Erbe bestand?«

»Absolut nicht, das habe ich dir ja schon gesagt. Mein Vater hat mir nichts, aber auch rein gar nichts von diesem Fall verraten. Und Josée auch nicht. Ich habe überall gesucht, von der Akte fehlt jede Spur.«

»Wenn ich dir eine Adresse nenne: Boulevard Richard-Lenoir 26 in Paris, sagt dir das irgend etwas?«

Suzanne macht sich gar nicht erst die Mühe nachzudenken.

»Nichts. Das sagt mir absolut nichts.«

»Bist du sicher?«

Ein Seufzen seitens der Notarin, ja sogar ein Anflug von Verärgerung.

»Gut«, lenkt Marion ein, »ich höre auf, Dich zu nerven.«

»Ist es wichtig?«

»Ja.«

Suzanne verspricht, ihr Bestes zu tun.

43

Als Marion Nina bei Lisette absetzt, schnürt es ihr das Herz zusammen. Die Kleine wirkt resigniert, sie stellt keinerlei Fragen mehr und scheint endgültig beschlossen zu haben, ihr von wilden Wutanfällen durchbrochenes Schmollen aufzugeben. Ihre Mutter sollte erleichtert darüber sein, aber daß Nina sich geschlagen gibt, beunruhigt Marion. Im übrigen hat sich das Kind wortlos vor den Fernseher gesetzt und ihn mit einer mechanischen Handbewegung angeschaltet. Lisette will schon eingreifen, aber Marion wirft ihr einen so gebieterischen Blick zu, daß sie sich eines Besseren besinnt.

»Wann sind Sie wieder da?«

Nina dreht nicht einmal den Kopf, als wäre ihr die Antwort ihrer Mutter gleichgültig.

»So schnell wie möglich«, antwortet Marion vorsichtig. Sie will später keinesfalls als Lügnerin dastehen.

»Haben wir genug Zeit, um ins Schwimmbad zu gehen?« fragt die Großmutter, die Gefallen an diesem Freizeitvergnügen gefunden hat.

»Mir ist lieber, Sie gehen heute nicht schwimmen«, erwidert Marion. »Und seien Sie vorsichtig, machen Sie nicht jedem die Tür auf.«

»Geht das schon wieder los?« beklagt sich die alte Dame.

»Das ist eine allgemeine Regel, an die man sich immer halten sollte«, antwortet Marion, die sich beklommen fühlt, es aber nicht zu zeigen wagt.

Sie winkt Nina kurz zu, aber die Kleine weigert sich, sie anzusehen.

Marion zieht die Tür hinter sich zu und bleibt einen Moment stehen, mit dem Rücken an die Wand gelehnt. Im Treppenhaus riecht es nach gebratenen Zwiebeln und Apfelkuchen. Ihr Magen knurrt, und mit einem Mal wird ihr bewußt, daß sie seit dem Vortag nichts mehr zu sich genommen hat. Durch die Wand, die so dünn ist wie Papier, hört sie, wie Nina mit ihrer Großmutter Streit anfängt.

»Das wird sich nie ändern!« ruft das Mädchen aus. »Jetzt dürfen wir nicht mal mehr ins Schwimmbad. Nie fahren wir ans Meer, nie fahren wir in Ferien! Mir reicht's!«

Lisette ermahnt sie mit gedämpfter Stimme, und Marion stiehlt sich aufgewühlt davon.

Als sie in die Avenue einbiegt, die zum Krankenhauskomplex führt, fährt sie langsamer und wählt eine Nummer. Sie hat das Alpha-Handy an die Freisprechanlage ihres Wagens angeschlossen, und von außen kann niemand sehen, daß sie telefoniert.

Gilles nimmt sofort den Hörer ab.

»Wo bist du, mein Engel?«

»Ich fahre ins Krankenhaus«, antwortet Marion. »Darf ich dich um etwas sehr Wichtiges bitten?«

»Großer Gott, du machst mir Angst! Du willst doch wohl nicht, daß ich jemanden umbringe?«

Marion hat weder Lust, zu lachen noch Gilles zu verkünden, daß ihre gemeinsamen Ferien endgültig ins Wasser fallen. Aber sie will ihn auch nicht erschrecken.

»Könntest du mit Nina ans Meer fahren?« fragt sie in einem Ton, von dem sie hofft, daß er gelassen klingt. »Für ein paar Tage ... Ein Wochenende, zum Beispiel, bis sich das Durcheinander hier ein bißchen gelichtet hat. Danach fahren wir alle zusammen, wie geplant.«

Gilles schweigt für einen Augenblick. Da sie ahnt, was ihm durch den Kopf geht, fügt sie rasch hinzu, daß sie wegen der Schießerei im *Chien qui fume* festsitzt und ein schlechtes Gewissen hat, der Kleinen die Reise vorzuenthalten, auf die sie sich so sehr gefreut hat.

»Einverstanden«, sagt Gilles nach einem Moment. »Ich komme heute abend.«

»Aber nicht zu uns«, erwidert Marion schnell. »Nina bleibt bei Lisette, ich bringe ihr später eine Tasche mit ihren Sachen vorbei.«

»Was ist eigentlich los, mein Engel?« wundert sich Gilles mit gespielter Heiterkeit. »Verbirgst du etwas vor mir? Einen Liebhaber?«

Marion übergeht seine Frage, die ihr angesichts der Situation außerordentlich idiotisch vorkommt.

»Hör zu«, sagt sie. »Darüber kann ich im Moment nicht reden. Ich lege jetzt auf und rufe in dreißig Sekunden zurück. Du gehst mit keinem Wort auf das ein, worüber wir gerade gesprochen haben. Tu so, als hätte ich dich nicht kurz vorher schon einmal angerufen. In Ordnung?«

Während sie die Verbindung unterbricht, streift sie der Gedanke, daß Nina wahrscheinlich recht hat: Wenn Gilles nicht im Grunde seiner Seele ein Abenteurer ist, worauf bisher nicht das Geringste hindeutet, stehen die Chancen schlecht, daß die riskanten Spielchen, mit denen sie immer wieder ihr Leben – und das Leben anderer – in Gefahr bringt, ihm lange Freude bereiten werden.

44

Sie macht einen Abstecher in die Intensivstation des Krankenhauses, wo sie deprimiert feststellen muß, daß sich Talons

Zustand keinen Deut verbessert hat. An seinem Bett, tief über das Gesicht des Beamten gebeugt, sitzt Naïma Meceri und führt mit leiser Stimme ein einsames Gespräch. Der Anblick dieses tragischen, sonderbar harmonischen Paars ist so erschütternd, daß Marion nicht den Mut findet, sich bemerkbar zu machen.

Sie geht durchs Kellergeschoß direkt ins gerichtsmedizinische Institut, ein Weg, den sie in beide Richtungen im Schlaf finden würde.

Im Obduktionsraum, den Marion allzugut kennt, wird gerade eine Autopsie vorgenommen, aber weder Marsal noch sein Assistent Marcello sind am Werk. Sie durchquert den Raum, ohne bei den paar Studenten, die mit Notizblöcken bewaffnet die Arbeit des Gerichtsmediziners beobachten, eine Reaktion hervorzurufen.

Hinter der Fensterscheibe von Marsals Büro sieht sie einen Mann stehen, der sie vage an jemanden erinnert, obwohl er ihr den Rücken zudreht. Er trägt eine rote Hose, ein geblümtes, schreiend buntes Hemd und brandneue Reeboks; das Haar hängt ihm merkwürdig lang über den Kragen. Als Marion sich nach Doktor Marsal erkundigt, dreht sich der Unbekannte um, und Marion verschlägt es die Sprache.

»Was ist los«, fragt der Pathologe, während Marion ihn ungläubig anstarrt, »was glotzen Sie so?«

Wieder mustert sie ihr Gegenüber, diesmal von vorn, angefangen bei den Turnschuhen bis hin zu dem sonderbaren Haarteil, das dem ganzen Aufzug die Krone aufsetzt. Sie muß die Zähne zusammenbeißen, um nicht laut loszulachen.

»Was ist denn mit Ihnen passiert, Doc?« platzt sie schließlich heraus. »Sind Sie in einen Jungbrunnen gefallen?«

Der Arzt zuckt barsch die schmalen Schultern, wölbt seine magere Brust, streckt energisch das Kinn vor und streicht herausfordernd über sein künstliches Haar. Ein Dreitagebart überschattet seine hohlen Wangen, und Marion, die vermutet, daß er ihn sprießen läßt, um jünger zu wirken, läßt endlich ihrer Heiterkeit freien Lauf.

»Sind Sie verliebt, oder was?« prustet sie mit Tränen in den Augen.

Der wütende Blick hinter den dicken, ausnahmsweise einmal tadellos sauberen Brillengläsern bestätigt die Hypothese, die sie auf gut Glück in den Raum gestellt hat.

»Das gibt's doch nicht! Sie entsagen dem Zölibat?«

»Und habe fest vor, Kinder zu kriegen. Na und?«

Mit seinen gespreizten Füßen und der mit Hilfe eines Gürtels zusammengezurrten Hose sieht er aus wie ein kleiner Gockel. Die junge Frau schüttet sich aus vor Lachen.

»Wollten Sie was von mir?« fragt Marsal beleidigt.

»Laden Sie mich zur Hochzeit ein?« Marion läßt nicht locker, glücklich, sich auf diese Weise ein bißchen ablenken zu können.

»Selbstverständlich nicht. Ich werde meine wahren Freunde einladen. Sie ... Sie sind eine Spottdrossel und ... herzlos.«

Er scheint wirklich gekränkt zu sein. Als Marion merkt, daß sie ihn verletzt hat, rudert sie schnell zurück:

»Seien Sie mir bitte nicht böse. Es ist nur so ... ungewohnt. Ich mag Sie, das wissen Sie. Und ich freue mich wirklich für Sie. Herzlichen Glückwunsch. Ist es jetzt gut?«

Marsal winkt verdrossen ab. Im Vergleich zu den eisigen Temperaturen im Nachbarraum ist sein Büro ein Backofen. Er trocknet sich mit einem Papiertaschentuch die Stirn, und plötzlich fällt Marion wieder ein, daß sie ihn um einen Gefallen bitten wollte. Sie zieht aus ihrer Tasche das hervor, was sie mitgebracht hat, doch der Gerichtsarzt hebt abwehrend die Hände, ehe er auch nur einen Blick darauf geworfen hat.

»Kommt nicht in Frage. Keine Heimlichkeiten mehr. Schluß mit den inoffiziellen Dingern.«

»Aber Sie wissen doch nicht einmal, worum es geht«, protestiert sie und stellt sich zwischen ihn und die Tür, die er demonstrativ ins Visier nimmt.

»Was Sie nicht sagen! Ich kenne Sie besser als meine Westentasche. Wenn Sie so ankommen, mit dieser Unschuldsmiene, führen Sie immer irgend etwas im Schilde. Aber damit ist jetzt Schluß. Ich brauche meinen Job, jetzt mehr denn je. Wenn ich mich auf Ihre Spielchen einlasse, werde ich früher oder später im Knast landen. Und Sie werden mich bestimmt nicht da rausholen, weil sie dann nämlich selbst sitzen.«

»Aber nicht doch, Doc ...«

Er schüttelt energisch den Kopf.

»Ich fahre in Urlaub. Erst Hochzeit, dann Flitterwochen. Fragen Sie den da.«

Er deutet mit dem Daumen auf seinen Kollegen, der gerade den Motor der Elektrosäge angeworfen hat und sich über das Schädeldach seines »Patienten« hermacht. Das schrille Geräusch geht Marion durch Mark und Bein, und sie schließt rasch die Tür, in der Hoffnung, der Doc möge seine Entscheidung noch einmal überdenken. Aber so sehr sie sich auch bemüht, Marsal läßt sich nicht erweichen. Er betrachtet sich in einem fleckigen Handspiegel, rückt den Hemdkragen zurecht, überprüft den Sitz seines Toupets und steuert entschlossenen Schrittes auf die Tür zu. Als er an Marion vorbeikommt, wirft er einen angewiderten Blick auf den Beutel, den sie in der Hand hält, und zieht seine lange Nase kraus.

»Ich weiß nicht, was das ist, aber es stinkt ...«

45

Gilles ist am späten Nachmittag mit Nina losgefahren. Die Kleine hat die Entscheidung ihrer Mutter mit einem Fatalismus hingenommen, der nicht zu ihr paßt. Sie hat nur mit leiser, tonloser Stimme verlangt, vor ihrer Abreise in die Normandie noch einmal ins Krankenhaus fahren zu dürfen, um ihren Freund Talon zu umarmen. Marion hat alles getan, damit niemand von diesen Plänen, und schon gar nicht von Ninas Reiseziel erfährt, aber so sehr sie sich auch zur Raison ruft, der Kloß im Hals will einfach nicht verschwinden.

Im Haus ist es ruhig. Sie hat Türen und Fenster geschlossen und Choupette in einen großen Käfig gesperrt, um das Tier in Ninas Abwesenheit nicht im ganzen Garten suchen zu müssen. Sie spürt die Gefahr, die um sie herum lauert, aber um sich selbst fürchtet sie nicht, nur um die Ihren. Der Tod ist seit langem Teil ihres Alltags, und sie weiß, daß sie ständig mit allem rechnen muß.

Für den Fall der Fälle hat sie ihre Dienstwaffe griffbereit zwischen ihr Privathandy und das neue Alpha-Gerät gelegt. Sie fragt sich gerade, was sie mit diesem angefangenen Abend anstellen soll, da durchbricht das nüchterne Klingeln des Alpha-Handys die Stille.

»Capdevil?« fragt sie, überzeugt, daß es ihr Mitarbeiter ist, der im Archiv alle Akten über die Zeit der ersten Unruhen in Algerien durchforsten sollte und sich seit dem Mittag nicht mehr gemeldet hat.

Es ist nicht Capdevil, sondern Naïma Meceri.

»Ich bin jetzt vor Ort, Chef.«

»Sehr gut. Hatten Sie eine angenehme Reise? Was halten Sie von meiner Idee?«

»Keine Ahnung, Chef. Ich bin gerade erst angekommen.«

Naïma Meceri wartet einen Augenblick. Als auch Marion

schweigt, beschließt sie, die Frage zu stellen, die ihr auf der Zunge brennt:

»Haben Sie … Neuigkeiten?«

Am frühen Nachmittag hat sich die Nachricht wie ein Lauffeuer in der Kripo verbreitet: Meceri ist vom Dienst suspendiert worden. Das zweite ballistische Gutachten hat bewiesen, daß die Kugel in der Decke des *Chien qui fume* tatsächlich aus der Dienstwaffe der jungen Frau abgeschossen worden ist. Da in der Nähe kein anderes Projektil gefunden wurde, ist somit nahezu bewiesen, daß Meceris Kugel Talons Stirn gestreift hat. Und es gibt starke Verdachtsmomente, daß aus der Waffe ein zweiter Schuß abgegeben wurde, der in seinem Unterleib gelandet ist. Quercy, der felsenfest an diese Hypothese glaubt, hat darauf bestanden, die junge Beamtin persönlich über ihre Dienstenthebung zu informieren. Meceri hat die Nachricht sehr schlecht aufgenommen.

»Keine besonders guten Neuigkeiten, Naïma«, seufzt Marion. »*Monsieur* Quercy beharrt auf seiner Position. Ich konnte nicht mit ihm reden, er weicht mir aus. Er weiß also nicht, daß Sie in Dijon sind, und ich habe nicht die Absicht, es ihm zu sagen. Den Laborbericht habe ich nicht gesehen … Ich schaue morgen früh dort vorbei. Sind Sie sicher …«

»Chef«, fällt Meceri ihr ungeduldig ins Wort. »Ich stecke wirklich schon genug in der Sch… ja, in der Scheiße, verdammt noch mal! Ich habe in die Luft geschossen, nicht auf Talon. Ich weiß, daß in dem ballistischen Gutachten etwas anderes steht, aber ich … ich …«

»Schon gut«, beruhigt sie Marion. »Ich glaube Ihnen. Kümmern Sie sich um Suzanne. Sorgen Sie für ihre Sicherheit, weichen Sie ihr nicht von der Seite. In Ordnung?«

»Ich weiß gar nicht mehr, ob ich das schaffe«, erwidert Meceri in bitterem Ton. »Im Ernst, bei mir geht alles schief.

Und überhaupt habe ich eher das Gefühl, daß Suzanne mich beschützen wird ...«

»Was soll das heißen?«

»Sie spaziert mit einem alten, verrosteten 45er Colt und einer Knarre aus dem ersten Weltkrieg durch die Gegend.«

»Was?« ruft Marion entgeistert aus. »Was soll dieser Zirkus?«

»Das sind die Waffen von meinem Vater«, sagt Suzanne, die das Telefon an sich gerissen hat, erregt. »Die habe ich im Keller gefunden. Wenn nochmal so ein Arschloch auftaucht, verpaß ich dem eine ...«

»Du gibst sie auf der Stelle Lieutenant Meceri«, befiehlt Marion, die sich Suzanne, wie sie mit ihren abgewrackten Feuerwaffen herumfuchtelt, lebhaft vorstellen kann. »Sonst machst du noch Dummheiten.«

»Ich bin durchaus in der Lage ...«

»Nein!« ruft Marion aufgebracht. »Tu, was ich dir sage, Suzanne!«

»Na gut«, erwidert die Notarin ergeben. »Ist ja schon gut, ich laß ihr die Waffen. Richtig süß ist die übrigens ...«

»Suzanne, das reicht jetzt! Hör mir zu ... Ich rufe dich in ein paar Minuten zurück. Weißt du noch, was wir besprochen haben?«

»Ja«, murrt Suzanne. »Ich bin ja nicht blöd!«

Marion legt auf, greift zu ihrem Privathandy und wählt noch einmal Suzannes Nummer.

»Ich bin in einer Stunde bei dir«, sagt sie aufs Geratewohl, in der Hoffnung, ihre Zuhörer, insbesondere Commandant Martinez zu verwirren.

»Treffen wir uns doch lieber im *Rayon de lune*«, flötet die Notarin, die sich köstlich amüsiert. »Du wirst sehen, ich mach dich mit ein paar tollen Freundinnen bekannt ...«

Marion beendet das Gespräch: Bloß nicht übertreiben,

Suzanne könnte noch Geschmack an der Sache finden. Obwohl es ihr schon ein Lächeln entlockt, wenn sie sich das Gesicht von Martinez vorstellt, der es wahrscheinlich nicht fassen kann, daß Marion Frauen bevorzugt.

46

Es ist einundzwanzig Uhr, als sie beschließt, in die Garage zu gehen, obwohl sie sich am Morgen, nachdem sie dem Verhältnis zwischen Gus Léman und ihrer Mutter auf die Spur gekommen war, geschworen hatte, diese Kartons nie wieder anzurühren; aus Furcht vor den Enthüllungen, die vermutlich noch auf sie warten. Sie ist in dem leeren Haus herumgelaufen, hat sich Fotos von ihrer Tochter angesehen, einen Blick auf die Fernsehnachrichten riskiert, im Krankenhaus angerufen und mit Lisette gesprochen, die Nina und Meceri für diesen Abend an Talons Bett abgelöst hat.

Es hat alles nichts genützt.

Sie hat Angst vor dem, was sie entdecken wird. Trotzdem ist sie voller Ungeduld, als sie den zehnten Karton aufreißt.

Er ist gefüllt mit albernen kleinen Dingen, aus denen die Verliebtheit des jungen Mannes spricht. Man könnte glauben, daß auch Agnès Moreau verliebt ist, denn im Jahr 1960 gibt das Paar seine Verlobung bekannt. Gemeinsam bewohnen sie das Appartement am Boulevard Richard-Lenoir. Agnès scheint als Schauspielerin auf kleinen Bühnen zu stehen, hauptsächlich in Nebenrollen, und von Zeit zu Zeit als Aushilfsmannequin zu arbeiten, wenn auch trotz ihrer Schönheit und ihres Temperaments ohne großen Erfolg. Gus überhäuft sie mit Geschenken. Nichts in seinen leidenschaftlichen Gedichten und Notizen, nicht einmal in den sorgfältig geführten Auflistungen seiner Geschenke deutet allerdings darauf hin, auf welche Weise er sich das Geld beschafft. Hier und da ist von einer buchhalterischen Tätigkeit die Rede, doch Genaueres erfährt man nicht. Nur eins ist sicher: Das Paar läßt es sich gutgehen. Hat seinen Spaß, tummelt sich im glamourösen Pariser Nachtleben, fern von den Bomben der Nationalen Befreiungsfront oder denen der OAS, deren Echo mit dem Nahen der Unabhängigkeit Algeriens immer häufiger in die Metropole herüberhallt. Über seine Familie spricht Gus Léman nie. Marion deutet sein auffälliges Schweigen als einen Bruch: Er hat Claire verlassen und mit den Seinen abgeschlossen.

Auch über Agnès Moreaus Familie wird kein Wort verloren, aus gutem Grund. Schließlich weiß Marion selbst, daß ihre Mutter, die als Waisenkind aufwuchs, niemals auch nur zu einem Onkel oder entfernten Cousin Kontakt hatte. Sie wurde in einer Gastfamilie groß, mit der sie gebrochen hat, kaum daß sie volljährig war.

Die einzigen Briefe, die Gus in Paris erreichen, kommen aus Algerien, jenem Land, dem er nach Ableistung seines Militärdienstes den Rücken gekehrt hat. Sie sind mit Félix unterzeichnet. Mit klopfendem Herzen entdeckt Marion darin ihren eigenen Vater, den sie wenig gekannt hat und von dem ihr die Mutter, gefangen in ihrer Trauer und ihrem Wahn, nur widerstrebend erzählt hat. Félix Marion, Algerienfranzose, ist ein heißblütiger Südländer und empört über das, was Frankreich aus »seinem« Land machen will. Seine Leidenschaft und sein Haß lassen ihn allmählich in immer weniger pazifistische Aktivitäten abrutschen. In verschlüsselten Sätzen erwähnt er einige »Missionen«, deren genauer Inhalt unklar bleibt. Gleichzeitig hat der engagierte Student an einer Prüfung für Polizeikommissarsanwärter teilgenommen und ist durchgefallen. Als Trostpflaster und weil die Polizei Arbeitskräfte braucht, hat man ihn als einfachen

Polizisten engagiert. Was für ihn jedoch nicht bedeutet, daß er seine geheimen Aktivitäten aufgibt; in verschlüsselten, kindischen Worten vertraut er sich seinem Freund Gus an, dessen Abwesenheit er als eine »große Leere« und »fortdauernde Strafe« empfindet.

Mehrere Briefe enthalten Fotos, denn Félix ist ein begeisterter Fotograf. Eins dieser Bilder, die er in Algier in einem Album über die »gute alte Zeit« verwahrt hat, zeigt Gus, Félix und drei junge Männer. Ihre Namen, die Marion inzwischen vertraut sind, stehen auf der Rückseite: Gustave Léman, Félix Marion, Marc Berthe und Bernard Dunois. Merkwürdigerweise wird der fünfte im Bunde nicht benannt; vielleicht weil sein Gesicht durch den Schatten eines Baumes halb verdeckt ist. Marion, die schon begriffen hatte, daß Gus Mitglied einer im Untergrund wirkenden Organisation war, muß voller Bestürzung feststellen, daß auch ihr eigener Vater, dieser heldenhafte Polizist, nicht nur mitgemacht hat, sondern einer der Anführer war. Davon zeugt etwa jener verzweifelte Brief, den Félix geschrieben hat, nachdem sein Vater in Oran gestorben war, ein Tod, den der junge Polizist als »Mord« bezeichnet, »verübt von den Verfechtern eines unabhängigen Algeriens«. Die Feinde, gegen die man bisher gekämpft hat, werden nun zu gefährlichen Tieren, die es auszurotten gilt. »Wir müssen reagieren, und zwar mit denselben Mitteln«, schreibt er seinem Freund. Die Spione, die ihn bespitzeln, scheinen ihn nicht zu beunruhigen, oder er ist zu naiv, um sich darüber Gedanken zu machen.

Félix ist in den Untergrund gegangen, hat sich kopfüber in den Kampf gegen die Unabhängigkeit gestürzt. *In nomine patris.*

Zwischen Félix' Briefen an Gus findet Marion einen ursprünglich weißen, inzwischen vergilbten Umschlag, der sie neugierig macht. Die Adresse ist zwei Mal durchgestrichen worden. Nachdem der Brief zunächst an Gus' erste Kaserne in Algerien und dann an das »Büro« geschickt wurde, wo er »Nachrichten sammelte«, ist er schließlich bei Agnès Moreau gelandet. Gus hat den Umschlag nicht einmal geöffnet, ganz so, als wäre er von keinerlei Interesse mehr für ihn. Die Schrift ist die von Claire Arthur; der Brief wurde im Juni 1959 in Charmes aufgegeben.

Marion starrt auf das fleckige Papier, dreht und wendet den Umschlag. Er hat etwas Herzzerreißendes, und sie kann nicht umhin, Anteil zu nehmen an den Qualen der verlassenen jungen Frau; gleichzeitig spürt sie, wie ein leiser, unerwarteter Groll auf ihre Mutter in ihr hochsteigt, die ihr eigenes Glück einer anderen gestohlen hat.

Marion würde den Brief gern öffnen und darin lesen, daß Claire einen anderen Mann kennengelernt hat, den sie heiraten wird. Doch sie weiß, daß dies nicht sein Inhalt ist. Entschlossen, Claires letztes Geheimnis nicht zu verletzen, steckt sie ihn so, wie er ist, in ihre Tasche.

47

Das Alpha-Handy klingelt, diesmal ist es Capdevil. Die Verbindung ist schlecht.

»Wo sind Sie?« fragt Marion leise, als könnten die in den Kisten verborgenen Geister sie hören.

»In einem Keller.«

»Doch wohl nicht in einem Weinkeller?« fragt sie besorgt, obwohl sie weiß, daß Capdevil enthaltsamer ist als eine ganze Kamelherde.

»Ich habe ein paar interessante Sachen gefunden … Können Sie kommen?«

»Okay. Aber nicht sofort. In einer Stunde, ja?«

Sie sagt ihm nicht, daß auch sie quasi in einem Keller sitzt und beschlossen hat, die letzten Kartons zu öffnen.

Wieder das Alpha-Handy. Es ist Pierre Le Guen, kurz PLG genannt, ein Gendarmerie-Capitaine, den Marion noch aus einem anderen Leben kennt. Er war damals stellvertretender Leiter des Sondereinsatzkommandos der Gendarmerie; sie waren sich im Laufe einiger schwieriger Operationen mehrmals über den Weg gelaufen. Er war intelligent, attraktiv. Für eine kurze Zeit hatten sie einen gemeinsamen Traum gehabt, dann aber von einem Leben abgesehen, in dem sie sich im Schnitt einmal pro Monat begegnet wären. Geblieben ist dennoch ein geheimes Einverständnis zwischen den beiden und großes Vertrauen. Marion hat sich an PLG gewandt, der einen völlig anderen Weg eingeschlagen hat und inzwischen im Verteidigungsministerium sein Unwesen treibt. Sie hofft, durch ihn etwas über Commandant Martinez in Erfahrung bringen zu können.

»Ein harter Knochen. Absoluter Profi ...« verkündet PLG im orakelhaften Ton, der den Mitgliedern des Nachrichtendienstes eigen ist. »Er hat bei den Bodenstreitkräften angefangen, mit neunzehn. Ein durchaus umstrittener Draufgänger, rebellisch, aber fähig, mit guten Beurteilungen. Er ist zweimal aus seiner Einheit entfernt und versetzt worden, aufgrund irgendwelcher unsauberer Geschichten.«

»Das heißt?«

»Sagen wir, daß er dazu neigt, übers Ziel hinauszuschießen.«

Marion verkrampft sich.

»Aber was heißt das konkret?«

»Diese Geschichten sind völlig unwichtig und unterliegen der Schweigepflicht. Laß es mich so ausdrücken: Martinez ist der Typ Mann, dem du befiehlst, jemanden niederzuschlagen ...«

»… und er bringt ihn um«, führt Marion den Satz leise zu Ende. »Verstehe. Wie ging's dann weiter mit ihm?«

»Er ist nie bestraft worden. Sein Vater war Oberst, was wahrscheinlich als Erklärung reicht. Er hat dann ein paar Jahre lang hier gearbeitet …«

»Du meinst in deinem Laden? Boulevard Mortier?«

»Ja. Im Kielwasser eines ranghohen Offiziers, dessen böser Geist er gewissermaßen geworden ist, so eine Art Handlanger. Ein hervorragender Mann, der es beim Militär bis in die führenden Kreise geschafft hat … Inzwischen ist er General …«

»Laß mich raten … Er hat nicht zufällig ein Auge auf das Verteidigungsministerium geworfen?«

»Volltreffer, du hast noch genausoviel auf dem Kasten wie früher! General Marc Berthe, stimmt genau. Er protegiert Martinez.«

»Danke, Pierre. Aber eins mußt du mir noch sagen … Sein Vater, der Oberst, war das ein Algerienfranzose?«

»Ja.«

Der Kreis schließt sich. Papa Martinez hat Marc Berthe, heute einer der ranghöchsten Beamten der Gendarmerie, in Algerien kennengelernt. Der Sohn, Antoine Martinez, hat sich dem General an den Rockzipfel gehängt, der wiederum von seinen Diensten profitiert. Inwiefern? Und was hat sie damit zu tun?

»Was hat dieser General wohl zu verbergen?«

»Weiß ich auch nicht«, räumt PLG ein, »aber das wird's wohl in sich haben. Übrigens habe ich die offizielle Akte über deinen Gus Léman nicht auftreiben können. Sie hat vor zwei Tagen das Archiv verlassen …«

Er macht eine Pause, scheint für den Bruchteil einer Sekunde zu zögern.

»Was mich zu deiner zweiten Frage führt.«

»Und? Obwohl ich nach allem, was du mir erzählt hast, die Antwort eigentlich schon kenne ...«

»Sie lautet ja. Du hattest recht.«

Marion spart sich ihren Kommentar. Sie hat sich nicht getäuscht: Ihr Telefon wird angezapft.

»Paß auf dich auf«, sagt PLG besorgt.

Auch sie ist angespannt. Dennoch zittert sie nicht, als sie das Klebeband abreißt, mit dem der vorletzte Karton verschlossen ist.

48

Wartend kauert er in der Dunkelheit. Die Dunkelheit ist sein Schicksal, denkt er verbittert. Galle steigt ihm in den Mund, er spuckt die säuerliche Flüssigkeit in einen Busch.

Er weiß nicht, was Marion in ihrer Garage tut. Es ist ihm egal. Er will, daß sie geht. Er wird die Beweise vernichten. Er wird alles vernichten, was sie betrifft, alles, was sie berührt hat, und dann wird er sie aus dem Weg räumen.

Wieder dieser Brechreiz, der ihm den Magen zusammenzieht. Auf einen Schlag fallen ihm die Nudeln mit Lachs wieder ein, die er im Dorf in einem Schnellimbiß heruntergeschlungen hat, während Marion ihre Einkäufe erledigte. Die Nudeln waren trocken, und der Lachs hatte einen merkwürdigen Geschmack.

Er übergibt sich mit einem Röcheln, das aus den Tiefen seiner Gedärme emporsteigt, wo sich schon der nächste Aufruhr ankündigt. Ihm ist schwindelig, kalter Schweiß läuft an seinem Körper herab. Er wird in Ohnmacht fallen. Er muß flüchten, ehe sie ihn zusammengeklappt vor ihrer Haustür findet.

Der Peugeot rast die kurvenreiche Straße hinunter, die bis zum Fuß des »Berges« führt und dann zu einer großen Kreuzung, die gemeinhin Les Quatre-Chemins genannt wird. Unentwegt lagern dort Lastwagen mit eingeschalteten Scheinwerfern, in deren diskret beleuchteten Führerhäusern sich ein nächtliches Leben abspielt, dessen Verruchtheit sich unschwer erahnen läßt. Marion tritt auf das Gaspedal, ohne diesem Treiben, das ihr gleichgültig ist, Beachtung zu schenken und ohne sich zu fragen, ob man ihr nachspioniert oder sie verfolgt. Ihre Verwirrung, ja Verzweiflung ist so groß, daß sie nur noch mit aller Kraft die Zähne zusammenbeißen kann. Es ist ein Gefühl, als wäre all das, woran sie bis zum heutigen Tag geglaubt hat, nichts als Schein.

Hinter den Dörfern Taluyers und Brignais wird die Landstraße deutlich breiter, und mit einemmal wird ihr bewußt, daß sie auf der linken Spur fährt und ihre Scheinwerfer nicht eingeschaltet hat. Im letzten Moment nimmt sie das aufgeregte Blinken eines entgegenkommenden Fahrzeugs wahr, das um ein Haar im Graben gelandet wäre und ihr ein wutentbranntes Hupkonzert hinterherschickt.

Sie denkt an das Schweigen ihrer Mutter, an all die Lügen und Verfehlungen und fragt sich, wie sie damit fertigwerden soll.

Ihre Hochzeit mit Gilles, ja sogar ihr Leben mit Nina erscheinen ihr plötzlich unmöglich. Ausgerechnet jetzt, da sie angefangen hatte, so etwas wie Ordnung in ihr Leben zu bringen. Da sie gehofft hatte, Nina und sich ein stabiles Zuhause bieten zu können, mit einem zuverlässigen Mann an ihrer Seite.

Hinter ihr, im Kofferraum, liegen zwei Kubikmeter vergifteter Erinnerungen, die alles in Frage stellen.

Capdevil fängt sie an der Einfahrt zur Tiefgarage ab. Im Polizeipräsidium hält das Leben auch nachts nicht inne. Es verlangsamt sich, eine gewisse Lässigkeit stellt sich ein, doch zum Erliegen kommt es nie. In diesem Teil des Gebäudes ist es am ruhigsten. Kameras haben die Wachmänner ersetzt, die ein heute nicht mehr bezahlbarer Luxus sind. Aber Marion weiß, daß es auf der anderen, der Hofseite nachts genauso geschäftig zugeht wie am Tage, nur daß keine Besucher und Kläger kommen.

Der Beamte setzt sich neben sie auf den Beifahrersitz, wo ihm sofort auffällt, wie verstört sie wirkt und wie nachlässig sie gekleidet ist. Sie trägt einen alten, abgetragenen Jogginganzug, auf dem zahlreiche dunkle Flecken prangen, wie auch auf ihren Händen und ihrem Gesicht. Ihre Haare, die sie seit einiger Zeit einigermaßen gebändigt hatte, sind wieder genauso zerzaust wie früher. Der Capitaine fordert sie auf, bis in die unterste Etage zu fahren, was sie tut, ohne eine Frage zu stellen. Für Capdevil, der sie kennt, ist das ein alarmierendes Zeichen.

Im dritten Untergeschoß, das bis auf ein paar alte, beschlagnahmte Autos, die dort als Staubfänger auf den Sankt-Nimmerleins-Tag warten, völlig leer ist, geht Capdevil auf eine Metalltür zu. Nachdem er sich einmal kurz umgesehen hat, schließt er sie mit einem Schlüssel auf, den er aus seiner Tasche gezogen hat. Leise verschließt er die Tür hinter sich und Marion und führt seine Chefin durch ein Labyrinth von Gängen, in denen er sich bewegt wie ein Fisch im Wasser.

Marion, die noch wie unter Schock steht, läßt sich willig führen. Alles ist menschenleer und sauber, aber aus den Wänden sickert Feuchtigkeit und durchdringt den Boden, der von einem groben, ockerfarbenen Sand bedeckt ist.

Noch eine Tür, noch ein Schlüssel. Sie gelangen in einen viereckigen, gekachelten Raum, der trocken ist und kühl. An den Wänden stapeln sich Kisten. Am Ende des Zimmers drei große Panzerschränke. Capdevil bleibt stehen, als erwarte er von Marion eine Reaktion.

Die junge Frau scheint langsam aus ihren Grübeleien aufzutauchen und ihre Umgebung wahrzunehmen.

»Wo sind wir hier eigentlich?« murmelt sie und blickt sich um.

»Unter dem Polizeipräsidium. Im früheren Abwassersystem, das stillgelegt wurde, als man den Hauptsammelkanal in Betrieb nahm. Als dann dieses Gebäude geplant wurde, hat man alles gereinigt und ausgebaut.«

»Woher wissen Sie so was?«

Capdevil lächelt leise.

»Ich bin ein Schnüffler, vergessen Sie das nicht!«

Aber nur, wenn Sie etwas interessiert, hätte seine Chefin gern hinzugefügt, doch ihr fehlt die Kraft.

»Ich mußte mal ins Archiv des Katasteramtes«, erklärt er, »weil wir wegen irgendwelcher Ermittlungen bestimmte Informationen brauchten. Da bin ich drauf gestoßen. Ich habe die Pläne fotokopiert und bin hergekommen, um mir die Sache anzusehen. Ich hätte nie gedacht, daß man diese Untergeschosse so gut erhalten hat, und vor allem, daß sie zugänglich sind.«

»Und die Schlüssel?«

Capdevil zuckt fast mitleidig mit den Schultern, als fände er die Frage naiv.

»Tja, da war ich natürlich überrascht, als ich das hier entdeckt habe …«

Er deutet mit einer ausholenden Geste auf das Zimmer und die Panzerschränke:

»Die waren nicht mal abgeschlossen.«

»Was ist in den Kisten?« fragt Marion und beugt sich vor, um sie in Augenschein zu nehmen: offenbar ein Haufen alter Papiere, teils ungebündelt, teils in Sammelmappen sortiert, die nicht gerade verlockend aussehen.

»Alte Archivunterlagen«, erklärt der Beamte. »Noch von vor dem Krieg und aus der Besatzungszeit. Das sind genau die Unterlagen, die oben als ›unauffindbar‹ gelten, weil sie angeblich vernichtet wurden oder weil man nicht will, daß jeder sie einsehen kann. Unterlagen, für die man sich schämt und die man trotzdem aufbewahrt, weil man es in diesem Laden haßt, Sachen wegzuschmeißen.«

»Wie die Akte von Gus Léman«, fügt Marion hoffnungsvoll hinzu.

»Nein«, entgegnet Capdevil, »die ist hier nicht. Jedenfalls weder in den Schränken noch in den Kisten, die den Zeitraum betreffen, den Sie mir genannt haben. Von Gustave Léman fehlt jede Spur, selbst beim polizeilichen Staatsschutz, wo nur noch eine alte Karteikarte existiert, mit der Nummer 372/61 drauf und daneben eine Abkürzung, die Sie kennen.«

»OAS?«

»Genau. Aber das ist alles.«

»Warum haben Sie mich dann hergeholt?«

»Das werden Sie sehen!«

Capdevil öffnet den mittleren Schrank und deutet auf drei dicke, in Kunstleder gebundene Register. Er zieht eine Ablageplatte aus Metall heraus, die sich unter den Regalbrettern verbirgt, und hievt die drei Bände darauf. Marions Herz schlägt schneller. Was wird sie jetzt noch über das Stück Vergangenheit erfahren, ohne das sie bisher wunderbar gelebt hat, ahnungslos und unbelastet? Mit düsterem Blick und einem Kloß im Hals starrt sie auf die Bücher und verflucht dabei Gus Léman.

»Das sind die Wachkladden aus dem Hauptkommissariat

von Lyon«, erklärt Capdevil. »Aus der Zeit zwischen 1961 und 1965. Ich habe alles gesichtet und die wichtigsten rausgelegt.«

»Aber ... wann haben Sie das gemacht?«

»Nachts. Seit Sie mir gesagt haben, daß ich suchen soll. Sehen Sie, ich bin doch nicht so schlecht wie Sie denken ...«

»Nachts?« fragt Marion verblüfft. »Sie sind jede Nacht hergekommen?«

»Oh«, sagt der Capitaine bescheiden, »ich bin sowieso mindestens zweimal pro Woche hier. Natürlich immer nachts.«

Marion starrt ihn verständnislos an. Er heftet seine grünlich schimmernden Augen, die im unbarmherzigen Neonlicht dunkler wirken, auf ihr Gesicht. Er scheint zu zögern, ob er ihr ein Geheimnis anvertrauen soll, das von größter Bedeutung für ihn ist. Dann entscheidet er sich, steuert auf den dritten Panzerschrank zu, stellt die Zahlenkombination ein, öffnet die schweren Türflügel und dreht sich zu seiner Chefin um, wobei er den Inhalt des Safes mit seinem Körper verdeckt.

»Schwören Sie mir, daß Sie niemandem etwas verraten? Kann ich mich auf Sie verlassen?«

Sie nickt kurz. Das scheint Capdevil nicht zu reichen.

»Schwören Sie!«

Aus seiner Stimme klingt solche Besorgnis, daß Marion erschrickt. Was sind das für schändliche Geheimnisse, die er hier versteckt? Was für schreckliche Enthüllungen warten auf sie? Obwohl ihr die Angst die Kehle zuschnürt, sagt sie gehorsam:

»Ich schwöre es.«

Da tritt der Beamte zur Seite, und Marion traut ihren Augen nicht. Alle Regalbretter wurden aus dem Schrank entfernt, bis auf das mittlere, auf dem eine mittelalterliche

Jungfrau in Blau und Gold thront, die eine kleine, kunstvoll gearbeitete Truhe in den Händen hält. Um die Statue herum liegen kostbare, glänzende Goldschmiedearbeiten, auf denen nicht ein einziges Staubkörnchen zu sehen ist. An der Innenwand des Schrankes lehnen Ölgemälde, Zeichnungen und Stiche.

»Das ist ein Picasso, das ein Holbein. Das hier ist ein Goya ...«

Capdevil läßt sich die Namen auf der Zunge zergehen.

»Moment mal!« protestiert Marion. »Sie werfen hier mit berühmten Namen um sich ... Diese Bilder sind ein Vermögen wert ...«

»Das denken Sie!«

»Es sind Fälschungen?«

»Nein!« entgegnet der Beamte empört. »Aber die Unterschriften sind umstritten, und manche Bilder sind gar nicht signiert. Es kommt vor, daß ein Maler es schlichtweg vergißt. Aber ich weiß, daß die Werke von diesen Künstlern stammen.«

Mit skeptischem Gesicht beugt sich Marion vor, um die Zeichnung, die Capdevil Goya zugeschrieben hat, eingehend zu betrachten.

»Das hier zum Beispiel ... Es ist nicht signiert.«

»Das ist ein Selbstbildnis von Goya, eine Kohlezeichnung. Aus seiner letzten Zeit in Bordeaux, wohin er vor dem starrsinnigen Absolutismus Ferdinands VII. von Spanien geflohen war. Das Bild ist mit Mikro-Signaturen gespickt, in den Haaren, den Gesichtsfalten ... Die sind sozusagen sein Markenzeichen. Einige Kritiker glauben, daß viele Meisterwerke, die berühmten Malern wie Leonardo da Vinci zugeschrieben werden, in Wirklichkeit nur Kopien sind, die Goya angefertigt hat, als er in Rom lebte. Es gibt sogar die Behauptung, daß die *Vierge aux Rochers*, die im Louvre ausgestellt wird, von ihm sei ...«

Marion hört ihm gebannt und verblüfft zu. Die Begeisterung ihres Kollegen ist so ansteckend, daß sie darüber beinahe ihre eigenen Sorgen vergißt. Capdevil deutet mit glänzenden Augen auf ein Ölgemälde, das einen römischen Kaiser abbildet.

»Dieses Gemälde stammt von Dürer, zumindest glaube ich das ... Es ist ein Porträt von Agrippa von Nettesheim, einem berühmten deutschen Humanisten, der in Lyon gelebt und sich mit Magie beschäftigt hat. Darauf läßt die lateinische Inschrift schließen, die den Tondo einfaßt. Er war eng mit Katharina von Medici befreundet, aber als er ihr vorausgesagt hat, daß ihr Mann in jungen Jahren sterben und daß sie selbst niemals Königin werden würde, konnte sie ihn nicht mehr ausstehen. Den Rest seines Lebens hat er in bitterer Armut zugebracht ... Er hat die Zukunft im Feuer gelesen.«

Im Feuer, denkt Marion fasziniert.

»Was bedeutet die lateinische Inschrift?«

»Daß die Arbeit eines mutigen Mannes eine gerechte Belohnung erhalten möge ... Und daß jeder, der an Gespenster glaubt, tot umfallen soll.«

»Da muß ich aber aufpassen ...«, murmelt sie, worauf Capdevil ihr einen besorgten Blick zuwirft.

Marion dreht den Kunstwerken den Rücken zu und sieht ihrem Kollegen in die Augen. Capdevil scheint darauf zu brennen, mehr zu erzählen.

»Aber warum verwahren Sie das alles hier unten?« fragt sie.

Ein schmerzvoller Ausdruck tritt in sein Gesicht, das eben noch vor Begeisterung leuchtete.

»Ich habe diese Bilder nach und nach bei Auktionen erstanden. Von meinen Ersparnissen und mit kleineren Beträgen, die ich von meinen Eltern geerbt habe. Sie sind alles, was ich besitze ... Früher war ich der festen Überzeugung, daß diese Meisterwerke in einem Banksafe am sichersten aufgehoben wären, doch vor vier Jahren ist meine Bank ausgebrannt. Komplett. Die Räume im ersten und zweiten Untergeschoß, wo sich die Safes befanden, sind beim Feuerwehreinsatz total überschwemmt worden, und dann ist über ein Jahr lang nichts passiert. Als man schließlich alles abgepumpt hatte und die Banksafes geöffnet werden konnten ... Na ja, Sie können sich vorstellen, was für ein Horror das war ...«

»War das der Grund für Ihren Herzinfarkt?« erinnert sich Marion, die über die genauen Umstände nie etwas erfahren hat.

»Ja ... Ich habe nur die Jungfrau und einige Gemälde retten können, die keinen roten Heller wert sind ... Mit viel Geduld habe ich angefangen, neue Bilder aufzustöbern, und die werde ich nie wieder einer Bank anvertrauen. Hier sind sie in Sicherheit, hier kommt nie jemand hin.«

51

Die Stille wird nur durch das Rascheln der Seiten gestört, deren Papier bald mehr, bald weniger aneinanderklebt. Capdevil hat seine Entdeckungen in den Registern mit Post-its markiert. Er wirft einen Blick über Marions Schulter und sieht die Anspannung in ihrem Gesicht, die weit aufgerissenen Augen, während sie liest.

»Ich bin durch Zufall darauf gestoßen«, sagt er rasch. »Als ich mir die Zeit vorgenommen habe, die Sie mir genannt hatten, zwischen 1961 und 1965.«

Das, worauf er mit dem Kinn deutet, ist der Bericht über den Einsatz der Patrouillen der Sicherheitspolizei anläßlich eines bewaffneten Raubüberfalls, zu dem es am 1. Januar 1965 in den Räumen des Grand Hôtel von Lyon gekommen war. Dort fand eine Ausstellung von wertvollen Juwelen, außergewöhnlichen Schmuckstücken und seltenen Edelsteinen statt, vor einem handverlesenen Publikum, darunter zahlreiche Damen der feinen Gesellschaft, die mit dem teuersten Schmuck von der Place Vendôme behängt waren.

In der Wachkladde werden Zeugen zitiert, die das Eindringen von einem Dutzend maskierter, bewaffneter Männer schildern. Das Ganze passiert um Mitternacht, als die Gäste in gedämpftem Licht ihre Neujahrswünsche austauschen. Im Handumdrehen werden die Damen um ihren Schmuck erleichtert, wobei es die entschlossenen Täter nicht an Höflichkeit mangeln lassen. Auch die ausgestellten Schmuckstücke wandern aus den Vitrinen in die Säcke der Verbrecher. Die Sache dauert nur ein paar Minuten; während die bewaffneten Männer, so die Zeugenaussagen, das Publikum in Schach halten, macht sich einer der Übeltäter mit der Beute durch einen Hinterausgang davon.

In diesem Moment geht das Licht komplett aus. Die Räuber ziehen sich zurück, in der Halle kommt es in Hofnähe zu einer Schießerei. Minutenlang herrscht totales Chaos. Durch einige Schüsse stürzen Deckenteile herab, Spiegel zersplittern. Die Leute schreien in der Dunkelheit, während hier und da die Flamme eines Feuerzeugs Licht auf ihre entsetzten Gesichter wirft.

Als endlich wieder die Beleuchtung angeht, entdeckt man einen Toten. Der Polizeibeamte Félix Marion hält die Maschinenpistole noch in der Hand, mit der man ihn ausgerüstet hat, um für die Sicherheit der Anwesenden zu sorgen; zur Verstärkung hat man ihm nicht mehr als eine Handvoll Beamte mitgegeben, Silvester läßt grüßen.

In der Wachkladde wird darauf hingewiesen, daß der

Oberstaatsanwalt, der Bürgermeister und die Kriminalpolizei am Tatort erschienen sind. Daß dann dem wachhabenden Kommissar Bericht erstattet wurde.

Marion hört auf zu lesen, aber sie starrt weiter auf die mit schwarzer Tinte beschriebene Doppelseite, auf die schräge Schrift. Capdevils Stimme hallt durch den Raum:

»Ich dachte mir, daß Sie das gern lesen würden …«

»Seltsam ist das«, murmelt Marion wie vor den Kopf geschlagen. »Ich war gerade mal drei Jahre alt, und es kommt mir so vor, als wäre ich dabeigewesen.«

»Kann ich verstehen. Da, wo die Post-its kleben, ist von weiteren Überfällen die Rede, die zwar nicht ganz so aufsehenerregend sind wie dieser, aber immer nach dem gleichen Schema ablaufen: mit einer großen Gruppe von gut ausgebildeten Männern, die die Ruhe bewahren und keine Gewalt anwenden. Jedes Mal gibt's eine hübsche Ausbeute: Geld, aber vor allem Schmuck. Und jedes Mal ist das Polizeiaufgebot äußerst dürftig, oder die Beamten tauchen erst viel zu spät am Tatort auf. Bei dem Überfall Silvester 1965 ist Schmuck im heutigen Wert von mehr als dreißig Millionen Francs erbeutet worden … Allerdings habe ich keinen Hinweis auf Gustave Léman gefunden.«

»Aber er war dabei. Er war der Anführer der Bande und hat alles organisiert.«

52

Während Marion weiter durch die Wachkladden blättert, wird ihr klar, mit was für einer brisanten Ladung im Kofferraum sie durch die Gegend fährt. Allerdings kann sie bisher nur Vermutungen darüber anstellen, welche Rolle die Beteiligten auf beiden Seiten gespielt haben. Capdevil hat die Nase in eine Kiste mit Archivmaterial gesteckt und sucht nach

Unterlagen, die etwas über das Innenleben der Polizeibehörden zur Zeit des Überfalls verraten.

»Diese Gauner haben es sich zunutze gemacht, daß in den Chefetagen der Polizei Leute saßen, die ihnen wohlgesonnen, wenn nicht sogar richtige Komplizen waren«, sagt sie. »Das kann nicht anders sein.«

»Aber diese Leute in den Chefetagen, an die Sie denken«, entgegnet Capdevil und sieht sie von der Seite an, »ich wüßte nicht, was denen heute noch Sorgen bereiten sollte ... Die Ereignisse, um die es geht, sind verjährt, da haben sie nichts mehr zu befürchten. Und den Aktivisten der OAS ist Straffreiheit gewährt worden, sogar denen, die versucht haben, de Gaulle zu ermorden. Vielleicht haben Sie mir noch nicht alles gesagt ...«

Marion schließt für einen Moment die Augen und kneift sich mit Daumen und Zeigefinger in die Nasenspitze.

»Wissen Sie«, sagt sie, »meiner Ansicht nach waren diese angeblichen Gentleman-Verbrecher nichts als kleine Gauner, die unter dem Deckmantel des Kampfes für eine große Sache zu Geld kommen wollten. Und was ihre früheren Komplizen heute so umtreibt, ist vielleicht nur der Wunsch, an die Beute von damals zu kommen.«

»Die berühmten Kriegsschätze der OAS ...« sagt der Beamte nachdenklich. »Ich dachte, das wäre eine Legende.«

»Vielleicht sind diese Schätze wirklich eine Legende. Das Geld, das bei dem Überfall an Silvester 1965 erbeutet wurde, ist jedenfalls sehr real.«

Capdevil entfährt ein leiser Ausruf, und er hebt den Kopf. Marion rührt sich nicht. Sie hat die Lider geschlossen, sie ist bleich, mit dunklen Ringen unter den Augen. Der Capitaine fragt sich, wann sie das letzte Mal geschlafen hat. Sie ist so regungslos und in ihre Grübeleien versunken, daß er schon glaubt, sie sei eingeschlafen. Aber dann sieht er ihre rechte Hand, die zerstreut über den Kunstledereinband eines der Register streicht. Er tritt zu ihr, ein vergilbtes Blatt in der Hand. Sie öffnet ihre schwarzen Augen und starrt ihn an, als hätte sie ihn noch nie zuvor gesehen.

»Chef?«

»Ja, Capdevil«, antwortet Marion mit matter Stimme.

»Sie haben doch eben den Namen Bernard Dunois erwähnt, das habe ich doch nicht geträumt, oder?«

»Ja, ja!« erwidert Marion, plötzlich hellwach, und springt auf. »Warum?«

Er wedelt mit dem DIN-A4-Blatt.

»Zeigen Sie her.«

Marion nimmt ihm das vergilbte Papier aus der Hand. Es ist ein Rundschreiben an alle Abteilungsleiter der Polizei von Lyon und an die Chefs aller Gendarmerie-Einheiten. Darin wird um größte Wachsamkeit gebeten, was die Umtriebe »terroristischer« Gruppen angeht, die in nostalgischer Anlehnung an die OAS agieren und mit denen die Behörden offenbar noch ein Hühnchen zu rupfen haben. Gezeichnet Bernard Dunois, persönlicher Referent des Präfekten des Departements Rhône.

»Ist der über die Präfektur aufgestiegen?«

»Von 1962 bis Ende 1965 hatte er diesen Posten in Lyon«, klärt Capdevil sie auf. »Dann ist er nach Paris gegangen, wo er im Stab eines Ministers gearbeitet hat. Jahre später hat er sich dann selbst in die Politik gewagt und sich als Abgeordneter für eine gemäßigte rechte Partei zur Wahl gestellt. Als sich die Machtverhältnisse verschoben, hat er das Lager gewechselt ... Das habe ich im *Bulletin quotidien* gelesen, als er Anfang des Jahres ins Verteidigungsministerium berufen wurde.«

Am Ende des Rundschreibens werden alle Empfänger genannt. Marion kennt sie nicht, bis auf einen: Marc Berthe, zur damaligen Zeit zweiter Kommandant der Gendarmerie des Departements Rhône.

Marion hat plötzlich das Gefühl, daß ihre Kräfte schwinden; sie kommt sich verloren vor. Wem kann sie sich eigentlich noch anvertrauen? Ihre Leute – Naïma Meceri eingeschlossen – fallen aus verschiedenen Gründen aus. Und was ihre Gruppe sonst noch an Kollegen zu bieten hat, ist kein Ersatz. Gilles muß sie aus diesen widerlichen Dingen heraushalten, und Paul Quercy hat durch sein Verhalten der letzten Tage und durch seinen plötzlichen Ehrgeiz jeden Vertrauensvorschuß verspielt.

Sie wirft Capdevil, der auf eine Geste ihrerseits wartet, einen Blick zu und zögert.

Was weiß sie eigentlich über diesen Polizeibeamten, außer daß er unsicher ist, wankelmütig und beim kleinsten Anlaß in Panik gerät, vor allem, wenn er befürchten muß, daß sie ihn in irgendwelchen Schlamassel hineinziehen wird? Sie weiß allerdings auch, daß er intelligent ist, sensibel und daß er ihr noch nie in den Rücken gefallen ist. Nur wenn ihm ein schönes Gemälde über den Weg läuft, würde Sie sich nicht gerade für ihn verbürgen …

Aber was soll's! An diesem Abend muß sie unbedingt mit jemandem reden.

53

Sie haben die drei letzten Kartons in Capdevils Versteck geschleppt. Im dritten Untergeschoß gibt es keine Überwachungskameras, und wegen der Feuchtigkeit und der Ratten, die hier so groß sind wie Katzen, läßt sich dort nie jemand blicken; das Risiko, überrascht zu werden, ist quasi gleich null. Die Kartons stehen in der Mitte des Zimmers, und Capdevil schnauft wie eine Lokomotive, während er sich den Schweiß von der Stirn wischt.

»Ich möchte wissen, was da drin ist! Donnerwetter, die sind ja schwer wie Blei!«

Was so viel wiegt, sind ein Dutzend Handfeuerwaffen, drei MAT 49, zwei Stens und zwei Sturmgewehre, alles in tadellosem Zustand, gut eingefettet und sorgfältig in Wachstuch verpackt. Auch die Munition ist eingepackt und hat all die Jahre hinter sich gebracht, ohne einen einzigen Kratzer abzubekommen; nur eine feine grünliche Oxidationsschicht hat sich an manchen Stellen darübergelegt. Des weiteren finden sich Gasmasken, Tränengasgranaten, Strumpfmasken, Handschuhe, Karten und Pläne, detaillierte Protokolle über die Vorbereitung der Operationen und die Zusammenstellung der Teams sowie Listen der »Ausbeute« mit einer Bewertung des Diebesguts. Alles, was die Presse über die Raubüberfälle der Bande geschrieben hat, taucht chronologisch geordnet in diversen Sammelmappen auf. Und alles deckt sich mit den Einträgen in den Wachkladden des Kommissariats.

Zwei bewaffnete Überfälle haben 1962 in Paris stattgefunden, alle anderen, vierzehn insgesamt, in Lyon.

Capdevil kann es nicht fassen.

Sie haben den Inhalt der drei Kisten ausgepackt. Jetzt ist nur noch ein Schuhkarton ungeöffnet, den Marion beiseite gestellt hat und an den sie Capdevil nicht heranläßt. Es sind die Briefe, das Geheimnis ihrer Geburt, der Schlüssel zu ihrem Familienroman.

»Das ist persönlich ...« hat sie mit belegter Stimme erklärt.

Beide sagen nichts mehr. Die Grabesstille, die nun in dem Kellerraum herrscht, wird nur ab und zu durch einen unwillkürlichen Ausruf durchbrochen. Sie haben ihre Beute ausgebreitet, wie sie es nach der Verhaftung einer Gang getan hätten, um alles für die Nachwelt oder einen Pressefotografen festzuhalten. Von Zeit zu Zeit blickt Capdevil auf, um seiner Chefin ins Gesicht zu starren. Er fragt sich, was sie empfindet, jetzt, da sie mit Gewißheit weiß, daß ihr Vater diese Überfälle zwar nicht gemeinsam mit Gus und seiner Bande durchgeführt hat, aber davon wußte und ihnen die Arbeit erleichtert hat.

Aus den Notizen, in denen die Vorbereitungen der Operationen festgehalten sind, geht hervor, daß bei den Überfällen immer Félix Marion Dienst hatte. Er führte das jeweilige Einsatzkommando an, und er beeilte sich nicht dabei, womit er den anderen Zeit gab zu fliehen; manchmal ließ er sogar Dinge verschwinden, die sie vergessen hatten, was allerdings selten vorkam. Wenn Félix Marions Präsenz in Frage stand, blies die Bande alles ab und verzichtete auf den Coup.

Marion hat das Gefühl, daß Gustave Léman und Félix Marion bis zum Schluß unzertrennlich waren und daß nach dem Überfall, bei dem sein Freund ums Leben kam, auch für Gus alles vorbei war; denn von diesem schicksalhaften Tag an gibt es nichts mehr. Weder Kartons noch Briefe.

Capdevil vertieft sich in die Zeitungsausschnitte, die Marion hastig durchgeblättert hat, ohne sie zu lesen. Der Capitaine nimmt sich Zeit, stöbert darin herum, blättert vor und zurück. Als er sich wieder aufrichtet, ist sein Gesicht, das hinter dem dichten, graumelierten Bart fast verschwindet, etwas blaß.

»Eins ist merkwürdig«, sagt er mit finsterer Miene. »Wissen Sie, wer 1964 und 65 Chef des Kriminalkommissariats war, das die Ermittlungen zum Tod Ihres Vaters geleitet hat?«

Marion erstarrt und sieht ihn an. Sie rechnet mit dem

Schlimmsten. Eine dröhnende Stimme klingt ihr im Ohr, die Stimme eines Mannes, der sie daran erinnert, daß er früher auf ihrem Posten saß, damals, als er noch Kommissar und ein Frischling war, der genau wie sie glaubte, alles besser zu wissen. Capdevil reicht ihr den Zeitungsausschnitt, auf dem ein Foto prangt.

»Paul Quercy!«

54

Als sie aus dem Kellergeschoß wieder aufgetaucht sind, hat Marion erst einmal das Bedürfnis, sich im Hof die Füße zu vertreten, die frische Luft einzuatmen, die vertraute Kripo-Atmosphäre in sich aufzunehmen und auf die zweifelhaften Witze des Wachpersonals und die Schreie der Fixer in ihren Zellen zu lauschen. Türen von Polizeiwagen schlagen zu, und im Schein der Blaulichter haben alle Gesichter etwas Leichenhaftes.

Sie ist hier zu Hause. Diese Polizisten, die sie aus den Augenwinkeln beobachten, sind ihre Familie, denn eine andere hat sie nicht, von Nina einmal abgesehen. Plötzlich muß sie an ihre Tochter denken, und an Gilles. Es ist noch nicht sehr spät, und sie fragt sich, warum sie sie nicht kurz angerufen haben, um ihr zu sagen, daß sie gut angekommen sind. Sie nimmt das Alpha-Handy und tippt auf Gilles' gespeicherte Nummer, aber seine Mailbox ist eingeschaltet. »Sie haben die Nummer von Gilles Andrieux gewählt, bitte hinterlassen Sie eine Nachricht.« Während sie das tut, fällt ihr auf, daß ihre Stimme krank klingt, was prima zu ihrem offenbar totenbleichen Gesicht paßt … Anders kann sie sich die verwunderten Blicke der Beamten, die an ihr vorbeikommen, nicht erklären.

Capdevil ist verschwunden, um sich die Hände zu waschen.

Sie sieht zum Himmel, wo einige Sterne gegen die Wolken anblinken, die den abnehmenden Vollmond zur Hälfte verdecken.

Das Fenster von Paul Quercy in der fünften Etage ist erleuchtet.

55

Sie klopft an und tritt ein, ohne auf eine Antwort zu warten. Er sitzt zum Fenster gewandt an seinem Schreibtisch, die übereinandergeschlagenen Beine auf die Tischplatte gelegt. Er telefoniert und raucht dabei eine kleine Zigarre, die den ganzen Raum verpestet. Als er Marion sieht, runzelt er die Stirn über seinen buschigen Augenbrauen.

»Habe ich ›Herein‹ gesagt?«

Marion ist an den großen Schreibtisch aus Mahagoni-Imitat getreten und stützt sich mit beiden Händen darauf. Sie braucht keine großen Reden zu schwingen, um ihm klarzumachen, daß es ihr nicht besonders gut geht und daß er sie nicht loswerden wird, ehe sie ihm alles aufgetischt hat.

»Ich ruf dich zurück«, murmelt er ins Telefon.

»Sie haben mich hinters Licht geführt, Monsieur Quercy. Sie sind ein Lügner und Schuft.«

Quercy ist so verdutzt, daß er den Mund auf- und zuklappt und darüber sogar vergißt, an seinem Zigarillo zu ziehen. Er nimmt die Beine vom Tisch und setzt sich in Chefpose vor den Schreibtisch, die Unterarme auf den Rand gestützt wie ein Priester, der zur Sonntagspredigt ansetzt.

»Hören Sie zu, Kommissarin Marion, ich habe keine Lust, mit Ihren Launen meine Zeit zu verlieren. Wenn Ihr Barometer auf Sturm steht, werden Sie sich woanders abreagieren müssen. Ich habe veranlaßt, daß Meceri vom Dienst suspendiert wird, weil ich nicht anders konnte und weil es außerdem ihrer eigenen Sicherheit dient. Aber zu Ihrer Beruhigung kann ich Ihnen jetzt schon sagen, daß man sich Capitaine Prunier vorknöpfen wird, und zwar morgen. Sie haben unsere Freunde von der Dienstaufsichtsbehörde überzeugt, sind Sie jetzt zufrieden? Und was Meceri betrifft, würde ich schon gern wissen, wo sie steckt ... Sie haben nicht rein zufällig eine Ahnung?«

»Ich bin nicht gekommen, um mit Ihnen darüber zu reden.«

Marions Ton ist schroff, während sie den Kripochef aus ihren schwarzen Augen anstarrt. Quercy sieht verwirrt aus.

»Aha. Und worüber reden wir dann?«

»Über Gus Léman und über den Tod meines Vaters.«

»Darüber habe ich noch nie mit Ihnen gesprochen, weil es unschöne Erinnerungen sind. Das wollte ich Ihnen ersparen.«

»Ach ja? Sie haben ja einen richtigen Beschützerinstinkt ... Aber ich glaube Ihnen nicht. Nicht ich bin es, die Sie beschützen wollen.«

Sie wirft ihm einen herausfordernden, feindseligen Blick zu.

Er steht auf und vergräbt die Hände in seinen klimpernden Hosentaschen; noch nie hat sie ihn so erregt gesehen.

»Sich selbst schützen Sie, und ein paar von Ihren Freunden, die sich die Hände schmutzig gemacht haben.«

Er deutet ein ironisches Lächeln an.

»Ach wirklich? Und wer soll das sein, wenn ich fragen darf?«

»Bitte.«

Mit einer schnellen Handbewegung zückt sie das auf einem Platz in Algier geschossene Foto, hält es ihm unter die Nase und knallt es dann auf den Schreibtisch.

»Erzählen Sie mir nicht, daß Sie die nicht wiedererkennen!« ruft sie aus, und es kommt ihr vor, als würde das Gesicht des Kripochefs eine andere Farbe annehmen. »Der Kleine da, den man nicht genau erkennen kann ...«

»Das bin ich, ja und?« bricht es aus Quercy hervor. »Ich habe nie einen Hehl daraus gemacht, daß ich Ihren Vater kannte und daß ich in Algerien gelebt und gearbeitet habe. Ich habe dort sogar meine Prüfungen zum Eintritt in den Polizeidienst abgelegt. Damals war es nicht besonders schwer, Kommissar zu werden, die waren regelrecht hinter uns her ...«

»Versuchen Sie keine Ablenkungsmanöver. Ich will wissen, warum Sie so getan haben, als würden Sie Gus Léman nicht kennen.«

»Das stimmt nicht. Ich habe mich nur geweigert, darüber zu reden, das ist alles.«

»Gustave Léman war ein Verbrecher«, entgegnet Marion, empört über Quercys Unaufrichtigkeit. »Er hat in der ganzen Gegend zahlreiche Raubüberfälle verübt, vierzehn, um genau zu sein, mit einer Bande von Ganoven, die alle Mitglieder der OAS waren. Es kann nicht sein, daß Sie darüber nicht Bescheid wußten, bei dem Posten, den Sie damals hatten. Mein Vater war Ihnen direkt unterstellt ...«

Quercy unterbricht Marion mit einer Handbewegung.

»Wo hast du das Foto her?«

»Unwichtig! Sie wollten nicht, daß ich die Wahrheit erfahre, geben Sie es zu.«

»Aber welche Wahrheit denn, Herrgott noch mal! Dein Vater war ein guter Polizist, ein bißchen draufgängerisch vielleicht, aber das waren in seiner Generation doch alle. Wir waren übrigens fast gleich alt, nur daß ich schon Kommissar war. Er gehörte zu meinen Leuten, und in einer Silvesternacht hat es ihn dann erwischt. Das ist alles.«

»Nein, das ist nicht alles. Er hatte Kontakt zu diesen Ganoven.«

Quercy zieht die Hände aus den Hosentaschen und faßt sich an den Kopf.

»Das ist doch wohl nicht dein Ernst! Ja, stell dir mal vor, Mädchen, ein Bulle hat ständig Kontakt zu Ganoven, Tag für Tag. Ist dir das noch nie aufgefallen?«

Quercy versucht wieder, sich herauszureden.

»Hören Sie auf mit Ihren Spielchen. Sie wissen ganz genau, was ich meine. Mein Vater war mit Gustave Léman befreundet. Er muß über seine Aktivitäten Bescheid gewußt haben. Und das gilt auch für Sie.«

Quercy, der angefangen hat, im Büro hin und her zu gehen, bleibt abrupt stehen. Er zieht an seiner Zigarre und atmet den Rauch sofort wieder aus, was ihn und sein Gegenüber in eine stinkende Wolke hüllt.

»Ich will, daß Sie mir sagen, was Sie wissen«, fährt die junge Beamtin unerschütterlich fort.

»Hören Sie zu, junge Frau«, seufzt Quercy. »Sie gehen mir auf die Nerven. Da gibt es nichts, was Sie wissen müßten. Gustave Léman hat Raubüberfälle verübt, wir hatten nichts in der Hand, um ihn festzunehmen, und als wir's schließlich hätten tun können, ist er verschwunden. Was deinen Vater betrifft, ja, er kannte ihn ... Léman hat als Spitzel für ihn gearbeitet.«

»Bitte?«

»Er war sein Spitzel, sein V-Mann.«

»In welcher Sache?«

»Alles mögliche. Andere Raubüberfälle, Kuppler ...«

Quercy lügt. Das hat er sich gerade ausgedacht.

»Und Sie, sein Vorgesetzter, wußten nicht mehr über diese ... Beziehungen? Sie haben keine Akte über Léman angelegt?«

»Nein, wo's nichts gibt, gibt's auch keine Akte.«

Quercy lügt noch immer. Das weiß Marion, denn gleich nach dem Besuch in Capdevils Keller hat sie sich in die »Grube« begeben, jenes unterirdische Archiv, in dem sich jahrzehntealte Akten über Verbrechen stapeln, die in der Gegend verübt worden sind. Potier, der stotternde Archivleiter, lungerte wie jeden Abend dort herum, voll bis an die Kiemen. Es war kinderleicht, ihm das Geständnis zu entlocken, daß er die Léman-Akte Anfang der Woche Paul Quercy persönlich ausgehändigt hatte. Daß der sie ihm eine Stunde später zurückgegeben und er sie wieder eingeräumt hatte. Ohne zu merken, daß sie bis auf eine alte Verlustanzeige leer war. Von Marion in die Enge getrieben, hat sich Potier schließlich auch an den Tag und die Uhrzeit erinnert: Es war unmittelbar nachdem sie ihren Chef über den Tod von Gus Léman und ihre Reise nach Lyon informiert hatte.

Quercy mustert sie eingehend.

»Ist das alles, was Sie wissen wollten? Sind Sie jetzt zufrieden?«

»Nein.«

»Sie fangen an, mir wirklich auf den Geist zu gehen. Es ist ein Uhr morgens, wegen Ihrem ganzen Quatsch habe ich noch immer einen Haufen Arbeit, und ich würde auch gern noch ein oder zwei Stunden schlafen.«

»Ich gehe erst, wenn Sie mir gesagt haben, warum ich bedroht werde.«

Dieses Mal erstarrt Quercy.

»Sie werden bedroht?« stößt er hervor, und der bissige Vorgesetztenton ist verschwunden.

»Ja, es ist sogar noch schlimmer, ich werde angegriffen. Der Handtaschenraub war ein Mordversuch. Hier, sehen Sie!«

Sie zieht mit einem Ruck ihre Jogginghose herunter, die

eine undefinierbare Farbe angenommen hat. Der Oberschenkel und ihre verletzte Hüfte, die in verschiedenen Lila- und Rottönen schillern, sehen alles andere als appetitlich aus. Auf der abgeschürften Haut hat sich an einigen Stellen bereits eine Kruste gebildet. Quercy geht um den Schreibtisch herum, wirft einen fassungslosen Blick auf die Wunden und setzt sich wieder auf seinen Stuhl, ohne ein Wort zu sagen.

»Ich werde nicht zulassen, daß Ihnen irgend jemand etwas zuleide tut«, sagt er nach langem Schweigen mit belegter Stimme. »Aber wenn Sie etwas über Léman wissen, sollten Sie es mir lieber sagen.«

Marion zieht die Hose wieder hoch, während in ihrem Hirn ein kleines rotes Alarmsignal aufleuchtet. Wahrscheinlich hat sie diesem Chef, zu dem sie kein Vertrauen mehr hat, schon viel zuviel gesagt. So beschließt sie, ihren Ärger mit den Gendarmen von Mirabel, den Tod von Maître Renoir und die Überfälle auf Suzannes Haus und ihre Kanzlei für sich zu behalten. Genauso wie die Beweise, die im Untergeschoß neben Capdevils Meisterwerken Unterschlupf gefunden haben.

»Ich weiß nichts«, lügt sie. »Léman interessiert mich nicht.«

Sie beugt ihren Oberkörper vor.

»Ich will nur die Wahrheit über den Tod meines Vaters erfahren.«

Quercy zieht lange an seiner Zigarre. Die Luft in dem großen Raum ist völlig verqualmt. Er nickt bedächtig mit dem Kopf, steht auf, tritt zu Marion und legt ihr eine Hand auf die Schulter, was beruhigend wirken soll, ihr aber unangenehm ist.

»Hör zu, Mädchen«, erklärt er in seinem väterlichen Ton, den sie noch nie ausstehen konnte. »Du willst das wissen … Du willst immer alles wissen.«

»Aus diesem Grund bin ich eine gute Polizistin.«

Quercy wischt Marions Bemerkung mit einer ärgerlichen Handbewegung vom Tisch.

»Natürlich! Aber es gibt Dinge, die sollte man lieber nicht wissen. Weil man damit besser fährt, glaub's mir!«

»Das gilt nicht für mich. Die Wahrheit ist mein Lebenselixir!«

Er starrt sie an, zieht wieder an seiner Zigarre und atmet den Rauch langsam aus. Über einem vollgestopften Papierkorb klopft er die Asche ab. Er wirkt plötzlich sehr müde.

»Das ist unglaublich«, sagt er, ohne sie anzusehen. »Du bist unglaublich.«

»Los«, erwidert sie herausfordernd. »Ich bin bereit.«

»Dein Vater war in Lémans Raubüberfälle verwickelt. Ich weiß nicht, wie du das erraten oder erfahren hast, aber es stimmt. Wir hatten hier alle diesen Verdacht. Die haben ihre Sache sehr gut gemacht, weil sie zusammengehalten haben wie Brüder. Aber an besagtem Silvesterabend kam es zum Konflikt, wegen der Beute. Gus wollte allein mit dem Schmuck abhauen, und dein Vater hat eingegriffen.«

»Sie wollen sagen ...«

»Dein Vater ist von Gus Léman erschossen worden.«

56

Als Marion nach Hause gekommen ist, konnte sie das leere Haus nicht ertragen, die noch immer erleuchtete Garage mit den Kartonstapeln, die davon zeugen, daß sie nicht geträumt hat, daß sie nicht einen jener Alpträume durchlebt, aus dem man mit rasendem Herz, aber voller Erleichterung wieder erwacht. Sie konnte es auch nicht ertragen, daß sie, so oft sie

Gilles Nummer wählte, immer wieder auf die synthetische Mailbox-Stimme stieß. Sie hat sich zu Geduld und Gelassenheit ermahnt und sich gesagt, daß ihr Verlobter und Nina wahrscheinlich müde sind und in Ruhe schlafen wollten. Obwohl so ein Verhalten gar nicht, aber auch nicht im mindesten zu Gilles, diesem geradlinigen Menschen paßt.

So hat sie schließlich Capdevil gebeten, sie über Nacht bei sich aufzunehmen. Der Capitaine war zwar alles andere als erfreut – er mag keine Überraschungsbesuche in seiner Junggesellenhöhle –, aber er hat sich nicht getraut, nein zu sagen.

Capdevil wohnt mitten im Stadtzentrum von Lyon in der Rue de la Barre, und sein Wohnzimmer erstrahlt ständig im grünen Licht des Neonschilds einer Apotheke, die im Erdgeschoß des Gebäudes ihren Sitz hat. Die halbe Nacht hindurch haben sie geredet und Bier getrunken, das der Beamte in der Eckkneipe besorgt hatte. Am Ende dieser Gespräche sind sie zu keiner überzeugenden Erklärung für Quercys Verhalten gelangt; aber alles sieht danach aus, als hätte ihr Chef etwas auf dem Gewissen und als wäre Mißtrauen angebracht.

Marion hat die ganze Nacht kein Auge zugetan und fühlt sich, als sie wieder nach Hause kommt, um sich zu waschen und frische Kleider anzuziehen, noch zerschlagener als am Abend zuvor.

Um acht Uhr, nachdem sie es bereits zweimal versucht hat, geht Gilles immer noch nicht ans Telefon. Die junge Frau, die genau weiß, daß er ein Frühaufsteher ist, beginnt sich ernsthaft Sorgen zu machen.

Die Eingangstür des Hauses ist abgeschlossen, aber als Marion den Flur betritt, bleibt sie jäh stehen, konzentriert wie ein Jagdhund, der eine Fährte gewittert hat. Nachdem sie einmal durchs ganze Haus gegangen ist, weiß sie, daß jemand da war. Nichts ist durchwühlt oder weggenommen worden. Nicht einmal die wenigen Schmuckstücke, die ihr ihre Mutter vermacht hat und die sie niemals trägt, und auch nicht ihre »Trophäen«: zwei alte Maschinenpistolen, ein paar Messer, Dolche sowie Schlagringe und eine Sammlung Handschellen. Erst als sie an der halb geöffneten Tür vorbeikommt, die zur Garage führt, wird ihr alles klar, und sie stürzt los.

Scheinbar hat sich nichts verändert. Alle Kartons stehen an ihrem Platz. Voller Anspannung sieht sich Marion den Inhalt der Kisten an. Auf den ersten Blick hätte sie geschworen, daß noch alles da ist, jedenfalls das, was sie nicht in Capdevils Versteck ausgelagert hat. Die Kindheitserinnerungen von Gus Léman haben die nächtlichen Besucher nicht interessiert. Die zweiflügelige Garagentür ist zu und wurde eindeutig nicht aufgebrochen.

Mit gerunzelter Stirn steht Marion im Untergeschoß ihres Hauses und läßt jede Bewegung, jeden Schritt, den sie am Vorabend getan hat, vor ihrem geistigen Auge ablaufen. Als sie sich ihren aufgeregten, überstürzten Aufbruch in Erinnerung ruft, kommt sie zu dem Schluß, daß sie schlichtweg vergessen hat, die Garagentür zu verriegeln.

Sie brauchten bloß hineinzugehen.

Und mit einemmal streift sie der Gedanke, was passiert wäre, wenn sie dagewesen wäre …

57

Um neun Uhr läßt das nervöse Klingeln des Handys Marion wieder Hoffnung schöpfen, daß Gilles endlich seine Mailbox abgehört hat.

Es ist nur Suzanne.

»Ich habe deinetwegen eine schlaflose Nacht verbracht«, sagt die Notarin.

»Naïma?«

Suzanne entfährt ein leises, trauriges Lachen.

»Nein, ich glaube, ich bin nicht ihr Typ, leider. Dabei ist sie bildschön, aber nicht sehr gesprächig. Sie schläft noch. Ich habe mir den Kopf zerbrochen, um eine Antwort auf deine Frage zu finden.«

»Meine Frage?« Marion steht noch derart unter dem Eindruck der vergangenen Nacht, daß sie völlig vergessen hat, worum es geht.

»Boulevard Richard-Lenoir Nummer 26 …«

»Ach ja! Entschuldige, das hatte ich ganz vergessen … Ja, und?«

»Mir ist wieder eingefallen, daß mein Vater vor Ewigkeiten als Immobilienverwalter gearbeitet hat und daß ihm aus dieser Zeit noch ein paar Wohnungen und Häuser geblieben sind, um die er sich weiter gekümmert hat. Nicht viele, nur ein paar Klienten, deren Situation aus dem Rahmen fällt, weil sie zum Beispiel im Ausland leben.«

»Und in deiner Liste hast du die Wohnung am Boulevard Richard-Lenoir gefunden …«

»Bravo!«

»Wer wohnt dort?«

»Sie ist seit 1965 vermietet … An einen Arzt namens Lefranc.«

»Wer ist der Besitzer?«

»Völlig unbekannt. Ich habe Josée gefragt, sie hat ein- oder zweimal gehört, wie Papa ihn erwähnt hat, aber gesehen hat sie ihn nie. Es gibt keine Adresse, nur den Namen. Ein gewisser Arthur Clair.«

58

Marion hat ein paar Kleidungsstücke eingepackt, und dieses Mal achtet sie darauf, die Fensterläden und die Garagentür zu verriegeln. Wobei ihr klar ist, daß dies keinen noch so unerfahrenen Einbrecher daran hindern wird, sich Zugang zu ihrem Haus zu verschaffen. Trotzdem ist sie innerlich davon überzeugt, daß nichts mehr passieren wird. Die heimlichen Besucher haben das, was sie suchten, nicht gefunden – aus gutem Grund. Wenn sie Glück hat, sind ihre Feinde jetzt beruhigt: Sie haben begriffen, daß Gus Léman in ihr Leben getreten ist, aber sie haben auch gesehen, was er an sie weitergegeben hat; Beweise für ihre früheren Verbrechen jedenfalls nicht. Und wenn sie auf Geld aus sind, werden sie woanders suchen.

Als sie sich im Flur ein letztes Mal umdreht, springt ihr ein Detail ins Auge: Das Bild ist verschwunden.

Im Polizeipräsidium hat sich Marion, ehe sie nach Dijon aufbricht, mit Capdevil verabredet. Nachdem sie bei den Ballistikern eine halbe Stunde lang die Ergebnisse der Projektilauswertung studiert hat, auf deren Grundlage die Spezialisten ihr Gutachten über die Schießerei im *Chien qui fume* geschrieben haben, ist sie ratlos.

Capdevil sitzt schon vor einem vollgeladenen Frühstückstablett in der Cafeteria, die wegen des Wochenendes fast menschenleer ist. Die Cafeteria ist der einzige Ort, an dem sich Marion vor Spionen sicher fühlt. Capdevil hat sich rasiert und duftet nach Kölnisch Wasser und Lavendel.

»Die Kripo von Dijon hat offiziell die Ermittlungen zum Mord an dem Notar aufgenommen«, sagt sie. »Die Obduktion findet heute Nachmittag statt, und Maître Renoirs Tochter soll am späten Vormittag verhört werden. Die Kollegen möchten, daß ich dabei bin.«

Capdevil nickt mit vollem Mund.

»Darf ich Ihnen das hier anvertrauen?«

Sie legt eine Hand auf den Schuhkarton, dessen Inhalt sie ihm im Keller nicht zeigen wollte.

»Tun Sie den Karton an einen sicheren Ort, aber machen Sie ihn bitte nicht auf. Das sind wirklich sehr ... persönliche Dinge, und ich kann sie nicht mitnehmen ... Wenn mir etwas zustößt, müssen Sie alles vernichten. In Ordnung?«

»Natürlich, Chef«, murmelt Capdevil, den Löffel in der Luft. »Ist es so ernst?«

Sie verzieht das Gesicht.

»Ja ... Nein ... Ich weiß nicht. Das sind persönliche Dinge«, wiederholt sie. »Dinge, die ... mein Leben betreffen.«

Sie trinken ihren inzwischen kalt gewordenen Tee, und Capdevil wischt sich das Fett diverser Croissants vom Kinn. Dann tauschen sie ihre Handys aus: Marion gibt ihm Alpha-Handy 1 und nimmt dafür Alpha 2 an sich. Sie legt ihr Privathandy neben sich auf den Tisch und wirft einen zornigen Blick darauf: Gilles ist noch immer nicht erreichbar.

»Capitaine Capdevil?«

»Ja, Chef?«

»Ich möchte, daß Sie ein Handy für mich lokalisieren lassen.«

»Aber heute ist Samstag. Ich hatte vor, nachmittags zu einer Versteigerung zu gehen ...«

»Mein ... Verlobter geht seit gestern Abend nicht ans Telefon.«

Capdevil setzt zu einem wissenden Lächeln an, dem Marion sofort Einhalt gebietet:

»Nina ist bei ihm. Sie sind übers Wochenende in die Gegend von Deauville gefahren. Da wollten wir eigentlich zu dritt die Ferien verbringen. Aber Gilles wollte mich überraschen, ich weiß nicht, wo er Zimmer reserviert hat.«

»Pfiffige Idee«, murmelt Capdevil, um überhaupt etwas zu sagen. »Wenn man bedenkt, was im Moment um Sie herum geschieht!«

Marion knetet sich nervös die Hände.

»Woher soll ich den richterlichen Beschluß nehmen?« fragt der Beamte.

»Hängen Sie sich einfach an irgendeine laufende Abhöraktion dran, das wird schon nicht auffallen …«

»Und Quercy?«

»Oh, bloß dem Boß nichts davon sagen! Das haben wir doch zur Genüge durchgekaut: Ich bin mir sicher, daß da irgend etwas nicht stimmt, auch wenn er noch so vertrauenswürdig tut, von wegen ›mein liebes Kind, es gibt Dinge, die ich zu Ihrem Schutz tun *muß*‹ …«

»Das gibt's doch gar nicht!« jammert Capdevil. »Dann können wir ja niemandem mehr trauen! Komisch, Sie sagen das so, als würden Sie übers Wetter reden …«

»Vor ihm habe ich keine Angst.«

»Ich verstehe überhaupt nichts mehr.«

»Ich auch nicht, Capdevil, ich verstehe auch nicht alles. Um die Wahrheit zu sagen, verstehe ich immer weniger. Es kommt mir vor, als hätte ich es mit Profis und Anfängern gleichzeitig zu tun …«

»So als gäbe es zwei Gruppen?«

»Irgendwie schon …«

Mit zusammengezogenen Augenbrauen und sorgenvollem Gesicht denkt sie nach.

»Ja, genau so kommt es mir vor. Profis und Dilettanten. Jetzt aber los, und trödeln Sie nicht herum. Vergessen Sie nicht, nach Talon zu sehen. Heute hat er nur Sie und Lisette …«

Marion ignoriert die verdrossene Miene ihres Kollegen, der begriffen hat, daß er seinen Nachmittag endgültig abschreiben kann; sie nimmt Sonia Bontes Tasche, stopft die beiden Handys hinein und steht auf, um zu gehen.

»Ach ja!« sagt sie plötzlich und dreht sich dabei so abrupt um, daß Capdevil zusammenfährt. »Da ist noch eine Sache. Das Schloß …«

»Hm? Was? Welches Schloß?«

Der Beamte reißt die Augen auf. Dann schlägt er sich gegen die Stirn.

»Ach ja, das Schloß … Und da soll noch einer mitkommen«, brummt er. »Was ist mit dem Schloß?«

»Es ist verschwunden. Ich meine, das Bild. Jemand war bei mir und hat es mitgehen lassen. Da müssen Sie sich schleunigst hinterklemmen. Ich weiß nicht, welche Rolle das Bild in dieser Geschichte spielt, aber ich habe das Gefühl, daß ich nicht die einzige bin, die sich dafür interessiert.«

59

Dr. Lefranc ist Hautarzt und hat gerade Sprechstunde. Seine Helferin ist über den Mietvertrag für die Wohnung, die vor fünf Jahren in eine Arztpraxis umgewandelt wurde, nicht informiert, aber sie ist sich sicher, daß sie noch nie von einem Keller gehört hat. Sonst hätte sie ihn schon längst bis obenhin vollgestopft mit dem ganzen Gerümpel, das in der Praxis herumsteht. Marion, die eine kurze Pause an einer Autobahntankstelle zum Telefonieren nutzt, hört, wie hinter der Frau eine tiefe, vorwurfsvolle Stimme erklingt; dann übernimmt ein liebenswürdiger Mann das Gespräch

»Dr. Lefranc am Apparat. Worum geht es denn?«

Marion stellt sich vor und erzählt ihre Geschichte noch einmal. Der Arzt hört ihr zu und sagt dann:

»Komisch, daß Sie mich auf den Keller ansprechen.«

»Warum?«

»Als ich die Wohnung vor fünf Jahren angemietet habe, war man nicht bereit, mir eine Nutzung des Kellers einzuräumen. Der Vormieter hatte ihn auch nicht gebrauchen dürfen. Der Besitzer hatte sich das Nutzungsrecht vorbehalten, für immer. Tja, und vor gut einer Woche habe ich dann einen Brief von Maître Renoir bekommen, dem Verwalter, der mich darüber informiert hat, daß der Kellerraum jetzt frei sei ... Sagen Sie mir nicht, daß jetzt doch wieder Anspruch darauf erhoben wird!«

Marion beruhigt ihn. Nun weiß sie, wo die Kartons untergestellt waren. Sie sind dort geblieben, wo Gus sie verstaut hatte, als er mit Agnès Moreau zusammenlebte. Sie ruft sich rasch in Erinnerung, was sie über das Leben ihrer Mutter weiß, die Paris und Gus 1963, ein paar Monate vor Marions Geburt, den Rücken gekehrt hat, um sich mit Félix in Lyon niederzulassen. Gus Léman war dem Paar mit seiner Gangsterbande gefolgt. Nach dem Tod ihres Mannes hatte Agnès die Wohnung in Paris an diesen Arthur Clair verkauft.

Marion zuckt zusammen. Wie aus weiter Ferne hört sie den Dermatologen weiterreden, der immer wieder die große Bedeutung dieses Kellers für seine Praxis und für das Wohlbefinden seiner Patienten betont, die ständig über Karteikästen und Arzneimittelproben stolperten. Ganz zu schweigen von seiner Sprechstundenhilfe und der Putzfrau, die beide fast täglich einen Tobsuchtsanfall bekämen ...

»Was bin ich nur für ein Idiot!« ruft Marion aus. »Wie kann man so ein Brett vorm Kopf haben! Arthur Clair! Claire Arthur ...«

Claire Arthur war Gustave Lémans Verlobte. Aus noch

unerfindlichen Gründen hat Gus Léman zu einem bestimmten Zeitpunkt seines Lebens beschlossen, sich Arthur Clair zu nennen.

60

Sonia Bonte hat sich wieder gefaßt und demonstriert auf ihre etwas affektierte Weise Gelassenheit. Während Marion ihr erklärte, warum Commandant Martinez den Inhalt ihrer Telefonate kannte, hat sie die Kommissarin nicht ein einziges Mal unterbrochen. Nach einigem Nachdenken stand ihr Entschluß schließlich fest: Sie würde Marion vertrauen.

Nachdem diese Dinge geklärt waren, hat Sonia Bonte unverzüglich mit der Untersuchung der Leiche von Maître Renoir begonnen. Marion hat dieser Untersuchung, bei der es sich noch nicht um die eigentliche Obduktion handelte, mit ihrem Amtskollegen aus Dijon und dessen Mitarbeitern beigewohnt, obwohl die Ermittlungen sie eigentlich nichts angehen. Suzanne hatte sie darum gebeten, da man ihr, seiner Tochter, die so gern Polizistin geworden wäre, nicht erlaubt hatte, dabeizusein.

»Das kann aber auch nicht dein Ernst sein«, hat Marion gesagt, um sie zu beruhigen. »Eine Obduktion ist ja schon unerträglich, wenn man den Toten gar nicht kennt, aber bei einem nahen Verwandten ... nein!«

Sie hat ihr beteuert, daß bei jeder Obduktion die Würde des Verstorbenen gewahrt bleibt, und daß alle Dinge, die manchmal zu diesem Thema erzählt werden, reine Erfindung sind; die zweifelhaften Scherze, die sich auch Marion hin und wieder anhören muß, behält sie für sich, denn in den meisten Fällen sind sie nur ein Ventil und unverzichtbar für das seelische Gleichgewicht des Gerichtsmediziners und seiner Assistenten.

Als erstes ist Marion aufgefallen, daß Maître Renoir noch ein ausgesprochen gutaussehender Mann war. Den milchigen Teint, die feuerrote Mähne und die zierliche Figur hat Suzanne offensichtlich von ihrer Mutter, denn ihr Vater war ein dunkler, athletischer Typ.

»Der Mann hatte ein Herzleiden und diverse andere Krankheiten, darunter eine fortschreitende Leberzirrhose, die den extremen Erguß im Abdomen erklärt«, lautete der erste Kommentar der Pathologin; das Äußere sei eben manchmal trügerisch. Ansonsten schien alles bestens zu sein, und der Notar hätte noch viele Jahre leben können.

Sonia Bonte hat außerdem festgestellt, daß Georges Renoir sechs heftige Schläge versetzt wurden, vor allem auf den Schädel und ins Gesicht, wobei einer dieser Hiebe ihm das Lippenbändchen zerrissen und einen Schneidezahn zertrümmert hat; ein anderer hat ihm das rechte Schläfenbein eingeschlagen, ehe der Täter ihm mit bloßen Händen die Kehle zugedrückt hat.

Während Sonia Bontes Assistent den Leichnam wieder zusammenflickt, beginnt ein älterer, bedrückt wirkender Mann, den Boden aufzuwischen. Marion ist im Hintergrund geblieben und wartet, während Dr. Bonte sich die Hände und Unterarme wäscht.

Die Gerichtsmedizinerin trocknet sich sorgfältig ab und reibt sich mit einem Gel ein, das in einer großen Flasche bereitsteht.

»Antibakteriell«, erklärt sie mit finsterer Miene. »Und? Trinken wir jetzt unseren Tee?«

Kurze Zeit später hält Sonia Bonte eine dampfende Tasse in ihren gepflegten Händen, an denen wieder zahlreiche Ringe prangen, verrührt mit einer eleganten Geste den Zucker und beantwortet Marions Fragen.

»Was die Spuren betrifft, die ich im Krematorium gesichert habe, da warte ich noch auf die Ergebnisse. Ich habe heute früh im Labor angerufen, aber die ganze Abteilung ist überlastet. Ich hoffe auf morgen ...«

»Es tut mir leid, daß ich Ihnen Unannehmlichkeiten bereitet habe«, sagt Marion entschuldigend.

»Das macht nichts«, wehrt Sonia Bonte ab. »Reden wir nicht mehr darüber! Dieser Typ macht mir keine Angst. Ich habe ihn übrigens seitdem nicht mehr gesehen.«

Sie trägt ein malvenfarbenes Kostüm mit roten Paspeln, von dem Marion trotz ihrer himmelschreienden Unkenntnis in solchen Dingen schwören würde, daß es von einem berühmten Couturier stammt. Ihre Hochsteckfrisur und ihr Make-up kosten Sonia Bonte jeden Morgen und jeden Abend bestimmt eine Stunde, und man muß kein Hellseher sein, um zu erraten, daß sie sich ihre perfekte Figur nicht beim Staubsaugen oder Bodenschrubben erworben hat.

»Mein Mann ist ein bekannter Chirurg«, erklärt die Gerichtsmedizinerin in ironischem Ton, als könne sie die Gedanken der Kommissarin lesen, die eine einfache Jeans trägt, ein Lacoste-Hemd und einen flaschengrünen, an den Taschen schon etwas blankgewetzten Wildlederblouson. »Er verdient viel Geld, und davon profitiere ich ...«

Sie beugt sich über die Kanne, die den köstlichen Duft eines erstklassigen Darjeeling verströmt.

» ... nach besten Kräften.«

Ihr Gesichtsausdruck, der genießerischer nicht sein könnte, verblüfft Marion.

»Recht haben Sie«, antwortet sie schließlich. »Ich bin zu so etwas nicht in der Lage. Und ich habe nie Zeit, mich um mich selbst zu kümmern!«

Sonia Bonte gibt ihr mit einer Handbewegung zu verstehen, daß diese Dinge bedeutungslos sind und erwidert in ernstem Ton:

»Ich finde Sie sehr schön, und ich beneide Sie darum, weil Sie von Natur aus so sind. Sie brauchen keine Tricks. Die Männer werden Ihnen bis ins hohe Alter den Hof machen, und Sie werden hundert Jahre alt werden, wenn Sie aufhören, sich von Motorrädern über den Haufen fahren zu lassen ... Was erwarten Sie eigentlich von mir?«

»Puh!« sagt Marion und lächelt. »Es stimmt, Dr. Bonte, ich möchte Sie wirklich um etwas bitten.«

Sie hat noch immer die Tasche bei sich, die Sonia Bonte ihr geliehen hat, denn seit ihrer Fahrt von Lyon nach Dijon, ihrem Besuch bei der Kripo und der Obduktion von Maître Renoir hat sie nicht eine einzige Minute Zeit für sich gehabt. Sie holt ein durchsichtiges Tütchen daraus hervor, in das sie das zusammengeknüllte Papiertaschentuch aus dem Kamin in Charmes gesteckt hat. Der Geruch ist sogar durch das Plastik hindurch wahrnehmbar. Sonia Bonte rümpft die Nase.

»Igitt, was für ein Gestank!«

Sie nimmt den Beutel, mustert ihn von allen Seiten, öffnet ihn ein wenig und schnuppert vorsichtig daran. Sie beißt sich auf die Unterlippe, als versuche sie, sich an etwas zu erinnern.

»Irgendwie kommt er mir bekannt vor ...«, murmelt sie.

»Das ist eine Heilsalbe, ein Hausmittel. Monsieur Léman benutzte sie, um die Symptome seiner Hautkrankheit zu lindern ... bullöse Epidermolyse. Der Geruch ist Ihnen bestimmt an seiner Leiche begegnet.«

Die Gerichtsmedizinerin schüttelt langsam und konzentriert den Kopf, während sie ihre großen Ohrringe zwischen den Fingern dreht.

»Nein, das ist es nicht ... Daran würde ich mich erinnern. Aber vielleicht fällt es mir wieder ein. Was soll ich tun?«

»Das weiß ich selbst nicht. Das Taschentuch analysieren, für den Fall der Fälle, wie man so sagt ... Inoffiziell, versteht sich, Sie sollten vor allem Commandant Martinez nichts davon sagen ...«

»Für wen halten Sie mich?«

Sie neigt den Kopf zur Seite, und plötzlich fällt ihr die sorgenvolle Miene der jungen Kommissarin auf, aus deren Gesicht eine Angst spricht, die sie kaum verbergen kann.

»Sorgen?«

Marion ist nicht gekommen, um Sonia Bonte ihr Herz auszuschütten. Das könnte sie gar nicht, genausowenig, wie sie sich schminken oder sich die Nägel lackieren könnte. Dabei würde sie sich schon gern jemandem anvertrauen. Capdevil hat Gilles Handy lokalisiert, irgendwo an der Küste der Normandie, zwischen Deauville und Cabourg. Anrufe bei diversen Hotels haben bislang nichts ergeben. Das Schlimmste ist, daß die Suchtechnik nur funktioniert, wenn das betroffene Handy eingeschaltet ist. Was bedeutet, daß Gilles entweder nicht antworten kann oder sich nicht melden will. Marion weiß nicht mehr, was sie denken soll. Als sie aufsieht, begegnet ihr Sonia Bontes aufmerksamer Blick.

»Nein«, sagt Marion schließlich mit belegter Stimme. »Na ja, zumindest keine richtigen Sorgen, aber ... Wissen Sie, daß ich Gelegenheit hatte, mit einem Dermatologen über Monsieur Lémans Krankheit zu sprechen?«

»Und das beunruhigt Sie? Diese Krankheit ist nicht ansteckend.«

»Ich weiß, sie ist nur vererbbar. Ich habe mich gefragt, ob die Krankheit grundsätzlich weitergegeben wird, ich meine, ob es immer dazu kommt, verstehen Sie?«

»Nein, nein, das muß nicht passieren. Das Risiko ist allerdings groß. Und es kommt vor, daß eine Generation übersprungen wird.«

»Wie bitte?«

»Der Nachfahre einer erkrankten Person kann Träger des kranken Gens sein und es an seine Kinder weitergeben.«

»Ach ja? Und ich dachte …«

Sie hat mit einer anderen Antwort gerechnet, hat für einen kurzen Moment darauf gehofft, daß Sonia Bonte alle zermürbenden Zweifel aus dem Weg räumen würde. Sie läßt die Schultern hängen. Die Gerichtsmedizinerin beugt sich vor.

»Sagen Sie mir doch, was Ihnen so zusetzt, vielleicht kann ich Ihnen helfen …«

»Gustave Léman hat behauptet, daß ich seine Tochter bin.«

61

Noch einmal nach Charmes zurückzukehren liegt voll und ganz in der Logik der Ereignisse. Dennoch schnürt eine mit Schuldgefühlen gepaarte Angst Marion das Herz zusammen: Anstatt im Burgund herumzufahren, sollte sie schon längst in der Normandie sein und Himmel und Hölle in Bewegung setzen, um ihren Verlobten und ihre Tochter wiederzufinden.

Es ist siebzehn Uhr dreißig, dank der Sommerzeit steht die Sonne noch hoch am Himmel, und nach einem starken Gewitterregen erstrahlt die Natur in ihrer ganzen Schönheit.

Marion fährt langsam. Mit ihrem Privathandy ruft sie Capdevil an, um ein paar Banalitäten auszutauschen und alle potentiellen Zuhörer zu beruhigen. Capdevil nutzt das Gespräch, um ihr mitzuteilen, daß sich Talons Zustand verschlechtert hat: Die Kugel an seiner Wirbelsäule hat sich unmerklich verschoben, und inzwischen ist niemand mehr optimistisch. Er verspricht ihr, die Nacht bei seinem Kollegen zu verbringen, »was nicht so angenehm sein wird wie die letzte Nacht«.

»He!« protestiert Marion. »Wenn man Sie reden hört, könnte man meinen, wir hätten miteinander geschlafen! Ich glaub, ich träume!«

Um über Gilles und Ninas Verschwinden zu sprechen, nimmt sie das andere Telefon.

»Vierzehn Hotels habe ich jetzt angerufen«, stöhnt Capdevil. »Und bei Ihnen? Immer noch nichts?«

»Nein. Ich werde die Kollegen bei der Kripo in Rouen anrufen. Denen wird schon was einfallen. Und wenn dabei auch nichts herauskommt, werde ich sie offiziell als vermißt melden.«

»Herrgott noch mal, was mag da nur passiert sein? Es muß doch eine Erklärung geben.«

»Tatsächlich? Na, dann mal los, ich bin ganz Ohr!«

»Jetzt seien Sie doch nicht so, ich meine ja nur. Sie hatten nicht zufälligerweise Streit?«

Marion schweigt feindselig.

»Sicher, das geht mich nichts an«, räumt Capdevil vorsichtig ein. »Gibt es etwas, das Ihr ... Verlobter besonders mag?«

»Bitte?«

»Hat er ein Hobby, irgendein Steckenpferd? Wenn wir Typen auf etwas abfahren, wollen wir die Frau, die wir lieben, meistens auch dafür gewinnen. Vielleicht hat er an einem besonderen Ort Zimmer reserviert. Ich weiß doch auch nicht ... Golf, Tennis, Kanufahren, Boule ... Oder er wollte der Kleinen eine Freude machen.«

Marion denkt rasch nach, während in der Ferne der Kirchturm von Charmes auftaucht, gleich hinter einer großen Kreuzung, die man wegen des Straßenverlaufs »die Lenkstange« getauft hat. Auf einer Wiese weiden friedlich Kühe, die ihre Schwänze hin und her bewegen, um die Fliegen zu verscheuchen. Ein Stück weiter springt ein staksiges Fohlen um seine Mutter herum, die so tut, als sähe sie es nicht, es aber jedes Mal, wenn es sich an ihrem Fell reibt, verliebt mit dem Kopf anstupst.

Das Bild von Nina auf einem grauen Pony schiebt sich zwischen die Windschutzscheibe und die idyllische Weide.

»Pferde!« ruft Marion aus.

»Was?«

»Nina reitet für ihr Leben gern! Konzentrieren Sie Ihre Suche auf Reiterhöfe, Pony-Clubs und Freizeitparks.«

Capdevil seufzt zufrieden. Endlich so etwas wie eine Spur.

62

An der hohen Mauer, die das Schloß umgibt, hält Marion und geht, nachdem sie den Wagen abgeschlossen hat, an ihr entlang, um einen Zugang zu finden, der unauffälliger ist als der Haupteingang.

Um sie herum ist alles ruhig. Seit dem letzten Dorf hat sie kein Fahrzeug mehr im Rückspiegel gesehen, weder vier- noch zweirädrig, und seit sie die Lenkstange hinter sich gelassen hat, ist ihr nur ein Lieferwagen entgegengekommen.

Die Mauer ist in besserem Zustand, als sie gedacht hatte, und Marion flucht innerlich, während sie durch das hohe Gras steigt, das nasse Flecken auf ihrer Jeans hinterläßt. Ständig versinkt sie im lockeren, feuchten Boden. Nachdem sie an der ganzen Westseite der Mauer entlanggelaufen ist, erreicht sie den Teil, der von der Straße aus nicht zu sehen ist, und kann nun endlich einen Blick auf das Gebäude werfen. Was sich vor Marion auftut, ist von einer architektonischen Grausamkeit, die ihr die Sprache verschlägt. Die Mauer ist an dieser Seite des Grundstücks komplett abgerissen worden; ein Dutzend neu gebauter Häuser ragt nun dicht gedrängt aus dem Schloßpark empor, eine Wohnanlage, die sich sogar den Namen des Schlosses angeeignet hat: Manoir de Chantegrive. Die schnurgerade umzäunten Grundstücke und die eintönige Architektur der Häuser mit ihren ockerfarbenen Fassaden verunstalten den Park auf groteske Weise, während sich am anderen Ende das eigentliche Herrenhaus erhebt, verfallen und wie ein steingewordener Vorwurf. Es ist ein rechteckiges, schlichtes Gebäude mit drei Stockwerken und großen Türen, die auf eine Terrasse gehen. Das Haus ist zwar in schlechtem Zustand, aber durchaus repräsentativ und in jenem typischen Stil erbaut, für den der Landadel gegen Ende des neunzehnten Jahrhunderts eine Vorliebe hatte.

Enttäuscht muß sich Marion eingestehen, daß sie auf dem Holzweg war. Der Manoir de Chantegrive hat keinerlei Ähnlichkeit mit dem »Haus unserer Träume«.

63

Der Dorfplatz ist erstaunlich belebt. Der Postwagen steht mit offener Fahrertür vor der alten Viehwaage, und der blaue Kastenwagen der Gendarmen hat gegenüber dem Café Rodelot geparkt. Brigadeleiter Chrétiennot, den man an seinem roten Gesicht und dem Wanst, der sich unter dem Pullover wölbt, schon aus der Ferne erkennen kann, unterhält sich mit einem anderen Gendarmen und einem älteren Ehepaar. Alle Blicke richten sich auf Marion, als sie ihren Wagen hinter dem gelben Postauto mit den blauen Streifen zum Stehen bringt.

»Scheiße«, sagt sie laut, über die Anwesenheit der Gendarmen alles andere als erfreut.

Obwohl sie weiß, daß sie zu ihnen gehen muß, zögert sie, das schützende Auto zu verlassen, und wartet noch ein paar

Sekunden, während sie zerstreut dem Postboten zusieht, wie er den Briefkasten leert.

Gerade als sich Marion schließlich dazu durchringt auszusteigen, dreht sich der Postbote um. Es ist nicht der Briefträger, den sie schon mehrmals gesehen hat, sondern eine blonde junge Frau mit Brille, die in ihren gelben Wagen steigt, ohne sich auch nur im mindesten für Marion zu interessieren.

Brigadeleiter Chrétiennot scheint es nicht zu überraschen, daß Marion schon wieder in Charmes aufkreuzt, und dann auch noch an einem Wochenende. Aber er macht auch keinen feindseligen Eindruck, wie sie erleichtert zur Kenntnis nimmt. Er fragt sie nicht, warum sie gekommen ist, fast so, als hätte er mit ihr gerechnet. Hinter den mit Reklame beklebten Scheiben des Cafés taucht für einen kurzen Moment die Silhouette von Madame Rodelot auf. Marion blickt gebannt auf die Streifen des Plastikvorhangs, aber nichts geschieht. Die Gespräche auf dem Platz sind verstummt. Das ältere Ehepaar weicht scheinbar beunruhigt ein paar Schritte zurück, als rechneten die beiden damit, jeden Moment das Remake einer Szene aus einem blutigen Western mitzuerleben.

Chrétiennot bricht als erster das Schweigen.

»Kommissarin Marion! Sie kommen wie gerufen! Ich wollte sowie mit Ihnen reden.«

»Große Geister finden sich immer«, erwidert Marion zähneknirschend; ein Gespräch mit Chrétiennot hatte sie eigentlich nicht vorgesehen. »Ich bin ganz Ohr.«

»Nicht hier«, bestimmt der Gendarm, nachdem er einen Blick in die Runde geworfen hat. »In der Gendarmerie, in einer halben Stunde.«

Dreißig Minuten reichen Marion, um die Kripo in Rouen anzurufen. Die Beamten sind überzeugt, daß sie mit Hilfe von Marions Hinweisen – sofern diese überhaupt in die richtige Richtung gehen – und mit ihren technischen Möglichkeiten bald eine erste Spur finden werden. Capdevil, der in der ständigen Angst lebt, den hohen Ansprüchen seiner Chefin nicht zu genügen, dürfte zutiefst erleichtert sein, daß dieser Teil der Ermittlungen nun in den Händen der Beamten vor Ort liegt.

Brigadeleiter Chrétiennot empfängt Marion in einem spartanisch eingerichteten Büro, das nur ein paar alte Postkalender schmücken sowie einige Wimpel, die vom Ruhm verkannter Gendarmerie-Einheiten zeugen oder von Chrétiennots Teilnahme an zahlreichen Boule-Wettkämpfen.

»Ich wollte Sie anrufen«, sagt er ohne Umschweife, in recht freundlichem Ton. »Ich wollte mich bei Ihnen entschuldigen …«

Marion ist auf der Hut; sie sieht sich um, kann aber nichts Beunruhigendes feststellen, insbesondere, was das Nebenzimmer betrifft. Der Gendarm bemerkt ihre Anspannung.

»Da ist heute niemand drin«, beteuert er und deutet mit dem Daumen auf den Raum hinter ihm. »Sie sollten übrigens wissen, daß ich weder diesen Menschen noch seine Methoden gutheiße und daß ich keine Ahnung habe, was er im Schilde führt.«

»Ich nehme an, daß Sie mich nicht hergebeten haben, um mit mir über Commandant Martinez zu reden.«

»Nein, natürlich nicht, aber ich wollte Ihnen das trotzdem sagen.«

»Danke«, murmelt Marion, nun doch ein wenig entspannter. »Ich hatte auch vor, heute Abend zu Ihnen zu kommen.«

Chrétiennot faltet die Hände über dem Bauch. Für einen kurzen Moment funkeln seine kleinen schwarzen Augen mißtrauisch.

»Hm«, erwidert er, »das trifft sich ja gut ... Warum?«

»Ich möchte, daß Sie mir erlauben, mit Ihren Zeugen zu sprechen.«

»Mit wem?«

»Mit Vater Léon und einer alten Frau, die in der Nachbarschaft von Monsieur Léman wohnen muß. Sie heißt Blanc.«

Der Gendarm zuckt die Schultern.

»Fünfzig Prozent der Einwohner von Charmes heißen Blanc. Das ist eine der ältesten Familien hier in der Gegend. Meinen Sie vielleicht Marie Blanc, die bei den Lémans geputzt hat?«

»Wird sie von den Leuten Mutter Blanc genannt?«

»Ich denke schon. Wenn Sie die meinen, sie ist nach Gus' Tod ins Altersheim gegangen. Seitdem ist sie nicht mehr ganz klar im Kopf, ich kann mir nicht vorstellen, daß Sie viel von ihr erfahren werden.«

»Ich nehme an, Sie haben sie vernommen?«

»Ja, einer von meinen Leuten war direkt nach dem Mord bei ihr. Da hatte sie schon extrem abgebaut, er hat nichts aus ihr herausbekommen.«

Marion runzelt die Stirn.

»Ihr Sohn, Pierre Blanc«, erklärt der Gendarm, »ist der Briefträger von Charmes.«

»Ah!«

Sie konzentriert sich; eine vage Erinnerung geistert in ihrem Kopf herum.

»Ich hab's, jetzt fällt's mir wieder ein! Er ist derjenige, der Gus Lémans Leiche gefunden hat, oder?«

»Genau.«

»Das ist komisch ...« murmelt Marion. »Marie Blanc, die Mutter des Briefträgers!«

Chrétiennots Miene verrät, daß er sich fragt, was an dieser Entdeckung so aufregend ist. Auf dem Land sind alle mehr oder weniger miteinander verwandt, die Welt ist klein, von Zufall kann man da kaum sprechen. Darin muß ihm Marion zustimmen.

»Was erhoffen Sie sich von diesen Zeugen?« fragt der Gendarm, nun wieder argwöhnisch.

»Keine Angst, sie interessieren mich nicht wegen dem Mord an Gustave Léman, sondern wegen gewisser Dinge, die etwas mit ihm selbst und mit seiner Vergangenheit zu tun haben. Ich kann Ihnen nicht mehr dazu sagen, aber ich verspreche Ihnen, daß ich mich nicht in Ihre Ermittlungen einmischen werde.«

»Ich danke Ihnen für Ihre Offenheit.«

Er schweigt und mustert sie lange, als könnte ihr Gesicht ihm verraten, welche Falle sie ihm gestellt hat. Marion hält seinem Blick stand und spürt, wie der Gendarm langsam, aber sicher weich wird.

»Einverstanden«, sagt er schließlich. »Ich vertraue Ihnen, aber das muß unbedingt unter uns bleiben.«

»Natürlich. Allerdings wissen Sie selbst, daß mein Treiben hier in der Regel nicht unbemerkt bleibt.«

Er nickt ärgerlich und schickt sich an, seine Meinung zu diesem Thema kundzutun. Marion winkt ab.

»Was wollten Sie mir eigentlich sagen?«

»Ich habe Sie der Brandstiftung verdächtigt ... Ich hatte unrecht. Die Sachverständigen sind sich ganz sicher. Das Feuer ist an mehreren Stellen gleichzeitig entzündet worden, und alles ist sehr schnell, innerhalb von Sekunden, in Flammen aufgegangen. Gegen Mitternacht. Madame Rodelot hat ausgesagt, daß Sie das Café in dem Zeitraum zwischen Ihrer Ankunft und dem Feueralarm nicht verlassen haben. Ihr Wagen hatte einen Platten ...«

»Ich hätte zu Fuß hingehen können, um das Feuer zu legen. Das Café verlassen, ohne daß sie mich hört ...«

Chrétiennot, der bis dahin sehr zurückhaltend war, lacht laut los.

»Wenn man die gute Frau kennt, weiß man, daß das unmöglich ist. Eine Fremde unter ihrem Dach, das gibt Stoff für mindestens zwei Jahre Tratsch! Sie können sicher sein, daß Sie auf jeden Seufzer von Ihnen gelauert hat.«

»Kann ich mir vorstellen«, erwidert Marion und muß ebenfalls lachen. »Und Ihre Zeugen? Haben die ihre Anschuldigungen zurückgenommen? Vater Léon, der Briefträger?«

Der Gendarm fährt zusammen.

»Woher wissen Sie das?«

»Ich bin Bulle.«

»Also gut! Vom Postboten weiß ich es nicht, weil er in Urlaub ist, Sie haben eben seine Vertretung gesehen. Und unter uns gesagt, ist dieser Mann zwar sehr informiert, aber ein bißchen ... eigen.«

»Das heißt?«

Er beugt sich vor und senkt die Stimme, während seine Augen belustigt funkeln.

»Ein Einzelgänger, er hat nicht mit vielen Leuten Umgang, aber er kennt jeden. Ein merkwürdiger Typ! Ich vertraue lieber Vater Léon, der alles zurückgenommen und ausgesagt hat, daß er Sie tatsächlich an jenem Abend in der Nähe des Hauses gesehen hat, aber ... viel früher.«

Marion äußert sich nicht und zeigt keinerlei Regung.

»Wobei man sich in seinem Alter natürlich mit der Uhrzeit vertun kann«, fügt der Gendarm seufzend und mit einem spöttischen Lächeln hinzu.

Chrétiennots Umschwenken kommt überraschend, aber

aus irgendeinem Grund ist Marion versucht, dem Mann zu vertrauen.

»Sie wußten, daß ich zurückkommen würde, stimmt's?« fragt sie ihn aus heiterem Himmel. In diesem Moment taucht ein junger Beamter in der Tür auf und winkt seinen Chef aufgeregt zu sich.

Chrétiennot schnalzt verärgert mit der Zunge und steht auf. Plötzlich allein, würde Marion schrecklich gern noch einmal in Rouen oder bei Capdevil anrufen. Sie starrt auf ihr Handy, hört zweimal die Mailbox ab, auf der wieder kein Anruf eingegangen ist, und legt das Gerät wütend aus der Hand. In der Stille der Gendarmerie dringen die Fetzen eines Gesprächs zu ihr. Sie kann die Stimmen nicht erkennen und nicht verstehen, was sie sagen, aber sie ist sich sicher, daß man über sie spricht. Im übrigen hat sie ihren Namen herausgehört. Dann verklingen die Stimmen, und Chrétiennots Schritte kommen näher.

»Wenn man vom Teufel spricht …« sagt er, ohne sich wieder zu setzen und ganz so, als wüßte Marion schon Bescheid. »Wo waren wir stehengeblieben? Ach ja! Es ging darum, ob ich wußte, daß Sie zurückkommen würden … Sehen Sie, Sie machen nicht gerade den Eindruck, als würden Sie leicht aufgeben. Aber ich würde schon gern etwas wissen.«

Marion ahnt, was ihm keine Ruhe läßt und was er von ihr hören möchte: ob sie wirklich in Gus Lémans Haus gewesen ist, und wenn ja, was der Grund für diesen heimlichen Besuch war. Sie würde ihm gern einen Gefallen tun und ihm ehrlich sagen, was sie von dem Brand hält, aber die Stimme der Vernunft sagt ihr, daß es ungeschickt und falsch wäre. Dabei hätte sie wirklich Lust, etwas für ihn zu tun, und sei es auch nur, weil er Martinez nicht mag.

Chrétiennot sieht zu, wie sie aufsteht und in ihrer merkwürdigen Tasche wühlt, auf der ein Drogeriemarktartikel angepriesen wird. Sie zieht einen Plastikbeutel daraus hervor, der den Tüten ähnelt, die er selbst zur Sicherstellung von Asservaten benutzt. Den Inhalt kann er nicht genau erkennen, aber es sieht wie eine Brieftasche aus. Sie reicht ihm die Plastiktüte.

»Hier, nehmen Sie das. Ich weiß nicht, wie Sie in Ihren Ermittlungen zum Mord an Monsieur Léman vorankommen, aber ich denke, daß es Ihnen nützen kann. Ich werde Ihnen nicht verraten, wo ich es gefunden habe, aber es kann sein, daß die Fingerabdrücke des Mörders drauf sind. Ich schenk's Ihnen, machen Sie was draus.«

Während sie durch das große Nachbarbüro geht, in dem ein Gendarm die Regionalzeitung *Le Bien public* liest, steigt ihr wieder jener Geruch in die Nase, der sie scheinbar überallhin verfolgt. Mutter Blancs Balsam.

Der Gendarm ist der gedrungene Mann mit dem großen schwarzen Schnurrbart, der Chrétiennot stets begleitet. Marion ist ihm schon mehrmals begegnet, hier in diesem Büro, im Café Rodelot und vor dem brennenden Haus. Sie bleibt vor ihm stehen und sieht ihn an. Er blickt nicht einmal auf.

65

In Mirabel hat Marion einen weiten Bogen geschlagen, um sicherzugehen, daß ihr niemand folgt. Sie stellt fest, daß dieses Dorf mit seinen blumengeschmückten Straßen und dem Flüßchen, das sich friedlich hindurchwindet, durchaus Charme hat. Ein paar Jugendliche, die auf ihren knatternden Maschinen hocken und revolutionäre Reden schwingen, unterbrechen für einen Augenblick ihr Gespräch, um Marion den Weg zu der Adresse zu erklären, nach der sie sich erkundigt hat.

Marion will dem Eigentümer des verschrotteten Fiats einen Besuch abstatten; er besitzt eine Kfz-Werkstatt am nördlichen Dorfausgang, zwischen einem Supermarkt und einem Beerdigungsinstitut, genau gegenüber der Post. Die Werkstatt Mignot hat geschlossen, aber auf der Straße und sogar auf dem Bürgersteig stehen zahlreiche mehr oder weniger ramponierte Autos herum.

Daß die Werkstatt auch Motorräder repariert und daß Monsieur Mignot Yamaha-Vertragshändler ist, entgeht Marion nicht.

66

Suzanne Renoir sitzt in ihrem Wohnzimmer auf dem Sofa, mit angezogenen Beinen und durchgedrücktem Rücken, in einer fast feierlichen Pose. Sie hat praktisch nichts gegessen, und ihre fiebrigen Augen flackern über den eingefallenen Wangen. Naïma Meceri, die regelmäßig im Garten »auf Streife geht«, scheint ihre Leibwächterrolle sehr ernst zu nehmen. In Wahrheit tut sie das nur, um die eigene Nervosität zu unterdrücken.

Marion hat sich in einen Sessel sinken lassen und die Augen geschlossen. Sie sammelt das bißchen Energie, das ihr noch geblieben ist, um nicht die Selbstbeherrschung zu verlieren.

Auf Wunsch von Suzanne, die das Alleinsein nicht erträgt, ist sie in die vornehme Wohngegend am Rand von Dijon gekommen, wo ihre frühere Kommilitonin lebt. Die junge Meceri ist Suzanne zu schweigsam, nicht präsent genug. Marion hat eingewilligt, denn bei der Vorstellung, die Nacht in irgendeinem Hotelzimmer zu verbringen, packt sie selbst das blanke Entsetzen, und auch der Gedanke, Madame Rodelots Gastfreundschaft erneut in Anspruch zu nehmen, begeistert sie nicht; obwohl sie ihr in jedem Fall einen Besuch schuldig ist, um sich zu bedanken.

Suzanne hat bei einem thailändischen Imbiß Essen bestellt, das die drei Frauen kaum angerührt haben. Marion hat unentwegt zwischen Rouen und Lyon hin und her telefoniert, um bei jedem Anruf dieselbe Antwort zu erhalten: Nichts Neues. Gegen neunzehn Uhr hat sich Capdevil nochmals einspannen lassen und die Suchaktion, die während des Wochenendes ins Stocken geraten ist, wieder angekurbelt. Eine Stunde später hat er angerufen, um durchzugeben, daß um achtzehn Uhr dreißig im Süden von Rouen ein Signal empfangen worden sei; das kann nur Marions letzter Anruf auf Gilles Handy gewesen sein. Also befinden sich die beiden nicht mehr an der Küste, sondern in der Gegend um Rouen. »Herrgott noch mal, warum nur?« fragt sich die junge Frau immer wieder.

Marion war gezwungen, ihren Begleiterinnen die Situation zu erklären, was die düstere Stimmung noch verschlimmert hat.

Es ist fast dreiundzwanzig Uhr. Das Klingeln des Telefons läßt Marion aus ihrem Sessel hochfahren, und sie springt zitternd auf. Den ganzen Abend hat sie sich mit der Erkenntnis herumgeschlagen, daß jede verstrichene Stunde schlechtere Nachrichten verheißt. Während sie sich das Alpha-Handy 2 ans Ohr preßt, dreht sich alles um sie herum. Das kann nur Capdevil sein.

»Wir haben sie gefunden«, sagt der Capitaine.

67

»Ich höre.« Marions Stimme ist eisig.

»Ich weiß, daß es keine gute Idee war«, hört sie Gilles am anderen Ende der Leitung sagen.

Er spricht leise, und seine Stimme klingt betreten.

»Wo seid ihr?« fragt Marion in noch schrofferem Ton.

»In Tolysland. Das ist ein Vergnügungspark in der Nähe von Rouen. Gestern haben wir am Meer übernachtet.«

»War das deine Idee, auf meine Anrufe und Nachrichten nicht zu reagieren?«

»Ninas.«

Marion glaubt, sich verhört zu haben.

»Sie war wütend, weil du nicht da warst ... Ich dachte, es wäre richtig.«

»Zum Donnerwetter, weißt du eigentlich, was ihr getan habt? Ich bin vor Angst gestorben! Ist dir das eigentlich klar, du Mistkerl!«

Sie explodiert, läßt einen sinnlosen Wortschwall auf Gilles niederprasseln, beschimpft ihn, läßt alles heraus, was sich in ihr angestaut hat. Er sagt nichts, er weiß nicht, was er sagen soll, er hört ihr zu. Am Ende ist Marion halb in Tränen aufgelöst. Sie dachte, Gilles und Nina seien tot, von diesem Irren, Martinez oder wem auch immer, entführt, diesem Menschen, der sie vernichten will und nicht zögert, ihr und ihren Angehörigen etwas anzutun. Gilles versteht kein Wort von all dem. Er schlägt ihr vor, am nächsten Tag in aller Ruhe darüber zu reden, aber so sehr er sich auch bemüht, es gelingt ihm nicht, sie zu beruhigen.

Sie hat mit einem Zug zwei Gläser Cognac geleert, und langsam kommt wieder Leben in ihren Körper, den sie einen Moment lang schon nicht mehr gespürt hat. Ihr Kopf wird schwer, und eine angenehme Wärme läßt Beine und Arme erschlaffen. Sie schenkt sich ein drittes Glas ein, und Suzanne tut das Gleiche. Nur Meceri trinkt nichts. Schweigend grübelt sie über ihr Schicksal nach. Marion hat ihr vorgeschlagen, schlafen zu gehen, aber die junge Frau wartet darauf, daß ihre Begleiterinnen sich zurückziehen, um noch einmal alle Türen zu kontrollieren.

»Das ist schon ein Witz«, murmelt Suzanne, deren Zunge immer schwerer wird. »Meine Freundin Edwige, ich meine … meine Freundin Marion ist hier!«

Sie hat mit solcher Emphase gesprochen, daß sie selbst darüber kichern muß. Wieder nimmt sie einen kräftigen Schluck, an dem sie fast erstickt.

»Was ist los, Meceri?« erkundigt sich Marion, weil das unruhige Herumgelaufe der jungen Frau sie allmählich zu stören beginnt.

»Nichts, Chef.«

»*Nichts, Chef*«, äfft Suzanne sie nach.

»Sie lügen nicht gut, Meceri«, beharrt Marion, die sich trotz ihres Alkoholpegels denken kann, was ihre junge Kollegin umtreibt. »Vielleicht kann ich Sie hiermit ein bißchen beruhigen: Ich bin heute Morgen bei den Ballistikern gewesen und habe sie dazu überredet, sich noch einmal im *Chien qui fume* umzusehen.«

»Warum?« fragt Meceri mißtrauisch.

»Weil ich nicht davon überzeugt bin, daß die Kugel, die Sie in die Decke geschossen haben, Talon getroffen hat.«

»Ich bin mir sicher, daß sie ihn nicht getroffen hat. Aber keiner glaubt mir.«

»Was habe ich denn gerade gesagt? Ich glaube Ihnen. Aber bislang bin ich die einzige. Ich glaube fest daran, daß es irgendwo eine Waffe gibt, die von den Ballistikern noch nicht untersucht worden ist.«

»Was meinen Sie damit?«

»Talons Waffe hat den Anwalt getötet, das ist eine Tatsache. Er hat in Notwehr gehandelt. Aber wenn weder Sie noch Prunier auf Talon geschossen haben, muß es eine Waffe geben, die noch nicht gefunden worden ist.«

»Wie soll ich aus diesem Schlamassel nur wieder rauskommen?« fragt Meceri mit sorgenvollem Gesicht.

»Sicher«, sagt Marion nachdenklich, »wenn man an die Kugel herankäme, die in Talons Körper steckt ...«

Meceris düsterer Blick hellt sich ein bißchen auf.

»Wird das möglich sein?«

»Nein, ich denke nicht. Es sei denn, er stirbt.«

Marion hilft Suzanne, den Weg in ihr Zimmer zu finden, in dem es wie in einer Werbung für Deko-Artikel aussieht. Ein Traum in Tüll, mit kuscheligen Kissen, wo man hinsieht. Das Zimmer eines kleinen Mädchens, das auf die Vierzig zugeht, mit Puppen und einem Teddybären. Suzanne ist so betrunken, daß sie sich kaum noch auf den Beinen halten kann. Marion hilft ihr, sich hinzulegen, und stopft die Decke um sie herum fest, verbietet ihr aber die kleine, rosafarbene Pille, nach der sie schon greift, weil die sich mit dem Alkohol bestimmt nicht gut verträgt.

»Ich würde zu gern wissen, wo er diese blöde Akte hingetan hat«, murmelt Suzanne vor sich hin, schon halb im Schlaf.

»Was sagst du?«

»Mein Vater und sein elendes Chaos ...«

Verblüfft wird Marion Zeuge, wie Suzanne plötzlich einen ganz anderen Ton anschlägt.

»Er war eine Nervensäge, anspruchsvoll, ein Nörgler. Er hat getrunken wie ein Loch, aber heimlich. Ein gesellschaftsfähiger Alkoholiker, nie betrunken. Oder wenn, dann immer noch mit Würde. Weißt du, was ich meine?«

Marion faßt es nicht. Reißt sich Suzanne jetzt die Maske der liebevollen Tochter vom Gesicht? Ist das Groll oder Verdruß über diesen Vater, der nicht mehr da ist?

»Ist er selbst nach Paris gefahren, um sich um die Wohnung am Boulevard Richard-Lenoir zu kümmern?« Marion kann nicht umhin, ihr diese Frage zu stellen; sie muß Suzannes plötzliches Mitteilungsbedürfnis nutzen.

Die junge Frau nickt.

»Ich erinnere mich noch an eine Sache«, lallt sie, »von wegen Reise. Als du angerufen hast, um mit meinem Vater einen Termin auszumachen, war ich da. Josée, diese alte, eingebildete Pute ... ach, von der muß ich dir übrigens auch was erzählen ... Die hat nämlich alles versucht, damit er sie heiratet, aber der Alte war ja nicht verrückt.«

»Und was hat sie gemacht, als ich angerufen habe?« Marion läßt nicht locker.

»Sie hat deinen Anruf hierher durchgestellt. Nachdem mein Vater mit dir geredet hatte, hat er gesagt, daß er den Nachlaß seines Freundes Léman jetzt abwickeln könne. Er hat sich gefragt, was die Erbin wohl für ein Gesicht machen würde.«

»Hat er noch mehr dazu gesagt?«

Suzanne schüttelt ihre rote Mähne.

»Nichts. Er hat ausgesehen wie ein Junge, der einen lustigen Streich ausheckt.«

Marion denkt an die Kartons und ihre Folgen für ihr eigenes Leben, an das Haus, das abgebrannt ist, noch ehe sie es erben konnte, und sie findet den Scherz nicht besonders gelungen.

»Hatte er denn zu diesem Zeitpunkt die Akte?«

»Weiß ich nicht mehr. Glaube ich aber nicht. Einen Teil des Vormittags war er weg. Gegen Mittag ist er zurückgekommen, da hatte er ziemlich getankt ... so wie ich heute abend. Er hat mir gesagt, daß er am nächsten Tag mit dir zu Mittag essen würde, draußen, und daß er das Auto brauchen würde.

»Und was denkst du darüber?«

»Er hatte vor zu verreisen.«

In dem Café, dessen nach Süden gehender Raum sonnendurchflutet ist, duftet es nach gutem Essen. Marion glaubt einen Hasen in Weißweinsauce zu erschnuppern, mit Pfifferlingen, von denen sie auf den Märkten der Dörfer, durch die sie auf der Fahrt von Dijon nach Charmes gekommen ist, Berge gesehen hat. Nur zwei Gäste sitzen an einem Tisch, zwei Typen mittleren Alters im Sonntagsstaat, deren glänzende Augen auf die Anzahl der gezechten Aperitifs schließen lassen. Sie stehen auf, als Marion an die Theke tritt. Die Stuhlbeine kratzen laut über das Parkett, und einer der beiden Männer schwankt bedrohlich.

»He! Reine!« schreit der andere. »Wir müssen jetzt Essen fassen. Komm mal her und sag, was du von uns kriegst!«

»Ja doch! Ja doch!« ertönt die Stimme der alten Frau aus der Küche.

Auch sie ist sonntäglich herausgeputzt: ein malvenfarbenes Kleid, schwarze Strümpfe und eine weiße Baumwolljacke, die mit Blümchen in der Farbe des Kleides bestickt ist. Sie war in der Kirche, denn auf einem der Tische liegt neben einem schwarzen Spitzentuch noch das Gebetbuch. Als sie Marion sieht, bleibt sie wie angewurzelt stehen, und ihre finsteren Augen leuchten für einen kurzen Moment auf.

»Guten Tag, Madame Rodelot«, sagt Marion leise, nachdem die alte Frau kassiert, die Gäste zur Tür begleitet, ihren Tisch abgewischt und die Stühle, die sie umgeworfen haben, wieder aufgestellt hat. »Ich wollte mich bei Ihnen dafür bedanken, daß Sie zu meinen Gunsten ausgesagt haben.«

Die Frau zuckt die Achseln und steuert so zielstrebig auf die Küche zu, daß Marion schon fürchtet, sie könne wieder verschwinden, ohne sie auch nur begrüßt oder verabschiedet zu haben.

»Ich habe nur die Wahrheit gesagt«, entgegnet Madame Rodelot plötzlich und dreht sich unvermittelt um. Ob Marion essen will?

Der Hase in Weißwein ist köstlich, die Pfifferlinge ein Gedicht. Die beiden Frauen essen schweigend, Mutter Rodelot mit flinken Bewegungen, hellwach, als wäre sie auf der Hut. Marion, die spät aufgestanden ist, leicht verkatert und mit pochenden Schläfen, genießt die Stille und die Kochkünste ihrer Gastgeberin.

»Wenn ich nichts zu sagen habe, sage ich auch nichts!« verkündet Madame Rodelot plötzlich. »Und ich mag keine Taugenichtse!«

»Was meinen Sie damit?«

»Oh, ich weiß, wovon ich rede.«

»Sicher. Spielen Sie auf die Sache mit meinem Auto an?«

»Unter anderem.«

»Wer hat das Ihrer Meinung nach getan?«

»Ein Nichtsnutz, das sagte ich doch.«

Wortkarg ist kein Ausdruck, denkt Marion. Die Alte steht auf und verschwindet. Kurz darauf kommt sie zurück, eine Käseplatte in der einen und einen Zwetschgenkuchen in der anderen Hand.

»Es heißt, Sie wären die Erbin vom Gus«, sagt sie schließlich. »Stimmt das? Oder ist das ein Märchen?«

»Wer sagt das? Die Gendarmen? Die Gerüchteküche?«

»Ein bißchen von beidem. Anscheinend war er sehr reich.«

Durch das gute Essen aufgemuntert, bricht Marion in schallendes Gelächter aus.

»Das glaube ich nicht, nein. Und ich habe keinen Grund, etwas von ihm zu erben.«

Genausowenig wie sie einen Grund hat, dieser Frau, die vor Neugier platzt, ihre Geheimnisse anzuvertrauen.

»Madame Rodelot«, sagt Marion, während sie sich ein Stück wunderbar reifen Brie abschneidet, »erzählen Sie mir von Claire Arthur.«

»Ah, dann wissen Sie jetzt ihren Namen?«

»Ja. Wo hat sie gewohnt?«

»Im Schloß. Ja ja, bei ihren Eltern.«

Marion ist sprachlos.

»In welchem Schloß?«

»Dem Schloß von Charmes«, erwidert die alte Frau und deutet mit dem Kinn in die Richtung des Manoir de Chantegrive. »Ihr Vater war Baron Arthur des Aubrais de Chantegrive. Ihre Mutter war eine De la Motte. Na ja, die Claire, die fand diese Titel schrecklich, die ließ sich mit dem Vornamen ihres Vaters ansprechen. Claire Arthur ... Die haben nie gearbeitet, diese Leute. Arbeiten, das war denen nicht fein genug. Tja, und als sie gestorben sind, da waren sie ruiniert! Ist nur gerecht.«

»Und Claire?«

»Auch gestorben.«

»Ich weiß ... Aber wie ist das passiert?«

»Eben so. Zwanzig Jahre war sie alt.«

Marion hakt nicht weiter nach: Sie lernt allmählich, den verstockten Gesichtsausdruck ihrer Gastgeberin richtig zu deuten, und wechselt das Thema.

»Hat sie keine Kinder gehabt?«

Reine Rodelot reißt die Augen auf und fängt an, mit fahrigen Bewegungen den Kuchen in Stücke zu schneiden. Sie schüttelt heftig den Kopf, schiebt dann die Brille auf ihrer Nase wieder hoch.

»Nein, keine Kinder. Und Sie? Haben Sie welche?«

»Eine kleine Tochter. Ich würde gern ins Bürgermeisteramt gehen, meinen Sie, daß das möglich ist?«

Die Alte richtet ihre trüben Augen auf die gleichmäßig

tickende Uhr über der halb geöffneten Tür, die zum Hof hinter dem Bistro führt. Die Uhr schlägt zwei.

»Der Bürgermeister wird gleich dasein. Er ist jeden Sonntagnachmittag im Rathaus.«

69

Der Tod von Claire des Aubrais de Chantegrive ist am 30. Juni 1959 im Bürgermeisteramt von Charmes eingetragen worden. 1959 war ein außergewöhnliches Jahr für diese Gemeinde, die noch nie mehr als zweihundert Seelen gezählt hat und unmittelbar nach dem Krieg einen Babyboom erlebte, der mit fünf Geburten im Jahr 1946 seinen Höhepunkt erreichte; dagegen starben in der Regel zwei, schlimmstenfalls drei Einwohner pro Jahr. 1959 hatte Charmes allerdings sechs Sterbefälle zu verzeichnen: Jean Léon, gefallen am 10. März in Algerien fürs französisches Vaterland, Claire des Aubrais, auch Claire Arthur genannt, aus dem Leben geschieden am 30. Juni, ihre Eltern, verstorben am 9. September sowie zwei Unbekannte, die gegen Jahresende das Zeitliche segneten.

»Das war ein düsteres Jahr«, bemerkt der Bürgermeister, der so aussieht, als wäre er damals noch gar nicht oder gerade erst auf der Welt gewesen. »Das war ein regelrechter Bevölkerungsschwund!«

Mit seiner schmächtigen Gestalt, in seinem zu engen Anzug sieht er aus wie ein braver Volksschullehrer.

»Wissen Sie, woran die Besitzer des Manoir de Chantegrive gestorben sind?«

»Ich stamme nicht aus dem Dorf, ich wohne erst seit zehn Jahren in Charmes. Bei den letzten Wahlen bin ich zum Bürgermeister gewählt worden …«

... unfreiwillig und weil niemand anders wollte, scheinen seine ernsten Augen hinzuzufügen.

»... und wenn Sie fertig sind, Mademoiselle, würde ich gern das Büro schließen.«

Marion steht auf und gibt ihm das Verzeichnis zurück, in dem sie die Geburten, Hochzeiten und Sterbefälle der kleinen, aber erstaunlich beständigen Einwohnerschaft von Charmes nachlesen konnte. Um sie herum riecht es nach Schule, nach Kreide, Papier und alten Öfen. Das Büro des Standesamtes liegt genau über dem einzigen Klassenraum der früheren Schule, die schon seit langem geschlossen ist; den Klassenraum hat man so gelassen, wie er war, mit seinen Dreierpulten für die Großen, den Viererpulten für die Kleinen, dem Lehrerpodest mit dem Schreibtisch darauf und den Landkarten an den Wänden. Durchs Fenster kann Marion den teilweise überdachten Schulhof sehen, mit den Toiletten auf der rechten Seite. Sie stellt sich Gus vor, wie er in dem Klassenraum sitzt, und wie der strenge Lehrer den widerspenstigen Schülern mit seinem eisernen Lineal auf die Finger schlägt. Nur bei Gus tut er das nicht, wegen seiner Krankheit und vielleicht auch, weil er damals noch ein braver Junge war.

»Mademoiselle ...«

Marion reagiert nicht. Sie sieht Gus vor sich, wie er in seinen kurzen Hosen und wie immer mit blutigen Knien auf das Lehrerpodest tritt. Er streckt die Hand aus, Monsieur Jacotin überreicht ihm ein Buch, *Der Esel und die beiden Mädchen*. In Ermangelung von Kindern wurde die Schule 1970 geschlossen.

»Die Leute kriegen keine Kinder mehr«, hatte Reine Rodelot vorhin im Café gejammert und dabei ihren Kaffee so heftig umgerührt, daß er auf den Tisch schwappte. »Sie haben keine Zeit mehr, die Frauen arbeiten in der Stadt ... So ist das mit der Jugend von heute.«

Die Jugend von heute ist auch nicht anders als die Jugend vor vierzig oder fünfzig Jahren. Oder vielleicht doch, zumindest ein bißchen, denkt Marion. Jedenfalls bekommen die jungen Leute nicht mehr und nicht weniger Kinder. Im Jahr 1959 wurde in Charmes nur eine einzige Geburt registriert, am 4. Juli. Ein Junge.

70

Vater Léon sitzt auf der Bank am Ende von Gus Lémans Garten, die Hände auf den Knauf eines hölzernen Gehstocks und das Kinn auf die Finger gestützt. Regungslos blickt er zum Horizont.

Der Brandgeruch ist noch sehr stark, es stinkt nach feuchtem, verkohltem Holz und nach Metall, das zu rosten beginnt. Am unangenehmsten ist der Geruch, den die Überreste der Matratzen und der zu Asche verbrannte Stoff verströmen.

»Kann man den Mont Blanc heute sehen?« fragt Marion und setzt sich neben ihn.

Der Alte rührt sich nicht.

»Ich wußte, daß Sie wiederkommen würden«, sagt er nach langem Schweigen.

»Sie also auch. Na, ich muß schon sagen ...«

»Ich weiß schließlich, daß Sie schon mal hier waren ...«

Obwohl die Stimme des Alten neutral, ja fast wohlwollend klingt, deutet Marion diesen Satz als Warnung und wechselt rasch das Thema:

»Sie haben schon immer hier gelebt, Monsieur Léon, nicht wahr?«

»Ja«, antwortet er. »Ich bin in diesem Haus geboren, ich habe hier geheiratet, und hier ist auch mein Sohn auf die Welt gekommen ...«

»War Jean Ihr einziger Sohn?«

»O ja! Meine Frau Jeanne, die hat damals schwer gelitten, bis er schließlich draußen war. Keine Kinder mehr, hat der Arzt gesagt, sonst … Ach, mein Gott!«

»War er so alt wie Gus?«

»Ein Jahr jünger. Aber sie sind am gleichen Tag weg, zum Militär. Der Jean, der hat sich von dem anderen überreden lassen, seinen Wehrdienst vorzeitig abzuleisten. So war das.«

»Es tut mir leid.«

»Ach, das ist alles so lang her … Obwohl, vergessen tut man's nicht. Ein Kind bleibt ein Kind. Er wär jetzt sechzig.«

»Und die Verlobte von Gus? Claire …?«

»Ein liebes Mädchen. Mein Jean, der hätt ihr schon gern ein bißchen den Hof gemacht, aber die hatte ja nur Augen für den anderen, klar. Der war ein Charmeur, der Gustave. Tja, so hat er ihr dann hübsch was ins Nest gelegt, und dann tschüß … Sie hat ihn nie wiedergesehen und wollte nicht mehr leben.«

»Verzeihung«, murmelt Marion, »ich glaube, ich habe Sie nicht verstanden.«

»Doch doch, Sie haben's schon verstanden: Claire war in anderen Umständen, die hat sich geschämt, wegen der Eltern, die ihre Prinzipien hatten. Als sie schließlich eingesehen hat, daß dieser Taugenichts sie wirklich sitzengelassen hat, da hat sie sich die Pulsadern aufgeschnitten.«

»Du lieber Gott!« ruft Marion entgeistert aus. »Und das Baby?«

»Ist auch gestorben. Was denken Sie denn?«

»Im wievielten Monat war sie da?«

»Sie hat bis zum Schluß gewartet. Mutter Blanc hat mir mal erzählt, Claire hätte ihm geschrieben, dem Gus, und ihm gesagt, daß das Kind jeden Moment auf die Welt kommen würde. Dieser Dreckskerl! Er hat ihr einfach nicht geantwortet, das war wohl zu viel für sie …«

Er läßt seinen Blick in die Ferne schweifen, und Marion denkt an Claires Brief, den sie in ihre Tasche gesteckt hat, ohne ihn zu öffnen.

»Und das ist noch nicht alles«, fährt Vater Léon fort. »Weil der Baron und die Baronin noch nie gearbeitet hatten und die kleine Claire für ihren Lebensunterhalt sorgte, haben sie beschlossen, ebenfalls Schluß zu machen. Die haben sich vergiftet.«

»Das gibt's doch gar nicht! Sind Sie sicher?«

»Fragen Sie die Leute, ob ich die Wahrheit sage! Fragen Sie mal Marie Blanc, die hat bei denen geputzt und gekocht. Aber das Schlimmste ist, daß sie noch einen kleinen Jungen hatten.«

Das ist ja der reinste Alptraum, denkt Marion. Und plötzlich fällt ihr wieder der Ausspruch ihrer Mutter über die Bauern im Burgund ein: »Wenn der Maulesel einmal loslegt, kann ihn nichts mehr bremsen.« Erbarmen! Verschonen Sie mich mit dem Rest!, hätte sie Vater Léon am liebsten zugerufen, aber der fährt unbeirrt fort:

»Der Junge war um die drei. Unser kleiner Nachzügler, wie die Baronin immer so schön sagte. Zurückgeblieben war er, aber wie. In diesen Familien sind sie ja alle mehr oder weniger verwandt. Die heiraten untereinander, ›damit die Linie rein bleibt und um den Besitz zusammenzuhalten‹, so hat's der Baron ausgedrückt. Und was ist dabei rausgekommen: der kleine Philippe, eine richtige Mißgeburt … Die Schwestern von der Wohlfahrt haben ihn aufgelesen, hier wollte ihn ja keiner. Die Leute hatten Angst vor ihm, weil er gesabbert und geschrien hat wie ein Tier …«

Marion ist fassungslos über diesen Schwall von Enthüllungen. Sie braucht nicht eine einzige Frage zu stellen. Vater Léon redet wie ein Buch. Die Pausen braucht er nur zum Luftholen.

»Sie waren schon mal hier«, fängt er wieder an.

Dieses Mal kann sich Marion nicht herauswinden. Der Alte läßt ihr im übrigen keine Zeit, auch nur darüber nachzudenken.

»Vor dreißig, vielleicht auch zweiunddreißig Jahren. Es war im Sommer. Ich erinnere mich noch daran, wir waren gerade mit der Ernte fertig, und der Hopfen war fast reif. Mutter Léman hatte ihren Anfall gehabt, und wir dachten, die würde sich nicht mehr erholen. Da ist der Gus hier aufgetaucht, in einem tollen, funkelnagelneuen Auto mit Schweizer Kennzeichen. Er hatte eine Frau dabei, eine schöne, dunkelhaarige Frau. Und ein Mädchen, sechs oder sieben Jahre alt. Zwei Tage sind sie geblieben, und das Mädchen hockte ständig auf der Schaukel. Den ganzen Tag hab ich das Knarren gehört.«

Marion ist erschüttert. Sie wußte, daß ihr dieses Haus vertraut war, dieser Garten und die Schaukel im Laubengang! Daß der alte Léon sich so genau daran erinnert, ist erstaunlich und verwirrend. Sie ahnt, daß er gute Gründe dafür hat.

»Was ist passiert?« fragt sie, ohne die Stimme zu heben.

»Der Tod meines Jungen hatte eine Wunde in mir gerissen, die noch nicht verheilt war. Ich konnte kaum schlafen, auch nach all den Jahren. Ich war böse auf Gus, ja ich haßte ihn. Aus verschiedenen Gründen: Claires Selbstmord, der Tod von meinem Jean, der bloß in den Krieg gezogen war, um bei diesem Mädchen Eindruck zu schinden, Gustaves Erfolg und dann auch noch diese schöne Frau an seiner Seite. Keiner von uns hat gewußt, was aus ihm geworden war und womit er reich geworden war. Ich verabscheute ihn, ich wollte, daß er verreckt. Aber ich hatte nicht den Mut, ihn umzulegen, ich bin noch nie mutig gewesen, Mademoiselle, nicht einmal so mutig, mich selbst umzubringen. Und Sie können mir glauben, daß ich immer wieder daran gedacht habe. Also habe ich ihn an die Gendarmen verpfiffen.«

»Was? Sie haben ihn ...«

»Ja.«

»Aber warum? Ich meine, was wußten Sie über ihn?«

Vater Léon lächelt schelmisch.

»Nichts. Ich wußte nur, daß sich einige Leute für ihn interessierten. Bevor er mit seiner Limousine hier aufkreuzte, habe ich mindestens dreimal Besuch von zwielichtigen Typen bekommen, die sich nach ihm erkundigten. Ein ehrbarer Bürger wird nicht von solchen Leuten gesucht, habe ich mir gesagt ...«

»Und dann?«

»Gus war pfiffiger als die Gendarmen. Der muß einen sechsten Sinn gehabt haben, oder vielleicht schlief er auch einfach schlecht. Jedenfalls hat er sie kommen sehen, um fünf Uhr morgens, hier, von dieser Stelle aus. Bei dem Panorama hat man ja mindestens zehn Kilometer Sicht! Er hat die Frau und das Mädchen ins Auto gepackt und schleunigst das Weite gesucht. Die Gendarmen hatten noch ihren alten Kombi, die hat er schnell abgehängt ...«

Marion entspannt sich. Sie lehnt sich zurück und konzentriert sich auf die Bilder, die in ihrem Kopf herumschwirren. Grobe Hände packen sie, und sie wird an den seidigen Stoff des Morgenrocks ihrer Mutter gedrückt, die sie wie ein Paket auf den Rücksitz wirft. Sie schlägt gegen den Türgriff, und ihre Kopfhaut reißt ein. Blut läuft ihr über die Backe, sie weint. Dann eine beruhigende Männerstimme, knirschende Reifen, das Auto fährt schnell. Ihr ist schlecht.

»Wissen Sie, woran ich Sie erkannt habe?« fragt Vater Léon, der sie immer noch nicht ansieht und mit vor der Brust verschränkten Armen dasitzt.

»Nein«, antwortet sie mit angehaltenem Atem.

Endlich kommt Bewegung in den alten Mann. Er streckt seine knorrige, abgearbeitete Hand nach Marions Gesicht aus und tippt mit dem Zeigefinger auf das Muttermal rechts über ihrer Oberlippe. Der Alte starrt sie aus seinen listigen Augen an.

»Daran! So kann man sich nicht täuschen. Gus hatte das gleiche.«

71

Das Haus von Marie Blanc ist halb verfallen. Auf dem Dach wuchert Moos, die Regenrinnen hängen herunter, und der Putz bröckelt. Der Hof hat sich in einen widerlichen Sumpf verwandelt, in dem sich verdreckte Hühner und Enten tummeln. Das Haus ist offenbar verlassen. Als Marion durch die schmutzstarrenden Fensterscheiben in die große Küche schaut, entdeckt sie ein unbeschreibliches Chaos: Auf dem Boden stapeln sich Töpfe und Geschirr, die Regale biegen sich unter unzähligen Konservendosen, und auf den Möbeln steht massenweise Kram herum.

Sie klopft ans Fenster, ohne mit einer Antwort zu rechnen. Dann preßt sie ihr Gesicht an die Scheibe, um nochmals in den verwahrlosten Raum zu spähen. An einem überladenen Kleiderständer hängt ein blau-gelber Blouson, wie ihn Postboten tragen. Marion fällt wieder ein, was Chrétiennot ihr gesagt hat: Marie Blanc ist die Mutter des Briefträgers Pierre Blanc, der hier wohnt. Wie kann ein normaler Mensch in solch einem Loch hausen?

Plötzlich hört Marion ein Geräusch, das aus einem etwas zurückgesetzt liegenden Nebengebäude zu kommen scheint; sie erschaudert und fühlt sich jäh von der kalten, düsteren Stimmung ringsum erfaßt. Die Sonne ist untergegangen, es wird schon kühler. Mit gespitzten Ohren dreht sie sich um, fluchtbereit. Dann glaubt sie, ein Stöhnen zu hören, einen dumpfen Ruf, der aus dem Schuppen dringt. Es ist ein schwaches, schwer zu definierendes Geräusch, fast wie von einem Tier. Tatsächlich öffnet sich in der Schuppentür eine Katzenklappe, und eine große, fuchsrote Katze kommt heraus. Als sie die Besucherin bemerkt, sträubt sich ihr Fell, sie macht einen Buckel und verwandelt ihren Schwanz in einen breiten Federbusch. Es ist eine verwilderte Katze, die Marion aus ihren riesigen, schwarzen Augen anstarrt und so aussieht, als würde sie ihr jeden Moment ins Gesicht springen. Feindselig sehen die beiden sich an. Die junge Frau wagt nicht, ihr den Rücken zu kehren, um Reißaus zu nehmen. Aus dem Schuppen dringt wieder ein Geräusch, wahrscheinlich ein Gegenstand, den der Kater aus dem Gleichgewicht gebracht hat, und beide zucken zusammen, ehe das Tier einen häßlichen Schrei ausstößt und sich in gestrecktem Galopp davonmacht.

Der sonderbare Schuppen hat Marions Neugier erweckt. Am liebsten würde sie hingehen und die Tür aufstoßen. Aber eine vage, irrationale Angst hält sie davor zurück, so als lauere dort eine Gefahr. »Geh nicht allein hinein«, ermahnt sie sich selbst, während ihr das Herz bis zum Hals schlägt.

Als sie sich von dem Schuppen abwendet, verschwindet die Katze gerade in einem verwahrlosten Obstgarten, wobei sie sich mehrfach nach Marion umdreht; offenbar bedauert sie es, ihre Krallen nicht an ihr erprobt zu haben. Andere Geräusche, die nicht minder beunruhigend sind, dringen an Marions Ohr. Zuerst hört sie etwas, das so klingt wie die dumpfen Schläge eines Teppichklopfers, dann einen entfernten Schrei, vielleicht auch einen Ruf. Das kommt nicht aus dem Haus, sondern von gegenüber, von der anderen Seite des Friedhofs. Wie angewurzelt im Morast stehend, spitzt sie die Ohren. Lange verharrt sie so, doch sie kann nichts mehr hören, nur noch das Blut, das ihr in den Ohren rauscht.

Vater Léon sitzt immer noch da wie eine nachdenkliche, gramerfüllte Statue. Er hört ein Blätterrascheln, hört vorsichtige Schritte erst im Gras und dann auf dem knirschenden Kies. Er braucht nicht zu fragen, wer hinter ihm steht, er kann es erraten.

»Warum hast du ihr das gesagt?« fragt eine Stimme, die er kennt.

»Was gesagt?« seufzt der Alte resigniert.

»Sie ist nicht seine Tochter! Das stimmt nicht!«

Der Alte spürt, wie der andere von einer unbändigen Wut gepackt wird. Er richtet sich auf und stellt sich dem irren Blick.

»Doch, das stimmt wohl«, stößt er aus reinem Trotz hervor. »Es gibt untrügliche Zeichen.«

Er schwingt dabei seinen Stock, nur so und weil er wohl hofft, den Gegner, dessen Angriffsbereitschaft er spürt, zurückzudrängen. Der andere packt den Stock und entreißt ihn Vater Léon, der das Gleichgewicht verliert, schwankt und laut zu schreien beginnt. Der andere hat nur noch einen Gedanken: ihn zum Schweigen bringen. Mit ganzer Kraft läßt er den Stock auf den Schädel des Alten niedergehen, worauf dieser mit einem letzten, erstickten Aufschrei zusammenbricht. Der Stock hat nicht nachgegeben, er ist aus Hartriegelholz und nicht kleinzukriegen. Wie ein Verrückter schlägt der Mann weiter zu, er hört gar nicht mehr auf zu schlagen.

Der Alte rührt sich nicht mehr, Blut und Hirn vermischen sich und rinnen ihm ins Genick. Seine verdrehten Augen starren zum Himmel, der schon ins Licht der Abenddämmerung getaucht ist.

Durch das Geräusch eines startenden Motors kommt der Mörder wieder zu sich. Verstört betrachtet er den am Boden liegenden Körper. Seine Hand blutet ein wenig. Mechanisch zieht er ein Taschentuch hervor und wickelt es rasch um die Wunde.

Marions grauer Wagen kommt aus der Gasse, hält am Rand der Hauptstraße und bleibt einen Moment stehen. Schnell kauert er sich hinter der Rosenhecke nieder.

Der Wagen fährt weiter, und es sieht fast so aus, als täte er es schweren Herzens.

73

Die Nacht ist schon längst hereingebrochen, und Marion, die auf Suzanne Renoirs Sofa liegt, fragt sich, wie lange sie geschlafen hat. Sie hört Geräusche in der Küche, wohin sich Suzanne und Naïma zurückgezogen haben, um ihr ein bißchen Ruhe zu gönnen, ehe sie nach Lyon zurückfährt.

Sie denkt an Gilles, der mit Nina ebenfalls auf dem Rückweg sein dürfte, vielleicht sind sie sogar schon zu Hause. Der Gedanke bedrückt sie. Es kommt ihr vor, als sei etwas zwischen ihnen entzweigebrochen, und mit einem beklommenem Gefühl und leichter Übelkeit fragt sie sich, wie sie mit dieser schwierigen Situation umgehen soll. Am Telefon war Gilles extrem zurückhaltend, als er ihr angekündigt hat, daß sie gegen sechzehn Uhr in Rouen losfahren und abends in Lyon eintreffen würden; er hat sich nicht einmal danach erkundigt, ob sie auch dasein würde. Ihre eigene Reserviertheit hat nicht dazu beigetragen, die Atmosphäre zu entspannen.

Sie streckt sich unter der leichten, warmen Decke, die ihren Körper streichelt, und beobachtet den Wechsel von Licht und Schatten auf den Blättern eines knorrigen Apfelbaums, der von einer Gartenlaterne beleuchtet wird.

Die Tür geht einen Spalt weit auf, und Suzanne streckt ihren Kopf herein.

»Bist du wach? Es ist fast elf. Du kannst gern bleiben, aber wenn du vor morgen früh wieder zu Hause sein willst ... Möchtest du noch etwas essen, ehe du fährst?«

»Nein, danke«, sagt Marion und streckt sich wieder. »Ich werde jetzt fahren. Naïma soll noch einen oder zwei Tage bei dir bleiben.«

»Glaubst du, daß in ein oder zwei Tagen alles geregelt ist?«

Marion setzt sich im Lotussitz hin, die Hände flach auf die Knie gelegt, und läßt langsam, mit geschlossenen Augen den Kopf kreisen; dabei atmet sie regelmäßig ein und aus. Suzanne sagt kein Wort mehr, und als Marion die Augen wieder öffnet, merkt sie überrascht, daß die junge Frau sie mit glänzenden Augen ansieht.

»Du bist unheimlich gut gebaut«, sagt Suzanne bewundernd.

»Das macht der Sport«, erwidert Marion, die sich ungern zur Schau stellt, trocken. »Du solltest auch Sport treiben, das kanalisiert deine Energie und beruhigt die Nerven, es gibt nichts Besseres ...«

Sie streift sich rasch ihre Jeans über, schlüpft in ihre Mokassins, fährt in ihren Blouson und zieht den Reißverschluß bis zum Kinn zu. Mit einer raschen Bewegung schaltet sie die große Lampe an, die auf einem runden Beistelltisch neben dem roten Samtsofa steht.

»Gut«, murmelt Suzanne und blinzelt. »Verstehe ... Du hast meine Frage nicht beantwortet.«

»Ich weiß nicht, Suzanne, ich hoffe schon.«

»Ihr seid vielleicht lustig, ihr Bullen. Nie wißt ihr was. Nie sagt ihr was.«

»Man sagt nichts, solange man sich nicht sicher ist. Ich hoffe von ganzem Herzen, daß wir den Mörder deines Vaters sehr schnell dingfest machen.«

»Und du glaubst, daß die Kleine das erledigen wird?«

»Nein, sie ist hier, um dich zu beschützen.«

Suzanne lacht verbittert auf.

»Daß ich nicht lache! Mit so einer Göre machen *die* doch kurzen Prozeß. Und überhaupt, wo sind sie eigentlich? Man hört und sieht nichts mehr von ihnen.«

»Sie sind da«, versichert ihr Marion. »Sie bespitzeln uns nur aus größerer Entfernung.«

»Was soll das heißen?«

»Ich bin fest davon überzeugt, daß Martinez den Auftrag hat herauszufinden, ob ich im Besitz von Beweisen für alte Affären bin, Geschichten, in die bekannte Persönlichkeiten verwickelt sind, und daß er beauftragt wurde, diese Beweise an sich zu bringen und verschwinden zu lassen. Vielleicht hofft man ja auch, daß er dabei ein hübsches Sümmchen findet, Geld, das lange an einem geheimen Ort versteckt war. Er hat ja sofort mit offenem Visier gekämpft. Und das, obwohl er ein Mann ist, der genau weiß, wie man im Verborgenen arbeitet. Bestimmt führt er einen Auftrag aus, er versucht herauszufinden, was ich erfahren habe, und hat kein Interesse daran, mich aus dem Weg zu räumen, zumindest nicht, solange er noch nicht fündig geworden ist. Und *ich weiß*, daß er noch nicht fündig geworden ist, trotz ausführlicher Durchsuchung meines ganzen Hauses. Die Tatsache, daß ich ihn nicht mehr im Rückspiegel sehen kann, bedeutet wahrscheinlich, daß er sich auf Distanz hält, aber nicht, daß er aufgegeben hat.«

»Warum nimmst du ihn nicht fest? Er greift dich an, verübt Sabotage an deinem Auto, brennt dein Erbe nieder …«

Marion reagiert nicht sofort, sondern starrt auf einen unsichtbaren Punkt über Suzannes Kopf.

»Ich habe so ein Gefühl, daß er damit nichts zu tun hat. Diese Leute fahren zwar grobes Geschütz auf, aber um ihre Ziele zu erreichen, brauchen sie so brutal nun auch wieder nicht vorzugehen. Außerdem gibt es ein paar Dinge, die irgendwie nicht zusammenpassen …«

Sie nimmt den Kopf zwischen ihre Hände und preßt die Handflächen gegen die Schläfen.

»Woran denkst du?« fragt Suzanne.

Marion beißt sich auf die Lippen und streicht mechanisch über das Muttermal an ihrem Mund.

»Vater Léon, ein Nachbar von Gus Léman, hat mir eine merkwürdige Geschichte erzählt.«

In der Küche klappert Naïma mit den Töpfen und dreht den Wasserhahn auf. Sie hat das Radio eingeschaltet, und Marion glaubt zu hören, daß die Elf-Uhr-Nachrichten beginnen.

»Gus hatte eine Verlobte, die sich und das Kind in ihrem Bauch umgebracht hat. Ihre Eltern kamen nicht darüber hinweg und haben sich vergiftet. Das war 1959.«

»Das ist ja schrecklich«, flüstert Suzanne.

Marion nickt und beginnt im Zimmer auf und ab zu gehen.

»Sie haben ein Waisenkind zurückgelassen. Einen Jungen, der damals drei Jahre alt war. Anscheinend war er … zurückgeblieben … Ein schwieriges Kind, Autist oder schizophren.«

»Er müßte jetzt um die vierzig sein …«, überlegt Suzanne, die allmählich begreift, worauf Marion hinauswill. »Und du glaubst, daß …«

»Er hätte doch einen Haufen guter Gründe, wütend auf Gus zu sein, oder? Überleg mal: sein ganzes Leben zerstört, seine ganze Familie, nur wegen Gus! Als Gus Léman wieder auftaucht, ist die Gelegenheit einfach zu gut. Vielleicht hat er ihn schon lange gesucht, seit Jahren, wer weiß? Und dann bekommt er ihn eines Tages auf dem Tablett serviert.«

»Ein Racheakt? Nach so langer Zeit?«

»So was kommt vor …«

»Angenommen, du hättest recht: Er bringt Léman um und zündet das Haus an. Aber warum hat er es auf uns beide abgesehen? Wie erklärst du dir das, Superhirn?«

Marion wirft Suzanne einen finsteren Blick zu.

»Trotzdem würde ich schon gern wissen, was aus ihm geworden ist«, erwidert sie ausweichend.

Diese Gelegenheit läßt sich Suzanne nicht entgehen.

»Willst du, daß ich mich darum kümmere? Das würde mich ablenken.«

»Wir müßten auch herausfinden, wer den Schloßpark verkauft hat, in dem jetzt diese Wohnanlage steht, und natürlich wer die Immobilien heute verwaltet.«

Suzanne ist so aufgeregt wie ein kleines Mädchen, das gerade eine Barbie-Puppe bekommen hat.

»Das übernehme ich!«

»Das Ganze ist womöglich mit Risiken verbunden«, wendet Marion ein. »Weichen Sie ihr nicht von der Seite«, fügt sie in Naïma Meceris Richtung hinzu, als sie sieht, daß die junge Polizistin in der Doppeltür des Wohnzimmers steht.

»Ich weiß nicht, ob eine Göre wie ich dieser Aufgabe gewachsen ist«, erwidert Meceri in scharfem Ton.

»An Türen lauschen gehört sich nicht«, gibt Suzanne mit ironischem Lächeln zurück. »Das habe ich nur im Spaß gesagt. Sie machen Ihre Sache sehr gut. Wir fangen gleich morgen an, in Ordnung?«

»Chef«, sagt Meceri, ohne auf Suzanne und ihre Allüren einzugehen, »wie heißt noch mal der Typ aus Charmes, über den Sie eben gesprochen haben?«

»Philippe des Aubrais de Chantegrive ...«

»Nein, der andere!«

Marion starrt sie verständnislos an. Plötzlich fällt ihr der Anfang ihres Gesprächs mit Suzanne wieder ein.

»Vater Léon?«

»Germain Léon, genau! Im Radio war gerade die Rede von ihm.«

Langsam weicht das Blut aus Marions Wangen, während sich ihr Magen zusammenzieht.

»Worum ging es?«

»Man hat am Spätnachmittag seine Leiche gefunden. Er ist in seinem Garten umgebracht worden. Zu Tode geprügelt.«

74

Er hat seinen Beobachtungsposten wieder eingenommen und wartet, ins hohe Gras der Wiese gekauert. Er wartet geduldig, ohne auf die Nässe zu achten, die ihm an den Beinen hochkriecht, oder das anhaltende Rumoren in seinen Gedärmen. Er widersteht dem Verlangen, sich die eingeschlafenen Beine zu vertreten. Er verbietet sich jede Bewegung, aus Angst, Marion könnte ihn entdecken.

Das Haus ist so hell erleuchtet, als stünde ein Fest bevor, und vor dem Tor steht ein schwarzer Renault Safrane, den er nicht kennt. Immer wieder fragt er sich, warum Marion an diesem Abend ihren Peugeot in die Garage gestellt hat.

Eine zierliche Silhouette taucht hinter dem Küchenfenster auf. Im Gegenlicht kann er das Gesicht des Mädchens nicht erkennen, aber er sieht die langen, zusammengebundenen Haare, die ihm über die Schulter baumeln. Ein Bild steigt in ihm hoch. Ein Mädchen dieses Alters, in einem Garten. Er preßt sich die Hände an die Ohren, um das unerträgliche Knarren der Schaukel nicht länger hören zu müssen.

Das Mädchen ist vom Fenster zurückgetreten. Es taucht

in der Eingangstür auf und stellt sich auf die oberste Stufe der Treppe, die in den finsteren Garten führt; ängstlich starrt es in die Dunkelheit. »Choupette!« ruft es drei Mal, und als nichts passiert, kehrt es ins Haus zurück und schlägt die Tür hinter sich zu.

Er hört eine Männerstimme, dann das Lachen des Mädchens. Er empfindet schrecklichen Neid auf das Glück, das er hinter diesen Fenstern erahnt, ein Glück, das ihm nie zuteil werden wird.

Plötzlich lodert ein solcher Haß in ihm auf, daß es ihm vorkommt, als würden rote Funken durch sein übermüdetes Hirn zucken. Er richtet den Blick auf das, was er mitgebracht hat, und betastet in seiner Hosentasche den Gegenstand, der ihn von Marion erlösen wird.

Die Kirchturmuhr schlägt zwölf.

75

Es hat eine Weile gedauert, bis Marion Brigadeleiter Chrétiennot erreichen konnte, der sich noch immer am Tatort aufhielt.

»Bei uns Gendarmen ist das nicht so wie bei Ihnen, wir haben nicht alle ein Handy ...« sagt er mit müder Stimme. »Sind Sie wieder in Lyon?«

»Nein«, erwidert Marion, die gern mehr über die Ermordung des alten Mannes erfahren würde, für die sie sich irgendwie verantwortlich fühlt.

»Um so besser. Dann haben Sie sich eine Hin- und Rückfahrt gespart.«

»Wollen Sie mich befragen? Schon wieder?«

»Ich nicht«, seufzt der Gendarm. »Der Staatsanwalt hat beschlossen, sich mit den Ermittlungen zu befassen. Was ja eigentlich auch sinnvoll ist, denn das wird langsam ein bißchen viel für unsere Brigade ...«

In groben Zügen schildert er Marion das, was man bisher über das schreckliche Ende von Germain Léon weiß.

»Das unterscheidet sich alles sehr von dem anderen Mord«, sagt Chrétiennot abschließend. »Aber es gibt bestimmt einen Zusammenhang ...«

»Welchen?«

»Na ja, es ist schon komisch ... Jedesmal sind Sie irgendwie in der Nähe, Kommissarin Marion. Kurz vorher oder kurz danach. Man könnte sich fast Sorgen um Mutter Blanc machen ...«

Marion ringt sich ein verkrampftes Lachen ab.

»Ich hoffe, Sie haben mich nicht wieder im Verdacht. Gibt es Zeugen?«

»Nein. Das einzige, was an diesem Nachmittag aufgefallen ist, war ein verdächtiges Fahrzeug ...«

»Interessant«, murmelt Marion mißtrauisch. »Und?«

»Es handelt sich um Ihren Wagen, Kommissarin Marion.«

Mitten in der Nacht plötzlich Quercys Stimme zu hören, hat etwas Surreales, und der Kripochef ist wirklich der Letzte, mit dem Marion gerechnet hätte.

Mit zittrigen Beinen und klopfendem Herzen setzt sie sich auf die Bettkante und kann nicht umhin, einen Blick auf ihre Uhr zu werfen. Es ist halb zwei.

»Wo treiben Sie sich eigentlich rum?« fragt er in einem Ton, aus dem Marion sofort heraushört, daß es Scherereien geben wird.

Sie versucht, ihre Angst zu bezwingen, indem sie ihn provoziert:

»Es erstaunt mich, daß Sie das nicht wissen ...«

»Hören Sie mit dem Scheiß auf!« fährt er sie an.

»Ich bin noch in Dijon«, sagt sie mit unsicherer Stimme. »Ich hatte vor, zurückzufahren …«

Er unterbricht sie mitten im Satz:

»Machen Sie, daß Sie herkommen! Schnell!«

76

Genau eindreiviertel Stunden hat Marion gebraucht, um Suzannes Villa zu verlassen und den Eingang des Édouard-Herriot-Krankenhauses zu erreichen. Während der ganzen Fahrt in ihrem leider schon etwas betagten Peugeot, aus dem sie alles herausgeholt hat, was noch herauszuholen war, hat sie sich gezwungen, einen kühlen Kopf zu bewahren, hin und her gerissen zwischen einer unbeschreiblichen Mordlust und dem Wunsch, sich selbst zu ohrfeigen.

Wie eine Furie ist sie in die Notaufnahme gestürmt, in deren Eingangsbereich drei geduldige Ordnungshüter auf unbequemen Stühlen sitzen; einer von ihnen ist mit Handschellen an einen blutüberströmten Mann gekettet, der das Trio mit Schimpfworten überschüttet.

»Madame!« ruft der Angestellte an der Aufnahme, während Marion weiter durch den Raum stürmt. »Wohin wollen Sie? Warten Sie!«

In dem Moment, als der Krankenhausangestellte ihr mit Unterstützung der Polizisten den Weg verstellen will, kommt ihr Capitaine Capdevil entgegen.

»Laßt mich in Ruhe!« brüllt sie, mit den Nerven am Ende.

»Schon gut, schon gut …« schaltet sich Capdevil ein und wendet sich an den uniformierten Polizisten. »Ich kümmere mich um sie.«

»Wo sind sie?« fragt Marion und schnappt nach Luft. »Ich will sie sehen.«

»Es geht ihnen gut, es geht ihnen gut«, wiederholt Capdevil laut und deutlich, in beruhigendem Ton, während er seine Chefin mit aller Kraft an den Armen festhält.

»Lassen Sie mich los, Sie tun mir weh, verflucht noch mal!«

»Beruhigen Sie sich, Chef!« befiehlt ihr Capdevil. »Sie sind doch nicht allein!«

Gilles sitzt mit dem Rücken zum Fenster in einem Sessel. Er steht halb auf, als Marion mit bleichem Gesicht und zusammengepreßten Lippen den Raum betritt. Sie wirft ihm einen langen Blick zu, der zornig ist, haßerfüllt und verzweifelt. Er möchte etwas sagen, es ihr erklären, doch die Worte bleiben ihm im Hals stecken und er bringt nicht mehr als ein dünnes, verkniffenes Lächeln zustande.

Marion traut sich nicht, zum Bett zu sehen, auf dem eine kleine, schmale Gestalt liegt. Das Rauschen des Beatmungsgeräts ist so laut, daß es das ganze Zimmer erfüllt und alles übertönt, sogar die Geräusche, die aus den übrigen Räumen der Notaufnahmestation herüberdringen. Capdevil ist neben der Tür stehengeblieben.

Ninas Augen sind geschlossen, und ihr schmales, weißes Gesicht ist schwarz verschmiert, genauso wie ihr Haar. Sie atmet unter der Sauerstoffmaske und sieht dabei so zerbrechlich und verletzlich aus, daß Marion die Tränen kommen.

»Dieser Dreckskerl!« knurrt sie mit rauher Stimme. »Den mach ich eigenhändig kalt.«

»Edwige ...« fängt Gilles mit merkwürdig gebrochener Stimme an. »Du mußt dich beruhigen. Nina geht es gut, sie ist aus dem Schneider, aber sie braucht Ruhe.«

»Laß mich in Frieden! Laß mich allein mit ihr!«

Ihr Ton ist aggressiv, und sofort wird ihr bewußt, wie ungerecht sie ist.

»Bitte«, fleht sie ihn an, diesmal sanfter.

Gilles steht schwerfällig auf. Er scheint in den wenigen Stunden um zehn Jahre gealtert zu sein; schwankend und von Capdevil gestützt, verläßt er den Raum. Marion hat ihn keines Blickes gewürdigt. Sie setzt sich neben ihre Tochter und streichelt ihre vom Rauch geschwärzten Finger, vorsichtig, als sähe sie plötzlich, wie zerbrechlich sie sind.

»O Nina«, murmelt sie mit starrem Gesicht, »wenn du wüßtest, was für eine Versagerin ich bin! Was für Vorwürfe ich mir mache! Ich kümmere mich nicht gut um dich. Ich bin nie da, wenn du mich brauchst. Was soll ich dir jetzt versprechen, hm, mein kleiner Schatz? Daß ich den Kerl, der dich fast umgebracht hätte, verhaften und einbuchten werde? Wirst du mir denn glauben?«

Nina liegt regungslos da und schläft tief und traumlos, aber Marion kann sehen, daß sie lebt, daß sie nicht im Koma ist, denn ihre Lider zittern leicht, und hin und wieder geht ein unmerkliches Zucken durch ihre Finger.

»Du hättest durchaus Grund, an mir zu zweifeln, ich zweifele ja selbst ... Ich habe diese Nacht das Gefühl, in einem tiefen, schwarzen Loch zu hocken und nicht zu wissen, wie ich da wieder rauskomme. Er hatte nicht das Recht, dir etwas anzutun. Du bist doch noch ein Kind.«

Marion versucht die Tränen zurückzuhalten, die ihr langsam über das Kinn laufen.

»Meine kleine Nina, du bist der wichtigste Mensch in meinem Leben ... Ich weiß nicht, was ohne dich aus mir geworden wäre ... Eine Pennerin oder Alkoholikerin oder vielleicht was noch Schlimmeres ... Ich habe versprochen, für dich zu sorgen, dich zu lieben, und was tue ich? Ich bringe dich in Gefahr, und alles nur wegen diesem Beruf, der mich auffrißt, mir meine Zeit nimmt, mein Leben. Weißt du, vor kurzem hast du mal gesagt, das Leben sei eine ruhige Hölle, darüber mußte ich lachen, aber du hattest recht. Nina, sag mir, was ich tun soll! Diesen Beruf aufgeben, dich wegbringen von hier, weit weg? Oder soll ich dich Leuten anvertrauen, die sich besser um dich kümmern werden? Habe ich denn überhaupt das Recht, ein Kind zu haben, das ich nicht beschützen kann? Oh, mein lieber Schatz! Das ist alles so kompliziert!«

Jetzt weint sie richtig, hemmungslos, allein mit ihrer Tochter und ihrer Verzweiflung. Sie sollte dem Himmel dafür danken, denkt sie plötzlich, daß sie beide überhaupt noch am Leben sind.

Am Leben, ja, aber wie lange noch?

Und mit einem Mal hallt ihr Capdevils Stimme in den Ohren, irreal und wie aus weiter Ferne: »Und daß jeder, der an Gespenster glaubt, tot umfallen soll …«

77

Die Männer in Weiß inspizieren den Ort des Unglücks, eine Szene, wie sie Marion vertrauter nicht sein könnte. Mit dem Unterschied, daß ihr das Ganze diesmal den Atem verschlägt, während ein stechender Schmerz über den Rücken hinweg bis in ihren linken Arm ausstrahlt. Sie fragt sich, wie lange man leben kann, ohne zu schlafen.

»Wir haben vier Brandherde ausgemacht«, erklärt einer der zu Rate gezogenen Brandermittler. »Hier …«

Er zeigt auf die Garagentür, vor der die Überreste von Gilles Renault Safrane stehen; noch immer steigt leichter Rauch aus dem Wrack auf.

»Das ist der größte Brandherd«, fährt der Spezialist fort. »Hatten Sie viele feuergefährliche Sachen in der Garage?«

Die Kartons!, denkt Marion.

Berge von altem, knochentrockenem Papier.

»Ja, ziemlich viele«, antwortet sie, während sie das unglückselige Erbe des Gustave Léman innerlich verflucht.

»Das Feuer hat von hier aus das Treppenhaus erreicht und dann den Flur, wo wir einen zweiten Brandherd gefunden haben, direkt vor der Eingangstür. Als die Fensterscheiben zersprungen sind, ist durch die Luftzufuhr die Treppe, die nach oben führt, in Flammen aufgegangen ... Dort befanden sich Ihr ... Verlobter und Ihre Tochter.«

Gilles war nach der langen Rückfahrt aus der Normandie und einem weiteren Streit mit Marion, die ihm viel zu spät angekündigt hatte, daß sie noch eine Nacht in Dijon verbringen würde, so erschöpft gewesen, daß er ein leichtes Schlafmittel genommen hatte und sofort eingeschlafen war. Nina lag im hinteren Zimmer und schlief so fest, wie Kinder es eben tun oder Erwachsene, die unter Beruhigungsmitteln stehen. Erst durch die Explosion des Benzintanks seines Wagens war Gilles wach geworden. Die Flammen hatten den Flur noch nicht erreicht, aber der Rauch war so dicht, daß kein Durchkommen mehr war. Auch in Ninas Zimmer, dessen Tür offenstand, war der Rauch sofort eingedrungen.

»Das kann kein Unfall gewesen sein«, meint der Brandermittler, als könnte Marion, die angesichts des Ausmaßes dieser Katastrophe wie vor den Kopf geschlagen ist, noch daran zweifeln.

Das Haus ist teilweise zerstört. Die Küche ist ein verkohltes Ruinenfeld, die Garage verwüstet. Die Kartons sind mitsamt ihrem Inhalt verbrannt. Der hintere Teil des Hauses, der zu den Wiesen hin geht, hat weniger abbekommen, aber die Feuerwehrleute mußten derart viel Wasser einsetzen, daß es illusorisch erscheint, noch irgend etwas retten zu wollen. Marion kann es nicht fassen: Sie hat nichts mehr.

Capdevil hält sich etwas im Hintergrund; er beobachtet

die Brandermittler, die ihre schwierige Indiziensuche begonnen haben. Da das Haus völlig abgeschieden am Ende einer Straße liegt, gibt es keine Zeugen, obwohl man die Flammen, die so hoch waren wie die Türme von Notre-Dame de Fourvière, im Umkreis von zehn Kilometern sehen konnte.

Ein paar Männer haben angefangen, das ganze Gelände ums Haus herum in immer größer werdenden Kreisen mit Rechen abzusuchen. Capdevil geht ihnen nach, als sie hinter den Büschen verschwinden, hinter denen ein Elektrozaun verläuft. Gerade als er sie eingeholt hat, bückt sich einer der Männer hinter einem Ilexstrauch und beginnt laut zu rufen.

Auch Marion, die noch immer ganz benommen ist, hat die Rufe des Beamten gehört. Sie dreht sich um und sieht Capdevil, der sie aus zwanzig Meter Entfernung aufgeregt herbeiwinkt.

Die Männer haben unter Beachtung der üblichen Vorsichtsmaßnahmen einen Gegenstand hinter den Büschen hervorgezogen. Unmittelbar danach wurde die Umgebung abgesperrt, um eventuelle Spuren im dichten Gras zu retten. Der gelbe Plastikkanister hat eine schwarze Verschlußkappe. Er riecht nach Benzin. Auf der einen Seite des Behälters befindet sich unter dem Namen einer Motorölmarke eine Aufschrift.

Marion beugt sich vor, um die Buchstaben zu entziffern, und zuckt zusammen.

»Was ist los?« erkundigt sich Capdevil. »Alles in Ordnung?«

Sie nickt und deutet auf die Reliefschrift auf dem Kanister: »Werkstatt Mignot, Place de la Poste, Mirabel, Côte-d'Or«.

Capdevil würde gern mehr erfahren, aber Marion hat schon auf dem Absatz kehrtgemacht.

Paul Quercy taucht die Hände in seine Hosentaschen und läßt nervös seine Münzen klimpern.

»Hören Sie auf damit!« ruft Marion aus. »Dieser Tick ist ja nicht zum Aushalten!«

Es ist das erste Mal, daß sie sich traut, ihm das zu sagen. Quercy macht ein erst überraschtes, dann verärgertes Gesicht, aber er zieht sofort die Hände aus den Taschen.

Er ist ohne Vorankündigung an der Brandstelle erschienen, und Marion brauchte nichts zu sagen. Sie hat sich damit begnügt, auf die Ruinen ihres Hauses zu deuten.

»Ich weiß«, murmelt er. »Ich war diese Nacht schon einmal hier, kurz nachdem die Feuerwehrleute gekommen sind.«

»Wer hat Ihnen Bescheid gesagt?« fragt Marion feindselig.

»Die Leute vom Wachdienst. Die sind in ständiger Verbindung mit ...«

»Dem LUK-Raum der Feuerwehr, ich weiß ...«

»Ich vergaß, daß Sie alles wissen ... Ich habe mich nach Nina und Ihrem ... Verlobten erkundigt. Es ist alles in Ordnung.«

»Alles in Ordnung!« stößt Marion hervor. »Alles in Ordnung? Was Sie nicht sagen! Nina wäre fast an einer Rauchvergiftung gestorben. Mein Verlobter, wie Sie ihn nennen, hat sie im letzten Moment gerettet und ist selbst in einem bedauernswerten Zustand. Die beiden werden Wochen brauchen, um sich davon zu erholen. Sie leben noch, sicher, aber ich habe kein Haus mehr. Nina und ich sitzen auf der Straße. Haben Ihre Freunde das getan?«

Marion hat die Stimme gehoben. Die Männer in Weiß unterbrechen ihre Arbeit. Auch Capdevil hat aufgehört herumzuschnüffeln, um den beiden zuzuhören. Quercy versucht nicht länger, den Maulhelden zu spielen.

»Ich verstehe nicht, was Sie mir da unterstellen«, sagt er mit leiser Stimme.

Marion greift in Sonia Bontes Tasche, die das einzige ist, was sie jetzt noch besitzt. Sie zieht das auf einem von Palmen beschatteten Platz geschossene Foto hervor und hält es Paul Quercy unter die Nase.

»Na? Wer von denen war's? Bertrand Dunois, Marc Berthe, oder vielleicht Sie selbst? Oder irgendwelche Handlanger? Berufssoldaten? Söldner?«

Quercy erbleicht unter seiner Dauerbräune.

»Seien Sie still, Sie reden ja völligen Quatsch!«

»Ich wiederhole meine Frage: Welcher von Ihren Freunden hat versucht, meine Tochter umzubringen?«

Sie hat diese Worte in die Morgenluft, in der noch der beißende Brandgeruch hängt, hinausgebrüllt. Plötzlich kommen ihr die Tränen. Aus zehn Meter Entfernung beobachten die Männer das Geschehen, wie vom Donner gerührt.

»Kommen Sie«, sagt Quercy und faßt sie am Arm. »Gehen wir woandershin.«

»Man rechnet immer damit, daß einen die Vergangenheit irgendwann einholt, aber trotzdem ist man nie darauf gefaßt.«

Quercy hat Marion aufgefordert, in seinen Dienstwagen zu steigen, nachdem er den Fahrer, der nun in einiger Entfernung eine Zigarette raucht, hinausgeworfen hat. Es riecht nach Leder und kaltem Zigarrenrauch, und die junge Frau würde sich für ihr Leben gern auf der Sitzbank ausstrecken. Schlafen, und sei es auch nur eine Viertelstunde.

»Sie wollen mir keine Antwort geben«, sagt sie entnervt. »Obwohl die Frage so einfach ist.«

Quercy schluckt und greift nach einer Zigarillo-Schachtel, die er mit dem Fingernagel aufschnippt. Marion beobachtet ihn, während er mit leicht zitternder Hand ein Streichholz anzündet.

»Mit einem von diesen Scheißdingern sind Gus Léman am ganzen Körper Verbrennungen zugefügt worden. Wußten Sie das?«

»Nein«, erwidert er, nachdem er eine dicke Rauchwolke zur Decke geblasen hat. »Das war ich nicht, und meine Freunde, wie Sie sie nennen, waren es auch nicht. Und mit dem, was hier passiert ist, haben sie schon gar nichts zu tun.«

»Wie kommt es, daß Sie sich da so sicher sind? Ich habe Sie völlig arglos über Gus Lémans Tod informiert. Darauf sind Sie gleich hingegangen und haben diese Leute darüber informiert, daß der Alte nach über dreißig Jahren wieder aufgetaucht ist. Sie waren alle in Panik, weil Sie gedacht hatten, er wäre schon lange tot. Aber am meisten hat es Sie irritiert, daß ausgerechnet ich Ihnen davon erzählt habe. Und weil Sie mich kennen, Chef, haben Sie natürlich gleich gedacht, daß ich in Ihrer Vergangenheit herumschnüffeln würde. Daß ich herausfinden würde, was sich hinter dem Tod meines Vaters verbirgt. Sie wußten ja nicht, was ich in der Hand hatte, deshalb haben Sie mich beschatten lassen, haben meine Telefongespräche abgehört …«

Quercy ist so erschrocken, daß er beinahe zu atmen vergißt. Er bekommt einen Hustenanfall und schnappt nach Luft.

»Wie bitte?« stößt er keuchend hervor.

»Sie haben richtig gehört. Beschatten, nachspionieren, einschüchtern, bedrohen, dann noch ein Mordversuch … Das erinnert mich alles verdammt an die Methoden, die Sie selbst angeblich verurteilen.«

Herausfordernd starrt sie ihn an. Ihr düsterer Blick ist voll mitleidiger Verachtung. Quercy läßt sich Zeit, sucht nach

Worten, streckt ihr eine Hand entgegen, die sie mit einer heftigen Bewegung zurückstößt.

»Ich habe nichts damit zu tun, verflucht noch mal!« ruft Quercy schließlich aus. »Und ich kenne meine ›Freunde‹, wie Sie sie nennen ... Die sind auch nicht in diese Sache verwickelt.«

»Wissen Sie, daß ich abgehört werde?«

Quercy schüttelt den Kopf.

»Geht da nicht die Phantasie ein bißchen mit Ihnen durch?«

»Klar doch, meine Phantasie ... Und Martinez, was ist mit dem? Ist der ein Gespenst?«

Vor dem Wagen taucht der Fahrer auf und versperrt den Blick auf die friedliche Landschaft unter dem grauen, tristen Sommerhimmel. Paul Quercy bedeutet ihm, wieder zu verschwinden.

»Warum reden Sie nicht offen mit mir?« fährt Marion fort. »Warum lassen Sie mich im Dunkeln herumtappen, und das in einer Sache, bei der mein Leben in Gefahr ist?«

»Vergessen Sie das Ganze«, seufzt Quercy nach langem Schweigen. »Es gibt Dinge, über die man einfach nicht mehr reden mag ...«

»Wenn man ehrgeizige Pläne hat, Karriere machen will? Als Berater im Innenministerium ...«

»Hören Sie auf damit! Das ist lächerlich«, erwidert Quercy, der wieder unruhig auf seinem Sitz herumrutscht. Marion lächelt traurig.

»Sie sehen ja selbst, daß ich recht habe.«

»Herrgott noch mal! Was haben Sie sich denn vorgestellt? Daß man es einfach so hinnimmt, alles zu verlieren?«

Sie sieht ihn an.

»Und ich?« murmelt sie. »Habe ich etwa nicht alles verloren?«

Alpha-Handy 2 brummt in ihrer Tasche. Hastig wühlt sie es hervor und erstarrt, als sie Sonia Bontes Stimme hört. Quercys neugieriger Blick veranlaßt sie dazu, aus dem Wagen zu steigen.

»Hallo?« sagt sie mit belegter Stimme, während sie sich ein paar Schritte von dem Auto entfernt.

»Ich habe gerade eine dritte Leiche bekommen«, verkündet die Gerichtsmedizinerin in einem professionellen Ton, aus dem sich trotzdem freundschaftliches Interesse heraushören läßt. »Gibt es da einen Zusammenhang?«

»Ja, ich meine, ich vermute ja ... Der Mann ist ein Nachbar von Monsieur Léman. Er ist umgebracht worden, unmittelbar nachdem ich ein Gespräch mit ihm geführt habe.«

»Also, ich muß schon sagen, Kommissarin Marion, der Umgang mit Ihnen scheint ja nicht gerade bekömmlich zu sein ... Aber ich habe etwas für Sie.«

»Ah?«

»Womit soll ich anfangen? Mit der Analyse der Spuren, die ich an den Wunden von Monsieur Renoir entdeckt habe?«

»Wenn Sie wollen«, stammelt Marion, die mit dem Schlimmsten rechnet.

»Es handelt sich um eine glänzende Substanz, in der ich auf jodhaltigen Alkohol gestoßen bin, auf Kampfer, Arnika und verschiedene pflanzliche Spuren. Mazerierte Blüten: Kamille, Lilienzwiebeln, Johanniskraut, etc.«

Während Marion zuhört, beginnt ihr ausgelaugtes Hirn auf Hochtouren zu arbeiten. Was Sonia Bonte da beschreibt, das ist doch ...

»Genau dieselben Substanzen, die ich auf dem Papiertaschentuch gefunden habe«, bestätigt die Gerichtsmedizinerin. »Wie haben Sie das noch gleich genannt?«

»Mutter Blancs Balsam ...«

»Ach, ja! Diese Zusammensetzung ist im Arzneibuch nicht aufgeführt, es handelt sich um ein Hausmittel. Der Gegenstand, mit dem Monsieur Renoir erschlagen wurde, ist wahrscheinlich auch bei Monsieur Léman verwendet worden. Glauben Sie nicht?«

»Vielleicht«, erwidert Marion. »Würde das bedeuten, daß die beiden Männer von derselben Person umgebracht worden sind?«

»Oh, diese Frage kann ich Ihnen nicht beantworten. Sie sind doch die Polizistin!«

»Gibt es sonst noch was?«

»Ja«, sagt die Ärztin mit ruhiger Stimme, »und ich fürchte, daß Sie sich nicht darüber freuen werden.«

Marion schließt für einen kurzen Moment die Augen. Sie sieht das kleine, nüchterne Zimmer wieder vor sich, in dem ihr Sonia Bonte Speichel entnommen hat, um ihre DNA zu analysieren. Inoffiziell und ohne jeden Zusammenhang mit einem Ermittlungsverfahren. Wie aus weiter Ferne hört sie die Stimme der Gerichtsmedizinerin:

»Es gibt keinen Zweifel. Monsieur Léman ist tatsächlich Ihr leiblicher Vater.«

Quercy ist in seinem Dienstwagen sitzengeblieben. Er beobachtet Marion, die an ihr Handy geklammert auf und ab geht. Er kennt sie gut und weiß, daß sie weder an Verfolgungswahn leidet noch zum Fabulieren neigt. Unter den Polizisten, die er in all den Jahren ausgebildet hat, gab es noch nie einen besseren, und er hat sie ins Herz geschlossen, auf seine ruppige, aufbrausende Weise. Selbst wenn sie plötzlich den Verstand verloren hätte, die noch immer qualmenden Ruinen ihres Hauses beweisen, daß sie tatsächlich in Gefahr schwebt und daß er sie beschützen muß. Er fragt sich, ob ihm nicht irgend etwas im Verhalten seiner »Freunde« entgangen sein könnte.

Entschlossen greift er zum Autotelefon und tätigt ein paar kurze Anrufe.

Dann sieht er Marion über die Straße taumeln und eilt ihr zu Hilfe.

79

Capdevil hat sich nicht erweichen lassen: Es kommt nicht in Frage, daß er seine Chefin, die noch immer so aussieht, als würde sie jeden Moment zusammenklappen, ans Steuer läßt. Er hat sie noch einmal mit zu sich in die Rue de la Barre genommen, um ihr ein Frühstück und eine heiße Dusche anzubieten. Sie hat sich lange unter den dampfenden Wasserstrahl gestellt, aber trotz allen Zuredens hat sie es kategorisch abgelehnt, sich ein wenig hinzulegen. Während sie ihren Kaffee trank, ist er ins Printemps gegangen, um ihr frische Kleider und Wäsche zu kaufen. »Größe 36«, hat sie ihn vorher instruiert. »36 bis 38 für die Slips. Nehmen Sie, was Sie wollen, mir ist alles recht.«

Capdevil haßt es, selbst am Steuer zu sitzen. Er ist ein miserabler Autofahrer, der nicht nur mit der Gangschaltung auf Kriegsfuß steht; sein holperiger Fahrstil nötigt Marion dazu, ihren Haltegriff zu umklammern.

»Zugegeben, die Schlüsse, die Ihre Gerichtsmedizinerin gezogen hat, sind beunruhigend«, sagt er, während er den Pont de la Guillotière überquert.

»Ja«, erwidert sie laut, um das Heulen des Motors zu übertönen. »Jetzt legen Sie doch endlich den dritten Gang ein, Capdevil!«

»Ah! Entschuldigung … Warum können die uns eigentlich keine Autos mit Automatikgetriebe geben?« murrt er. »Wenn Léman und der Notar von derselben Person umgebracht worden sind, war es vielleicht Commandant Martinez oder einer aus Quercys Clique.«

»Kann schon sein. Stellen wir uns mal vor, die haben mitbekommen, daß sich Gus in Charmes aufhält. Über die Gendarmen oder einen Nachbarn. Der Briefträger zum Beispiel ist ein idealer Beobachter und kommt häufig mit den Gendarmen zusammen. Martinez und seine Bande statten Gus einen Besuch ab und foltern ihn, damit er verrät, was er mit dem Geld aus den Überfällen gemacht hat und mit eventuellen Beweisen für eine Beteiligung von Dunois, Berthe und ...«

»... Quercy. Die Sache läuft aus dem Ruder, sie töten ihn«, greift Capdevil die Überlegungen seiner Chefin auf und vergißt darüber, an einer roten Ampel stehenzubleiben.

»Capdevil!« schreit Marion, die es langsam mit der Angst bekommt. »Wollen Sie uns umbringen?«

»Und dann«, fährt der Beamte unerschütterlich fort, »nehmen sie sich, weil sie aus Léman nichts herausbekommen haben, den Notar vor, denn sie sind überzeugt, daß er etwas weiß. Sie töten auch ihn.«

»Und genau an der Stelle stimmt etwas nicht. Auch durch den Notar haben sie nichts herausbekommen, schließlich haben sie sich danach noch die Kanzlei, mich und Suzanne vorgeknöpft. Und mit was für einer Gewalttätigkeit! Es bestand keinerlei Grund, uns aus dem Weg zu räumen, vor allem nicht auf eine so ... zwanghafte Weise.«

»Um eine falsche Spuren zu legen?«

»Das erscheint mir ziemlich kompliziert für jemanden, der so ... geradlinig ist wie Martinez. Und warum die Brandstiftungen? Der Mord an Vater Léon? Das paßt nicht zusammen. Martinez ist ein Befehlsempfänger, der weder Glauben noch Moral besitzt, aber er würde sich nicht so verzetteln und grundlos derart schlimme Taten begehen.«

Die ganze Geschichte ist und bleibt rätselhaft, denkt Marion. Jedes Mal, wenn man glaubt, eine Antwort gefunden zu haben, tauchen neue Fragen auf. Ein einziger Hindernislauf.

Sie blickt auf die Uhr im Armaturenbrett, während Capdevil in eine enge Einbahnstraße einbiegt, eine Abkürzung zum Krankenhaus, wie er behauptet.

Es ist fast zwölf. Marion fragt sich, was Suzanne wohl gerade treibt.

»Ich warte übrigens auf Neuigkeiten bezüglich Ihres Schlosses, Frau Herzogin!« verkündet Capdevil in munterem Ton, um sie aufzuheitern. »Da beißen sich die Leute vom Denkmalschutz in Dijon gerade die Zähne dran aus ... Ich hatte den Chef persönlich am Apparat. Zum Glück hatte ich ja das Foto, das ich ihm faxen konnte, aber auf Anhieb konnte er nichts damit anfangen.«

Marion hält es nicht mehr aus und wählt aus dem Kopf die Nummer des Handys, das sie Suzanne Renoir hat kaufen lassen. Naïma Meceri nimmt ab.

»Ah, Chef! Alles klar?«

»Geht so ... Und Sie?«

»Ich krieg hier noch einen Rappel! Kann es sein, daß Ihre Freundin einen leichten Schuß hat?«

»Meceri, bitte.«

»Sie hat mir eine Sache über Monsieur Léman und ihren Vater erzählt, die mich zur Weißglut gebracht hat. Anscheinend waren die beiden als Soldaten in Algerien und gehörten zu Spezialeinheiten der Armee ...«

Marion seufzt. Warum mußte Suzanne ausgerechnet Naïma diese abscheulichen Dinge auftischen?

»Diese Nacht hat sie mir stundenlang davon erzählt und sich dabei eine ganze Flasche Cognac reingezogen. Ich hatte das Gefühl, daß sie wollte, daß ich ihrem Vater verzeihe ...«

»Möglich«, murmelt Marion. »Wo ist sie?«

»Sie telefoniert. Ich gebe sie Ihnen.«

Marion hört Meceris Schritte. Sie stellt sich vor, wie die junge Frau von einem Zimmer ins nächste geht, dann hört sie Suzannes Stimme:

»Edwige? Hör mal, du gehst ja vielleicht zur Sache ... Obwohl ... ich eigentlich auch!«

Sie hat das Besäufnis der vergangenen Nacht überwunden und denselben Tonfall angeschlagen wie Sonia Bonte. Auch wenn sie versucht, es sich nicht anmerken zu lassen, spürt Marion, daß sie innerlich frohlockt. Suzanne hat ebenfalls »etwas« herausgefunden.

»Aus deiner Theorie wird wohl nichts«, fängt sie an und macht eine effektvolle Pause. »Der Manoir de Chantegrive ist zehn Jahre lang von einem entfernten Cousin des Barons verwaltet worden, der auch zum Vormund des Kindes bestimmt wurde, als die Eltern starben. Dann ist das Schloß an eine Gesellschaft verkauft worden, die den Park vermarktet hat und das alte Gebäude restaurieren will, um Luxuswohnungen darin einzurichten. Sie warten noch auf die Baugenehmigung, aber ...«

»Der Junge?« unterbricht sie Marion.

»Philippe des Aubrais de Chantegrive ist 1975 im Alter von zwanzig Jahren gestorben.«

80

Während Marion versucht, mit ihrer Enttäuschung fertig zu werden, hört sie zerstreut auf das Geplapper von Suzanne, die ihr haarklein schildert, was sie über das Leben des jungen Philippe erfahren hat.

»Er war völlig plemplem«, berichtet die Notarin. »Ich glaube, selbst wenn man ihn optimal gefördert hätte, wäre er nicht in der Lage gewesen, selbständig zu leben, und sei es auch nur in Ansätzen. Anscheinend hat er seine Exkremente gegessen, das muß man sich mal vorstellen!«

Capdevil, der das Gespräch per Freisprechanlage verfolgt, zuckt angewidert zusammen. Sie haben in der Auffahrt zur Notaufnahme des Krankenhauses haltgemacht und warten darauf, daß ein Polizeiwagen seinen Parkplatz freigibt. Marion zuckt die Achseln und unterbricht Suzanne, die sich weiter über die schlimmen Neigungen des jungen Barons de Chantegrive ausläßt.

»Warte!« ruft die Notarin, als Marion ihr ankündigt, daß sie auflegen wird. »Ich habe mir erlaubt, auch noch in einer anderen Sache für dich zu recherchieren, obwohl du mich nicht darum gebeten hattest ...«

Marion verkrampft sich auf dem Beifahrersitz, während Capdevil sein Einparkmanöver beginnt. Nach Meceris Kommentaren mißtraut sie Suzannes Initiativen.

»Um die Wahrheit zu sagen, hatte deine charmante Mitarbeiterin die Idee. Ich habe im Altersheim von Lux nachgefragt. Bei denen wohnt keine Frau namens Blanc. Wo wir schon dabei waren, haben wir auch die anderen Altersheime in der Region ausfindig gemacht und nachgefragt. Marie Blanc ist in keinem von ihnen.«

Marion kehrt in Gedanken zu dem schlammigen Hof zurück. Sie erinnert sich an ihr Unbehagen und an die merkwürdigen Geräusche, die sie auf den scheußlichen Kater zurückgeführt hat. Ein unangenehmes Gefühl steigt in ihr hoch.

»Gib mir noch mal die Kleine«, bittet sie Suzanne.

»Ja, Chef?«

»Meceri«, sagt sie mit angespannter Stimme. »Rufen Sie die Gendarmerie von Mirabel an. Sagen Sie denen, daß Sie mit mir zusammenarbeiten. Die sollen unbedingt mal bei Mutter Blanc vorbeischauen.«

81

Auf einen Schlag ist alles grau. Die Sonne, die für einen kurzen Moment aufgetaucht war, hat sich wieder hinter einer schwarzen Wolkendecke versteckt. Vor der Tür des Zimmers, in dem Nina liegt, sitzt ein Ordnungshüter, der auf Marions erstaunte Nachfrage zugibt, daß er nicht weiß, wer diese Anweisung gegeben hat.

Nina ist allein in dem tristen, kalten Zimmer mit seiner Neonbeleuchtung und dem hohen Eisenbett. Sie ist wach und trägt keine Sauerstoffmaske mehr, hängt aber noch immer am Tropf. Als ihre Mutter den Raum betritt, wirft sie ihr einen kurzen Blick zu und wendet sich dann ab, um zum Fenster zu starren.

»Guten Tag, mein Schatz«, sagt Marion leise, während sie sich über sie beugt, um ihr einen Kuß auf die Stirn zu drükken. »Wie fühlst du dich?«

Nina antwortet nicht. Mit zitternden Lippen preßt sie den Mund zusammen, und Marion weiß, daß sie kurz davor ist, in Tränen auszubrechen.

»Nina … mein Liebling … was ist denn? Bist du mir noch böse? Hör zu … Es war ein Fehler, das gebe ich zu, ich hätte dich nicht fahren lassen dürfen, ich hätte bei dir bleiben müssen, um dich zu beschützen. Ich …«

»Das sagst du immer!« ruft die Kleine mit bebender Stimme. »Aber jedes Mal ist es dasselbe! Deine Arbeit ist dir wichtiger. Warum gibst du's nicht wenigstens zu?«

»Nina, dieses Mal war es anders. Ich hatte keine Wahl …«

»Ach, hat dich jemand gezwungen? Was du nicht sagst! Gleich erzählst du mir wieder irgendein Märchen, ich hör nicht mehr hin.«

Marion hat damit gerechnet, daß Nina so reagieren würde.

»Gut, wie du willst«, seufzt sie, und es schnürt ihr die

Kehle zu. »Aber es stimmt wirklich, ich bin gegen meinen Willen in eine Sache hineingezogen worden. Ich erkläre dir das, wenn es dir bessergeht.«

Sie bemüht sich, ein gelassenes Gesicht aufzusetzen, obwohl sie sich genauso fühlt wie Nina: kurz davor, die Fassung zu verlieren.

»Wo sollen wir denn überhaupt hin, jetzt, wo wir kein Haus mehr haben? Meine ganzen Sachen, mein Spielzeug, meine Bücher, meine Kleider, meine Kuscheltiere ...«

Nina schreit und weint zugleich. Sie ist so verzweifelt, daß sich Marion noch elender fühlt. Sie setzt sich auf die Bettkante und nimmt das Mädchen in den Arm. Nina sträubt sich und versucht, ihre Mutter wegzustoßen.

»Was ist mit Choupette? Hast du sie wiedergefunden?«

An das Zwergkaninchen hatte Marion überhaupt noch nicht gedacht; aber sie würde sich wundern, wenn es noch am Leben wäre. Sie beißt sich auf die Lippen.

»Sie ist tot ...«, stößt Nina hervor. »Sie war gestern Abend im Garten, sie hat es bestimmt nicht überlebt. Da bin ich mir sicher! Oh, Mama ... Warum tut jemand so was?«

Sie schluchzt immer lauter, muß schlucken und fängt an zu husten, denn ihre Lungen und Bronchien sind noch immer gereizt. Marion zieht sie an sich, und nun wehrt sich die Kleine nicht mehr.

»Ich werde Choupette suchen, mein Schätzchen ... Mach dir keine Sorgen, diese Tierchen sind ganz schön schlau. Sie hat sich bestimmt in einem Loch verkrochen, wo ihr nichts passieren konnte. Da wartet sie jetzt auf einen günstigen Augenblick, um wieder rauszukommen. Ich werde sie finden, das verspreche ich dir.«

Langsam entspannt sich Nina. Sie wischt sich mit dem Krankenhauslaken übers Gesicht und schneuzt sich damit.

»Und meine Sachen?«

»Das sind doch nur Gegenstände, Nina, du bekommst einfach neue. Wir werden ein neues Zuhause finden, vielleicht eine große Wohnung mieten, in der Stadt ...«

»Und das Reiten? Wie soll das dann gehen?«

»Wenn das so ist, werden wir auf dem Land wohnen ... An Häusern wird es nicht fehlen.«

»Und Gilles? Geht er dann?«

Marion drückt die Kleine an sich und schweigt. Was soll sie sagen?

Bei ihrer Ankunft im Krankenhaus ist sie ihrem »Verlobten« begegnet, der gerade aus einem Nachbarzimmer kam, um in die Radiologie zu gehen und seine Lungen röntgen zu lassen. Er sah so erschöpft aus, daß sie Mitleid mit ihm hatte, und die leichte Wölbung seines Rückens, die ihr bis dahin noch nie aufgefallen war, sprang ihr plötzlich ins Auge. Da stand er nun mitten im Gang, in einem grauen Krankenhaus-Bademantel, und sah sie lange an. Marion hat kein Wort hervorgebracht. Er hat Nina das Leben gerettet, er war bei ihr, als sie in Gefahr schwebte, dabei hätte sie, ihre Mutter, an ihrer Seite sein müssen. Aus unerklärlichen Gründen empfindet sie so etwas wie Groll. Sie hätte ihm gern gestanden, daß das Problem bei ihr liegt und nicht bei ihm oder in ihrer Beziehung, aber wie sollte das gehen, unter den Augen der beiden Krankenschwestern, die darauf warteten, ihn zum Radiologen zu begleiten, und des Polizisten, der Nina bewacht? Wortlos hat sie sich abgewandt.

»Mama! Antworte mir!«

»Ich weiß nicht, mein Herzchen. Darüber können wir jetzt nicht reden, nicht hier. Was hättest du denn gern?«

»Keine Ahnung. Ich glaube, ich sollte wieder zu Omi gehen, oder?«

Marion erstarrt, und der Druck auf ihrem Brustkorb nimmt wieder zu.

»Was soll das heißen, zu Omi?«

»Ich meine, bis wir eine Lösung gefunden haben.«

Marion schließt für einen Moment die Augen. Ihr Kopf dreht sich, das Herz rast. Nina hat ihrem Wunsch Ausdruck verliehen, Gilles möge wieder dorthin verschwinden, wo er hergekommen ist. Für immer.

»Ninette, mein Liebling ... sag mir, warum du am Freitag und das ganze Wochenende so böse auf mich warst. Warum bist du nicht ans Telefon gegangen? Weil ich dich mit Gilles alleine gelassen habe? Weil du gedacht hast, daß ich dich verlassen würde?«

Nina stößt ihre Mutter von sich und legt seufzend den Kopf aufs Kissen. Ihre Wangen sind bleich, unter den Augen liegen tiefe Schatten, und den langen, strähnigen Haaren könnte eine Wäsche nicht schaden.

»Ja, ein bißchen schon«, sagt sie schmollend. »Aber nicht nur.«

»Warum dann?«

»Weil du Jérôme Talon allein gelassen hast.«

»Aber ich habe ihn doch nicht allein gelassen!«

»Doch, das hat er mir selbst gesagt. Ich hab ihn in meinem Kopf gehört.«

»Aber er war nicht allein. Du warst bei ihm, und außerdem Gilles, Lisette und Capdevil. Naïma Meceri hat ihn auch oft besucht ...«

»Aber du bist am wichtigsten für ihn.«

Der Zufall will es, daß just in diesem Moment die Tür einen Spalt weit aufgeht, Capdevil ins Zimmer schaut, Nina kurz zuwinkt und Marion mit einem Nicken begrüßt. Er wirkt angespannt, und Marion ahnt, daß etwas Schlimmes passiert ist.

»Der Arzt, der sich um Talon kümmert, hat mich gebeten, Sie zu holen. Es sei sehr dringend ...«

»Was ist los?«

»Ich habe keine Ahnung. Der Assistenzarzt hat bei Ihnen im Büro angerufen, und dort hat man ihm gesagt, Sie seien hier. Der Wachmann hier hat die Nachricht weitergegeben.«

»War der Wachmann eigentlich Quercys Idee?« fragt Marion, während sie durch die Gänge stürmen.

»Ja. Sie hatten recht, der Chef hat kein ruhiges Gewissen.«

82

Marion hat so viele Tote gesehen, daß sie die genaue Zahl nicht mehr nennen könnte. Talon liegt noch genauso da, wie beim letzten Mal, als sie ihn gesehen hat, doch es kommt ihr vor, als sei das eine Ewigkeit her. Er ist regungslos, die Arme ruhen neben dem Körper auf dem weißen Laken, und der Bildschirm des Beatmungsgeräts ist ausgeschaltet. Der pickelige Assistenzarzt befindet sich in Begleitung eines anderen, älteren Arztes. Während sie sich, jeder auf einer Seite, über das Bett des Polizeibeamten beugen, unterhalten sie sich wie beim Fünf-Uhr-Tee. Der Alte nimmt sich sogar heraus, leise aufzulachen, wofür ihm Marion am liebsten eine Ohrfeige versetzt hätte. Schließlich richtet sich der Assistenzarzt auf und tritt vom Bett zurück, wodurch er den Blick auf Talon freigibt.

Marion hat Dutzende von Toten gesehen, aber noch nie ist ihr einer mit derart leuchtenden Augen begegnet. Der Schock ist so groß, daß sie für einen Augenblick fürchtet, in Ohnmacht zu fallen. Hilfesuchend dreht sie sich zu Capdevil um, doch der ist genauso entgeistert wie sie. Die beiden Ärzte bewegen ihre Lippen, ohne daß Marion ein Wort von dem versteht, was sie sagen. Dann blinzelt Talon, und sie stürzt zu ihm. Sie berührt ihn, er ist warm, er deutet ein Lächeln an. Sie wirft sich fast über ihn.

»Na na na! Immer mit der Ruhe!« bremst sie der Assistenzarzt. »Er hat überlebt – wie, das weiß ich selbst nicht, es scheint ja fast, als hätte man bei der Polizei eine gute Konstitution –, aber wenn Sie ihn jetzt traktieren, kann ich für nichts garantieren. Bleiben Sie nicht zu lange, wir werden ihn später verlegen, und er soll sich nicht überanstrengen.«

Sie lacht und weint zugleich, und Talon würde gern das gleiche tun. Aber man hat ihn mit Gurten auf seinem Bett festgeschnallt, denn jede unkontrollierte Bewegung könnte verhängnisvoll für ihn sein. Er ist auch noch ein bißchen benommen. Nachdem er eine Woche lang bewußtlos war, scheint er nur mit Mühe zu begreifen, wo er sich befindet und was ihm widerfahren ist. Aber er hat seine Kollegen erkannt, das ist erst einmal das Wichtigste.

Capdevil hat sich fortgestohlen, um den Kollegen die gute Nachricht zu verkünden und Nina zu holen.

»Sie haben uns vielleicht Angst gemacht!« sagt Marion, die nicht mehr weiß, wo ihr der Kopf steht.

Durch die Wiederauferstehung des Beamten sind all die Katastrophen, die ihr in den letzten Tagen widerfahren sind, in weite Ferne gerückt.

Talon schließt halb die Augen, um sich auf seine Erinnerungen zu konzentrieren. Das Sprechen bereitet ihm Mühe, seine Neuronen kommen nur träge in Gang.

»Ich habe Sie gehört …«, nuschelt er. »Ich glaube, Sie haben mich angeschnauzt … Ich habe nicht alles verstanden … Nur daß Sie mich ›blöder Idiot‹ genannt haben. Ich habe versucht, Ihnen zu antworten, aber ich bin immer wieder weggedriftet. Ich habe auch Nina gehört. Sie war auch hier, oder?«

Marion lächelt, wieder spürt sie, wie ihre Augen feucht werden. Sie hat nicht den Mut, ihm all die Leute aufzuzählen, die gekommen sind. Er hat nur Nina gehört, Nina, die am festesten an die Macht der Worte geglaubt hat, an ihre Kraft, ihn aus dem Koma zu holen.

»Ich habe mir gesagt, du mußt aufwachen, sie braucht dich …«

»Das stimmt auch, Talon. Für Nina sind Sie wie ein großer Bruder.«

»Sagen Sie ihr …«

»Keine Angst … Das werden Sie ihr selbst sagen können.«

Sie traut sich nicht, ihm zu verraten, daß Nina ganz in der Nähe ist. Er soll sich noch keine Sorgen machen, nicht zu schnell wieder mit der brutalen Realität konfrontiert werden. Er bewegt die Finger, und Marion greift danach. Er will seiner Chefin die Hand drücken, aber er ist zu schwach. Seine Stimme klingt merkwürdig näselnd, als er wieder das Wort ergreift:

»Ich habe geträumt, daß Sie mich geduzt und mit Jérôme angesprochen haben.«

»Ja, und?

»Das würde mir nicht gefallen.«

Marion, die im Überschwang bereit gewesen wäre, ihrem Kollegen das Du anzubieten, beißt sich auf die Lippen. Sie weiß, daß die Dinge nun einmal so sind, und kennt Talons Charakter; dennoch ist sie ein wenig enttäuscht und zieht vorsichtig ihre Hand zurück.

»Wie bin ich hier gelandet? Hatte ich einen Unfall?«

»Nicht wirklich, nein«, murmelt Marion. »Na ja, jedenfalls nicht so einen, wie Sie denken.«

Er dreht den Kopf ein wenig zur Seite, was ihm Schmerzen bereitet. Er sucht eine Antwort in Marions Blick. Sie schlägt die Augen nieder.

»Man hat auf Sie geschossen«, sagt sie, während Talon sichtlich bemüht ist, sich zu erinnern.

»Der Typ!« Der Beamte ist zusammengezuckt und macht

ein verstörtes Gesicht. »Ich habe auf einen Typen geschossen! Habe ich ihn … umgebracht?«

Marion zögert. Sie legt ihre kühle Hand beruhigend auf Talons Arm, sie erzählt ihm von der Kugel, die sich in seinem Rücken eingenistet hat, damit er sich ruhig hält.

»Sie waren schon immer ein guter Schütze, Talon …«

»Wer war das?«

»Ein Anwalt aus der Marseiller Unterwelt. Nicht schade drum.«

»Ja«, flüstert der Beamte, der noch etwas bleicher geworden ist. »Ich sitze in der Scheiße, oder?«

83

Nina ist lautlos ins Zimmer getreten, und Marion beobachtet sie von der Tür aus, nachdem ihre Tochter sie gebeten hat, im Hintergrund zu bleiben. Sie ist noch wackelig auf den Beinen, und die braunen Waden ragen dünn aus dem Nachthemd, während sie leicht schwankend mitten im Raum stehengeblieben ist. Marion sieht sie nur von hinten, aber sie kann sich denken, wie sehr Talons Anblick sie aufwühlt, denn er scheint zu schlafen und sieht nicht anders aus als in den vergangenen Tagen. Verstohlen dreht sich Nina zu ihrer Mutter um, als könnte sie ihr eine Erklärung geben. Marion nickt ihr aufmunternd zu.

»Nina!« sagt Talon mit schwacher Stimme. »Dieses Mal habe ich nicht geträumt, du bist es wirklich …«

Die Kleine zögert einen kurzen Augenblick, reißt die Augen auf und geht dann weiter. Mit zwei Schritten hat sie ihr Ziel erreicht und stellt sich eingeschüchtert an Talons Bett.

»Alles klar?« fragt der Beamte und greift nach der Hand des Mädchens. »Du sagst ja gar nichts mehr …«

»Hm … jetzt, wo du nicht mehr im Koma bist, hab ich nicht mehr viel zu sagen.«

»Ach so …«

Nina betrachtet ihn, mustert ihn von Kopf bis Fuß. Man hat ihm seine Fesseln abgenommen, aber er ist noch immer so regungslos wie eine Statue.

»Kannst du dich wirklich nicht bewegen?« fragt Nina mit heiserer Stimme.

»Nein … ich meine, ich weiß nicht, ich hab's noch nicht probiert. Ich soll nicht, hat der Arzt gesagt. Wegen der Kugel.«

Nina runzelt ihre feinen Brauen und wirft die Haare zurück, die nach Rauch riechen. Nach kurzem Nachdenken sagt sie:

»Weißt du, ich hab diese Kugel gesehen. Ich frag mich nur, wie so eine kleine Kugel schuld daran sein soll, daß du nicht mehr gehen kannst. Ich hab dem Arzt gesagt, daß es besser wäre, sie rauszuholen.«

»Und was hat er gesagt?«

»Er hat mir versprochen, es zu versuchen.«

Es folgt ein Schweigen, in dem viele unausgesprochene Dinge mitschwingen. Nina hält die Hand von Talon, der sie alle zwei Sekunden verklärt anlächelt. Was um sie herum geschieht, nehmen die beiden kaum noch wahr. Doch dann scheint Talon plötzlich etwas Ungewöhnliches zu bemerken.

»Aber du bist ja im Nachthemd!« ruft er aus.

Nina ist überrumpelt. Überrascht blickt sie an ihrer Krankenhauskluft herab. Sie will schon antworten, da fallen ihr die Ermahnungen ihrer Mutter wieder ein, Talon nicht zu früh in Angst und Sorge zu versetzen.

»Ach, ja«, erwidert sie, »das war Marion. Sie hatte es so eilig, zu dir zu fahren, daß sie mir keine Zeit gelassen hat, mich anzuziehen.«

Talon reißt erstaunt die Augen auf und starrt auf die Wanduhr.

»Warum, hast du geschlafen?«

»Ja ...«

»Mitten am Nachmittag! Sag mal, du magst dein Bett aber sehr!«

Ninas Gesicht verkrampft sich. Sie denkt an ihr schönes Holzbett mit den Kopfkissen, der Daunendecke und dem spitzenverzierten Bettzeug mit den rosa Herzen darauf, und es fühlt sich so an, als würde ein spitzer Pfeil in ihrer Kehle stecken. Sie schluckt, und ihr kommen die Tränen.

»Was ist denn?« murmelt der Polizist, der die Erschütterung des Kindes falsch deutet. »Du wirst doch nicht weinen, Nina, doch nicht jetzt. Sieh mal! Alles ist gut, ich bin nicht tot.«

Die Kleine legt den Kopf auf seine Brust und läßt ihrem Kummer, den sie seit Tagen unterdrückt hat, freien Lauf. Mit lautem Schluchzen bricht all die angestaute Angst, der Groll und der Schmerz aus ihr hervor. Talon streichelt über ihre blonden Haarsträhnen, ihr zartes Genick, und dabei fließen auch seine Tränen, ohne daß er versuchen würde, sie zurückzuhalten. Allmählich läßt das Schluchzen des Mädchens nach.

»Wirst du meinen Rollstuhl schieben?« fragt Talon, obwohl er sich zwingen muß, gerade jetzt Humor zu beweisen.

»Das ist nicht lustig«, sagt Nina, immer noch schluchzend.

»Aber ja doch, Kleines. Man sollte nicht dramatisieren ... Das Leben ist kein ...«

»Und überhaupt«, unterbricht Nina ihn schniefend. »Es gibt längst elektrische Rollstühle. Aber wenn du willst, gehe ich mit dir im Supermarkt einkaufen. Und weil ich dann größer bin als du, hole ich dir die Sachen aus den höheren Regalen. Ich kann dir auch die Fenster aufmachen, all so was.«

»Du wirst nicht ständig bei mir bleiben können. Ich werde schon zusehen müssen, daß ich auch allein zurechtkomme.«

Angestrengt denkt Nina über die quälende Frage nach, die ihr Freund aufgeworfen hat. Hilfesuchend sieht sie sich kurz nach ihrer Mutter um. Und als hätte Marion befürchtet, auf so etwas reagieren zu müssen, ist sie von der Bildfläche verschwunden.

84

Capdevil hatte einige Mühe, seinen Auftrag auszuführen. Marions Anweisungen und ihre Beschreibung waren mehr als präzise. Die Suche hat einige Zeit in Anspruch genommen, aber als er den Peugeot vor dem Haus von Lisette Lemaire, Ninas Großmutter, halten sieht, weiß er, daß seine Chefin zufrieden mit ihm sein wird.

Marion steigt aus dem Wagen. Der Mann, den er im Krankenhaus am Bett der Kleinen gesehen hat – und von dem er annimmt, daß es der »Verlobte« ist, auch wenn Marion es nicht für nötig gehalten hat, sie einander vorzustellen –, sitzt auf dem Beifahrersitz und Nina hinten. Capdevil geht ihnen entgegen, den Gegenstand seiner Suche in den Händen.

»Das war vielleicht schwierig«, ächzt er zwischen den Zähnen. »Es gibt keine Tierzüchterei im ganzen Departement, wo ich nicht gewesen bin. Ist die Farbe des Fells richtig?«

Marion muß über das verlegene Gesicht ihres Kollegen lachen.

»Bravo«, flüstert sie gerührt. »Sie sind ein Schatz! Aber sie kommt mir ein bißchen dicker vor ...«

»Sicher, es ist ein Männchen. Mehr war nicht drin.«

Nina, die auf ihre Mutter zugeht, wirft Capdevil einen feindseligen Blick zu. Er ist der Beamte aus Marions Team, den sie am wenigsten kennt. Sie kann nicht gleich sehen, was er in den Händen hält wie eine der Kostbarkeiten, denen er sein Leben geweiht hat. Dann merkt sie, daß sich das Ding bewegt.

»Choupette!« ruft Nina aus.

85

Er sitzt im schützenden Dunkel des Wagens. Er ist am Ende seiner Kräfte, erschöpft von den kilometerlangen Hin- und Rückfahrten, dem ewigen Warten. Er zündet sich einen Zigarillo an, um seiner Unruhe Herr zu werden. Er weiß, daß sie da ist und herauskommen wird. Er weiß nicht wann, und er hat es satt, aber er wartet.

Er beginnt einzunicken, und der Zigarillo fällt ihm aus der Hand. Als er ihn wieder aufhebt, verbrennt er sich und flucht in der Dunkelheit, denn er spürt sofort, daß aus seinen offenen Fingern Blut sickert. Vor Schmerz verzieht er das Gesicht. Er tastet nach dem Döschen in seiner Tasche und öffnet es. Mit sicheren Bewegungen, die auf eine lange Gewohnheit hindeuten, reibt er sich die Hand ein, und der Schmerz läßt sofort nach. Der starke Geruch der Salbe stört ihn nicht, sondern beruhigt ihn.

Nicht weit von ihm schlagen Wagentüren, und er hebt den Kopf. Sein Herz beginnt zu klopfen wie eine aus dem Takt geratene Uhr: Drei uniformierte Polizisten steigen aus einem Auto. Sie gehen auf den Eingang der Wohnanlage zu, in der nur noch ein Fenster im zweiten Stock erleuchtet ist. Langsam und vorsichtig drückt er den Zigarillo im Aschenbecher aus und kauert sich zwischen Sitz und Lenkrad.

Von der Bildfläche verschwinden, abtauchen, nicht auffallen – das sind die Dinge, die er noch immer am besten beherrscht.

Er hört die Schritte der Polizisten, die wieder auf der Straße sind. Sie gehen langsam und bleiben häufig stehen. Er sieht sie nicht, doch er vermutet, daß sie die parkenden Fahrzeuge in Augenschein nehmen. Sie haben Lampen. Er hat keinen Hund gesehen, aber wer weiß …

Die Schritte kommen näher. Sein Herz klopft wie wild, er kann sich kaum noch ruhighalten. Er macht sich noch kleiner, preßt seinen schmächtigen Körper gegen den Sitz.

Jetzt sind sie ganz nah. Sie werden ihn entdecken, und all seine Träume werden zerplatzen. Er wird in einem Gefängnis sein Dasein fristen. Und währenddessen wird sie …

Hastig wählt er die 17 auf seinem Handy. Polizeinotruf. Eine unpersönliche Frauenstimme nimmt das Gespräch sofort an, und seine Angst scheint überzeugend zu sein, denn die Frau verspricht, daß sie sofort einen Streifenwagen vorbeischicken wird.

Noch ein Auto, vielleicht auch zwei, und sie sind bei ihm. Starr vor Schreck konzentriert er sich darauf, leise zu atmen. Gott sei Dank ist es draußen nicht kalt, sonst hätten ihn die beschlagenen Scheiben schon längst verraten. Der Strahl einer Taschenlampe erleuchtet seinen Wagen, und er weiß, daß er geliefert ist. Er sitzt in der Falle.

Plötzlich hört man wie aus weiter Ferne eine metallische Stimme, die aus dem Funkgerät des Polizeiwagens zu kommen scheint. Dann durchbricht eine andere Stimme, wahrscheinlich die des Fahrers, die Stille der Nacht:

»Jungs! Zwei Straßen weiter gibt's gerade einen Einbruch. Laßt uns mal hinfahren. Danach machen wir hier weiter.«

Eilige Schritte. Die Lampen erlöschen, Autotüren schlagen und der Wagen fährt davon. Mein Gott, danke …

Er kann nicht im Auto bleiben. Die Bullen werden zurückkommen und weitermachen, wo sie aufgehört haben. Erschöpft wie nach einem Marathon steht er zögernd auf dem Bürgersteig, sucht nach einem Versteck.

In der Nähe von Marions Peugeot sieht er auf dem Gehweg einen großen Müllcontainer. Zum Glück ist er leer. Er klettert hinein, der Gestank ist ihm gleich.

86

Vor zehn Minuten sind die von Quercy herbeizitierten Gorillas gegangen. Nina schläft im Zimmer von Lisette, die eine Matratze neben das Bett des Mädchens gelegt hat, um über ihren Schlaf zu wachen. Marion wäre es lieber gewesen, die Kleine hätte diese Nacht noch im Krankenhaus verbracht, aber da ihr Zustand stabil war, haben die Ärzte ihr, wenn auch freundlich, den Stuhl vor die Tür gesetzt.

Gilles hat das Schlafsofa im Wohnzimmer ausgezogen. Er hat vorgeschlagen, die Nacht im Hotel zu verbringen, was Marion, die sich noch nicht ganz sicher ist, ob sie alle außer Gefahr sind, abgelehnt hat. Während sie im Zimmer hin und her läuft, fragt sie sich, wie sie es schaffen soll, sich neben ihn zu legen und seine Zärtlichkeiten zu ertragen.

»Wir müssen reden, Marion«, sagt Gilles mit erstickter Stimme.

»Nicht heute abend ... Ich habe nicht die Kraft dazu, verzeih mir ...«

Sie ist zum Umfallen müde und leidet seit dem Nachmittag an Schwindelanfällen.

»Dann komm und leg dich hin!«

Sie betrachtet seinen großen, auf dem Bett ausgestreckten Körper und die braunen Augen, die jede ihrer Bewegungen verfolgen. Ich kann nicht, denkt sie voller Not, ich kann nicht ... Sie hätte ihm für ihr Leben gern gesagt, daß sie gehen und woanders schlafen wird, im Hotel oder bei Capdevil, der ihr, wenn auch nicht gerade begeistert, seine Hilfe angeboten hat.

Das Klingeln von Alpha-Handy 2 rettet sie in letzter Sekunde vor der unvermeidbaren Katastrophe.

»Das kann doch nicht wahr sein«, knurrt Gilles mit finsterer Mine. »Hört das denn nie auf? Tag und Nacht …«

Naïma Meceris Stimme ist klar. Sie hat sich wieder berappelt, fern von Quercy und der Dienstaufsichtsbehörde.

»Sie hatten recht, Chef …«

»Womit?«

Gilles dreht sich zur Wand. Er hat demonstrativ die Nachttischlampe ausgeschaltet. Marion geht aus dem Zimmer, tritt in den winzigen Flur und verläßt die Wohnung, wobei sie leise die Tür hinter sich zuzieht.

87

Die Nacht ist lau, kein Windchen rührt sich. Marion atmet tief ein, wie auf Knopfdruck befreit von dem Unbehagen, das Gilles ungewollt bei ihr hervorruft. Er kommt ihr vor wie ein geprügelter Hund. Sie geht durch die kleine, verlassene Straße, in der das Parken nur auf einer Seite erlaubt ist. Während sie Meceri zuhört, schaut sie sich suchend nach der Streife um, die Quercy hergeschickt hat, um die nähere Umgebung zu überwachen. Großzügig von ihm, wenn auch etwas spät.

»Mutter Blanc war mit der Katze im Schuppen eingesperrt. Man weiß nicht seit wann, aber sie war voller Ungeziefer. Flöhe, Läuse und in den Haaren sogar Zecken. Am Anfang konnte sie sich anscheinend noch fortbewegen, sie hatte Nahrung und Wasser. Aber sie muß gefallen sein und hat sich einen Oberschenkelhalsbruch zugezogen.«

»O mein Gott!« murmelt Marion.

»Seit mindestens zwei Tagen hat sie mit der Katze aus einem Napf gegessen, und weil sie nicht aufs Klo gehen konnte ...«

»Verstehe«, unterbricht Marion sie schaudernd. »Und ihr Sohn?«

»Unauffindbar. Einer von Chrétiennots Gendarmen, der ein Kumpel von ihm ist, sagt, er sei in Urlaub gefahren. Alles ist verwahrlost, die Mutter, die Katze, die Hühner ...«

»So was gehört mit Knast bestraft«, schimpft Marion. »Wo ist sie jetzt?«

»Im Krankenhaus, Hôpital du Bocage.«

»Jemand muß bei ihr bleiben.«

»Gut. Und was mache ich mit Suzanne?«

»Wo ist sie?«

»Die pennt. Aber nicht allein. Nach der Geschichte mit Mutter Blanc hat sie heute abend die Krise gekriegt und ist ins *Rayon de lune* gegangen ... Ich hab draußen gewartet. Ich weiß, daß ich sie nicht allein lassen soll, aber was zu viel ist, ist zu viel.«

»Sie ist unvernünftig.«

»Oh, ich würde sagen, sie ist ...«

»Stop, Meceri! Bis später.«

»Warten Sie, Chef! Ich hab Ihnen noch nicht alles gesagt. Als ich mit den Gendarmen in der Gegend von Mirabel war, hab ich mich ein bißchen in der Werkstatt Mignot umgesehen. Ich hab denen erzählt, daß ich Ersatzteile für ein altes Auto suche. So, wie ich aussehe, haben die mir das ohne weiteres abgenommen ... Kurzum, es gibt einen Kilometer hinter Mirabel einen Autofriedhof, der Mignot gehört. Da stehen lauter alte Kisten rum, die repariert werden müssen, und ein Haufen Motorräder. Man kann einfach reinspazieren.«

»Das sehen wir uns morgen näher an.«

»Dann kommen Sie morgen zurück? Und Ihre Tochter? Ihr Haus?«

»Meine Tochter ist in guten Händen, und mein Haus ist eh im Eimer, das muß jetzt die Versicherung abwickeln. Ich will diese Sache endlich aus der Welt schaffen. Ich will alles wissen.«

»Die Lösung liegt hier?«

»Natürlich.«

Schritt für Schritt hat sich Marion ihrem Auto genähert. Sie lehnt sich daran, während Meceri ihren Bericht zu Ende führt: Die Beerdigung von Maître Renoir wird in zwei Tagen sein, die Obduktion von Vater Léon hat nichts Neues ergeben. Der alte Mann ist mit unvorstellbarer Brutalität erschlagen worden, mit seinem eigenen Stock.

Ein gelb-grüner Müllcontainer steht vor dem Gitterzaun eines etwas zurückgesetzt liegenden Hauses. Marion starrt darauf, ohne ihn zu sehen, kehrt ihm dann den Rücken zu. Während sie sich umdreht, steigt ihr der Geruch in die Nase. Ein starker, fast beißender Geruch. Unverwechselbar.

Mit angehaltenem Atem sieht sie sich suchend um.

Die Straße ist leer, aber irgend etwas stimmt nicht, da ist sie sich sicher. Als sie sich anschickt, die Fahrbahn zu überqueren, überkommt sie plötzlich das Gefühl einer unmittelbaren Gefahr, und sie bleibt wie versteinert stehen. Links von ihr bewegt sich ein Schatten, der Geruch von Mutter Blancs Balsam wird stärker. Marions Herz rast, sie kann nicht sehen, was sie bedroht, aber sie spürt es, und dann wird ihr voller Panik bewußt, daß sie ihre Waffe bei Lisette gelassen hat. Sie ist dem Unbekannten schutzlos ausgeliefert.

Er ist da, ganz nah, und er wird sie umbringen.

Sie spannt ihre Muskeln an, ist sprungbereit. Lautlos, nur von einem unmerklichen Rascheln begleitet, kommt der Schatten näher. Marion stößt einen erstickten Schrei aus. Er hat sie von hinten angesprungen und blockiert mit dem Unterarm ihren Hals, während er ihren Oberkörper nach hinten zieht. Mit den Knien drückt er gegen ihre Beine, um sie aus dem Gleichgewicht zu bringen. Sie kämpft, wehrt sich, versucht einen Gegenangriff. Fieberhaft ruft sie sich in Erinnerung, was sie im Lauf ihrer Ausbildung von verschiedenen Lehrern gelernt hat. In dem Moment, als sie zu kippen beginnt, stellt sie abrupt jede Gegenwehr ein und zieht den überraschten Angreifer mit sich. Sie spürt seine Hände in der Nähe ihres Gesichts, und ihr wird übel von dem Geruch, den sie verströmen. Sie weiß, daß sein Kopf ihren Kopf beinahe berührt, und sein Mund streift ihr Ohr, als wollte er ihr ein Geheimnis zuflüstern. Sie erinnert sich an einen Karate-Schlag, den Tetsui oder Hammerschlag. Sie ballt die Fäuste, hebt ihren freien linken Arm und schlägt mit aller Kraft gegen das Ohr, von dem sie vermutet, daß es nur wenige Zentimeter von ihrem Gesicht entfernt ist. Es ist ihr schwächerer Arm, und es hat ihm an Kraft gefehlt, aber der Hieb hat gesessen. Der andere bäumt sich schreiend auf, und die Umklammerung lockert sich spürbar. Doch noch während die junge Frau sich aufrichtet, wirbelt der Gegner vor ihrem Gesicht herum, und eine lange, gebogene Messerklinge blitzt auf. Es klingt, als würde ein Reifen aufgeschlitzt, als das Leder von Marions Blouson oberhalb der Tasche aufreißt.

Sie kann das Gesicht des Mannes, der sich eine Mütze übergestreift hat, nicht erkennen, aber eins ist klar: Martinez kann es nicht sein, dazu ist er zu klein und zu schmächtig. Diese Erkenntnis versetzt Marion in noch größere Panik.

Nachdem der Angreifer eine halbe Sekunde innegehalten hat, geht er zur nächsten Attacke über. Marion weicht aus, doch das Messer ist schneller und durchtrennt ihren Ärmel oberhalb des Ellbogens. Der Arm brennt, und sie spürt, wie das Blut lauwarm an ihrem Ellbogen herabläuft. Sie krümmt sich, sammelt ihre Kräfte. Die Beine des Mannes sind in Reichweite ihres Fußes, vielleicht könnte sie ihn, wenn sie ihre ganze Wut und Energie zusammennimmt, sogar am Solar Plexus zu treffen. Wieder verlagert sie ihren Schwerpunkt und setzt zu einem Mawashi-Geri an. Leider hat sie ihre verletzte Hüfte vergessen, durch den bohrenden Schmerz mißglückt der Tritt und trifft nur das Knie des Angreifers. Wieder blitzt die Klinge auf, jetzt in Halshöhe. Marion wirft sich mit der Kraft der Verzweiflung zur Seite und hechtet nach vorn. Dieses Mal schlitzt das Messer ihren verletzten Oberschenkel auf. Ihre Jeans knirscht, und das schreckliche Gefühl, daß sich ihr Muskel öffnet wie eine Konservendose, läßt sie straucheln.

Wo sind eigentlich die Nachbarn?, hätte sie fast gebrüllt. Ist diese verdammte Straße denn völlig leer?

Und Quercys Bullen? Wo sind die eigentlich hin?

Sie kann ihren Sturz nicht verhindern und fällt kopfüber zu Boden. Mit einem dumpfen Aufprall schlägt ihr Schädel auf den Asphalt, und sie sagt sich, daß sie sterben wird, hier, wie ein überfahrener Hund. In rasender Geschwindigkeit spult sich der Film ihres Lebens ab. Ein Bild von Nina, ihr zaghaftes Lächeln, ihre kleinen, schiefen Zähne.

Ein Betonklotz geht auf ihren Rücken nieder, der Geruch dringt in sie ein. Die Geräusche verzerren sich, werden schwächer. Es wird schwarz um sie herum.

88

Gilles hat nicht einschlafen können. Er hat gehört, wie die Tür zuging und sich Marions Schritte im Treppenhaus entfernten. Er hat sich in der Dunkelheit aufgerichtet und versucht, seine wirren Gedanken zu ordnen. Marion ist die Frau seines Lebens. Warum kann er ihr das nicht einfach sagen? Warum hat er an diesem Abend das Gefühl, daß sie niemanden an ihrer Seite haben will? Was ist das nur für eine Last, die sie von Mann zu Mann mit sich herumschleppt, von einer gescheiterten Liebe zur nächsten?

Er schließt die Augen und gibt sich seinen Erinnerungen hin. Marion läuft über eine Brücke, mit schnellen, ausholenden Schritten. Er denkt, daß er noch nie eine so schöne Frau so herrlich hat laufen sehen. Ihre Silhouette ist kraftvoll und geschmeidig, von natürlicher Eleganz. Die blonden Haare flattern im Wind. Sie ist einem Mann auf den Fersen, dessen Fahrzeug die Leitplanke der Autobahn gerammt hat. Direkt dahinter hat ein Wagen mit Blaulicht und weit aufgerissenen Türen gebremst. Er kann sich denken, daß hier Ganoven und Polizisten im Spiel sind, aber er weiß nicht recht, wer eigentlich wer ist. Er beobachtet das Geschehen aus seiner Gondel heraus, in der er die letzten Arbeiten auf der Großbaustelle überwacht. Ein gigantisches Bauwerk, drei Kilometer Autobahn übers Tal gespannt, durch Pfeiler gestützt, die wie schlanke, nicht enden wollende Beine emporragen. Aus der Ferne ist es ein grandioses Schauspiel. Meter für Meter holt Marion auf. Dem Mann vor ihr geht der Atem aus, er blickt immer häufiger über die Schulter, um zu sehen, wie groß der Abstand noch ist. Es ist fünf Uhr morgens, die Fahrbahn ist trocken, es gibt kaum Verkehr. Plötzlich bleibt der verfolgte Mann stehen und springt unvermittelt über die erste der beiden mittleren Leitplanken. Gilles reißt es in der Gondel von seinem Stuhl. »Neeeiiin!!!« brüllt er, während der Mann ins Leere stürzt. Dann sieht er, wie die Frau, durch seinen Schrei aufgeschreckt, abrupt innehält, die beiden Hände auf die Leitplanke gestützt, über die auch sie gerade springen wollte. Entsetzt beugt sie sich über das Loch, während zwei Polizisten, die Gilles an ihren gezückten Waffen erkennt, zu ihr treten. Der Mann, hinter dem sie her waren, ist sechzig Meter tiefer aufgeschlagen. Den Bruchteil einer Sekunde später wäre Marion ihm gefolgt.

»Ein Glück, daß Sie geschrien haben«, hat sie später zu Gilles gesagt, nach der Zeugenvernehmung, bei der er die Szene geschildert und ihr die Konstruktion der Autobahnbrücke beschrieben hat.

»Die beiden mittleren Leitplanken sind nicht miteinander verbunden, sondern durch einen halben Meter Abstand voneinander getrennt«, hat er ihr erklärt, fasziniert von den schwarzen Augen der Kommissarin, in die er sich sofort verliebt hat. »Dadurch bleiben die einzelnen Elemente autonom und flexibel. Eine Brücke ist ein Bauwerk, das sich ständig bewegt, Mademoiselle ...«

Ihr Blick war rein professionell. Er fühlte sich linkisch und unbeholfen. Sie war brillant, hinreißend, und als sie Annecy wieder verließ, kam er sich armselig vor und ihrer nicht würdig. Und doch war es so, als fehlte ihm ein Teil seiner selbst.

Eine Woche später ist sie zurückgekommen. Allein.

Ich habe nicht ganz verstanden, was Sie mir über Ihre Brücke erzählt haben ...

Sie lächelte, ihre Augen funkelten. Sogar in der Nacht, als er sie auf die Brücke geführt hat, um das Ganze noch einmal »außerdienstlich« zu rekonstruieren. Sie haben sich geküßt, und es hat ihn umgehauen wie einen Gymnasiasten.

Gilles richtet sich jäh auf. Ein Schrei hat ihn in die Wirklichkeit zurückgeholt. Aus seinen Träumen gerissen, weiß er nicht mehr, ob er sich den Schmerzensschrei nur eingebildet oder ihn wirklich gehört hat. Doch auf der Straße, direkt unter dem Fenster, sind merkwürdige Geräusche zu hören. Es klingt wie eine Schlägerei. Plötzlich durchfährt ihn der Gedanke an Marion, die das Haus verlassen hat; er stürzt zum Fenster, und was er dort sieht, läßt ihm das Blut in den Adern gefrieren. Die kleine Straße ist schlecht beleuchtet und düster, aber so kann man sich nicht täuschen. Er kommt gar nicht erst auf die Idee, die Nummer des Polizeinotrufs zu wählen. Für einen kurzen Moment hat er Marion wieder vor Augen, wie sie ihre Waffe auf Lisettes Buffet legt. Er packt die Smith & Wesson und stürmt hinaus, ohne auch nur nachzusehen, ob die Pistole geladen ist. Er hat sich nicht die Zeit genommen, etwas überzuziehen, und erreicht in T-Shirt und Unterhose die Straße. Wie in einem Alptraum sieht er die Umrisse eines Mannes, der über die am Boden liegende Marion herfällt. Voller Panik und Entsetzen stürzt er los. Die Waffe drohend im Anschlag, schreit er: »Aufhören! Hände hoch!« Er weiß nicht, ob das die richtige Methode oder ein schwerer Fehler ist, er spricht einfach nur nach, was er aus Filmen kennt.

Der andere erstarrt und richtet sich auf, bereit, seinem neuen Gegner die Stirn zu bieten. Als er jedoch die Pistole sieht, zögert er nicht lange und macht sich aus dem Staub. Gilles spannt den Hahn und zielt auf den Mann, wie auf der Kirmes. Er ist außer sich, er traut sich nicht, den Blick auf die regungslos am Boden liegende Marion zu richten. Der Angreifer läuft weiter, gleich wird er um die Ecke biegen und verschwinden.

»Halt!« brüllt Gilles. »Du Drecksack! Bleib stehen, oder ich schieße!«

Hinter ihm kommt das Heulen eines Martinshorns näher, Reifen knirschen und ein zuckendes Blaulicht beleuchtet die Szene. Zwei Polizisten stürzen sich auf Gilles und nehmen ihm die Waffe ab, während eine Frau in Uniform zu Marion rennt. Gilles brüllt, daß er nicht der Mörder ist, doch die

Polizisten bleiben taub gegen die Schreie dieses halbnackten Irren und legen ihm sicherheitshalber Handschellen an.

Der Mann am Ende der Straße ist auf und davon, verschluckt vom Dunkel der Nacht. Nur sein Geruch hängt noch in der Luft wie eine Provokation.

89

»Du hast mir zwei Mal das Leben gerettet. Und Nina. Das werde ich nie vergessen. Aber ich kann das, was du getan hast, nicht hinnehmen.«

Die Krankenschwester, die Marion verbindet, setzt ihre Arbeit fort, ohne aufzublicken. Dabei ist die Spannung zwischen dieser jungen, übel zugerichteten Frau und dem großen Kerl, der auf sie aufpaßt wie eine Glucke auf ihre Eier, mit Händen zu greifen.

»Wie bitte?« flüstert Gilles.

»Du bist nicht ans Telefon gegangen.«

Marions rechter Oberschenkel verschwindet unter einem dünnen Verband, der die lange Naht verdeckt. Das ist ihre schwerste Verletzung. Am Arm hat sie nur eine oberflächliche Schnittwunde davongetragen. Dafür sind ihr ganzer Körper und ihr Gesicht mit Blutergüssen und Beulen bedeckt. Die Unterlippe ist geschwollen, und die linke Gesichtshälfte schmückt ein schillerndes Veilchen. Die Krankenschwester würde gern hören, wie die Geschichte weitergeht, aber sie ist fertig.

»Rühren Sie sich nicht von der Stelle«, sagt sie zu Marion. »Ich schicke Ihnen den Arzt.«

»Also wirklich, Edwige«, protestiert Gilles, als die Frau gegangen ist. »Du kannst mir doch diese … Dummheit nicht bis in alle Ewigkeit nachtragen … Ich habe dir die Gründe erklärt, wir haben darüber geredet, du hast mich angeschrien. Ich mache mir Vorwürfe und werde es nie wieder tun. Was soll ich denn sonst noch machen?«

»Nichts. Ich werde dir nie wieder vertrauen können.«

»Aber das ist ungerecht! Du bist ungerecht! Ich habe das aus reiner Schwäche getan. Ich dachte, Nina würde mich mehr akzeptieren, wenn ich ihr nachgebe. Es ging ihr sehr schlecht, du weißt doch…«

»Ich weiß.«

»Sie hatte wahnsinnigen Schiß wegen Talon und war böse auf dich. Ich dachte, ich täte das Richtige. Ich dachte, den Kontakt mit dir abzubrechen, würde ihr helfen, klarer zu sehen.«

»Ja, Gilles, ich weiß das alles.«

»Ja, und?«

»Es ist einfach so. So bin ich nun einmal. Du bist nicht ans Telefon gegangen, und ich kann dir nicht mehr vertrauen. Nie mehr.«

Er hat es aufgegeben, sie überzeugen zu wollen und diese nutzlose Diskussion weiterzuführen. Das Warten wird lang, und sie beginnt sichtlich ungeduldig zu werden.

»Bleib ruhig liegen«, sagt Gilles in dem väterlichen Ton, den sie so unerträglich findet.

Ihr Gesicht wird verschlossen, sie richtet sich vorsichtig auf und beginnt, vom Behandlungstisch zu steigen. Gilles steht auf und greift ein.

»Wo willst du denn jetzt schon wieder hin? Man hat dir doch gesagt, daß der Arzt …«

»Es tut mir leid, aber ich habe keine Zeit, so lange zu warten. Ich bin nicht krank, die paar Wehwehchen werden mich nicht daran hindern, diesen Dreckskerl zu finden und festzunehmen, ehe er uns noch alle umbringt.«

»Das kannst du nicht, Marion, sei doch vernünftig. Es gibt

noch andere Polizisten außer dir. Laß die ihre Arbeit tun, wenigstens dieses eine Mal …«

Sie hält inne und starrt ihn durchdringend an.

»Siehst du, daß du versuchst, mich aufzuhalten …« sagt sie leise. »Gilles«, fährt sie nach kurzem Schweigen fort. »Versteh mich bitte nicht falsch, aber ich glaube nicht, daß ich ein normales Leben führen kann, weder mit dir noch mit sonst jemandem. Ich bin unfähig, mich zu entscheiden, mich festzulegen. Das ist einfach so, ich bin gehandikapt.«

Ein bitteres Lachen kommt über Gilles' Lippen.

»Warum sagst du mir nicht einfach, daß du mich verlassen willst?«

Marion hat starke Schmerzen im Bein, und als sie schließlich steht, hat sie Mühe, das Gleichgewicht zu halten. Humpelnd geht sie bis in die Mitte des Raums und sucht nach einer Sitzgelegenheit, aber Gilles hockt auf dem einzigen Stuhl im Behandlungszimmer. Schließlich kehrt sie zum Tisch zurück und lehnt sich daran.

»Meine Mutter hat mit zwei Männern zusammengelebt«, stößt sie mit etwas heiserer Stimme hervor, denn auch an ihren Stimmbändern ist der Überfall nicht spurlos vorübergegangen. »Nicht nacheinander und auch nicht so, daß der eine vom anderen nichts gewußt hätte. Nein, richtig zusammen. Sie hat mit Gus Léman und Félix Marion zusammengelebt, als Félix zu den beiden nach Paris gezogen ist. Ich weiß nicht, warum sie dann Félix geheiratet hat, nachdem ich schon geboren war, und ich weiß auch nicht, warum er mich als seine Tochter anerkannt hat. Das ist ein Geheimnis, das ich wahrscheinlich niemals lüften werde. Denn mein wirklicher, leiblicher Vater war der andere.«

»Du meinst …?«

Sie ringt sich ein Lächeln ab, das wie eine Grimasse aussieht.

»Gus Léman. Er ist mein leiblicher Vater. Tja, jetzt weißt

du den Grund für diese Erbschaft. Er wußte, daß ich seine Tochter war, und meine Mutter auch. Félix vielleicht nicht.«

Marion sieht, wie Gilles ungläubig die Augen aufreißt und sich anschickt, etwas zu sagen. Sie kommt ihm zuvor:

»Du brauchst keinen Einwand zu erheben, das ist alles wissenschaftlich bewiesen.«

Gedankenverloren steht sie da, während Gilles nicht mehr weiß, was er sagen soll. Langsam schüttelt sie den Kopf, als fiele es ihr selbst schwer, das alles zu glauben, und sieht ihn dann mit fiebrigen Augen an.

»Ich weiß nicht mehr, woran ich bin. Ich habe einen Vater bewundert, der gar nicht mein Vater war, obwohl er sich so verhalten hat, als wäre er's gewesen. Ich habe ihn verehrt, seit ich denken kann. Ich habe einen Helden aus ihm gemacht. Wahrscheinlich bin ich aus Liebe zu ihm selbst Polizistin geworden, um mich ihm nah zu fühlen, weil er mir schrecklich fehlte. Und jetzt sagt man mir, daß er ein Ganove war ... Meinen leiblichen Vater habe ich kaum gekannt. Der war ein richtiger Gangster, einer von den Großen, einer von denen, die ich heute so gern hinter Schloß und Riegel bringen möchte. Dann hat mich Quercy unter seine Fittiche genommen, er war mein Vorbild, mein geistiger Vater. Er hat sich bemüht, mir die beiden anderen zu ersetzen. Tja, und jetzt weiß ich auch bei ihm nicht mehr, wer er eigentlich ist, was er will, warum er lügt ...«

»Marion ...«

Sie ignoriert Gilles' Unterbrechung und verschränkt die nackten Arme, wie um sich vor einer Gefahr zu schützen.

»Und dann meine Mutter! Meine Mutter, deren Leben sich zwischen zwei Männern abgespielt hat und die mir kein Wort davon gesagt hat.«

»Versetz dich in ihre Lage«, erwidert Gilles. »Einem Kind so eine Situation zu beichten ist nicht leicht ...«

»Im Ernst? Du wirst ja wohl nicht auch noch Mitleid mit ihr haben! Sie hätte mir durchaus ein paar Worte über dieses Leben zu dritt sagen können, ohne sich über anstößige Details auszulassen. Nach Félix' Tod war sie weiter mit Gus zusammen, ich erinnere mich noch vage daran, sie haben mich einmal mit nach Charmes genommen. Als ich älter wurde, hätte sie mit mir darüber reden können, es mir erklären können ... Sie hat ihr Geheimnis mit ins Grab genommen.«

Marion hält inne, und ihr dunkler, etwas verschleierter Blick begegnet dem Blick ihres Freundes.

»Wie soll ich da mein eigenes Leben in den Griff bekommen? Ich fange an, alles in Frage zu stellen, in erster Linie mich selbst ... Das Schlimmste ist, daß ich Lémans krankes Gen an meine Kinder hätte weitergeben können, wenn ich welche bekommen hätte ..., ohne es zu wissen. Und du willst mit mir über Familie reden?«

»Und Nina?« murmelt Gilles betroffen. »Denkst du auch an Nina?«

Marion lacht bitter.

»Natürlich denke ich an sie! Ich denke an nichts anderes! Ständig sage ich mir, daß ich nicht die Mutter bin, die sie braucht.«

»Natürlich bist du das! Diese Flucht nach vorn unternimmst du doch nur, weil du dich von deiner eigenen Geschichte befreien willst. Aber für Nina zählt nur deine Liebe ...«

»Das reicht nicht immer, das weißt du genau. Nina bräuchte eine normale Frau als Vorbild. Ich bin nicht dieses Vorbild, Gilles.«

Sie hat sich vom Behandlungstisch gelöst und sieht sich nach den Überresten ihrer Anziehsachen um. Der unförmige Kleiderhaufen, der in einer Ecke auf dem Boden liegt, ist unbrauchbar. Der Blouson ist an mehreren Stellen aufgeschlitzt, die Jeans zerfetzt, das T-Shirt blutbefleckt.

»Kannst du mir was zum Anziehen besorgen?«

Gilles wirft der jungen, lädierten Frau einen zärtlichen Blick zu, und aus seinen Augen spricht eine unendliche Traurigkeit. Er steht auf und macht sich wortlos auf die Suche. Nichts und niemand wird sie daran hindern, ihren Weg zu gehen.

90

Der pickelige Assistenzarzt, der immer dann aufzutauchen scheint, wenn wieder mal ein Kripo-Mitglied zusammengeflickt werden muß, hat Marion gerade noch erwischt, als sie sich in einer weißen Schwesternkluft – kurzärmeliger Kittel, Hose und Schuhe mit Kreppsohlen – davonschleichen wollte.

»Das steht Ihnen gut«, sagt er, ohne zu lachen. »Hatten Sie vor, in diesem Aufzug zu verschwinden?«

»Ich gebe die Sachen schon zurück«, erwidert Marion frech. »Da können Sie sich drauf verlassen. Ich gehe, ich habe zu tun.«

»Moment mal! Sie bekommen noch eine Überweisung für Ihre weitere Behandlung, und ich schreibe Sie für einen Monat krank. Sie sind extrem angeschlagen, Sie brauchen Ruhe.«

»Ja, später.«

»Sie weigern sich? Das ist unglaublich! Ein Monat Ferien, da stürzen sich die Leute normalerweise drauf. Seid ihr alle so bei der Polizei?«

»Was soll das heißen?«

»Ich weiß nicht ... so merkwürdig. Die Toten feiern ihre Wiederauferstehung, die Verletzten stehlen Kleider und ergreifen die Flucht ... Haben Sie noch viele Kollegen im Kommissariat?«

Marion beißt sich auf die Lippen, um nicht loszulachen. Der Arzt kritzelt etwas Unleserliches auf einen Block.

»Ach, übrigens, was Ihren Kollegen betrifft«, sagt er, ohne aufzublicken, »da ist uns ein kleiner Irrtum unterlaufen ...«

Sofort ist Marion das Lachen vergangen. Der Assistenzarzt, der ihr vorkommt wie ein gelangweilter Medizinstudent, ist im Begriff, sie auf eine schlechte Nachricht vorzubereiten.

»Ein Irrtum?« stammelt sie. »Wie, ein Irrtum? Wollen Sie damit sagen, daß er es nicht schaffen wird?«

»Ach, das, keine Ahnung. Ich habe weder Tarockkarten zu Rate gezogen noch im Kaffeesatz gelesen. Ich rede von der Kugel in seiner Wirbelsäule. Nachdem wir ihn gestern abend geröntgt und gescannt haben, wissen wir, daß sich das Stückchen Blei anderthalb Millimeter verschoben hat.«

Marion spürt, wie die Farbe aus ihrem Gesicht weicht. Sie versteht nicht, worauf der Arzt hinauswill.

»Ist das schlimm? Ich meine, kann es sein, daß er stirbt oder für immer im Rollstuhl sitzen muß?«

Der Assistenzarzt hebt endlich das Kinn und reicht Marion die Überweisung, die sie mechanisch entgegennimmt. Wenn er lächelt, sieht er aus wie ein Frosch, der Windpocken hat.

»Im Gegenteil, wenn alles gut läuft, wird er bald wieder durch die Gegend rennen. Wir werden ihn gleich ein zweites Mal operieren.«

»Was? Gleich? Und die Kugel?«

»Na, die wollen wir ja entfernen.«

Capdevil ist noch immer ein lausiger Autofahrer, aber mit Rücksicht auf Marion, die an den Sicherheitsgurt geklammert zu schlafen scheint, gibt er sich größte Mühe. Es hat angefangen zu regnen. Vor ihnen kriecht eine Lastwagenschlange dahin; um ein Überholmanöver zu wagen, müßte man Rallye-Fahrer sein.

Der Beamte hat seine Vorgesetzte gegen elf Uhr bei Lisette Lemaire abgeholt, um sie zu Quercy zu bringen. Die Kommissarin hat keinerlei Kommentar abgegeben, als sie das Büro ihres Chefs wieder verließ. Sie hat Capdevil lediglich aufgefordert, ihr auf Schritt und Tritt zu folgen, und jeden Protest mit dem Hinweis vom Tisch gefegt, daß dies ein Befehl von höherer Stelle sei. Schließlich hat sie ihn noch wissen lassen, daß das Gespräch mit Quercy verkrampft gewesen sei. Quercy versuche sein Unbehagen zu überspielen, indem er Marions Angehörige mit einer noch größeren Leibgarde umgebe: Ein Dutzend Polizisten werden Lisette, Gilles und Nina von nun an abwechselnd begleiten wohin sie auch gehen. Marion selbst wollte Quercy mit einigen hochspezialisierten Leibwächtern beglücken. Es war eine harte Auseinandersetzung, aber sie konnte sich durchsetzen.

Capdevil ist zwar stolz, daß sie seine Begleitung vorgezogen hat, aber ein bißchen bange ist ihm schon. Er hat seine Dienstwaffe kontrolliert und gereinigt, was längst überfällig war. Dann hat er sich in der Waffenkammer eine Pumpgun und einen Vorrat an Munition besorgt und alles im Kofferraum des Peugeot verstaut.

»Nehmen Sie am besten Brenneck-Kugeln, denn jetzt geht's ans Eingemachte …« hat ihm Marion empfohlen, während sie nach einem Abstecher ins Einkaufszentrum von

Part-Dieu zum Erwerb einiger Kleider wieder in den Wagen stiegen.

Capdevil fragt sich noch immer, was sie damit eigentlich gemeint hat.

»Was glauben Sie, Capdevil …« hört er Marion mit klarer Stimme sagen.

»Ja, Chef?« Der Beamte ist zusammengezuckt, denn er dachte, Marion sei eingedöst.

»Die Motive, die die Menschen dazu bringen, Verbrechen zu begehen, sind doch immer dieselben, oder?«

»Geld, Liebe, Sex.«

»Was Sie aufzählen, sind Ziele, Capdevil … Aber warum genau tötet man einen anderen Menschen? Aus Rache, aus Eifersucht, aus Gier … Derjenige, der Gus Léman umgebracht hat und auch mich töten will, hat dasselbe Motiv. Ich bin überzeugt davon, daß es eine Gemeinsamkeit zwischen uns gibt.«

»Uns?«

Sie seufzt:

»Ich werde Ihnen ein Geheimnis verraten.«

»Das ist unglaublich! So etwas kann auch nur Ihnen passieren …«

»Ich bin unter keinem guten Stern geboren.«

»Im Gegenteil! Es gibt so viele Leute, denen nie auch nur irgend etwas passiert. Ich beneide Sie geradezu!«

Sie haben angehalten, um zu tanken. In den vergangenen zehn Tagen, in denen Marion ständig zwischen Lyon und Dijon pendeln mußte, ist sie fast schon Stammkundin dieser Tankstelle geworden. Sie haben einen faden Kaffee getrunken und ein noch schlimmeres Sandwich gegessen, und beim Weiterfahren ist Capdevil wieder der blaue Wagen aufgefallen, der ihnen seit der Autobahnauffahrt in Lyon an den

Fersen klebt. Marion hat er noch nichts davon gesagt, er will sich erst sicher sein, daß der Wagen wirklich ihretwegen da ist.

Während der Fahrt hat ihm Marion anvertraut, daß sie Quercy immer noch nicht traut, auch wenn er sich noch so große Mühe gibt, und daß sie Gus Lémans frühere Gefährten oder Komplizen weiterhin als gefährliche Gegner und potentielle Feinde betrachtet.

Deshalb hat sie ihr Privathandy und das Alpha-Handy 2 ausgeschaltet, womit es unmöglich sein dürfte, sie zu lokalisieren. Das müßte ihre Verfolger irgendwann dazu zwingen, aus der Deckung zu gehen. Aus denselben Gründen verbietet es sich Marion, vertraute Nummern anzuwählen. Was im Klartext bedeutet: Krieg.

Capdevil fällt auf, daß sie häufig in den Seitenspiegel blickt. Im Rückspiegel sieht er noch immer den blauen Wagen.

»Hatte der Mann, der Sie gestern Abend angegriffen hat, ein Auto?«

»Er ist zu Fuß abgehauen, aber ich nehme an, daß er in der Nähe einen Wagen geparkt hatte. Die Kriminalwache hat alle Fahrzeuge in der Straße überprüfen und identifizieren lassen. Eins davon ist vorgestern in Lyon gestohlen worden. Der Erkennungsdienst war noch dabei, es unter die Lupe zu nehmen, als wir gefahren sind.«

»Welche Farbe hatte das Auto?« will der Beamte wissen.

»Wenn Sie glauben, daß es der blaue Fiat ist, der seit Lyon hinter uns herfährt, dann täuschen Sie sich, mein Lieber. Ich sagte Ihnen doch, daß der Wagen von gestern …«

»Schon gut! Verstanden.«

Marions Manie, Antworten zu geben, bevor man auch nur eine Frage gestellt hat, geht ihm ziemlich auf die Nerven. Er sagt nichts mehr, sondern konzentriert sich darauf, einen dicken Brummer zu überholen, neben dem sich ein meterhoher Wasserschwall über den Peugeot ergießt.

Der blaue Fiat folgt ihnen noch immer in einiger Entfernung, aber ohne daß er versuchen würde, dies besonders unauffällig zu tun. Es sieht so aus, als säßen zwei Personen in dem Wagen.

Marion räuspert sich.

»Das Kind, das Claire des Aubrais de Chantegrive, auch Claire Arthur genannt, damals erwartet hat, geht mir nicht aus dem Sinn«, sagt sie nachdenklich. »In ihrem letzten Brief an Gus Léman hat sie geschrieben, daß die Geburt unmittelbar bevorstünde, und ihm angedroht, daß sie sich umbringen würde, sollte er bis zum 1. Juli, dem ausgerechneten Termin, nicht reagieren. Léman hat diesen Brief niemals geöffnet.«

»Aber Sie schon.«

»Ja, das stimmt«, gibt Marion zu. »Letzte Nacht, im Krankenhaus. Ich hatte mir geschworen, daß ich es nicht tun würde, aber ich mußte wissen, was drinsteht. Ich muß alles wissen, was mir dabei helfen kann, die Wahrheit herauszufinden.«

»Stand denn in dem Brief noch etwas, was für Sie wichtig sein könnte?«

»Claire war nicht dumm. Sie wußte, daß Gus Lémans Krankheit vererbbar war. Sie hat in bitterem Ton die Befürchtung geäußert, daß ihr Baby ebenfalls krank sein könnte, und daraus eine Art Beweis für Lémans Vaterschaft abgeleitet.«

»Warum? Hat er Zweifel angemeldet?«

Marion zuckt die Achseln, und sofort verzieht sich ihr Gesicht vor Schmerz. Sie betastet die dick verbundene Schnittwunde an ihrem Arm, die ihr, wenn auch nur in Schüben, stechende Schmerzen verursacht. Capdevil fragt besorgt nach, doch sie winkt ab: In ein paar Tagen wird's wieder gehen. In einem Monat, hat der Assistenzarzt gesagt.

»Schon möglich. So was tun Männer ja in solchen Situationen gern. Es ist feige, aber wenn ein Mann in eine andere Frau verliebt ist ...«

»Ich bin mir sicher, daß Sie etwas im Hinterkopf haben. Los, nun packen Sie schon aus!«

Hinter den Weinbergen der Côte-d'Or tauchen langsam die Ausläufer von Dijon auf. Der Regen hat aufgehört, und die feuchten Reben glitzern im Licht der Sonne, die hin und wieder zwischen den bleichen Wolken zum Vorschein kommt. Gevrey-Chambertin, Marsannay-la-Côte, Chenôve ... Am anderen Ende der Stadt warten Suzanne, die zu Hause ist, und Naïma, die am Bett von Mutter Blanc Wache hält, auf Marions Ankunft. Sie wissen noch nichts von den Ereignissen der Nacht, die junge Frau hat lediglich ein Restaurant in der Rue Vannerie, im mittelalterlichen Stadtkern von Dijon, als Treffpunkt ausgemacht.

»Stellen Sie sich vor, der Junge wäre doch auf die Welt gekommen ... Er hätte überlebt ...«

»O je!« stöhnt Capdevil. »Das klingt ja wie aus einem Psychothriller!«

»Ja, ein bißchen dick aufgetragen klingt das schon. Aber es kann doch sein, daß Claire sich umbringen wollte, ohne das Kind zu opfern. Nehmen wir einmal an, sie hätte es unter falschem Namen zur Welt gebracht, zum Beispiel in Dijon.«

»Warum in Dijon?«

»Weil das von Charmes aus die nächste Großstadt ist, und weil eine Großstadt anonymer ist als ein Dorf mit hundert Einwohnern.«

»Okay ... Und weiter?«

»Das Jugendamt nimmt den Jungen unter seine Fittiche, er wird vielleicht sogar adoptiert. Eines Tages findet er die

Identität seiner Mutter heraus und stößt auf seine eigene Geschichte ...«

Während Capdevil seinen Gedanken nachhängt, fährt er am alten Krankenhaus vorbei, hinter dem der botanische Garten beginnt. Nach der Eisenbahnunterführung fährt er weiter geradeaus, biegt dann rechts ein, und am Ende einer von Bäumen beschatteten Straße taucht die Kirche Saint-Bénigne auf.

»Wissen Sie eigentlich, wohin Sie fahren?« erkundigt sich Marion.

Er zuckt zusammen. Für einen Augenblick hatte er versucht, sich in die Lage dieses Kindes hineinzuversetzen, von der Mutter verlassen und vom Vater verleugnet, der ihm als einziges Erbe eine üble Krankheit mit auf den Weg gegeben hat.

»Wohin ich fahre? Aber ... Ach, ja ... in die Rue Vannerie, warum?«

»Wissen Sie, wo das ist?«

»Natürlich, ich hatte vor ein paar Jahren mal eine Freundin in Dijon. Und Sie halten es für möglich, daß er so gründliche Nachforschungen betrieben hat?«

»So kompliziert ist das nicht. Außerdem sind Kinder, die von ihren Eltern verlassen wurden, an Verbissenheit und Effizienz nicht zu überbieten, glauben Sie mir. Das kann man immer wieder beobachten. Sie geben nicht auf, bis sie ihre Mutter oder ihren leiblichen Vater gefunden haben. Vor allem ihre Mutter ... Ich habe da noch keine Ausnahme erlebt.«

»Gleich werden Sie mir sagen, was zu tun ist, Chef«, seufzt Capdevil.

»Ja. Das Geburtenverzeichnis der Stadt Dijon einsehen, und zwar für die Tage und Wochen vor Claires Tod. Wenn dieses Kind tatsächlich existiert, wüßten wir wenigstens seinen Namen.«

92

Die Zentralstelle des Kulturamts der Region Bourgogne hat ihren Sitz in einem Gebäude aus dem sechzehnten Jahrhundert in einem der ältesten Stadtteile von Dijon. Die Abteilung für Denkmalschutz befindet sich im ersten Stock und hat nur bis zwölf Uhr geöffnet. Es ist viertel nach zwölf.

»Scheiße!« entfährt es Marion.

Capdevil muß grinsen, während er auf den Knopf einer angelaufenen Kupferklingel drückt. Kurz darauf öffnet sich die Tür, und ein leicht ergrauter Mann um die fünfzig steht vor ihnen, groß und hager, mit einer Hornbrille, deren Gläser so groß sind wie Bullaugen.

»Ich habe auf Sie gewartet«, sagt der Mann, den Capdevil respektvoll mit »Herr Konservator« angesprochen hat. »Ihre Angelegenheit hat mir zu schaffen gemacht«, fährt er fort, während er sie durch einen langen Gang führt, vorbei an Regalen, die sich unter Bergen von Akten und Papier biegen. »Es gibt mehrere Dutzend Schlösser in der Region, und viele davon sehen sich sehr ähnlich. Hinzu kommt, daß das Modell auf dem Foto nur eine grobe Wiedergabe ist. Man kann nicht gerade sagen, daß die Proportionen stimmen würden ...«

Er geht auf einen Tisch zu, auf dem ein beeindruckend großes Buch liegt. Das Foto, das Capdevil ihm hat zukommen lassen, liegt neben dem aufgeschlagenen Wälzer.

»Was meine Suche noch zusätzlich erschwert hat, ist die Tatsache, daß dieses Schloß nicht im Verzeichnis der unter Denkmalschutz stehenden Gebäude aufgeführt ist. Ich würde im übrigen gerne mal wissen, warum eigentlich nicht, denn da gehört es meiner Meinung nach hin. Aber so ist das nun mal mit unserer Verwaltung, da kommt es immer wieder zu solchen Absonderlichkeiten ...«, fügt er hinzu und sieht Marion stirnrunzelnd an, als sei sie dafür verantwortlich.

Das Schloß, dessen Foto in dem Buch abgebildet ist, unterscheidet sich deutlich von dem, was Marion auf dem naiven Bild von Claire Arthur gesehen hat. Es thront nicht, wie Capdevil vermutet hatte, auf einem hohen Felsen und ist der Bildunterschrift zufolge höchstens zweihundert Jahre alt.

»Es ist nach einem Modell aus dem zwölften Jahrhundert erbaut«, erklärt der Konservator, »und wurde nach und nach von seinen Besitzern umgestaltet. Die ersten Besitzer waren die Saint-Légers, eine alteingesessene Familie aus dem Burgund, von Ludwig XV. in den Adelsstand erhoben. Sie haben dem Dorf seinen Namen verliehen, und natürlich auch dem Schloß. Sie haben sich lange um den Erhalt des Gebäudes gekümmert, obwohl es anscheinend leerstand, mindestens fünfzig Jahre lang. Was heute damit ist, weiß ich nicht, aber ich bin mir sicher, daß Sie das selbst herausfinden werden.«

Marion sieht zu Capdevil, der die Adresse notiert. Saint-Léger, Côte-d'Or …

»Das ist im nordöstlichsten Teil des Departements«, erklärt der Konservator. »An der Grenze zur Haute-Saône.«

»Haben Sie eine Landkarte der Gegend?«

Der Mann führt sie in ein anderes Zimmer, dessen Wände mit Karten von allen Departements der Region gepflastert sind. Mit einem dünnen Finger, den ein unglaublich langer Nagel ziert, zeigt er auf einen Punkt im Nordosten der Côte-d'Or. Das Schloß Saint-Léger liegt knapp zwanzig Kilometer Luftlinie von Charmes entfernt. Marion ist nicht überrascht. Das ist eine Entfernung, die man mit dem Fahrrad leicht zurücklegen kann.

Sie bedanken sich bei dem Konservator, der eine Kopie des Fotos aus dem Buch und eine kurze Zusammenfassung der

Geschichte des Schlosses für sie vorbereitet hat. Als sie die Tür erreichen, hält der Mann inne.

»Merkwürdig, daß dieses Schloß plötzlich soviel Interesse erweckt ...«

Marion bleibt wie angewurzelt stehen, von einer bösen Vorahnung erfaßt.

»Wie bitte?«

»Heute Morgen, gleich nach Büroöffnung, ist schon jemand hiergewesen. Er hat mir dieselben Fragen gestellt wie Sie, nur daß er das Bild hatte.«

»Das Bild?«

»Ja, das Original, das Sie fotografiert haben.«

»Haben Sie ihm dieselben Informationen gegeben?«

»Natürlich.«

»Wer war das?«

»Er hat sich als Gendarmerie-Commandant vorgestellt. Er hat mir seinen Ausweis gezeigt. Ein merkwürdiger Typ.«

Marion und Capdevil tauschen bestürzte Blicke aus, während der Konservator ungläubig von der einen zum anderen sieht. Er kann es nicht fassen, daß diese beiden Polizisten, denen er die Hälfte seiner Mittagspause geopfert hat, nur ein mageres Dankeswort für ihn übrig haben, ehe sie sich wie Diebe davonmachen.

93

»Diese Schmeißfliege!« Marion kann sich nicht beruhigen. »Was erhofft er sich bloß davon?«

»Wahrscheinlich dasselbe wie Sie«, stellt Naïma Meceri trocken fest.

»Das liegt doch klar auf der Hand«, stimmt ihr Suzanne zu. »Was hat es mit diesem Schloß auf sich? Was glaubst du?«

Die beiden Frauen sitzen Marion gegenüber an einem Tisch im *Escargot*, einem kleinen Restaurant in einem umgebauten Kellergewölbe. Suzanne hat wieder einen grauen Hosenanzug angelegt, Meceri trägt wie üblich Jeans und ein weißes T-Shirt. Sie scheinen sich ausgezeichnet zu vertragen, und Naïma ist wieder in Form, seit sie weiß, daß Talon außer Gefahr ist und sie vielleicht wird beweisen können, daß sie nicht auf ihn geschossen hat.

Marion knabbert an einem Stück Käsegebäck, das man ihnen zum Kir serviert hat. Ehe sie Suzannes Frage beantwortet, sieht sie sich in dem fast leeren Restaurant um.

»Ich habe nicht die leiseste Ahnung!« sagt sie schließlich mit gerunzelter Stirn. »Martinez verfügt wahrscheinlich über Informationen, die ich nicht habe. Für mich ist es eine von mehreren Spuren, wobei ich, ehrlich gesagt, so viele gar nicht habe.«

»Glaubst du, daß es einen Zusammenhang zwischen den Morden und dem Schloß gibt?«

»Vielleicht nicht. Ich kann nur sagen, daß dieses Bild zu den Dingen zählt, die mir Gus großzügigerweise vererbt hat ...«

»Sie sollten vor der Schmeißfliege dort sein«, gibt Meceri zu bedenken, und ihre Augen flackern zornig.

»Ich denke, es ist sowieso zu spät, er wird schon dasein.«

»Wie hat er es bloß geschafft, Ihnen zuvorzukommen?«

»Er hat in meinem Haus herumgeschnüffelt und seine grauen Zellen aktiviert ...«

»Du siehst also, daß er gar nicht so beschränkt ist«, meint Suzanne mit einem schiefen Grinsen. »Bist du dir sicher, daß du zum Schloß fahren willst? Und wenn es eine Falle ist? Fahr nicht allein, du weißt nicht, was dich dort erwartet.«

Marion zuckt die Achseln.

»Dieser eitle Affe macht mir keine Angst ...«

»Vielleicht ist er nicht allein. Dem bist du nicht gewachsen, sieh dich doch an!«

Sie deutet auf Marions blaues Auge, doch die Kommissarin wischt Suzannes Befürchtungen mit einer herablassenden Handbewegung vom Tisch. Die Notarin nimmt einen Schluck Kir.

»Und ich, was mache ich?«

»Mußt du für die Beerdigung deines Vaters nichts mehr erledigen?«

Die Notarin lächelt traurig.

»Nein. Josée hat sich um alles gekümmert. Er fehlt mir, weißt du. Ich ertrage es nicht, daß er weg ist. Ich wünschte mir ...«

Sie leert mit einem Zug ihr Glas Kir und gibt dem Kellner ein Zeichen, ihr noch einen zu bringen. Ihre Augen sind feucht, als sie sich wieder Marion und Naïma zuwendet, wobei sie von letzterer einen mißbilligenden Blick auffängt.

»Ich wünschte mir, diese Geschichte wäre schon vorbei, und gleichzeitig habe ich solche Angst davor, wieder allein zu sein. Weißt du, wie ich lebe?«

Marion zuckt die Schultern, als wollte sie sagen: Sind wir nicht alle einsam? Doch ihre Freundin macht ein derart hilfloses Gesicht, daß sie eine Hand auf Suzannes schmale, blasse Finger legt.

»Ich muß mich irgendwie beschäftigen«, stellt Suzanne fest, während sie ohne zu zögern nach Marions Hand greift.

»Marie Blanc ...«, erwidert die Kommissarin und zieht vorsichtig ihren Arm zurück.

Naïma Meceri wird unruhig.

»Ich habe mich mit den Kollegen im Krankenhaus verständigt: Sie haben ein Auge auf die Omi, während ...«

»Ist schon gut, Meceri, bloß keinen Streß. Ich wollte

Suzanne nur sagen, wenn sie sich nützlich machen will, soll sie doch versuchen, Marie Blanc zum Reden zu bringen.«

Sie wendet sich an Suzanne.

»Ich erklär's dir.«

94

Gerade als man den drei Frauen den Nachtisch bringt, eine flambierte Apfel-Pflaumen-Tarte, taucht Capdevil auf. Suzanne, die ihn noch nicht kennt, geht unwillkürlich auf Abstand, als er sich neben sie auf die Bank plumpsen läßt. Marion stellt die beiden einander vor. Der Capitaine wirkt erschöpft und ausgehungert. Weil er beharrlich auf das Stück Kuchen schielt, das seine Chefin noch nicht angerührt hat, schiebt sie es ihm hin und gießt ihm ein Glas Wein ein, während sie versucht, seinen Gesichtsausdruck zu deuten.

Er läßt einen riesigen Bissen in seinem Mund verschwinden und fängt ohne Umschweife an zu berichten:

»Wo ich eh dabei war, bin ich auch noch ins Regionalarchiv gegangen, das ist gleich nebenan.«

Er deutet mit dem Löffel zur Straße.

»Ich kenne das Archiv in- und auswendig, meine frühere Freundin hat dort Nachforschungen über ihre Familie angestellt und mich ständig mit hingeschleppt, das hat immer Stunden gedauert ... Kurzum, ich habe mal geguckt, was dort über Saint-Léger zu finden war. Schauen Sie sich das an!«

Während er in seiner Tasche wühlt, kaut er so gierig weiter, daß es aussieht, als würde ihm jeden Moment die Luft ausgehen. Marion gießt ihm ein Glas Wasser ein, während er einen Stapel Fotokopien ausbreitet.

»Das sind die Pläne des Schlosses und ein geschichtlicher Überblick. Witzig, nicht? 1750 hat man auf den Ruinen einer Abtei mit dem Bau begonnen. Der Konservator hat heute morgen nichts davon gesagt, aber es stimmt. Hier, das sind die Grundmauern, auf denen das Schloß errichtet wurde.«

Mit einer Messerspitze folgt er den punktierten Linien, die sich wie ein merkwürdiges Muster über den Plan ziehen und offenbar unterirdische Gänge darstellen.

»Unterirdische Gewölbe waren damals, zur Zeit der Äbte und Mönche, ziemlich verbreitet. Gerade in den strengsten Abteien nutzte man sie, um mit der Außenwelt in Kontakt zu bleiben und gleichzeitig den Schein zu wahren. Man traf sich mit Dirnen und feierte mit den Schwestern der benachbarten Klöster ausgelassene Feste ... Nein, das war nur ein Scherz ... Diese Gänge haben zahlreiche Funktionen erfüllt, und ich finde solche geheimnisvollen Details immer faszinierend. Wenn wir ein bißchen Glück haben, gibt es die unterirdischen Gänge noch«, sagt Capdevil abschließend und scheint dabei von unglaublichen Entdeckungen zu träumen.

Marion sieht die Fotokopien rasch durch. Sie legt sie wieder auf den Tisch: Sie sind offenkundig nicht das, wofür sie sich im Moment interessiert. Das merkt auch Capdevil, der doch ziemlich enttäuscht ist, daß sie seine Begeisterung für dieses vergessene Meisterwerk der Baukunst nicht teilt.

Er schüttelt den Kopf, während er den restlichen Kuchen vertilgt.

»Das mit dem Standesamt war wohl nichts«, sagt er mit vollem Mund. »In Dijon gab es in der Zeit um den 30. Juni 1959 keine anonyme Geburt. Zur Sicherheit habe ich bis drei Monate vor und nach diesem Datum alles durchgesehen, trotz der geringen Wahrscheinlichkeit ... Aber das hat nichts ergeben. Auch unter ihrem Namen hat sie kein Kind auf die Welt gebracht, das habe ich für alle Fälle ebenfalls überprüft. Die Spur ist falsch, Chef.«

Marion hat den Kellner um die Rechnung gebeten und steht unter den fragenden Blicken ihrer drei Begleiter auf. Wenn das die falsche Spur ist, bleibt ihr nur noch eins: Sie muß wieder dorthin, wo sie angefangen hat.

95

Als Marion an den verkohlten Ruinen von Gus Lémans Haus vorbeifährt, springt ihr das zweite gelbe Band ins Auge, das nun die Sitzbank umspannt, von der sich ein so herrlicher Blick über das Tal bietet. Sie hält kurz an und betrachtet diesen trostlosen Ort, an dem sie sich Nina auf einer knarrenden Schaukel jetzt kaum mehr vorstellen kann.

Der Gedanke an Vater Léon, der für seine Offenheit mit dem Leben bezahlt hat, schnürt ihr das Herz zusammen, aber sooft sie auch über das nachdenkt, was er ihr gesagt hat, eine Erklärung findet sie nicht. Sie legt den ersten Gang ein und rollt langsam auf das gegenüberliegende Haus zu.

In Mutter Blancs Hof sieht es noch immer katastrophal aus, aber wenigstens hat sich jemand um die Tiere gekümmert. Sie haben frisches Wasser bekommen und die Futternäpfe sind gefüllt. Aber das Haus und der Schuppen machen noch denselben verlassenen Eindruck. Der Friedhof, von dem hinter der Steinmauer mehrere Gräber zu sehen sind, trägt einiges zur düsteren Stimmung bei. Marion fühlt sich beklommen, trotz Sonne und lauer Luft.

Während sie weiter in den Hof hineingeht, fragt sie sich, was sie eigentlich in diesem nach Kot und fauligem Wasser stinkenden Schlammloch sucht.

96

Capdevil ist in Mirabel geblieben, nachdem sich Marion über seine Proteste einfach hinweggesetzt hat und allein gefahren ist. Vorher hat sie ihn noch mit einer wichtigen Aufgabe betraut und ihm versprochen, ihn in einer Stunde wieder abzuholen.

In der Werkstatt Mignot herrscht die für solche Betriebe typische Geräuschkulisse. Capdevil haßt den Ölgeruch, das Knirschen der Kupplungen, die Albernheiten, die von morgens bis abends aus dem Radio plätschern, und die dümmlichen Gespräche der Mechaniker, die den ganzen Tag aufeinanderhocken und nicht mehr wissen, worüber sie reden sollen.

Der Inhaber Roger Mignot hat für Überraschungsbesuche nicht viel übrig, vor allem, wenn dabei ein Kripoausweis vorgezeigt wird. Nichtsdestotrotz beantwortet er die Fragen bereitwillig, denn er glaubt nicht, daß er sich etwas vorzuwerfen hat. Wobei ihn die Erfahrung durchaus gelehrt hat, daß die Bullen, wenn sie erst einmal aufgetaucht sind, irgendwann auch etwas finden. Mit einem leisen Anflug von Sorge fragt er sich, warum eigentlich nicht die Gendarmen gekommen sind und was die Fragen dieses Kripobeamten sollen, der gar nicht zu wissen scheint, wonach er sucht. Als Jo, sein dienstältester Mechaniker, vorbeikommt, gibt er ihm ein diskretes Zeichen, das der andere sofort versteht. Unauffällig begibt er sich in den hinteren Teil der Werkstatt und greift zum Telefon.

Mignot ist also durchaus kooperativ, aber er hat Capitaine Capdevil nichts Interessantes zu sagen. Er weiß selbst, daß das Gelände, auf dem er seine reparaturbedürftigen Fahrzeuge und Autowracks lagert, nicht ausreichend umzäunt ist und daß viele seiner Freunde – und wahrscheinlich nicht nur die – sich dort Ersatzteile besorgen. Er hat auch viele Motorräder verkauft, rote, weiße und grüne, seit sieben Jahren ist er Yamaha-Vertragshändler. Er hat nichts dagegen, Capdevil seine Rechnungsbücher zu zeigen, aber erst muß er noch rasch ein Auto wegfahren, das den Eingang zur Werkstatt versperrt und allmählich nicht nur die wenigen Kunden, sondern auch die Mitarbeiter stört. Es ist ein alter, weißer Renault, ein unauffälliges Allerweltsauto.

Capdevil sieht ihm zu, wie er die Wagentür öffnet und sich hinters Steuer setzt. Der Werkstattbesitzer läßt den Motor an, der sofort ein kreischendes, durch Mark und Bein gehendes Geräusch von sich gibt. Capdevil verzieht das Gesicht, doch was ihn wirklich irritiert, ist der unangenehme Geruch, der ihm aus dem Fahrzeug entgegenschlägt.

»Scheiße, der braucht einen neuen Keilriemen!« schimpft Mignot. »Das ist doch die Höhe! Und was stinkt hier eigentlich so? Die ganze Karre muß komplett gereinigt werden, verflucht nochmal!«

Capdevil, dessen Spürhundinstinkt wachgeworden ist, zieht mißtrauisch die Nase kraus. Marions Schilderungen fallen ihm wieder ein. Sie hat ihm den Geruch beschrieben, er hat ihn letzte Nacht und heute morgen an ihr und ihren Kleidern gerochen. Es ist ein starker, penetranter Geruch, der sich einprägt. Er geht einmal um den Wagen herum, macht dann die Beifahrertür auf. Langsam läßt er seinen Blick durch den Innenraum schweifen. Schließlich öffnet er das Handschuhfach, und der Geruch wird noch intensiver. Der Werkstattbesitzer sieht ihm entgeistert zu. Auf den Fahrzeugpapieren steht ein kleines Glastöpfchen, an dessen Deckel ein zähflüssiges Gel klebt. Mit einer raschen Bewegung zieht der Beamte einen Plastikbeutel aus einer seiner riesigen Jackentaschen und öffnet ihn. Er schiebt das Töpfchen mit Hilfe eines Stifts in die Tüte, ohne es mit den Fingern zu berühren.

Roger Mignot ist wie von der Tarantel gestochen vom Fahrersitz aufgesprungen.

»Was ist los?« zischt er. »Was ist das da?«

Capdevil beugt sich vor und nimmt mit scharfem Blick alles in Augenschein. Er spürt, ja er weiß, daß er eine Spur gefunden hat. Im Innenraum des Wagens ist außer dem Glastöpfchen nichts zu sehen.

»Der Kofferraum!« ordnet er an.

Der Werkstattinhaber gehorcht ihm mit schweißüberströmtem Gesicht. Die Mechaniker haben ihr Geschwätz unterbrochen und sind unter den Autos hervorgekrochen. Mignot öffnet mit zitternder Hand den Kofferraumdeckel, der ein unglaubliches Gerümpel freigibt: eine Reisetasche, Schnüre, Kleiderhaufen, gelbe Kanister mit schwarzen Verschlüssen, auf denen der Name der Werkstatt steht.

»Wem gehört dieses Auto?« fragt der Beamte, der gespannter nicht sein könnte.

Der Werkstattinhaber ist wie vor den Kopf geschlagen.

»Mir, aber … Warum? Das ist ein Leihwagen«, fügt er eilig hinzu. »Für gute Kunden. Er ist heute nachmittag zurückgegeben worden … Was wollen Sie …?

»Von wem?«

»Von einem guten Kunden«, wiederholt Mignot. »Er brauchte ihn für eine Fahrt. Er hat ihn vor einer Stunde zurückgebracht, weil der Keilriemen so gekreischt hat.«

Vor dem Tor hält ein Auto, Türen schlagen, man hört Stimmen. Aus den Augenwinkeln sieht Capdevil die blauen Uniformen der Gendarmerie. Schon unter normalen Umständen findet er diese Leute ziemlich unerträglich, aber jetzt erst recht. Roger Mignot nutzt die Unterbrechung, um Capdevils Frage im Raum stehenzulassen. Die ohnehin schon angespannte Stimmung wird noch gereizter.

»Von wem?« bellt der Beamte und packt Mignot so fest er kann am Arm.

»Pierre Blanc«, sagt der Mann mit tonloser Stimme.

Capdevil kennt keinen Pierre Blanc. Er erinnert sich nur, den Namen schon einmal aus Marions Mund gehört zu haben. Sofort zieht sich sein Magen zusammen.

97

Marion steht vor der Tür des Schuppens, in dem Mutter Blanc inmitten ihrer eigenen Exkremente dahinvegetiert und sich von Katzenfutter ernährt hat. Ihr Bein schmerzt, ihr verletzter Arm ist steif, und das Herz klopft ihr bis zum Hals. Als sie sieht, daß die Tür nicht verschlossen ist, stößt sie sie mit dem Fuß ein Stück weit auf. Ihre Bewegungen sind vorsichtig, alle Sinne in Alarmbereitschaft.

Der Geruch, der ihr inzwischen regelrecht vertraut geworden ist, bricht jäh über sie herein, und mit einem Mal durchzuckt sie der Gedanke, daß es womöglich ihre schlechteste Idee seit dem Beginn dieser Geschichte war, noch einmal hierherzukommen.

Durch die halbgeöffnete Tür kann sie einen Wust von Gegenständen sehen: Werkzeuge, Stiefel, Säcke mit Geflügelfutter und ein altes Gerät, das früher dazu diente, Getreidekörner von den Schalen zu trennen. Alles ist heruntergekommen, mit Staub und Spinnweben bedeckt. Marion geht einen Schritt weiter, tritt über die Schwelle. Sie entdeckt einen ziemlich großen Raum mit einer niedrigen, schmutzstarrenden Decke. Mitten in diesem verlotterten Chaos steht eine weiße Yamaha, deren Tank mit grünen Streifen verziert ist, und wartet auf ihren Fahrer. Ohne auch nur eine Sekunde zu zögern, dreht sich Marion auf dem Absatz um.

Während sie durch die stinkenden Pfützen zum Auto rennt, kommt es ihr vor, als bewege sich etwas hinter ihr. Sie hört Schritte und einen rauhen Atem. Ohne sich umzudrehen, zieht sie ihre Waffe aus dem Gürtelholster. Sie reißt die Wagentür auf, wirft sich auf den Sitz, drückt auf den Knopf der Zentralverriegelung und läßt den Motor an, mit ruhiger Hand, aber wild entschlossen, die Flucht zu ergreifen. Jetzt erst traut sie sich, einen Blick in den Hof zu werfen. Mitten im Schlamm steht die große, fuchsrote Katze und starrt sie haßerfüllt an.

98

»Was wollen Sie hier?«

Brigadeleiter Chrétiennot mustert Capdevil feindselig. Er hat die Nase voll von diesen Kripoleuten aus Lyon, von Marion und ihren Männern, die ihm ständig ins Gehege kommen. Was will dieser komische Typ hier, mit seinen ausgebeulten Jackentaschen, in denen er Gott weiß was gehortet hat? Er dreht und wendet den Dienstausweis, den ihm der Beamte gegeben hat, als bezweifle er seine Echtheit.

»Kommissarin Marion ist nach Charmes gefahren«, sagt der Capitaine mit angstverzerrter Stimme. »Bringen Sie mich hin. Sie ist in Gefahr.«

»Ich habe Ihnen eine Frage gestellt, Monsieur!«

»Hören Sie«, erwidert Capdevil erregt, »ich bin zu Fuß, meine Chefin ist in Charmes, wo genau weiß ich nicht, aber sie schwebt in großer Gefahr, und wenn Sie nicht sofort etwas unternehmen, werden Sie dafür büßen, das verspreche ich Ihnen!«

Sein Gesicht ist rot vor Zorn, und Chrétiennot glaubt, er hört nicht recht. Hinter ihm erzählt Mignot gerade den beiden anderen Gendarmen, was er kurz zuvor Capdevil berichtet hat: Pierre Blanc ist an diesem Nachmittag mit dem Leihwagen zurückgekommen und mit seinem Motorrad heimgefahren, nach Charmes. Es ist eine weiß-grüne Yamaha, die er vor kurzem gekauft hat. Eine einmalige Gelegenheit, eine Maschine aus erster Hand ... Chrétiennot ist plötzlich erstarrt; mit einem Mal beschleicht ihn eine ausgesprochen unangenehme Ahnung. Er starrt Capdevil an, der unruhig auf der Stelle tritt.

»Was veranlaßt Sie zu der Annahme, daß Sie in Gefahr schwebt?«

»Das!«

Mit zitterndem Zeigefinger deutet er auf den Kofferraum und die gelben Kanister.

»Ich hab den ganzen Plunder nicht da reingetan!« beteuert der Werkstattinhaber erneut.

Capdevil ignoriert die Unterbrechung.

»Gestern morgen wurde ein identischer Behälter in der Nähe des in Brand gesteckten Hauses von Kommissarin Marion gefunden.«

»In Brand gesteckt ... das Haus von ... ich ... oh, Scheiße!« stammelt Chrétiennot. »Das wußte ich nicht, es tut mir leid. Aber sind Sie sicher, daß es einen Zusammenhang zwischen dem Brand und dem Inhalt des Kofferraums gibt? Ist das nicht ein bißchen zu offensichtlich?«

»Zu offensichtlich?« empört sich Capdevil. »Ist Ihnen das bei Ihren Ermittlungen noch nie vorgekommen? Ein Brandstifter, der einen Kanister am Tatort vergißt?«

Chrétiennot starrt die beiden Männer abwechselnd an.

»Also?« fragt er den Werkstattinhaber, der sich immer kleiner macht. »Was hast du dazu zu sagen, Roger?«

»Nichts, rein gar nichts! Ich hab Blanc die Karre geliehen, und er hat sie zurückgebracht, wegen dem Keilriemen. Er wollte den Wagen heute abend wieder abholen, mehr weiß ich nicht.«

»Ist dieser Saustall im Kofferraum von ihm?«

Mignot breitet ohnmächtig die Arme aus.

»Ja, nein, ich hab keine Ahnung. Ich verleih diese Kiste ständig an Kunden. Die ist jeden Tag unterwegs, ich guck doch nicht in den Kofferraum, nie!«

Capdevil kann nicht mehr tatenlos dabeistehen. Am liebsten hätte er jemanden geohrfeigt, um sich Gehör zu verschaffen. Sonst reden sie noch stundenlang aneinander vorbei. Er packt Chrétiennot am Arm und zwingt ihn, sich über den geöffneten Kofferraum zu beugen. Dann zieht er aus dem chaotischen Inhalt eine braune Damenledertasche hervor, die mit zwei langen Riemen auf dem Rücken getragen werden kann. Einer der beiden Riemen ist abgerissen. Chrétiennot runzelt ungläubig die Stirn.

»Was …?«

»Das ist Marions Tasche. Sie erinnern sich?«

Das Gesicht des Gendarmen wird bleich. Er fragt sich, wieviel Zeit er schon mit nutzlosem Gerede vergeudet hat, und stürzt zu seinem Kastenwagen.

99

Er hat sich zusammengekauert, sprungbereit, die Muskeln schmerzend vor Anspannung. Dann ist sie in seinem Gesichtsfeld aufgetaucht, mit ihrem blauen Auge und ihrem verbundenen Arm. Er hat sie atmen gehört und den prüfenden Blick verflucht, mit dem sie sein Motorrad taxierte. Er hat auch ihre große Überraschung gespürt, und dann ihre Angst, ihren schneller gehenden Atem. Langsam hat er sein Gewehr hochgenommen. Dieses Mal wird er sie nicht verfehlen. Sie wird keine Zeit haben, etwas zu merken.

Warum weicht sie plötzlich zurück? »Komm her, warte, geh doch nicht!« hätte er am liebsten gerufen. Und eine leise, aus seiner Kindheit emporhallende Stimme flüstert kaum hörbar: »Spiel mit mir! Warum willst du nicht mit mir spielen?« Worauf wie aus weiter Ferne eine andere Stimme erklingt: »Du bist schmutzig, du stinkst, geh weg!«

Jetzt sieht er sie nicht mehr. Er fragt sich, was sie wohl macht, als plötzlich der Motor ihres Peugeots die Stille zerreißt.

»Verdammte Scheiße!« flucht er und richtet sich abrupt auf.

Sein Ellbogen stößt gegen die Kante eines alten, wurmstichigen Schranks. Es blutet. Wieder ein Schwall von Schimpfworten. Seit einigen Tagen hat er immer mehr offene Stellen, die Krankheit quält ihn schlimmer als je zuvor. Und als wäre das allein nicht schon genug, leidet er durch den Schlag, der ihn direkt über dem Ohr getroffen hat, unter unerträglichen, stechenden Kopfschmerzen.

Er hört, wie das Auto davonfährt. Sie wird hinter der Straßenecke verschwinden. Er springt auf das Motorrad.

100

»Kann ich telefonieren?«

»Wenn's denn sein muß ...«

Madame Rodelot sieht Marion mißtrauisch an. Es paßt ihr nicht besonders, daß diese Polizistin immer wieder hier auftaucht. Jedesmal, wenn sie sich im Dorf blicken läßt, ist eine Katastrophe im Anzug. Mit ihrem halb verschwollenen Gesicht sieht sie noch beunruhigender aus als sonst. Madame

Rodelot hätte zu gern gewußt, wo sich die junge Frau dieses wunderbare Veilchen geholt hat, aber sie traut sich nicht, sie danach zu fragen. Sie deutet auf das Telefon auf der Kommode im Eßzimmer, dessen einziges Fenster auf den düsteren Hof geht. Marion wählt eine Nummer und bittet um ein Glas Wasser. Von der Küche aus bemerkt Madame Rodelot ihre erregte Stimme und ihre häufigen Blicke zur Tür.

»Bleiben Sie bei ihr, lassen Sie sie keine Sekunde unbeaufsichtigt. Ist sie aufgewacht? Gut ... Ich bin gleich da. Passen Sie auf, es könnte sein, daß *er* auch aufkreuzt ...«

Reine Rodelot würde zu gern wissen, wen sie meint, obwohl sie selbst eine leise Ahnung hat. Jetzt hat die Kommissarin das Telefonbuch aufgeschlagen und wählt eine andere Nummer. Hat sie eigentlich vor, die Gespräche zu bezahlen?

»Guten Tag«, sagt Marion. »Ich suche einen Kriminalbeamten. Er muß bei Ihnen sein ... Wie? Er ist schon wieder weg ... Mit ...« Sie wirft Madame Rodelot einen kurzen Blick zu. »Danke.«

Marion denkt einen Augenblick nach, dann fragt sie:

»Kennen Sie die Nummer der Gendarmerie?«

»Na, die 17 ... Die funktioniert auch bei uns, wissen Sie.«

Reine Rodelot hat wieder ihre finstere Miene aufgesetzt. Aber Marion ist so beschäftigt, daß sie es nicht einmal bemerkt. Und anscheinend hat sie, was diesen Beamten angeht, bei den Gendarmen auch nicht mehr Erfolg.

»Sagen Sie ihm, er soll mich anrufen, es ist dringend. Danke«, murmelt Marion und läßt sich auf einen Stuhl fallen, nachdem sie den Hörer aufgelegt und ihr Glas Wasser in einem Zug heruntergekippt hat.

»Haben Sie denn nicht mehr Ihr ... Handy?« erkundigt sich Madame Rodelot mit einem gezwungenen Lächeln.

»Doch doch. Aber ich kann es nicht benutzen ... Sagen Sie mir eins, Madame Rodelot.«

»Noch mehr Fragen?« murmelt die alte Frau vor sich hin, während sie am Gürtel des grauen, mit malvenfarbenen Blümchen gemusterten Kleides dreht, aus dem sich Marion die Alte gar nicht mehr wegdenken kann. »Läßt die Sache mit der Claire Ihnen immer noch keine Ruhe?«

»Nein«, antwortet Marion überrascht. »Ist sie hier gestorben? In Charmes?«

Die Frau zögert unmerklich:

»Nein.«

»Wo dann?«

Marion weiß, daß sie kurz vor dem Ziel ist, daß sie mit Geduld und noch mehr Geduld den Schleier des Geheimnisses am Ende lüften wird.

»In Saint-Léger ...«

Marion fährt zusammen.

»Bitte?«

»Im Schloß von Saint-Léger. Sie hat Claire im Zimmer der Herrschaften gefunden, auf dem Bett ...«

»Wer, *sie*?«

»Marie Blanc. Claire war seit dem Morgen mit dem Fahrrad unterwegs. Und das in ihrem Zustand, als ob das nötig gewesen wäre! Als sie gegen vier immer noch nicht zurück war, hat Marie Blanc beschlossen hinzufahren.«

»Mit dem Auto?«

Mutter Rodelot zieht die Schultern hoch, und zum ersten Mal sieht Marion ein richtiges Lächeln in ihrem Gesicht.

»Mit dem Auto! Wo denken Sie hin! Die ist doch in ihrem Leben nicht Auto gefahren, die Marie ... Nein, sie hat den Bus genommen. Der kam damals jeden Nachmittag um fünf. Da vorne hielt er an.«

Mit dem Kinn deutet sie zum Platz und wartet bereitwillig auf die nächste Frage.

»Wie konnte sie so sicher sein, daß Claire dort war?«

»Sie wußte es halt«, erwidert die Frau mit verstockter Miene. »Als sie dort ankam, war es zu spät. Claire ist ausgeblutet wie ein geschlachtetes Tier. Marie Blanc hat hier angerufen, damit ich den Baron und die Baronin benachrichtige. Bei mir haben die Leute damals telefoniert, die hatten ja selbst noch kein Telefon. Mein Mann Louis hat die Kleine dann mit dem Lieferwagen geholt. Seit zehn Jahren ist er jetzt tot, der Ärmste.«

Für einen Augenblick schweigt sie wie in innerer Andacht.

»Mein Louis hat sie geholt, weil der Baron wollte, daß die Leute glauben, sie wär hier gestorben.«

»Warum?«

»Ach Gott ... Das hat er sich halt so ausgedacht.«

»Haben Sie sie gesehen?«

»Wen, die Claire? Natürlich. Ich hab sie selbst gewaschen und zusammen mit Marie Blanc angekleidet.«

Wieder spürt Marion, wie ihr Herz schneller schlägt. Sie beugt sich vor. Sie hätte gern nach Reine Rodelots Händen gegriffen, die hin und her flattern wie zwei aufgeregte Vögel, und sie fest gedrückt. Ihr befohlen, die Wahrheit zu sagen.

»War sie ...?

Die alte Frau wendet sich abrupt ab. Sie weiß, welche Frage Marion auf der Zunge liegt, und sie hat Angst davor. Marion kann in ihrem ausweichenden Blick lesen, daß sie die Antwort kennt.

»War sie zu diesem Zeitpunkt noch schwanger?«

Reine Rodelot zögert, sieht zur Tür, dann wieder zu Marion, und ihr Blick ist bang und flehend zugleich. Sie öffnet den Mund. Marion erahnt ihre Worte: Bekomme ich auch keinen Ärger?

Plötzlich nebenan im Café ein Geräusch, eine Männerstimme, die fragt, ob jemand da ist. Die Frau macht den

Mund wieder zu und schüttelt den Kopf, als wäre sie gerade aus einem Alptraum erwacht.

»Ja, natürlich.«

101

Capdevil und die Gendarmen haben das Haus von Marie Blanc inspiziert und sich im Hof umgesehen. Mißmutig läuft der Capitaine im Kreis herum.

»Wo kann sie nur hingegangen sein?« schimpft er.

»Hier ist sie jedenfalls nicht«, stellt Chrétiennot fest.

»Aber sie war hier, sehen Sie doch die Reifenspuren ...«

Im schlammigen Hof seien zahllose Spuren zu sehen, bemerkt der Brigadeleiter, der langsam die Geduld verliert. Der untersetzte Gendarm mit dem Schnurrbart stellt sich wieder zu den beiden Männern. Er ist mit Pierre Blanc befreundet, er macht einen selbstbewußten, fast aufschneiderischen Eindruck. Er kann nicht glauben, daß sein Freund getan hat, was ihm dieser Typ von der Kripo, der die Leute hier gar nicht kennt, unterstellt. Du lieber Gott, warum sollte der Briefträger von Charmes der Kommissarin etwas zuleide tun? Warum sollte er bis nach Lyon fahren, um ihr Haus in Brand zu stecken? Das ergibt überhaupt keinen Sinn. Pierre Blanc ist der ruhigste, friedlichste Zeitgenosse, den man sich denken kann. Ein Junggeselle, der seiner alten Mutter bedingungslos ergeben ist, und außerdem ist er Mitglied im Boule-Club von Mirabel. Er kennt Marion doch überhaupt nicht.

»Immerhin hat er seine Mutter mit der Katze im Schuppen eingesperrt«, entgegnet Capdevil empört. »Währenddessen ist er in der Gegend rumgefahren und hat Sie alle angelogen, hat einfach behauptet, sie sei in einem Altersheim. Wirklich ein netter, anständiger Kerl!«

»Man merkt, daß Sie die Alte nicht kennen«, erwidert der schnauzbärtige Gendarm. »Die hat doch immer nur gemacht, was sie wollte, stur wie ein Esel ...«

»Pierre Blanc wird sich zu diesen Dingen selbst äußern«, schaltet sich Chrétiennot ein. »Sobald wir ihn gefunden haben. Wenn er Marie Blanc mißhandelt hat, wird man ihn vor Gericht bringen.«

Als Capdevil die Toten erwähnt – Gus, den Notar, Vater Léon –, versagt dem schnauzbärtigen Gendarmen vor Zorn fast die Stimme, und Chrétiennot muß dazwischenfahren, um ein Handgemenge zu verhindern.

Was noch genauer überprüft werden muß, ist der Schuppen. Ein finsteres Loch, dessen Tür weit aufsteht.

»Sehen Sie! Sein Motorrad ist nicht da!« ruft der Freund des Briefträgers triumphierend. »Bestimmt ist er ins Krankenhaus gefahren, um seine Mutter zu besuchen.«

»Chef!« schreit einer der Gendarmen, die am Wagen geblieben sind. »Die Brigade hat gerade über Funk eine Nachricht durchgegeben! Kommissarin Marion bittet um Rückruf. Es ist dringend.«

Capdevil begibt sich auf die Suche nach einem Telefon. Die Gendarmen haben keins, und er selbst könnte sich in diesem Moment dafür ohrfeigen, daß er mit Handys immer noch auf Kriegsfuß steht.

»Wir rufen vom Café aus an«, beschließt Chrétiennot.

Die beiden Männer laufen durch den aufspritzenden Schlamm zum blauen Kastenwagen. Keuchend sagt sich Capdevil, daß er für Schnitzeljagden eigentlich längst zu alt ist.

102

»Sie ist vor einer guten halben Stunde weg«, sagt Reine Rodelot.

Capdevil kapiert überhaupt nichts mehr, aber er muß sich den Tatsachen beugen: Marion hat ihn einfach stehenlassen, ohne sich weiter Gedanken zu machen. Sie hat ihm ausrichten lassen, er möge sie dringend zurückrufen, aber keins ihrer Handys reagiert. Inzwischen ist sein Ärger größer als seine Sorge, und er fragt sich, ob sie nicht einfach übergeschnappt ist.

»Wohin ist sie gefahren?« fragt er, die Arme in die Seiten gestemmt.

»Ich glaube, nach Dijon. Ich habe aufgeschnappt, daß sie vorhatte, ins Krankenhaus zu fahren, glaube ich.«

Capdevil dreht sich zu Chrétiennot um. Als ihm der verschlossene Blick des Gendarmen begegnet, wird ihm klar, daß er jetzt allein zurechtkommen muß, wenn er seine Kommissarin wiederfinden will.

103

Marie Blanc ist nur noch ein kleines, zusammengeschrumpftes Häufchen Mensch, an das Leben angeschlossen durch eine Infusion, die langsam in ihren Arm sickert. In ihrem blutleeren Gesicht versinken die Wangen und Lippen im zahnlosen Mund. Das hochgesteckte Haar glänzt fettig. Unter der Haut an ihrer Hand, die schlaff auf dem weißen, mit dem Namen des Krankenhauses bestickten Laken liegt, windet sich eine dicke, gerade noch pochende Vene.

»Sie ist bei Bewußtsein, aber seit dem frühen Nachmittag hat sie sich nicht ein einziges Mal bewegt. Ihre Freundin und ich haben abwechselnd versucht, ihr ein bißchen Leben einzuhauchen, aber da ist nichts zu machen. Die Ärzte sagen, daß sie mit ihren Kräften am Ende ist.«

»Lassen Sie mich mit ihr allein«, sagt Marion zu Naïma Meceri. »Und behalten Sie die Umgebung im Auge. Ihr Sohn könnte durchaus hier auftauchen. Wo ist Suzanne?«

Meceri deutet ein verächtliches Lächeln an.

»Ich glaube, sie ist total auf Sonia Bonte abgefahren, die Gerichtsmedizinerin ... Ich kapier das nicht ...«

»Was?«

»Die Lesben.«

»Verurteilen Sie sie nicht so rasch, junge Frau«, rüffelt Marion die Kollegin. »Sie nimmt den Mund immer ziemlich voll, aber sie hat es schwerer, als Sie glauben.«

Als Marion sich über die alte Frau beugt, schlägt ihr deren muffiger Atem entgegen. Ist das der süßlich-fade Geruch des Todes?, fragt sie sich, während sie vorsichtig die abgemagerte Hand berührt. Sanft streichelt sie darüber, um langsam Kontakt zu ihr aufzunehmen.

»Marie«, flüstert Marion, den Mund dicht am Gesicht der Frau. »Sie kennen mich ... Ich bin die Tochter von Gus. Erinnern Sie sich an Gus? Und an Claire?«

Die Frau hält die Augen geschlossen und reagiert nicht. Doch die welke Haut an ihrer Hand scheint unmerklich zu erbeben.

»Ich weiß, was Sie getan haben, Marie, an jenem Tag, an dem Claire gestorben ist ... Soll ich es Ihnen erzählen?«

Ist es Einbildung oder Wirklichkeit? Der Atem der Alten scheint schneller zu gehen. Marion fährt unerbittlich fort:

»Claire hat bei Ihnen das Kind zur Welt gebracht. Ich dachte, das sei in Dijon passiert, aber ich habe mich geirrt. Bei Ihnen war es ruhiger, und weil Sie allein lebten ... Sie hat ihr

Kind genau gegenüber von Gus' Haus zur Welt gebracht. Was für eine Ironie … Sie haben dieses Baby, um das sich Claire nicht kümmern wollte, zu sich genommen und gepflegt. Es erinnerte Claire zu sehr an die große Katastrophe in ihrem Leben, und ihr Entschluß stand fest: Sie wollte sterben. Niemand konnte Claire davon abhalten, weder Sie noch sonst jemand. Sie hat sich ein paar Tage lang bei Ihnen verkrochen, dann hat sie ihre Entscheidung getroffen. Am Tag, an dem sie nach Saint-Léger aufgebrochen ist, wußten Sie genau, wohin sie fuhr und was sie dort tun würde. Sie haben ihr genügend Zeit gelassen, dann sind Sie hingefahren, um sie zu holen. Wo war das Baby während dieser Zeit? In Ihrem Haus versteckt? Sie haben Claire beerdigt und einige Tage später, am 4. Juli um genau zu sein, die Geburt *Ihres* Kindes bekanntgegeben. Ich kann mir schlecht vorstellen, daß sich niemand darüber gewundert hat, aber ihr in Charmes seid ja Meister im Bewahren von Geheimnissen.«

Ein Zucken geht durch Marie Blancs Finger, diesmal ist es ganz eindeutig. Ihre Lider zittern. Marion wartet auf eine deutlichere Reaktion. Als nichts dergleichen kommt, beschließt sie, alles auf eine Karte zu setzen:

»Ich irre mich nicht, Marie. Reine Rodelot hat mir alles erzählt. Wie Sie beide Claire gemeinsam gewaschen und angekleidet haben … Sie hat Claire ihr Verlobungskleid angezogen, ein Jungmädchenkleid aus rosa Vichy, schön schmal geschnitten in der Taille, und Handschuhe, die so lang waren, daß sie die Schnittwunden an den Handgelenken verdeckten … Sie können nicht das Gegenteil behaupten, Marie, denn Sie waren dabei: Claire war nicht mehr schwanger, als sie begraben wurde. Jetzt sind Sie am Ende Ihres Lebens angelangt, Marie, aber Sie können mit so einem Geheimnis auf dem Gewissen nicht einfach gehen. Was wollen Sie Jesus dort oben sagen?«

Mutter Blancs Finger bewegen sich leicht, ein krampfartiges Zucken, das ihren inneren Kampf verrät. Das muß doch jetzt mal ein Ende haben, denkt Marion, die langsam die Geduld verliert.

»Sie wissen, was aus Pierre geworden ist, Madame Blanc … Ein Krimineller. Das liegt an all den Dingen, die Sie nicht gesagt haben. Wenn Sie nicht reden, werden ihn die Gendarmen fangen und ins Gefängnis werfen. Vielleicht sogar umbringen.«

Ein leises Stöhnen, Marie Blanc bewegt den Kopf. Ihre Augen öffnen sich, unendlich groß sind sie und glänzen fiebrig. Marion vermag nicht zu sagen, ob das, was sie darin liest, Haß ist oder ein Flehen. Die Alte stammelt durch ihr nacktes Zahnfleisch hindurch:

»Tun Sie ihm nicht weh …«

»Versprochen«, flüstert Marion, als verriete auch sie ein Geheimnis. »Niemand wird ihm weh tun. Niemand wird etwas von dem Ganzen erfahren, niemals, das schwöre ich Ihnen. Er wird Pierre Blanc bleiben, Ihr Sohn. Das Kind, das Sie großgezogen und geliebt haben. Sagen Sie mir, daß ich recht habe, Marie, und ich lasse Sie in Ruhe …«

»Warum?« stößt Marie Blanc hervor.

»Warum ich das wissen will?«

Die Alte senkt die Augen. Sie wirkt erschöpft. Schon fast wie im Jenseits angelangt. Marion ringt nach Worten, plötzlich ist sie ergriffener, als ihr lieb ist.

»Das ist kompliziert … Ich glaube, Pierre denkt, daß ich ihm etwas weggenommen habe. Wissen Sie, was das sein kann, Marie?«

Der verstörte Blick der Alten wandert suchend über Marions Gesicht, als stünde darin die Erlaubnis, ihr das große Geheimnis anzuvertrauen.

»Hör zu«, murmelt sie. »Der Kleine ist nicht bei mir auf die Welt gekommen …«

»Aber …« protestiert Marion verwirrt. »Wo denn dann?«

»In Saint-Léger. Im Schloß.«

Marion hat sich noch weiter vorgebeugt. Marie hat ihr eine unglaubliche Geschichte erzählt, dann ist sie verstummt, völlig erschöpft und eingesunken in ihr Kopfkissen.

Wahrscheinlich waren das die letzten Worte dieser bescheidenen Frau, die wider Willen in eine abenteuerliche Geschichte hineingezogen wurde, die nur übel enden konnte.

Vorsichtig steht Marion auf. Ihr Kopf dreht sich, sie schwankt ein wenig. Rückwärts schleicht sie sich aus dem Zimmer der Alten, die so zusammengeschrumpft ist, daß man sie in ihrem Bett kaum noch sieht.

Auf der anderen Seite der Tür wartet Meceri, die einen Kaffee schlürft. Vor ihr, an die Wand gelehnt, steht Suzanne; sie sieht abgespannt aus.

Als Meceri Marions Gesicht sieht, steht sie beunruhigt auf.

»Man könnte meinen, Sie hätten ein Gespenst gesehen …«

»Mehrere, Meceri, mehrere …«

»Du kommst doch morgen, oder?«

Suzanne ist kurz vor dem Nervenzusammenbruch. Marion weiß noch nicht, wo sie am nächsten Tag sein wird, aber sie verspricht ihrer Freundin, sie zur Beisetzung ihres Vaters zu begleiten.

»Ach, übrigens«, sagt die Notarin plötzlich und reicht ihr einen zugeklebten Umschlag. »Sonia Bonte hat versucht, dich zu erreichen … Was ist das eigentlich für eine Manie, ständig das Telefon abzustellen?«

»Ich werde es wieder einschalten«, verspricht Marion, ohne selbst daran zu glauben.

Sie nimmt den Brief der Gerichtsärztin und stopft ihn in ihre Tasche.

»Machst du ihn nicht auf?«

»Später.«

Warum einen Brief öffnen, dessen Inhalt sie schon kennt?

Es ist achtzehn Uhr. Draußen ist noch hellichter Tag, und im Krankenhaus herrscht emsiges Treiben, weil gerade das Abendessen ausgeteilt wird. Marion weiß, daß Capdevil demnächst auftauchen wird, und sie will nicht auf ihn warten.

»Bleiben Sie noch ein bißchen hier«, sagt sie zu Meceri. »Sagen wir bis um acht. Dann können Sie gehen. Sie liegt sowieso im Sterben.«

»Wohin fahren Sie?« fragt Naïma Meceri argwöhnisch.

»Ich fahre auf einen Sprung in die Stadt«, lügt Marion. »Wir treffen uns im Lauf des Abends bei Suzanne, zusammen mit Capdevil.«

Sie weiß, daß Meceri sie niemals allein gehen lassen würde. Aber wie soll sie ihr sagen, daß der Fall kurz vor der Aufklärung steht, daß in Saint-Léger der Schlüssel liegt und daß sie dort eine Verabredung mit Pierre Blanc hat. Dem Sohn von Gus und Claire. Ihrem Bruder.

104

Die Sonne ist noch immer nicht untergegangen, doch über dem Wald wird es langsam dunkel. Das Dach des Gebäudes ist mit rautenförmig ausgelegten, glasierten Ziegeln bedeckt, die in den letzten Sonnenstrahlen schimmern und im Licht der Dämmerung ihre zauberhaften Farben versprühen. Am Ende der Platanenallee hat sich das Bauwerk vor Marion aufgetan, und sie ist immer noch sprachlos. Was dort vor ihr steht, hat nichts mit dem Foto zu tun, das ihr der Konservator in seinem dicken Buch gezeigt hat.

Das Schloß ist komplett renoviert worden, die alte Steinfassade gereinigt. Der Abstand zu den beiden Nebengebäuden, die das Hauptgebäude flankieren, ist größer, als das Foto vermuten ließ. Die Türen hat man dunkelrot gestrichen, und Marion kann deutlich das ungeduldige Stampfen von Pferden hören, hin und wieder ein Wiehern und eine Männerstimme, die zur Ruhe mahnt. Ein anderes Lebenszeichen kann sie hinter dem gewaltigen Gitter, das die Zufahrt zu dem vorbildlich gepflegten Park versperrt, nicht ausmachen. In der Mitte der großen Rasenfläche steigt eine Fontäne in die Abendluft empor, deren Tropfen in ein mit Wasserpflanzen bedecktes Becken fallen. Rings um das Bekken stehen Büsche und Sträucher, die in allen Herbstfarben leuchten.

Während der ganzen Fahrt hat sich Marion gefragt, wie sie sich Zugang zum Schloß verschaffen soll und ob sie dort tatsächlich etwas finden wird, das als Erklärung für die vielen Toten und für soviel Leid ausreicht. Sie hat sich darauf eingestellt, Commandant Martinez oder Pierre Blanc die Stirn zu bieten. Oder beiden gleichzeitig, wobei ihr die Hintergründe einer solchen Verbindung, wenn es sie denn gibt, noch völlig unklar sind. Nicht ein einziges Mal hat sie daran gedacht, daß das Anwesen bewohnt sein könnte und so gut überwacht, wie es nun der Fall zu sein scheint: Zu beiden Seiten des Haupteingangs ist eine Kamera angebracht, und in einen der Torpfeiler hat man eine diskrete Sprechanlage eingebaut.

Marion zögert. Was soll sie den Bewohnern sagen? Ich bin gekommen, um mir das Haus anzusehen, in dem sich eine junge Frau umgebracht hat, die in meinen Vater verliebt war … Ihr Sohn ist hier auf die Welt gekommen … Sie haben ihn nicht zufällig gesehen?

»Madame! Wer sind Sie? Was wollen Sie?«

Marion fährt zusammen. Die Stimme aus der Sprechanlage ist männlich und hat einen starken nordafrikanischen Akzent.

»Guten Tag«, sagt sie zögernd. »Ich möchte …«

»Gehen Sie einen Meter vor und einen Schritt nach rechts. Ich kann Sie nicht gut sehen.«

Im gleichen Moment tritt ein Mann aus den Stallungen und kommt auf sie zu. Auch auf der linken Seite des Schlosses bewegt sich etwas, aber Marion kann nicht erkennen, was es ist. Vielleicht Hunde, sie wundert sich nur, daß sie nicht bellen.

»Gut«, murmelt sie und gehorcht widerwillig, während sie sich fragt, was sie sich da wieder eingebrockt hat.

»Sehen Sie mich jetzt besser?« erkundigt sie sich in möglichst gleichgültigem Ton.

Am anderen Ende der Sprechanlage ist es still. Der Mann, der aus den Ställen gekommen ist, hat sich dem Gitter bis auf zwanzig Meter genähert. Mißtrauisch beobachtet sie ihn aus den Augenwinkeln. Er scheint aus dem Maghreb zu stammen, ein magerer, aufrechter Mann mit dickem, weißem Haar und einem graumelierten Schnurrbart.

»Wie heißen Sie?« fragt die Stimme aus der Sprechanlage schließlich.

»Hören Sie, Monsieur«, protestiert Marion. »Ich will Sie nicht stören …«

»Ihren Namen, bitte«, wiederholt die Stimme höflich, aber bestimmt.

»Marion. Ich heiße Marion.«

»Das ist Ihr Vorname.«

»Nein, Marion ist mein Nachname.«

»Und ihr Vorname?«

Langsam hat Marion wirklich genug von diesem Zirkus.

Der weißhaarige Mann ist auf der anderen Seite des mit spitzen Metalldornen versehenen Gitters stehengeblieben und mustert sie scharf. Als Marion seinem Blick begegnet, läuft es ihr kalt den Rücken herunter. Sie spielt schon mit dem Gedanken, den Rückzug anzutreten, als sich der harte, abweisende Gesichtsausdruck ihres Gegenübers plötzlich verändert. Erstaunt wird Marion Zeuge, wie seine Züge weich werden, die Augen aufleuchten und ihr mit einem Mal so etwas wie Respekt, ja sogar Herzlichkeit entgegenschlägt. Der Mann geht zur Sprechanlage, ohne den Blick von ihr zu wenden.

»Du kannst aufmachen, Ali, es ist alles in Ordnung …«

»Ich heiße Hassan«, sagt der Mann, während er neben Marion hergeht. »Ich freue mich, Sie zu sehen.«

Er hat einen rauhen Akzent und eine tiefe Stimme, aber er spricht völlig fehlerfrei.

Als sie das Gebäude erreichen, bricht ein lautes, wütendes Gebell los. Marion zuckt zusammen, doch Hassan winkt mit einer beruhigenden Geste ab.

»Haben Sie keine Angst. Die sind eingesperrt.«

Dem Gebell nach müssen es vier oder fünf Hunde sein und bestimmt keine Pudel. Marion fragt sich, ob sie gerade die größte Dummheit ihres Lebens begeht, aber jetzt ist es ohnehin zu spät. Sie erklimmen eine geschwungene Freitreppe und erreichen eine breite, massive und vermutlich gepanzerte Tür; eine unsichtbare Hand drückt die Klinke herunter, und ein riesiger, mit jahrhundertealten Steinplatten ausgelegter Raum tut sich vor Marion auf. In der Mitte steht ein weißer Flügel, in dem sich ein prachtvoller Kristallüster spiegelt.

Ein kleiner Mann um die sechzig, genauso mager wie sein Kollege, nimmt eine förmliche Begrüßungspose ein, während er Marion voller Ehrerbietung ansieht. Diese Männer wissen, welchen Beruf sie ausübt, schießt es ihr durch den Kopf, oder zumindest kennen sie Marion irgendwie. Vielleicht haben sie sogar auf ihren Besuch gewartet.

»Willkommen in Saint-Léger«, sagt der Mann, der vorhin mit Ali angesprochen wurde, und verneigt sich. »Seien Sie willkommen in Ihrem Zuhause, Madame.«

Marion ist immer verdutzter und findet, daß die beiden es doch ziemlich übertreiben. Im Moment verhalten sie sich abwartend, Hassan, der noch nicht über die Schwelle getreten ist, und Ali, der so aussieht, als würde er vor ihr strammstehen wie ein Legionär. Irgendwie hat sie das Gefühl, daß sie auf einen Befehl von ihr warten. Sie wendet sich an Ali.

»Gehört das Schloß Ihnen?«

Sie spürt deutlich, wie Hassan hinter ihr vor Überraschung zusammenzuckt, während ein Lächeln über Alis Gesicht huscht, als hätte sie sich über ihn lustig gemacht. Er verneint mit einem Kopfschütteln.

»Könnte ich dann bitte mit dem Besitzer sprechen? Oder mit dem Mieter des Schlosses?«

Keine Reaktion, aber noch immer diese Andeutung eines Lächelns auf Alis Lippen.

»Verstehen Sie mich?« fragt sie lauter. »Ich würde gern ein paar Fragen stellen, die ...«

Sie hält inne. Ihr ist nicht entgangen, daß Alis Blick zu einer prachtvollen Holzkommode mit Einlegearbeiten und Bronzegriffen gewandert ist. Auf dem Möbelstück steht ein Silberrahmen mit einem Foto darin. Ali starrt es kurz an, ehe er verwirrt wieder zu Marion sieht. Wieder fixiert er den Silberrahmen. Marion folgt seinem Blick. Sie traut ihren Augen nicht.

Sie ist zwanzig Jahre jünger als heute, aber es gibt keinen Zweifel. Das Foto zeigt sie, Marion.

Hassan hat lautlos den Raum verlassen, Marion ist allein mit Ali. Sie hat nicht den Mut, sich weiter umzusehen. Sie weiß nicht mehr, ob das alles vielleicht doch nur ein schlechter Traum ist.

»Maître Renoir hat mir Ihr Kommen angekündigt«, sagt der Mann. »Ich hatte letzte Woche mit Ihnen gerechnet.«

Marion erinnert sich an Suzannes Vermutung, ihr Vater habe eine Reise geplant. Offenbar hatte Maître Renoir vor, die den Nachlaß von Gus Léman alias Arthur Clair betreffende Angelegenheiten hier in Saint-Léger zu regeln. Und im selben Moment beschleicht sie ein Verdacht:

»Sagen Sie, Monsieur …«

»Nennen Sie mich bitte Ali, Madame.«

»Äh … also Ali, wenn Ihnen das lieber ist … Ich fürchte, ich komme nicht ganz mit. Der Besitzer dieses Anwesens ist doch Monsieur Léman, oder?«

Ali schweigt mit verschlossener Miene.

»Ich kenne keinen Monsieur Léman«, sagt er schließlich. »Die Besitzerin dieses Hauses ist Madame Edwige Marion. Seit über zwanzig Jahren.«

»Soll das ein Witz sein?«

»Absolut nicht, Madame«, versichert ihr Ali ruhig.

Marion spürt, wie ein leichter Schwindel sie erfaßt.

»Aber … Sie sind doch nicht allein hier, oder? Es gibt doch sicher jemanden, der sich um dieses Schloß kümmert.«

»Sie meinen wahrscheinlich Monsieur Arthur Clair. Ja, er hat hier gelebt, aber er hat nur Ihren Besitz verwaltet, Madame.«

»Leben Sie schon lange hier?«

»Ich sagte Ihnen doch, seit gut zwanzig Jahren. Es hat eben gedauert, das Schloß instand zu setzen … Monsieur Clair hatte uns gesagt, daß er eines Tages gehen würde und daß Sie kurze Zeit später kommen würden. Jetzt ist es zwei

Monate her, daß er gegangen ist, und ich habe mich schon gefragt, ob Sie wirklich noch kommen.«

»O Gott!« murmelt Marion fassungslos.

Im Wohnraum brennt ein Kamin. Das Zimmer ist genauso großzügig wie der Saal und das Rauchzimmer, durch die Marion gekommen ist. Die Möbel zeugen von gutem Geschmack. Auf einem kleinen, runden Beistelltisch aus Rosenholz im Louis-quinze-Stil stehen ein Kübel mit Eiswürfeln, Gläser und eine Flasche Cognac der Marke Martell XO, die Marion am liebsten mag.

Vom Wohnraum gelangt Marion ins Speisezimmer, wo ein ovaler Tisch mit einer weißen, spitzengesäumten Tischdecke für eine Person gedeckt ist. Die Tischdecke ist mit einem Monogramm versehen, und auch ohne die Buchstaben aus der Entfernung lesen zu können, weiß Marion, daß es ihre eigenen Initialen sind. Das Geschirr ist blau-weiße Fayence, das Besteck aus Silber. Fasziniert betrachtet Marion die Möbel, Bilder und Stoffe und stellt fest, daß alles genau so ist, wie sie es selbst ausgewählt hätte. Material, Farben und Formen treffen exakt ihren Geschmack. Über dem Kamin hängt ein Bild, das Marion sofort ins Auge springt. Ein Ölgemälde, das sie als Kommissarin zeigt, in Galauniform mit Degen und einer Schärpe in den Farben der Trikolore. Sie erinnert sich noch genau an das Foto, von dem sich der Maler hat inspirieren lassen: Es ist im Hof der Militärschule Saint-Cyr-au-Mont-d'Or aufgenommen worden, an dem Tag, an dem sie ihre Ausbildung beendet hat. Von wem die Aufnahme stammt, fällt ihr beim besten Willen nicht mehr ein, aber der Fotograf hat ihre fast überhebliche Haltung an jenem Tag, ihren ganzen Stolz präzise festgehalten.

Während sie noch verblüfft auf das Gemälde starrt, hört sie Alis Stimme.

»Monsieur Arthur pflegte sein Abendessen hier einzunehmen, Ihnen gegenüber. Manchmal hat er sich mit Ihnen unterhalten. Möchten Sie zu Abend essen, Madame?«

»Nicht jetzt«, hört sie sich selbst antworten wie in einem Traum. »Können wir erst die Besichtigung fortsetzen?«

Die geräumige Küche hat einen alten Fliesenboden, die Wände sind mit blau-weißen Valenciennes-Kacheln bedeckt. Ein großer, gußeiserner Herd thront unter einer imposanten Abzugshaube, an der zahlreiche Kupfertöpfe, Kuchenformen und eine unglaubliche Sammlung von Küchengeräten hängen – alles Dinge, nach denen Marion für ihr Leben gern auf Trödelmärkten herumstöbert. Auf dem Herd verbreitet ein Schmortopf verführerische Düfte, die sie daran erinnern, daß sie den ganzen Tag noch nichts gegessen hat.

»Kalbsragout mit Möhren«, verkündet Ali, der ihren Blick verfolgt hat.

Ihr Lieblingsgericht. Wie vom Donner gerührt fragt sie sich, woher diese Männer soviel über sie wissen und vor allem wie sie ahnen konnten, daß sie heute kommen würde. Oder ob sie seit zwei Monaten täglich das gleiche Kalbsragout zubereiten …?

»Soll ich Ihnen das Obergeschoß zeigen?« fragt Ali höflich.

»Hören Sie, Monsieur … Ali«, erwidert Marion, die sich zwingen muß, sich vom Charme dieses Schlosses nicht einfangen zu lassen. »Ehe wir weitergehen, möchte ich, daß Sie mir ein paar Auskünfte über Arthur Clair geben.«

»Zum Beispiel?«

»Wie Sie ihn kennengelernt haben, wo er gelebt hat, was er gemacht hat, bevor er aufs Schloß kam …«

»Er hat oben einen ganzen Stapel Papiere für Sie hinterlegt«, antwortet Ali ausweichend. »Monsieur Clair hat mir befohlen, sie Ihnen persönlich zu übergeben und niemand anderem.«

Draußen sind plötzlich Geräusche zu hören, eilige Schritte, Hundegebell. Ali erstarrt, den Blick auf die Terrassentür der Küche gerichtet, auf die sie Hassan zustürzen sehen. Der Mann mit dem schlohweißen Haar klopft mit besorgter Miene an die Scheibe. Ali tritt rasch zur Tür, öffnet sie. Die beiden verständigen sich hektisch über etwas, von dem Marion kein Wort versteht. Hinter Hassan wartet ein junger Mann mit dunklem Teint, der zwei Dobermänner mit Maulkörben an der Leine hält. Die Hunde ziehen wie verrückt an ihren Halsbändern, stellen sich auf die Hinterbeine und jaulen ungeduldig. Ali gibt in barschem Ton einen Befehl und macht die Tür wieder zu.

»Was ist los?« will Marion wissen.

»Ich glaube, nichts. Die Männer sind nervös und die Hunde auch. Es liegt ein Gewitter in der Luft ...«

»Lügen Sie nicht, Ali! Ist da draußen jemand?«

Es widerstrebt ihm, mit der Sprache herauszurücken, und gleichzeitig wagt er nicht, die Frau, die er seit zwanzig Jahren als Schloßherrin betrachtet, zu belügen.

»Hassan glaubt tatsächlich, jemanden gesehen zu haben. Aber er hat sich getäuscht, hier kommt niemand herein, ohne daß wir es bemerken.«

Die Märchenwelt, in die Marion eingetaucht war, fällt auf einen Schlag in sich zusammen. Die Prinzessin wird wieder zur Schmutzliese. Eine Minute später hätte sie vermutlich vergessen, daß es Martinez und Pierre Blanc überhaupt gibt. Sie dreht sich zum Park um, über dem langsam die Nacht hereinbricht.

»Sind Sie sicher? Haben Sie heute keinen Mann hier gesehen?« fragt sie Ali, der vor ihr in den Wohnraum geht. »Einen dunkelhaarigen Mann mit blauen Augen?«

»Er hat uns einen Besuch abgestattet«, erklärt Ali ruhig.

»Und?«

»Er ist wieder gegangen.«

Marion bleibt vor dem Louis-quinze-Tischchen stehen und schenkt sich einen Cognac ein, den sie in einem Zug herunterstürzt. Die Art und Weise, wie der Schloßwächter Martinez' Besuch abtut, hat zur Folge, daß Marion plötzlich das Schlimmste für den Commandant befürchtet. Sie hakt nach:

»Wie war das genau?«

»Er wollte hereinkommen, und wir hatten keinerlei Grund, ihm das zu gestatten. Er hat sich nicht ausgewiesen.«

»Hat er gesagt, warum er gekommen ist?«

»Er war nicht sehr höflich«, antwortet Ali ausweichend. »Er hatte hier nichts zu suchen. Das ist Privateigentum.«

Irgendwo im Schloß ertönt ein lautes Geräusch. Es hört sich an wie eine Tür, die fest zugeschlagen wird. Dann ist nichts mehr zu hören. Marion hat die Ohren gespitzt.

»Haben Sie das gehört?«

»Seien Sie beruhigt«, versichert ihr Ali. »Hier kann nichts passieren. Wir sorgen für Ihre Sicherheit. Und der Mann, den Sie meinen, wird nicht wiederkommen.«

Warum hat Marion das Gefühl, als schwinge ein drohender Unterton in der Stimme des Mannes mit? Instinktiv tastet sie nach der Waffe unter ihrer Jeansjacke; dabei streift sie der Gedanke, daß es vielleicht doch nicht verkehrt gewesen wäre, Capdevil oder Meceri mitzunehmen. Ihr Wunsch, Gus' Geheimnis zu lüften, wird immer dringlicher. Sie stellt die Cognacflasche wieder auf den Tisch, nachdem sie sich einen Schluck nachgeschenkt hat, um Mut zu fassen. Dann blickt sie Ali ins Gesicht:

»Zeigen Sie mir diese Papiere.«

Der Raum, in den sie der Schloßwächter führt, ist ein geräumiges, komfortables Arbeitszimmer mit großen Glastüren, die auf einen Balkon hinausgehen. Der Blick über den Garten und den Park, der sich in der Ferne im Wald verliert, ist atemberaubend. Es ist ein schlichter, wunderschöner Raum mit einem Kamin, in dem ein Feuer prasselt, und einem hellen, glänzenden Parkettboden.

»War das Monsieur Clairs Arbeitszimmer?« fragt Marion mit belegter Stimme.

»O nein, Madame, das ist *Ihr* Arbeitszimmer. Ihr Schlafzimmer ist gleich nebenan. Monsieur Clair schlief wie wir ein Stockwerk tiefer ...«

Will sagen, bei den Bediensteten. Verblüfft stellt Marion fest, daß sie in diesem Schloß Untergebene hat, von deren Existenz sie nichts wußte.

Ali hat einen kleinen, flachen Schlüssel mit eckigem Bart, der an einer Goldkette hängt, aus seiner Tasche gezogen. Er geht zu einem Möbelstück, hinter dessen Vorderseite aus edlem Wurzelholz sich ein Safe verbirgt. »Ich bin der einzige, der die Kombination kennt«, sagt er. »Monsieur Clair hat mir vertraut. Ich werde den Safe jetzt öffnen, dann denken Sie sich eine neue Zahlenreihe aus, die Sie für sich behalten werden ...«

Die Ringe des Zahlenschlosses drehen sich, und dasselbe tut Marions Kopf. Die Situation ist irreal, geradezu grotesk. Als die Safetür geöffnet ist, wendet sich Ali zu ihr um und reicht ihr den Schlüssel.

Wieder ertönt irgendwo in oder vielleicht auch vor dem Schloß ein Geräusch. Dieses Mal hätte Marion schwören können, daß es keine Tür war, die zugeschlagen ist, sondern der gedämpfte Knall einer Waffe.

»Ich werde mal nachsehen, was das für Geräusche sind«, verkündet Ali mit angespanntem Gesicht. »Ich höre die Hunde nicht mehr, das ist komisch. Bleiben Sie hier, Madame. Ich komme gleich wieder.«

»Ich begleite Sie.«

»Nein, bitte nicht! Das ist mein Job.«

In dem Safe liegt Schmuck, viel Schmuck. Der schönste Schmuck, den Marion jemals gesehen hat. Mit klopfendem Herzen öffnet sie eine Schatulle nach der anderen. Schon auf den ersten Blick stellen diese Schmuckstücke ein Vermögen dar, und sie braucht über ihre Herkunft nicht lange nachzudenken. Die kühlen, sachlichen Worte, mit denen in der Wachkladde der Raubüberfall in einer Silvesternacht beschrieben wurde, fallen ihr wieder ein. Sie kann ein Schaudern nicht unterdrücken.

Die vielzitierte Akte, die für so viel Aufregung gesorgt und drei Menschen ins Jenseits befördert hat, ist ebenfalls da, in einer Lederhülle, auf der die in Gold eingravierten Initialen E. M. prangen.

Das erste Schriftstück der Akte ist ein rechteckiger Briefumschlag, zugeklebt und versiegelt. Trotz der unglaublichen Umstände muß Marion über dieses antiquierte, bis ins letzte Detail ausgefeilte Ritual lächeln. »Für Edwige Marion. Darf nur von ihr selbst geöffnet werden und erst nach meinem Tod. Arthur Clair.«

Marion nimmt das edle Papier in Augenschein, die feine, schräge Schrift, die sie sofort wiedererkennt. Es gibt keinen Zweifel: Das ist Gus Lémans Schrift. Sie traut sich nicht, den Umschlag zu öffnen. Wenn sie ihrer Neugierde nachgeben würde, hieße das automatisch, daß sie die Geschenke annimmt, sich zur Komplizin der Diebe macht.

Unter dem Umschlag liegen weitere Schriftstücke. Die ersten sind zwei Besitzurkunden, ausgestellt von Maître

Renoirs Kanzlei, unterschrieben vom Notar persönlich. In den Urkunden ist festgehalten, daß besagte Edwige Marion Eigentümerin einer Wohnung am Boulevard Richard-Lenoir 26 in Paris wird sowie eines Anwesens bestehend aus Wohnhaus und Nebengebäuden, einem Park mit angrenzendem Wald, das Ganze mit einer Gesamtfläche von vierzehn Hektar und gelegen in Saint-Léger, Côte-d'Or. Der Verkäufer ist ein gewisser Arthur Clair; aufgrund der Tatsache, daß die Käuferin minderjährig war, wurden die Urkunden von der Mutter, Agnès Marion geborene Moreau unterzeichnet.

Entsetzt überfliegt Marion die notariell beglaubigten Papiere. Ihre Mutter! Ihre Mutter, die ihr kein Sterbenswörtchen gesagt hat, war Komplizin in der ganzen Geschichte. Plötzlich fragt sie sich, was passiert wäre, wenn sie heute noch leben würde. Wie würde sie all diese unlauteren Machenschaften und ihr schuldbeladenes Schweigen rechtfertigen? In Marions Augen ist das eine Niedertracht, ja ein Verrat, den sie ihr schrecklich übelnimmt.

Ein leichter, kaum merklicher Luftzug streift Marions Genick und läßt sie aufmerken. Sie hat weder Schritte im Gang gehört noch das Knarren einer Tür. Aber im Zimmer ist jemand.

»Sind Sie das, Ali?« fragt sie, ohne sich umzusehen.

Ein kurzes Rascheln, und mit dem Luftzug weht jener fürchterliche Geruch zu ihr herüber, den sie während der letzten halben Stunde in einem Winkel ihres Bewußtseins versenkt hatte. Ihr geschundener Körper verkrampft sich. Instinktiv legt sie die Hand auf ihre Waffe. Hinter ihr knackt ein Gewehrverschluß.

»Vergessen Sie es!« sagt eine Stimme, die sie erkennt, ohne sie jemals gehört zu haben. »Ziehen Sie die Waffe langsam raus und legen Sie sie auf den Boden. Ohne sich umzudrehen!«

Marion gehorcht und vermeidet dabei jede unvermittelte Bewegung. Sie legt ihre Smith & Wesson neben dem Stuhl, auf den sie sich zum Lesen gesetzt hatte, auf den Boden. Den offenen, mit Edelsteinen vollgestopften Safe im Visier, sagt sie sich, daß aus dem Märchen jetzt wohl ein Alptraum wird. Sie spürt, daß Pierre Blanc genauso angespannt ist wie sie, aber auch getrieben von tiefer Verzweiflung. Er scheint fertig mit sich und der Welt zu sein und zu allem bereit.

»Kicken Sie das Ding mit dem Fuß nach hinten!« befiehlt er.

»Hören Sie, Pierre … wir können doch reden …«

»Halten Sie den Mund! Los, los!«

Mit dem Absatz versetzt sie ihrer Smith & Wesson einen Tritt, der sie zwei Meter über den Boden rutschen läßt. Sie hört, wie Pierre Blanc näher kommt und sie aufhebt. Rasch schiebt Marion den Brief von Gus unter ihr Hemd.

Pierre Blancs Schritte knarren auf dem Parkett, der Geruch des Balsams wird aufdringlicher. Marion atmet tief ein, um den Druck auf ihrer Brust zu lösen. Sie steht langsam auf, um ihm ins Gesicht zu sehen. Sie rechnet mit einem weiteren Befehl oder einer Kugel im Rücken, aber nichts passiert. Der Mann sagt kein Wort. Er läßt sie gewähren. Als sie ihn endlich sieht, springt ihr als erstes sein Blick ins Auge. Entgeistert starrt er auf den Safe.

Pierre Blanc ist ein kleiner Mann, dem man nicht die leiseste Beachtung schenken würde, wenn er einem auf der Straße begegnen würde. Im übrigen muß sie sich eingestehen, daß sie ihn bisher noch nie wirklich angesehen hat. Sie hätte ihn nicht beschreiben können. Auch sein Aufzug verblüfft Marion. Er trägt eine Art militärischen Kampfanzug, und seine schmale Taille wird durch einen breiten Gürtel zusammengeschnürt, an dem zwei automatische Waffen, eine kleine Maschinenpistole, Modell Uzi, drei Handgranaten und ein Kästchen hängen, das wie eine Fernbedienung aussieht. Blanc richtet ein Gewehr mit kurzem Lauf auf Marion, das er mit einer Hand festhält wie ein Westernheld oder Rambo persönlich. Seine kleinen grünen, engstehenden Augen flackern. Für einen kurzen Moment sieht Marion Gus Léman vor sich, auf dem in Paris geschossenen Foto. Pierre Blanc ist ihm wie aus dem Gesicht geschnitten, nur das Muttermal fehlt.

»Wo sind die Männer, die Wächter?« fragt Marion und versucht, ihre Stimme fest klingen zu lassen.

Er wölbt die Brust, hebt das Kinn.

»Ich kann es nicht ausstehen, wenn sich mir jemand in den Weg stellt …«

»Wie sind Sie hier reingekommen?«

Pierre Blanc grinst. Sein Mund verzieht sich.

»Gehen Sie vom Tisch weg!«

Marion tritt zwei Schritte zur Seite. Sie könnte sich selbst dafür in den Hintern treten, daß sie die Handys nicht wieder eingeschaltet hat, wie sie es Suzanne versprochen hatte. Jetzt liegen sie wie zwei Steine in ihrer Tasche, nutzlos und stumm. Und sie könnte sich dafür ohrfeigen, daß sie allein nach Saint-Léger gefahren ist, ohne den anderen etwas davon zu sagen. Pierre Blanc hat Ali, Hassan und den jungen Mann mit den Hunden aus dem Weg geräumt. Jetzt ist sie allein mit ihm.

Lieber Gott, betet sie, wie sie es als Kind häufig getan hat, mach, daß Capdevil so schlau ist herzukommen …

Pierre Blanc fixiert jetzt die offen auf dem Tisch liegende Akte.

Reden, denkt Marion, Kontakt halten. Nicht zulassen, daß er abtaucht in seinen Wahn …

»Ist das die Akte, die du gesucht hast, Pierre? Hast du

wegen dem Häufchen Papier all diese Menschen umgebracht?«

»Halten Sie den Mund!« bellt der Mann in seiner lächerlichen Soldatenverkleidung. »Duzen Sie mich nicht! Wir haben nichts miteinander gemein. Nehmen Sie diese Papiere und lesen Sie sie mir vor!«

Marion gehorcht. Unter den beiden Besitzurkunden stößt sie auf ein Schriftstück, demzufolge Gustave Léman sie testamentarisch zu seiner Erbin gemacht hat; Testamentsvollstrecker war Maître Renoir, ohne dessen Zutun das alles nicht möglich gewesen wäre. Diesen Text vorzulesen ist schlimmer, als sie sich vorgestellt hätte. Sie fühlt sich schuldig, wie jemand, der auf betrügerische Weise fremdes Eigentum an sich gebracht hat. Der Zorn und die Tränen, die in Pierre Blancs Augen funkeln, lassen ihr die Haare zu Berge stehen.

Es kommt ihr vor, als würde er ein wenig schwanken. Er atmet tief ein und brüllt:

»Dieser Dreckskerl! Dieser Dreckskerl!«

»Was wollen Sie?« fragt Marion, verwirrt über diesen plötzlichen Wutausbruch.

Eben hat sie Pierre Blanc hinter sich stehen sehen, kalt und entschlossen; jetzt ist er außer sich, stampft vor Zorn mit den Füßen. Sie läßt nicht locker und deutet auf den weit geöffneten Safe:

»Geld? Schmuck? Dann bedienen Sie sich doch, damit das alles ein Ende hat ...«

Mit wildem, verstörtem Blick greift Pierre Blanc nach der Fernbedienung an seinem Gürtel und streckt sie drohend von sich.

»Ich jag alles in die Luft.«

106

Capdevil tigert durch Suzanne Renoirs Wohnzimmer.

»Wo ist sie nur hin, Herrgott noch mal?« fragt er entnervt.

Er hat zwar eine leise Ahnung, will aber einfach nicht glauben, daß sie »so etwas« getan haben könnte.

Meceri und Suzanne haben ihn in Charmes aufgelesen, nachdem seine Versuche, die Kommissarin zu erreichen, gescheitert waren und sich die Gendarmen kategorisch geweigert hatten, ihn nach Dijon zu bringen.

Mehr als zwei Stunden sind vergangen; Marion ist weiterhin wie vom Erdboden verschluckt.

Vor einer Viertelstunde hat Quercy angerufen, der Lunte gerochen zu haben scheint. Capdevil hat sich nicht getraut, ihm zu gestehen, daß er Marion verloren hat. Sie habe ein Schlafmittel genommen und ruhe sich aus, hat er behauptet, aber er weiß, daß der Chef nicht lockerlassen wird. Fast hätte er ihn gefragt, was eigentlich die beiden Begleiter in dem blauen Fiat sollten, aber auch darauf hat er schließlich lieber verzichtet. Da er sie seit ihrer Ankunft in Dijon nicht mehr gesehen hat, weiß er nicht, was er davon halten soll.

»Du machst mich noch ganz verrückt«, sagt Meceri, die ebenfalls äußerst gereizt ist. »Setz dich hin oder geh raus und schnapp ein bißchen Luft. Oder wir fahren los und suchen sie ...«

»Ach ja? Und wo?«

»Was denkst du?«

Im Flur klingelt das Telefon. Suzanne steht schweigend auf, um den Anruf entgegenzunehmen. Sie hat ihren dritten Cognac intus und schwankt auf ihren hohen Absätzen.

»Für Sie«, sagt sie mit etwas heiserer Stimme.

Brigadeleiter Chrétiennot ist alles andere als gut gelaunt.

Nachdem er Capdevil einen Korb gegeben hat, ist er noch mal bei den Blancs vorbeigefahren und hat ohne Rücksprache mit seinen Vorgesetzten oder der Staatsanwaltschaft beschlossen, das Haus komplett zu durchsuchen.

»Wir haben Waffen gefunden, Zündschnüre, Dynamit und sogar Plastiksprengstoff ...«

»Wie bitte?« Capdevil ist aschfahl geworden. »Was erzählen Sie mir da für Geschichten? Ich dachte, der Kerl sei Briefträger ...«

Chrétiennot ist mehr als peinlich berührt.

»Er war mal Soldat. Zehn Jahre lang. Feuerwerker beim Heer ... Wegen seiner Krankheit, die immer schlimmer wurde, ist er ausgemustert worden. Dann hat man ihn bei der Post untergebracht.«

Capdevils Magen krampft sich zusammen.

»Konnten Sie mir das nicht früher sagen?«

Er hört nicht mehr auf die Proteste und Entschuldigungen des Gendarmen, die sich in einem einzigen, tausend Mal wiederholten Satz zusammenfassen lassen: Pierre Blanc war so unauffällig ... Tja, und unterdessen hat niemand auch nur eine Ahnung, wo er steckt. Seit er kurz in der Werkstatt Mignot aufgetaucht ist, hat ihn keiner mehr gesehen. Sogar der Gendarm, der ihn gut kennt, ist beunruhigt.

»Ich habe eine Idee, wo er sein könnte«, sagt Capdevil mit einem Kopfnicken zu Meceri, die inzwischen neben ihm steht. »Können Sie ein komplettes Einsatzkommando bereitstellen, Brigadeleiter Chrétiennot?«

107

Das Schloß ist in völlige Dunkelheit getaucht, aber der Himmel ist noch hell. Durch die Fenster wirft der längst schon aufgegangene Mond sein schimmerndes Licht auf die schönen Möbel und Einrichtungsgegenstände.

Pierre Blanc findet sich mühelos zurecht, wobei er hin und wieder eine kleine Lampe zu Hilfe nimmt, die er aus der Seitentasche seiner Hose gezogen hat. Marions Hände sind mit ihren eigenen Handschellen auf dem Rücken gefesselt, worauf sie alles andere als stolz ist. Als ihr klar wurde, daß Pierre Blanc sie aus diesem Zimmer schleppen würde, in dem sie sich im Nachhinein noch relativ sicher fühlte, hat sie einen wenig aussichtsreichen Befreiungsschlag versucht und dem Mann eine Jugendstillampe ins Gesicht geschleudert. Er ist geschickt ausgewichen und hat das Ding dabei mit seinem Gewehrlauf zertrümmert. Marions dummer, mißratener Versuch hat ihren Peiniger nur zusätzlich gereizt und dazu veranlaßt, sie sofort wegzubringen.

Auf der Treppe liegt ein schlaffer Körper, bäuchlings über die Stufen hingestreckt. Um ihn herum ein dunkler Fleck, der langsam in den hellgelben Stein sickert. Marion bleibt davor stehen. Sofort erkennt sie Ali, ausgerechnet Ali, der ihr so umsichtig und kampferprobt erschien. Warum ist er Pierre Blanc derart leicht in die Falle gegangen?

»Gehen Sie weiter!«

Vielleicht war es ein gravierender Fehler, denkt Marion jetzt, daß sie Pierre Blanc für einen nicht ernst zu nehmenden Pseudo-Rambo gehalten hat.

»Wohin bringen Sie mich?«

Er antwortet mit einem meckernden, höhnischen Gelächter.

»In die Hölle.«

Sie haben die Küche durchquert, dann einen großen Vorratsraum; schließlich hat er eine Tür geöffnet, hinter der eine Treppe in den Keller führt. Sorgfältig aufgereiht liegen die

Weinflaschen auf Metallregalen, an denen zahlreiche Schilder auf das jeweilige Weinbaugebiet und den Jahrgang verweisen. Mit einem wütenden Kolbenhieb zerschmettert Blanc eine große Flasche Château Pétrus, deren Inhalt sich sprudelnd über den Boden und über den Saum von Marions Jeans ergießt. Wie angestachelt durch diese dumme Geste, schlägt der kleine Mann weiter um sich, daß der Rot- und Weißwein nur so spritzt, während er seine Gefangene fest umklammert hält und wie einen Schutzschild vor sich herstößt.

Am Ende des Raums gelangen sie an eine Tür, die sich hinter einem mit weiteren Champagnerflaschen gefüllten Regal versteckt. Blitzartig wird Marion klar, was Blanc vorhat: Er bringt sie in die unterirdischen Gänge, die auf Capdevils Plänen eingezeichnet sind; sie hat die Kopien in ihren Rucksack gestopft, ohne sie eines Blickes zu würdigen. Jetzt, da es zu spät ist, ärgert sie sich über ihre Gleichgültigkeit.

Der Gang, den sie nun betreten haben, ist in erstaunlich gutem Zustand. An den Mauersteinen sind kleine Lampen befestigt, die ein schwaches Licht verbreiten. Ein dünnes Kabel zieht sich über die Wände, und am Fuß eines Stützpfeilers lehnt ein Bündel von Stäben, so dick wie Zigarren. Marion wird angst und bange. Sie hat nicht die leiseste Ahnung, was Blanc wirklich ausheckt, aber mit einem Mal wird ihr klar, daß seine Drohung, alles in die Luft zu jagen, keine Prahlerei war. Er will sie weiter vor sich herstoßen, doch sie bleibt unvermittelt stehen.

»Pierre, was haben Sie vor? Wir müssen reden.«

Die Angst verleiht ihrer Stimme einen merkwürdig autoritären Klang. Blanc mustert sie provozierend, mit triumphierender Miene.

»Reden? Noch nie hat jemand so viel mit mir reden wollen, zum Totlachen! Mit mir, dem Außenseiter, dem Kranken, der stinkt ... Dem Briefträger, den man kaum eines Blickes würdigt. *Er* hat sich immer geweigert, mich auch nur anzusehen.«

»Dabei siehst du ihm ähnlich, Pierre«, sagt Marion leise. »Du bist sein Sohn.«

Ihr Herz klopft so laut, daß es ihr vorkommt, als müsse sein Echo durch das Gewölbe hallen.

»Er hatte nur eine Tochter«, murmelt Pierre, während seine kleinen Augen über Marions Gesicht wandern. »Das mußte er mir ständig sagen: ›Ich habe nur eine Tochter.‹ Ständig, als wär's das achte Weltwunder. Aber ich weiß, daß das nicht stimmt. Sie sind nicht seine Tochter.«

»Ich bin wirklich nicht seine Tochter«, behauptet Marion mit fester Stimme. »Mein Vater hieß Félix Marion. Gus hat sich alles ausgedacht, ich weiß nicht warum. Du bist sein Sohn, ich habe den Beweis hier in meiner Tasche. Willst du ihn sehen?«

Pierre Blanc schlägt die Augen nieder und fixiert die Tasche, auf die Marion mit dem Kinn gedeutet hat. Plötzlich erschaudert sie bei der Vorstellung, daß der Brief von Sonia Bonte, den sie nicht öffnen wollte, etwas anderes offenbaren könnte als das, was sie erwartet. Er spürt ihre Angst und versucht aufzutrumpfen:

»Welchen Beweis? Ist das eine von Ihren verdrehten Erfindungen?«

»Ein Vergleich von genetischen Fingerabdrücken. Und zwar von dir und von Gus.«

»Ah, genetische Fingerabdrücke!« wiehert Pierre Blanc. »Das hat er nicht gebraucht, dieser alte Dreckskerl! Wenn ein Vater seinen Sohn sieht, dann erkennt er ihn einfach. So was hat man im Blut, das weiß man. Da braucht man keine verdammten Analysen. Und überhaupt, was ist hiermit, reicht das nicht?«

Mit einer theatralischen Geste reißt er die Druckknöpfe seines Anzugs auf, ohne das Gewehr loszulassen. Sein Oberkörper unter dem Stoff ist nackt. Entsetzt starrt Marion ihn an. Die Narben, die sie an der Leiche von Gus Léman gesehen hat, sind nichts im Vergleich zu den Kratern und Schwellungen, die den mageren Oberkörper seines Sohnes bedecken. Manche Wunden sind vernarbt, andere eitern noch oder bluten sogar. Pierre Blanc schiebt die Ärmel hoch, und Marion sieht die offenen Stellen an seinen Fingern, die Wunden an den Handgelenken und Unterarmen. Aber fast noch schlimmer sind die Bläschen, die jeden Quadratzentimeter Haut überziehen und so aussehen, als wäre er unter einen Schweißbrenner geraten.

»Ekelhaft, nicht?« schreit der Briefträger. »Das kann keine Frau ertragen, und selbst wenn ich eine gefunden hätte ... ich hätte mich doch nie im Leben getraut, ein Kind zu bekommen, aus Angst, ihm diese Schweinerei anzuhängen. Dem kann keiner entgehen, das wird zwangsläufig vererbt. Ja, ich hab's geerbt, ich bin der Erbe von diesem alten Dreckskerl, ich allein!«

Das Erbe? Darum geht es Pierre Blanc also!

»Hör zu«, sagt sie schnell, zu schnell, »ich pfeife auf diese Erbschaft. Ich will nichts. Ich werde dafür sorgen, daß alles dir zukommt. Das wird nicht schwer sein, die genetischen Beweise werden genügen. Ich werde auf alles verzichten. Du wirst reich sein, du wirst hier leben ...«

Was sie daherredet, ist Unsinn. Er wird niemals reich sein, und wenn alles vorbei ist, wird er nicht hier leben, sondern auf dem Friedhof oder im Gefängnis. Pierre Blanc schiebt unbeeindruckt die Ärmel herunter, knöpft seinen Kampfanzug wieder zu. Seine Augen blitzen vor Haß und Verachtung. Unsanft stößt er Marion weiter vor sich her.

»Du bist wirklich genauso dämlich wie er. Los, weiter!«

108

»Aber was machst du denn da?«

Naïma Meceri zögert. Marion hat ihr Suzanne anvertraut, aber die Notarin, die inzwischen zwei weitere Cognacs intus hat, kann sich nicht mehr allein auf den Beinen halten.

»Verflucht noch mal«, giftet die junge Frau, »die kann einen vielleicht nerven ...«

»Laß sie hier! Was soll ihr denn groß passieren?«

»Die Chefin hat mir befohlen, sie keine Sekunde aus den Augen zu lassen. Daran halte ich mich. Also los, hilf mir, sie ins Auto zu hieven, anstatt rumzustehen und zu glotzen.«

»Herrgott noch mal, was seid ihr Frauen nervig!« schimpft Capdevil, der kurz davor ist, die Beherrschung zu verlieren. »Wenn das so weitergeht, ist die Schlacht längst vorbei, bis wir aufkreuzen.«

109

Dem Kabel folgend, das alle drei bis vier Meter an einen neuen Sprengsatz aus etwa zwei Dutzend Dynamitstangen angeschlossen ist, haben sie einen kleinen runden Raum erreicht. Von ihm gehen zwei weitere, völlig identische Gänge ab. Das Gewölbe wird durch mehrere Pfeiler gestützt, und man braucht kein Hellseher zu sein, um zu erraten, daß auch sie mit Sprengstoff gespickt sind. Das Kabel teilt sich und verschwindet in den beiden anderen Stollen. Blanc hat sich nicht lumpen lassen, und Marion schätzt, daß die von ihm installierten Dynamitladungen ausreichen würden, um einen Tunnel in die Alpen zu sprengen. Warum Gus die unterirdischen Gewölbe instand gehalten hat, kann sie sich denken. Aber wie hat Pierre dieses Labyrinth entdeckt, das er wie seine Westentasche zu kennen scheint?

»Da geht's zu den Ställen«, sagt Blanc und deutet auf den linken Stollen. »Man schnappt sich ein Pferd und haut ab. So haben sie das früher gemacht, zur Zeit der Religionskriege …« Er zuckt die Achseln. »Nur daß ich nicht reiten kann, das hat man mir nie beigebracht … Und hier durch den Gang kommt man hinten im Park raus. In die Richtung wäre der Alte verduftet. Er ließ immer ein Auto am Weg stehen, gleich hinter dem Zaun. Für alle Fälle.«

Woher kennt er all diese Details? Seit wann geht er hier im Schloß ein und aus? Wie hat er die aufmerksamen Wächter austricksen können? Marion wirft ihm aus den Augenwinkeln einen Blick zu. Die Handschellen sind nicht sehr stramm; trotzdem werden ihre Hände allmählich steif. Die Gelenke sind schon taub, die Finger eiskalt, und die überdehnten Bänder tun so weh, daß der Schmerz bis in die Schultern strahlt. Auch das Stechen in Marions verletztem Arm wird langsam unerträglich.

»Halt, stehenbleiben«, befiehlt der kleingewachsene Mann plötzlich und löst die Fernbedienung von seinem Gürtel. »Wenn ich gleich auf den roten Knopf drücke, hier, dann wirst du ein Feuerwerk erleben! Das wird bis nach Dijon zu hören sein. Der Alte wird sich im Grab umdrehen.«

»Aber warum, Pierre?« begehrt Marion auf, der die Haare zu Berge stehen. »Wozu soll das gut sein? Du kannst ja das Schloß in die Luft sprengen, wenn du willst, aber warum willst du uns beide umbringen?«

»Ich habe nichts zu verlieren.«

»Aber ich. Ich habe eine kleine Tochter. Sie braucht mich.«

Pierre Blancs Stimme bebt vor Zorn:

»Versuchen Sie nicht, mich zu erweichen. Das funktioniert nicht.«

»Ich trage keine Schuld an der ganzen Geschichte. Das mußt du mir glauben.«

Es ist kühl in dem unterirdischen Gemäuer, in dem sich Marion schon fühlt wie in ihrem eigenen Grab. Sei nicht so passiv, redet sie sich innerlich zu. Es muß doch eine Möglichkeit geben, hier wieder rauszukommen …

Pierre Blanc beobachtet sie, während er sie wie ein Geier umkreist. Er runzelt die Stirn.

»Im Gegenteil, Sie sind an allem schuld. Dieser alte Scheißkerl hat meine Mutter geschwängert und sitzenlassen, sobald er was Besseres gefunden hatte. Gegen dieses Weib aus der Pariser Halbwelt kam eine Landpomeranze wie Marie natürlich nicht an …«

Marion horcht auf. Pierre Blanc setzt seinen Monolog fort:

»Ich habe auch sie manchmal dafür gehaßt, meine Mutter: Sie hat in diesem dreckigen Loch weitergelebt, zwischen ihren Hühnern und Schweinen. Sie hätte ihre Rechte geltend machen können, Geld von ihm fordern sollen. Und was hat sie getan? Geschwiegen, geweint und meine Wunden mit ihrem Balsam eingerieben … Ich erinnere mich noch an den Tag, an dem er nach Charmes gekommen ist, mit diesem Weib und mit … Ihnen. Sie hat sich im Haus eingeschlossen, bis er wieder gefahren ist. Sie hatte mir verboten rauszugehen, zu ihm. Damals wußte ich nicht, daß er mein Vater war, ich hatte nur in der Schule was munkeln hören, aber ich habe Sie gehaßt, wie Sie in Ihrem Spitzenkleidchen, mit Ihrem affektierten Gehabe auf der Schaukel saßen …«

Er äfft eine Mädchenstimme nach, wobei sich sein Mund noch mehr verzieht:

»›Bleib, wo du bist, du stinkst!‹ haben Sie gesagt. Klar, wir hatten schließlich keine Dusche … ›Und die vielen Pickel … ist ja eklig …‹ Das war an dem Tag, an dem er Sie rübergeschickt hat, um neue Salbe zu holen. Anscheinend hatte er nicht den Mut, selbst zu kommen. Meine Mutter hat Wochen gebraucht, um sich von dem Schock zu erholen. So hatte ich sie noch nie erlebt. Ich habe sie gezwungen, mir die Wahrheit zu sagen. Da hat sie's schließlich zugeben müssen.«

Marion hält die Luft an. Pierre Blanc ist verstummt. Soll sie ihn auffordern weiterzuerzählen, auf die Gefahr hin, damit die Spannung zu erhöhen, oder lieber abwarten? Je länger das Schweigen andauert, desto beklemmender wird es.

»Was zugeben?« fragt sie schließlich.

»Wie?« Der Briefträger fährt zusammen. Er hat angefangen, an seiner Fernbedienung herumzufummeln.

Er murmelt etwas vor sich hin, schüttelt das Gerät. Es geht irgendwie um die Batterien. Er legt das Gewehr vor seinen Füßen auf den Boden, um das Kästchen öffnen zu können.

Marion juckt es in den Fingern, sich auf ihn zu stürzen. Er ist nicht sehr kräftig, doch sie hat am eigenen Leib erfahren, daß der Schein trügt. Aber sie kann doch nicht einfach dastehen und warten. Im Kopf geht sie den einzigen Befreiungsversuch durch, den sie wagen könnte: ein Fußtritt in die Genitalien, dann durch den rechten Tunnel fliehen. Voller Angst fragt sie sich, wie sie mit ihren auf dem Rücken gefesselten Händen laufen soll. Und was wird sie tun, wenn sie eine Tür öffnen muß? Und was, wenn sie schließlich im Freien ist?

Denk nicht so viel nach!, ermutigt sie sich. Los, greif an!

Mit einem übermenschlichen Kraftaufwand konzentriert sie sich auf das, was sie vorhat, und versucht dabei, das Gespräch fortzusetzen:

»Was zugeben, Pierre?«

»Scheiße«, schimpft er und reißt mit einem wütenden Ruck den Plastikdeckel ab.

Er hebt das Gewehr auf, lädt durch und richtet die Waffe auf Marion.

»Na, was heckt sie jetzt schon wieder aus, unsere kleine Betrügerin?«

Sein Blick funkelt vor Haß. Er ist stinkwütend.

Marion kann es nicht fassen. Sie hat sich nicht bewegt, hat mit keiner Geste ihre Absicht verraten, ihn anzugreifen. Wie ein Verrückter tippt er nun auf den Zahlen der Tastatur herum. Plötzlich ein schrilles Piepen. Blanc streckt die Faust von sich und spreizt den Daumen ab, dann die anderen Finger, einen nach dem anderen. Er zählt, seine Lippen bewegen sich stumm. Seine Augen flackern. Marion ist wie erstarrt. Ihr ist nach Schreien zumute, aber in ihrer Brust ist alles blockiert, sie kann kaum atmen.

Die Druckwelle der Explosion wirft sie zu Boden, während ihr der Knall fast das Trommelfell zerreißt.

Sie hebt den Kopf. Pierre Blanc sitzt an der Wand, den Kopf zur Seite geneigt. Wie ein Vogel lauert er auf ihre Reaktion. Marion ist fassungslos.

»Beeindruckend, wie? Jetzt sehen Sie, daß ich nicht geblufft habe. Los, versuchen Sie jetzt mal abzuhauen!«

Er macht eine weite, ausholende Geste. Aus den drei Stollen sind weiße Wolken in den runden Raum gequollen. Marion hat so lange wie möglich die Luft angehalten, um die mit Sprengstoff und dickem Staub vermischte Luft nicht einatmen zu müssen, aber jetzt kann sie nicht mehr. Sie schnappt nach Luft und beginnt sofort zu husten, daß es ihr fast die Lunge in Stücke reißt. Der Mann ihr gegenüber rührt sich nicht. Er spielt mit den Handgranaten an seinem Gürtel und wartet, bis der Hustenanfall, der Marion die Tränen in die Augen treibt, vorübergeht.

»Die drei Gänge sind blockiert, da kommt man nicht mehr durch«, frohlockt er, als wäre das Ganze eine Schnitzeljagd. »Das waren drei Ladungen mit jeweils drei Kilo Sprengstoff. Jetzt sind immer noch über zweihundert Kilo im Schloß verteilt.«

Er beugt sich mit betrübter Miene vor.

»Das überleben wir nicht.«

Marion kommt langsam wieder zu sich und wirft ihm einen grimmigen Blick zu. Er lächelt leise.

»Was sagten Sie eben über meine Mutter?«

Er redet in launigem Ton, als säßen sie in einem Teesalon oder im Café Rodelot und tränken ihren Aperitif. Nichtsdestotrotz fummelt er weiter an der Fernbedienung herum. Marion versucht, ruhig zu atmen und die panische Angst zu bezwingen, die sie umklammert hält. Plötzlich hat sie die Nase voll von diesem blutrünstigen falschen Bruder. Sie atmet tief ein und fixiert ihn kühl.

»Marie Blanc hat dir erzählt, daß sie die Geliebte von Gus Léman war, ist es das?«

»Die Verlobte.«

»Also gut, die Verlobte ... Sie hat dir erzählt, daß er sie verlassen hat, als er nach Algerien gegangen ist, um zu kämpfen, und daß sie sich nie getraut hat, ihm ihre Schwangerschaft zu gestehen, richtig?«

»Er wußte es, aber er hat so getan, als wüßte er nichts. Wegen ...«

»Wegen mir? Das stimmt nicht. Sie hat dich angelogen ...«

Er erstarrt, die Fernbedienung in einer Hand, und blickt zu Marion auf. Sie kann ein halbes Dutzend Fragen in seinem Blick lesen, aber auch eine extreme Feindseligkeit. Soll sie ihm die Wahrheit sagen und das Risiko eingehen, ihn in Rage zu bringen? Sie erhebt sich und lehnt sich an die Wand, um ihren schmerzenden Rücken zu entlasten. Auch das Stechen im Oberschenkel läßt nicht nach, und sie spürt, daß durch die extreme Anspannung eine schlimme Migräne im Anzug ist.

Pierre Blanc sagt nichts mehr, er hält die Luft an. Marion geht zum Angriff über:

»Es waren einmal, damals in Charmes, ein junges Mädchen und ein junger Mann, die sich sehr ineinander verliebt hatten. Sie war arm. Er war weder schön noch reich, aber sie liebten sich und träumten von einem schönen Leben in einem schönen Schloß. Eines Tages ist er in den Krieg gezogen, auf die andere Seite des Meeres. Einmal ist er zurückgekommen, sie haben sich geliebt, hier in diesem Schloß, vielleicht sogar dort, in diesem unterirdischen Gang. Er ist wieder gegangen, sie merkte, daß sie schwanger war. Sie hat ihm oft geschrieben, aber diese wichtige Neuigkeit wollte sie ihm von Angesicht zu Angesicht sagen. Nach und nach hat er angefangen, ihre Briefe nicht mehr zu beantworten ...«

»Wegen diesem Weib ...« murmelt Pierre, die kleinen, grünen Eidechsenaugen auf Marions Mund geheftet.

»Nein, nicht wegen *meiner* Mutter ... Die kannte er zu diesem Zeitpunkt noch nicht ... Es lag einfach daran, daß das Leben diesen Burschen aus dem Gleichgewicht gebracht hatte. Gus war jung, er war noch nie von zu Hause weg gewesen. Mit achtzehn war er so gut wie verheiratet. Und plötzlich entdeckte er eine völlig andere Welt. Er führte Krieg, seinen Krieg. Es waren harte, wirre Zeiten. Er hat Dinge erlebt und Dinge getan, von deren Existenz er vorher nicht einmal geahnt hatte. Charmes war weit weg, und Claire ...«

»Claire?«

»So hieß seine Verlobte ...«

»Was?«

»Ja, Claire. Claire de Chantegrive des Aubrais.«

Marion fährt rasch fort, schildert Claires Verzweiflung, die Schmach ihrer Eltern, Gus' letzten Brief und ihren Entschluß, sich und das Kind umzubringen. Blanc lauscht ihren Worten mit halbgeöffnetem Mund wie ein Kind, dem man eine Gutenachtgeschichte erzählt. In den Mundwinkeln hat sich Speichel gesammelt.

»Claire war am Ende ihrer Kräfte, die Geburt stand unmittelbar bevor, und sie hatte noch immer nicht über das

Schicksal des Kindes entschieden. Schließlich beschloß sie, sich und das Kind umzubringen. Sie ist hierhergekommen.«

»Hierher? Aber …«

»Saint-Léger war ein gemeinsamer Jugendtraum von ihr und Gus«, fährt Marion in schroffem Ton fort. »Sie hat sich hingelegt und sich die Pulsadern aufgeschnitten. Marie Blanc wußte über alles Bescheid. Sie hat Claire in einem Zimmer im ersten Stock gefunden.«

»Nein«, stößt Pierre hervor. »Das stimmt nicht, Sie lügen …«

Er keucht, dicke Schweißtropfen laufen ihm von der Stirn in die Augen und über die Wangen, die weiß sind vor Staub. Er fährt sich mit dem Handrücken übers Gesicht. Wie gern würde Marion die Beine in die Hand nehmen und hinauslaufen an die frische Luft. Der Gedanke, daß sie in diesem Keller festsitzt, ist unerträglich. Mit zusammengebissenen Zähnen fährt sie fort:

»Ich lüge nicht, das hat sie mir selbst erzählt. Wenn du willst, kannst du sie ja fragen, es ist noch nicht zu spät …«

Mit einem Mal funkeln Blancs Augen verschlagen, und er nickt wissend.

»Plumper geht's nicht … Aber machen Sie weiter mit Ihrem Groschenroman.«

Marion schluckt mühsam und zwingt sich, die Fassung zu bewahren.

»Als sie im Schloß eintraf, war Claire gerade gestorben. Aber das Kind lebte noch. Ich weiß nicht, wie sie es angestellt hat, aber sie hat es in die Welt geholt. Es war ein kleiner Junge.«

Ein rauhes Schluchzen steigt aus Pierres Kehle auf.

»Marie hat ihn mit nach Hause genommen. Claire wurde beerdigt. Vier Tage später hat Marie Blanc die Geburt eines Kindes angezeigt, von dem sie behauptete, es sei ihr Sohn.

Sie gab ihm den Namen Pierre. Im ganzen Dorf hat man sich so seine Gedanken gemacht, aber niemand hat etwas gesagt. Mich wundert nur, daß ...«

»Seien Sie still! Sie lügen!«

»Das ist die Wahrheit«, erwidert Marion, ohne die Stimme zu heben. »Und da ist noch eine Sache, die du wissen mußt«, fügt sie schnell hinzu, ehe er wieder in Harnisch gerät. »Gus hat niemals erfahren, daß Claire schwanger war. Das kann ich beweisen.«

Wie eine riesige Staubwolke legt sich die Stille über das Kellergewölbe. Pierre Blanc dreht die Fernbedienung nervös in den Händen. Seine Lippen zittern, sein Blick ist verschleiert. Niedergeschmettert sieht er Marion an.

»Warum hat er mich nie haben wollen?«

110

Capdevil rast mit halsbrecherischer Geschwindigkeit über die Landstraße, die nach Saint-Léger führt, und diesmal ist es Meceri, die sich steif vor Angst an ihren Sicherheitsgurt klammert. Nachdem sie durch einen Unfall am Stadtrand von Dijon aufgehalten worden sind, haben sie gerade Charmes durchquert, mit seinem Café, das ausnahmsweise einmal geschlossen ist. Suzanne liegt schlaff auf der Rückbank ihres eigenen Wagens, den der Polizeibeamte gnadenlos voranpeitscht, während sich Meceri über Suzannes Handy – zu irgend etwas muß die Notarin ja gut sein – wieder einmal eine Lehre erteilen läßt.

»Ich habe einen Anschiß von Quercy bekommen«, verkündet sie, als sie ihr Gespräch beendet hat, als könne sie die Stille nicht ertragen. »Er hat erfahren, daß ich in Dijon bin, ich weiß auch nicht wie. Anscheinend sucht mich die

Dienstaufsichtsbehörde, und der Richter wird langsam ungeduldig. Er hat mir befohlen, sofort zurückzukommen.«

»Und? Was hast du geantwortet?«

»Ja. Ich habe ja gesagt. Um ihn loszuwerden.«

»Wenn du mich fragst«, erklärt Capdevil wie jemand, der seine Pappenheimer kennt, »dann waren die beiden Typen in dem blauen Fiat seine Idee. Ich habe den Eindruck, daß Marion und ich sie abgehängt haben. Ohne Absicht, wohlgemerkt ... Und weil er jetzt nicht mehr auf Tuchfühlung ist, macht er Streß. Sag ihm, daß er uns mal kann ...«

»Genau.«

Jetzt muß Meceri nur noch Brigadeleiter Chrétiennot anrufen – alles auf Befehl von Capdevil, der den Motor und vor allem die Kupplung des Wagens weiterhin auf eine schwere Probe stellt.

»Mach ihm ordentlich Dampf ...«

»Sie sind gerade angekommen«, sagt Meceri bestürzt, nach einem kurzen Gespräch mit dem Gendarm.

»Die sollen auf uns warten. Ich will nicht, daß diese Trampeltiere die Chefin in Gefahr bringen.«

»Sie sind schon im Hof.«

»Diese Idioten!« brüllt Capdevil. »Die sollen sich nicht von der Stelle rühren, Scheiße! Sag ihnen das!«

Meceri wirft ihm einen finsteren Blick zu, macht den Mund auf, um ihm die Meinung zu geigen, und gehorcht.

111

Pierre Blanc ist zu Boden gesunken. An die Wand gelehnt, läßt er seinen Blick über die Mauern schweifen, mit feuchten Augen und schmerzverzerrtem Gesicht.

In einigen Metern Entfernung sagt sich Marion, daß ihr

Leben tatsächlich von der Laune dieses durchgedrehten Halbbruders abhängt, ja, daß sie im Begriff ist, russisches Roulette zu spielen, mit verbundenen Augen. In der dröhnenden Stille des halb eingestürzten Gewölbes mobilisiert sie ihre letzten Energien, um Capdevil und Meceri einen stummen Hilferuf zu senden. Sie muß durchhalten, Zeit gewinnen und hoffen, daß sie irgendwann auftauchen. Hoffen, daß sie darauf kommen, wo sie ist, daß sie die Trümmer wegräumen und dem Alptraum ein Ende setzen, ehe dieser Mensch sie umbringt. Voller Verzweiflung klammert sie sich an diese lächerliche Hoffnung.

»Ich wollte einfach nur so sein wie die anderen!« ruft Blanc plötzlich aus. »Ich wollte keine Kohle und auch kein Schloß. Ich wollte nur einen Vater haben. Ich wollte, daß er mich als seinen Sohn anerkennt!« brüllt er.

»War das, als er nach Charmes zurückgekommen ist?«

»Nein, ich hatte es vorher schon mal versucht.«

»Vorher?«

Pierre Blanc lacht verbittert auf.

»So ist das im Leben, irgendwann kommt immer der Tag, wo einen die Vergangenheit einholt.«

Marion hat nicht die Absicht, ihm in diesem Punkt zu widersprechen. Weder in diesem noch in irgendeinem anderen Punkt. So lange er redet, denkt er nicht mehr an das Gewehr oder an die Fernbedienung, die in seiner geöffneten Hand liegt.

»Eines Tages ist jemand nach Charmes gekommen, um mit meiner Mutter zu reden. Das war einer von den beiden arabischen Gorillas ... Er wollte wissen, ob sie immer noch ihre Wundersalbe herstellt. Mutter Blancs Balsam ... Wenn Sie wüßten, woraus der gemacht wird, würden Sie sich auf die Schenkel klopfen. Aber das Zeug wirkt ... Kurzum, die Salbe sollte angeblich für seinen Bruder sein, der an einer

Hautkrankheit litt und die handelsüblichen Medikamente nicht vertrug. Meine Mutter hat versucht, aus ihm rauszukriegen, woher er ihre Adresse hatte. Er hat sich um die Antwort gedrückt. Ich war dabei und bin stutzig geworden. Als er mit seinem Topf Salbe abgezogen ist, bin ich ihm gefolgt. Darin bin ich Spezialist.«

Ist mir schon aufgefallen, denkt Marion.

»Er hat mich hierhingeführt«, fährt Blanc mit monotoner Stimme fort. »Ich habe ein bißchen herumspioniert und den Alten sehr schnell ausfindig gemacht. Eines Tages habe ich mich getraut und am Gittertor geklingelt. Ich hatte meine Briefträgeruniform an, so hat man mich reingelassen. Als er begriffen hat, daß ich wegen was anderem gekommen war, hat er mich von seinen Handlangern rauswerfen lassen, ohne mich auch nur anzuhören. Wie einen räudigen Hund. Dabei sahen wir uns ähnlich, und er roch genauso wie ich.«

Marion versucht sich in diesen kleinen Jungen hineinzuversetzen, der erwachsen geworden ist. Sie kann sich seine Verzweiflung vorstellen, aber es gelingt ihr nicht, auch nur einen Anflug von Mitleid zu verspüren. Sie betrachtet diesen schmächtigen Mann, der ihr Bruder ist, und empfindet nichts für ihn. Nur Wut, ohnmächtige Wut.

»Dann habe ich nach einer Möglichkeit gesucht, ihn gefügig zu machen. Als erstes mußte ich natürlich hier reinkommen. Irgendwann habe ich die Pläne von diesem unterirdischen Gewölbe aufgestöbert. Ich war geduldig, denn der Alte hatte alles verriegelt. Aber ich hab's trotzdem geschafft reinzukommen. Eines Tages bin ich sogar ins Schloß hochgegangen, alle waren draußen, weil ich vorher in den Ställen ein Feuer gelegt hatte, mit einem selbstgebastelten Brandsatz. Im Schloß habe ich Ihr Foto gesehen. Ich wußte nicht, wer Sie waren, aber als Sie in Charmes aufgekreuzt sind, habe ich Sie erkannt, und da ist mir der Groschen gefallen. Ich habe Haß empfunden, solchen Haß ... Ich habe beschlossen, alles in die Luft zu jagen, alles zu zerstören.«

»Und dann hast du die Sprengsätze angebracht?«

»Ja.«

»Warum erzählst du mir das? Du weißt doch, daß ich Bulle bin ...«

»Na und? Was ändert das?«

Er zuckt mit den Schultern. Ehe er auf die Idee kommt, ihr zu entgegnen, daß sie, Bulle hin oder her, jetzt hier mit ihm sterben wird, fragt Marion schnell weiter:

»Aber ... warum diese Folter?«

»Als er nach Charmes gezogen ist, kam das sehr unerwartet für mich. Ich traute meinen Augen nicht.«

»Warum ist er zurückgekommen?«

»Was weiß denn ich! Er wird seine Gründe gehabt haben. Das alte Arschloch! Er hat sich direkt in die Höhle des Löwen begeben! Als wollte er mich verhöhnen!«

»Wenn er deine Geschichte gekannt hätte, so wie du sie mir erzählt hast, wäre er nicht nach Charmes zurückgekommen. Daran siehst du, daß ich recht habe.«

Blanc wirft ihr einen mitleidigen Blick zu.

»Ich glaube, das war ihm schlichtweg egal«, faucht er dann. »Vielleicht hat er sich nicht mal mehr daran erinnert, daß er in Charmes ein Kind gezeugt hatte ...«

»Aber du warst doch bei ihm und hast es ihm gesagt ...«

»Daß ich sein Sohn bin, ja. Aber er hat mir keine Zeit für Erklärungen gelassen, deshalb hat er den Sohn von Marie Blanc nicht mit dem unbekannten Briefträger in Zusammenhang gebracht, sondern ihn rausgeworfen, ohne ihn eines Blickes zu würdigen. In seinem Haus in Charmes habe ich dann in seiner Brieftasche ein Foto entdeckt ...«

»Ein Foto?«

»Von Ihnen. Ich war außer mir.«

Er schweigt, beißt sich fest auf die Lippen. Er zittert und scheint kurz davor, in Tränen auszubrechen. Zeit gewinnen. Weiterreden. Marion wechselt das Thema:

»Und der Notar? Warum er? Er hatte nichts damit ...«

»Geschieht ihm recht, diesem Arschgesicht!« brüllt Blanc mit verzerrter Stimme. »Der hat mich auch rausgeschmissen. Er hat mir gesagt, Erbin sei die Tochter, das einzige Kind von Gus. Genauso wie Vater Léon, der ständig auf dem Muttermal rumgeritten ist. Was mußte der sich da eigentlich einmischen? Geschieht ihm recht, diesem Arschgesicht. Ich wollte das Testament finden und verbrennen und dann die Bude hier in die Luft sprengen und den Rest auch verbrennen. Alles!«

»Sogar mich und mein Haus? Aber ich habe doch nichts getan ...«

Er starrt sie an, als käme sie direkt aus der Hölle. Er wirkt wie in Trance. In der Pose eines Kampfhahns richtet er sich auf, das strohblonde Haar steht ihm wild vom Kopf ab, und er brüllt:

»Ich wollte, daß er mich anerkennt, daß er mein Sohn zu mir sagt! Ich wollte Papa zu ihm sagen dürfen! ... Ich hasse ihn. Ich hasse Sie!«

»Pierre ...«

»Ruhe jetzt! Klappe halten! Bei uns stirbt man, ohne zu klagen.«

112

Suzannes Ford ist in die Platanenallee eingebogen. Im Fernlicht der Scheinwerfer werden die wartenden Gendarmen sichtbar, die in ihren weißen, fluoreszierenden Westen aussehen wie Kosmonauten. Capdevil hält neben Chrétiennot an, der offenbar die Einsatzleitung abgeben mußte. Wie ein

Schatten folgt er dem Gendarmerie-Offizier, der mit einer Verstärkungstruppe, bestehend aus etwa dreißig Männern, einem kleinen Panzerwagen und mehreren Hunden, eingetroffen ist. All diese Leute verharren in Schweigen. Mehr oder weniger. Chrétiennot deutet auf einen grauen Peugeot, der am Wegrand parkt.

»Das ist der Wagen von Kommissarin Marion«, bestätigt Capdevil. »Sonst keine Fahrzeuge?«

»Negativ«, sagt der Gendarm. »Nur das hier. Seit wir gekommen sind, hat sich nichts gerührt. Ein Dutzend Männer durchstreifen den Park. Aber wir haben auf Sie gewartet und sonst noch nichts unternommen.«

»Danke«, murmelt Capdevil, während er mit einem mulmigem Gefühl zum Schloß sieht. Das düstere, unbelebte Gebäude scheint ihm zuzuflüstern, daß sich Marion in einer bedrohlichen Lage befindet und daß schlimme Ereignisse bevorstehen.

Hastige Schritte nähern sich, und die aus dem Park zurückkehrenden Kundschafter bestätigen Capdevils Befürchtungen.

»Wir haben mehrere Leichen gefunden. Zwei Männer und vier Hunde. Erschossen.«

»Was für Männer?« fragt Capdevil mit heiserer Stimme.

»Araber.«

Der Beamte reißt die Augen auf. Er sieht Meceri an, dann Chrétiennot und flüstert:

»O Gott! Araber ...«

Sein Herz pocht so wild, daß es ihm den Atem verschlägt; er hätte sich gern für einen Augenblick hingesetzt, um sich zu beruhigen.

»Pierre Blanc steckt mit Terroristen unter einer Decke«, stellt er niedergeschmettert fest. »Der Sprengstoff in seinem Haus, die Araber, dieses abgelegene Schloß, abgeschottet wie ein Hochsicherheitstrakt … das muß ein Terroristennest sein! Marion ist ihnen in die Falle gegangen. Was wollte sie eigentlich in diesem Gemäuer, Herrgott noch mal?«

»Wenn sie überhaupt noch hier ist …« wendet Chrétiennot ein. »Das Gebäude scheint menschenleer zu sein. Jedenfalls können wir nicht auf eigene Faust eingreifen. Ich benachrichtige meine Vorgesetzten.«

»Verdammt!« ruft Capdevil aus.

»Was?«

»Die unterirdischen Gänge!«

»Wie, die unterirdischen Gänge? Welche unterirdischen Gänge?«

»Das Schloß hat massenweise davon, da unten sieht es aus wie ein Schweizer Käse. Hören Sie, wir können nicht warten, wir müssen sofort nachsehen. Ich bin mir sicher, daß sie in einem der unterirdischen Gewölbe steckt.«

113

Marion hat versucht Pierre Blanc zu überzeugen, dann hat sie ihn angefleht, lange angefleht. Sie hat behauptet, daß er mit einer milden Strafe rechnen könne, wenn er sich stellen würde, anstatt eine nie wiedergutzumachende Tat zu begehen. Mit höhnischem Grinsen hat er erwidert, in seinem Alter könne er bei lebenslänglich darauf hoffen, mit achtzig wieder rauszukommen. Sie hat noch einmal über Nina gesprochen, ihre kleine Tochter, der das Leben schon so übel mitgespielt hat.

Vergeblich. Er hat wieder angefangen, an seiner Fernbedienung herumzufummeln. Er konzentriert sich, schiebt die Zungenspitze in den Mundwinkel wie ein eifriger Schüler und tippt eine Zahlenreihe.

Dann das kurze, endlose Piepen. Blanc streckt die Faust aus, spreizt einen Finger ab, dann noch einen ... Sein Lächeln ist das Lächeln eines Mannes, der sich nicht mehr zu helfen weiß.

Marion schließt die Augen und sieht Ninas schmales Gesicht, ihre lachenden Augen und ihre schiefen Zähne.

114

Das gesamte Polizeiaufgebot ist vor Ort. Die Männer sind einsatzbereit. Brigadeleiter Chrétiennot ist unruhig. Der Gendarmerie-Offizier hat sich geweigert, den Einsatzbefehl zu geben, obwohl ihm die Dringlichkeit der Lage bewußt ist und obwohl Chrétiennot und Capdevil ihn kräftig unter Druck gesetzt haben. Er hat seine Vorgesetzten kontaktiert und den Präfekten benachrichtigt. Man hat sich darauf geeinigt, ein Sondereinsatzkommando der Gendarmerie zu Hilfe zu holen, das auf solche Extremsituationen spezialisiert ist. Capdevil ist außer sich.

»Die haben sie nicht alle«, flüstert er Meceri mit zusammengebissenen Zähnen zu. »Das wird Stunden dauern. In der Zeit kann sie dreimal verrecken.«

»Was sollen wir tun?«

»Wir gehen rein!«

Gerade als sie das Gittertor erreichen, kommt es zu einer gewaltigen Explosion. Das ganze Schloß scheint vom Boden abzuheben. Steine und brennende Trümmerteile prasseln auf Capdevil und Meceri nieder, die sich, einer über den anderen, zu Boden geworfen haben.

Auf eine Detonation folgt die nächste, ganze Mauern schwellen an, bersten und stürzen in sich zusammen, Schornsteine brechen ab und prallen auf die hübschen, glasierten

Dachziegel, die wie kleine Geschosse durch die Luft geschleudert werden. Ringsum knistert und zischt die Erde, während im linken Flügel des Gebäudes ein Feuer ausbricht, das der Wind rasch auflodern läßt. Schon recken sich die Flammen dem Himmel entgegen wie die Turmspitzen einer Kathedrale.

»Verdammt verdammt verdammt!« stöhnt Capdevil und packt Meceris Hände, die seinen Hals umklammern.

Es gibt kein Zurück. Sie sind dazu verurteilt, das apokalyptische Schauspiel zu bestaunen und zuzusehen, wie das ganze Schloß in sich zusammenstürzt, wie sich dicke Wolken aus Staub und Schutt auftürmen in dieser Nacht, die gerade erst begonnen hat. Es kommt ihnen vor, als würde das alles nie wieder aufhören. Sie haben die Welt ringsum vergessen. Sie wissen nicht einmal mehr, ob sie noch leben oder schon im Jenseits angelangt sind.

Dann endet das Höllenspektakel fast genauso plötzlich, wie es begonnen hat. Meceri kommt als erste wieder zu sich. Sie steht auf und betrachtet im Schein der Flammen, die bereits auf das Hauptgebäude des Schlosses überspringen, das Ausmaß der Katastrophe. Sie klopft Capdevil, der von nervösen Krämpfen geschüttelt wird, auf den Rücken. Er zittert und schluckt und ist nicht in der Lage, sich aufzurichten.

»Komm«, sagt sie mit einem merkwürdigen Flackern in ihren dunklen Augen. »Wir suchen die Chefin.«

Und Capdevil wird bewußt, daß auch Meceri unter Schock steht, vielleicht sogar noch mehr als er selbst.

»Verdammte Scheiße!« schreit er. »Scheißberuf! Scheißleben!«

Hemmungslos schleudert er seine Wut aus sich heraus, ein Aufbrüllen, das schmerzt und erleichtert.

»Wir können sie nicht da drinlassen, in diesem ... dieser ...«

stammelt Meceri verzweifelt, den Tränen nahe. »Scheiße! Wir holen sie da raus …«

Verstört starrt Capdevil in Naïmas schmales Gesicht, das sich wie ein Schattenriß von den Flammen abhebt. Sie hat Erde in den Haaren, an ihrem Kinn klebt Gras.

Schließlich findet auch er den Mut, zu dem Feuer zu sehen, das in den Trümmern wütet.

»Marion? Wenn sie da drunter ist, dann ist sie geliefert.«

115

»Himmel! Das ist ja ein zweites Verdun!«

Von Paul Quercys sonnengebräuntem Teint ist nichts mehr zu sehen. Auf seinen Wangen sprießt ein graumelierter, borstiger Bart, und er hat große, dunkelblaue Ringe unter den Augen. Er ist vor zehn Minuten eingetroffen und hat Capdevil, Meceri, und seine beiden »Spezialisten« um sich versammelt, die sich alles andere als wohl in ihrer Haut fühlen. Tags zuvor haben sie Lyon in einem blauen Fiat verlassen, mit dem Auftrag, für Marions Sicherheit zu sorgen. Sie können sich nicht erklären, wie und wann genau, aber Fakt ist, daß sie Marion verloren haben, kaum daß sie Dijon erreicht hatten. Bis tief in die Nacht hinein sind sie umhergeirrt, um sie wiederzufinden; ausgerechnet von Quercy haben sie schließlich erfahren, daß Marion in der Zwischenzeit unter den Trümmern eines Schlosses verschüttet worden ist. Sie haben das Ausmaß der Katastrophe noch nicht ganz erfaßt, und bislang fällt ihnen nichts anderes ein, als sich alle Augenblicke zu entschuldigen.

Capdevil blickt zu Boden. Am frühen Morgen ist er zusammengeklappt, und Meceri konnte nichts für ihn tun. Auch sie steht kurz vor dem Nervenzusammenbruch, weil immer mehr Zeit verstreicht und sie sich völlig nutzlos fühlt. Was Suzanne betrifft, so hat man sie auf dringendes Anraten des aus Dijon herbeigerufenen Rot-Kreuz-Teams ins Krankenhaus gebracht, weil der jungen Frau hundeelend war.

Sonia Bonte ist sofort herbeigeeilt, als sie von der Katastrophe erfahren hat. Ein junger Arzt, der gerade zum Pathologen ausgebildet wird, und ein Tierarzt helfen ihr. Sie haben bereits die Leichen der beiden erschossenen Männer untersucht sowie die vier Hunde und drei Pferde, die durch die Explosion ums Leben gekommen sind. Die Gerichtsmedizinerin, die einen schwarzen Overall, einen Helm, einen Mundschutz gegen den Rauch und dicke, feuerfeste Handschuhe trägt, hat sich den Rettungsmannschaften angeschlossen; man hat bereits begonnen, die ersten Trümmer wegzuräumen. Niemand würde vermuten, daß sich hinter dieser zupackenden, ernsten Gestalt die elegante, leicht versnobte Ehefrau eines stinkreichen Chirurgen verbirgt.

Hin und wieder begegnet ihr ein Mann, der verstört umherirrt.

Gilles Andrieux steht die Angst ins Gesicht geschrieben, und die Tränen, die ihm immer wieder in die Augen schießen, sind nicht nur dem Rauch zuzuschreiben. Capdevil hat ihn benachrichtigt, weil er für den Fall, daß man Marion lebend wiederfindet, ihre Blutgruppe wissen wollte. Zwei Stunden nach der Explosion war Gilles da. Wie versteinert hat er sich das Schauspiel angesehen, und obwohl gerade er sich mit Erdarbeiten auskennt, tut er dasselbe wie alle anderen: Er rennt ziellos durch die Gegend. Um das Gelände rasch freizuräumen, müßte man Bulldozer einsetzen; doch das würde bedeuten, daß man Marion aufgibt.

Alles, was die Behörden an Fachleuten und hohen Tieren zu bieten haben, ist inzwischen aufmarschiert. Der stellvertretende Staatsanwalt in Begleitung eines Kripo-Teams aus

Dijon, die Leute vom Erkennungsdienst und die Spezialisten vom Labor, der persönliche Referent des Präfekten sowie der Bezirks-Unterpräfekt. Jeder gibt seinen Kommentar ab, und die zahlreichen Anweisungen und Gegenbefehle verlieren sich in einem lauten, undurchdringlichen Stimmengewirr. Quercy ist so entnervt über diese Kakophonie, daß er sich lieber abseits hält.

Gegen Mitternacht, als das Feuer unter Kontrolle war, hat man unter schwierigsten Bedingungen mit der Suche begonnen. Die Feuerwehrleute und Rettungskräfte arbeiten sich langsam vor, durch Berge von Schutt, Steinen und verkohltem Holz, von dem große Stücke herabstürzen, sobald man es berührt. Die Luft ist so verpestet vom Gestank nach Verbranntem, nach Sprengstoff und vor allem Gas, das immer noch aus einem großen, unterirdischen Tank neben dem Hauptgebäude strömt, daß die Hunde kaum zu halten sind. Ein Hubschrauber kreist über dem Gelände; man hofft, über Foto- und Filmaufnahmen vielleicht auf eine Spur zu stoßen.

Es ist elf Uhr vormittags, am Himmel, der dunkler und dunkler wird, zieht ein Gewitter auf. Es wird windig, ein warmer, kräftiger Südwind, der die Suche der Helfer in den Ruinen noch zusätzlich erschwert.

Unter den Trümmern des Schlosses hat man noch kein einziges Lebenszeichen entdeckt.

Irgendwo unter diesem Schutthaufen befindet sich Marion. Seit vierzehn Stunden.

Ein Platzregen geht auf das verwüstete Schloß nieder. Gilles und Sonia Bonte arbeiten trotzdem verbissen weiter. Der Hubschrauber kämpft gegen die Windböen an, und aus Dijon sind neue, ausgeruhte Helfer eingetroffen, um die erschöpften Rettungsmannschaften abzulösen. Die Behörden haben in gegenseitigem Einvernehmen beschlossen, nicht auf das Sondereinsatzkommando der Gendarmerie zurückzugreifen, sondern ein Team von Brandermittlern aus Paris kommen zu lassen.

Quercy wird nicht müde, seine Leute anzutreiben, ja anzuherrschen, sich endlich etwas einfallen zu lassen, eine Lösung, eine Idee, ein Wunder. Der rauhe Ton des Kripochefs verrät seine Verzweiflung.

Die Aggressivität seines Vorgesetzten hat Capdevil ein wenig aufgerüttelt. Er hat zugehört, wie Gilles darüber spekulierte, daß der Sprengstoff wahrscheinlich an den Grundmauern angebracht war und das Gebäude deshalb so rasch in sich zusammengestürzt ist.

Plötzlich sind ihm die unterirdischen Gänge wieder eingefallen. Sofort hat er den Archivleiter angerufen und sich die Pläne faxen lassen, um sie Gilles zu zeigen. Mit dem kritischen Blick eines Profis und der Verbissenheit eines Mannes, der die Frau seines Lebens retten will, hat er die Pläne studiert. Quercy, der sich angesichts des Regens ebenfalls in den Einsatzwagen des Gendarmeriechefs geflüchtet hat, beugt sich mit ihm über die Papiere. Er runzelt die buschigen Brauen und klimpert mit ein paar Geldstücken in seiner Hosentasche.

»Können Sie was damit anfangen?«

Plötzlich wird es in der Mitte des Trümmerfeldes unruhig. Ein junger Hundeführer vom Zivilschutz hat sein Tier vor den Trümmern einer Marmortreppe anschlagen sehen. Die Männer stürzen zu der Stelle, Gilles vorneweg, ohne sich um den Regen zu kümmern. Auch Sonia Bonte ist näher gekommen. Quercy und die anderen, die keine Schutzausrüstung tragen, warten in den Zelten, die man in größter Eile am Rand der »Baustelle« aufgeschlagen hat.

Fieberhaft macht sich der Suchtrupp an die Arbeit. Es ist still, man hört nur das Rumpeln der Steine und hin und wieder einen Ausruf; langsam wird das Loch in dem Schutthaufen größer.

»Da liegt jemand drunter!« ruft der Hundeführer, der sein Tier kaum noch halten kann.

Kurz darauf wird ein Körper sichtbar. Man sieht Teile des Rückens, ein zerrissenes Hemd, das über dem braunen Oberkörper hochgerutscht ist, einen Ledergürtel und einen dicken Schlüsselbund. Sonia Bonte beugt sich über den Krater, den die Männer mit ihren Lederhandschuhen geschaufelt haben. Sanft, aber bestimmt schiebt sie Gilles zurück, der sich mit wild klopfendem Herzen, wenn auch äußerlich gefaßt vorgedrängt hat, um besser zu sehen. Als erstes bemerkt sie ein rundes Loch im Stoff des Hemdes; es rührt eindeutig von einer Kugel her, die oberhalb der Leber, auf Höhe der Rippen in den Brustkorb eingedrungen ist. Der Stein, auf dem der Körper liegt, ist blutgetränkt. Sie streckt die Hand aus und berührt den kalten Leib, zieht dann an einem der Arme. Die Leichenstarre ist schon weg. Die Finger werden sichtbar. Sonia holt tief Luft und dreht sich zu Gilles um, der vor Kälte und Angst zittert.

»Es ist ein Mann«, verkündet sie. »Man hat ihm in den Rücken geschossen.

»Es gibt drei unterirdische Gänge«, sagt Gilles, der die Hoffnung nicht aufgeben will, obwohl schon viel Zeit verstrichen ist.

Er ist überzeugt davon, daß der Mann, den sie gefunden haben, der einzige war, der sich über der Erde befand, und seine Zuversicht steckt die anderen Helfer an. Man ist sich einig: Wenn es Verschüttete gibt, dann nur weiter unten.

Gilles deutet auf eine gestrichelte Linie auf dem Plan.

»Dieser Gang hier führt vom linken Schloßflügel unter der Küche durch. Er beschreibt eine deutliche Kurve und trifft dann auf zwei weitere Tunnel. Der eine verläuft unterhalb des Gebäudes und des Hofs und führt auf der linken Seite, dort hinten, ins Freie.«

Er zeigt auf den Stall, dessen Dach und Holztüren verbrannt sind; nur die Mauern stehen noch.

»Hier, in der Mitte des Stallgebäudes, befindet sich eine Öffnung. Dort müssen wir nach einem Zugang suchen.«

Um das Zelt herum haben sich einige Männer versammelt, die aufmerksam zuhören. Auf ein Zeichen des Gendarmerie-Offiziers bewegt sich ein halbes Dutzend Soldaten Richtung Stallungen.

»Ich gehe mit«, sagt Meceri, die das tatenlose Herumstehen nicht mehr aushält.

Gilles hat die schlechten Faxkopien so gedreht, daß sie der Position des Schlosses entsprechen.

»Ja, genau ...« murmelt er. »Der andere Stollen endet im Süden, in der Nähe des Waldes. Wenn ich richtig gerechnet habe, müßten es vom Gebäude bis zur Mündung gut hundert Meter sein. Er fängt in der Mitte des Schlosses an, unter der Freitreppe. Dann verläuft er hundert Meter lang schnurgerade Richtung Süden.«

Die Männer sind schon losgelaufen, um die Suche zu beginnen; das unerträgliche Warten geht weiter.

Wegen des Wolkenbruchs haben die Rettungskräfte die Ruinen verlassen. Gilles wirft einen besorgten Blick auf das Trümmerfeld, sieht dann wieder auf den Plan.

»Alle drei Gänge münden in einem runden Raum, der wahrscheinlich zur Zeit der Abtei gebaut worden ist und als Zufluchtsort gedient hat. Solche geheimen Gewölbe, auf die man in unterirdischen Tunnelsystemen häufig trifft, sind angeblich in der Lage, starken Erschütterungen standzuhalten.«

»Auch durch Sprengstoff ausgelösten Explosionen?« hakt Capdevil hoffnungsvoll nach.

Gilles schüttelt den Kopf.

»Nein, natürlich nicht. Aber es könnte sein, daß die heutigen Besitzer bei der Restaurierung des Gewölbes Stahlbeton verwendet haben. Hier, an der Stelle müssen wir suchen.«

Er deutet auf den Kreis, der ihn höhnisch anzustarren scheint.

116

Gilles hat sich auf den gußeisernen Herd gesetzt, der unbeschädigt, wie ein Wink des Schicksals, zwischen den Trümmern steht, ohne auch nur zu wackeln. Nicht weit von ihm irrt Sonia Bonte durch den Schutt. Sie hat ihre Maske abgenommen, denn der Wind hat den Rauch und die Gase weitgehend vertrieben. Ihre Frisur ist zerzaust, das Gesicht schwarz verschmiert. Die meisten Männer haben sich in die Zelte zurückgezogen, um zu verschnaufen und etwas zu essen.

Gilles hat keinen Hunger. Er ist so mutlos, daß er keinen klaren Gedanken mehr fassen kann. Er weiß, daß sich irgendwo unter ihm das Gewölbe befindet, und er weiß, daß es unter den Tonnen von Schutt eine Öffnung zu seiner Belüftung gibt. Das ist so sicher wie das Amen in der Kirche. Ein Ort, der dem Überleben dienen soll, muß ein Belüftungssystem haben. Wenn er diese Öffnung findet, wird er auch das Gewölbe finden.

Er hat überall gesucht. Er hat nichts gefunden.

»Capitaine!« schreit ein Mann von den Ställen herüber. »Sehen Sie mal!«

Der Troß von Helfern, Fachleuten und Funktionären setzt sich in Bewegung. Auch Capdevil und Meceri rennen los, an Quercy und Chrétiennot vorbei. Über dem Gelände liegt eine drückende Stille, die nur durch das Krächzen einiger Raben gestört wird, die es nicht abwarten können, sich endlich auf die Lebensmittelreste zwischen den Trümmern zu stürzen.

Brigadeleiter Chrétiennot taucht bald wieder auf und winkt die Gerichtsärztin aufgeregt zu sich.

»Bleiben Sie hier«, sagt sie zu Gilles. »Das ist besser. Ich werde Sie rufen.«

Gerade als Sonia Bonte den Stall betreten will, in dem sich gut dreißig Menschen drängen, kehren zwei Gendarmen aus dem Südteil des Parks zurück.

»Den Eingang zum Stollen haben wir nicht gefunden«, sagt einer der beiden zu Chrétiennot. »Aber wir haben ein Auto gefunden, das auf der anderen Seite des Zauns unter einem Schutzdach steht. Ein Geländewagen, Mercedes. Wir haben ihn identifiziert, er gehört einem gewissen Arthur Clair. Adresse: hier. Sagt Ihnen das was?«

Chrétiennot hat kaum zugehört. Er nickt und befiehlt den Männern mit einer müden Handbewegung weiterzusuchen.

»Wir haben noch eine Leiche gefunden«, sagt er niedergeschmettert zu Sonia Bonte, die ihm rasch folgt.

Versteckt in einer leeren Pferdebox und halb begraben unter verkohlten Dachsparren, hat man einen Wagen entdeckt, den die Flammen seltsamerweise verschont haben. In einer Nachbarbox machen sich einige Männer am Eingang des Stollens zu schaffen, den man vor kaum fünf Minuten freigelegt hat. Ihre gedämpften Stimmen dringen zu Sonia Bonte herüber, während sie sich fragt, ob diese neue Leiche vielleicht Kommissarin Marion ist.

Ein junger Gendarm in Overall erscheint gerade am Tunneleingang und richtet sich mit einer geschmeidigen Bewegung zwischen den Trümmern auf.

»Wir sind zehn Meter weit gekommen. Weiter geht's

nicht, der Gang ist eingestürzt. Wenn wir den Schutt wegräumen wollen, müssen wir die Decke abstützen.«

»Das wird Wochen dauern«, murmelt Chrétiennot. »Kommen Sie, Doktor Bonte, hier …«

In dem offenen Kofferraum des Wagens liegt ein zusammengekrümmter Leichnam. Sonia Bonte braucht ihn nicht zu untersuchen, um die Todesursache festzustellen: ein drei Zentimeter tiefer Einschnitt hat ihm von einem Ohr zum anderen den Hals aufgeschlitzt und dabei einen Teil des Kehlkopfs freigelegt. Diesem Menschen hat man das verpaßt, was man andernorts »das kabylische Lächeln« nennt. Am Kopf ist kein Blut zu sehen, der ganze Kofferraum des schwarzen Golfs hat nicht einen Blutstropfen abbekommen. Die Pathologin und Chrétiennot sehen sich bestürzt an: Der Mann, dessen weit aufgerissene blaue Augen das kaputte Stalldach zu fixieren scheinen, ist Commandant Martinez.

Chrétiennot nimmt sein Käppi ab und wischt sich über die Stirn.

Zwanzig Mal war Gilles drauf und dran, zum Stall zu laufen. Schließlich hat ihm Marions junge Kollegin von dort aus zugewunken und ihn aus der Ferne beruhigt. Die neue Leiche ist nicht seine Verlobte.

Wird sie die nächste sein?, fragt er sich und blickt zum wolkenverhangenen Himmel hoch. Er kämpft mit den Tränen, und die Müdigkeit läßt seine Glieder immer schwerer werden. Mit aller Kraft bäumt er sich gegen die Mutlosigkeit auf, gegen den Wunsch, sich in einer Ecke niederzulegen und diesen Alptraum zu vergessen. Er umklammert die Taschenlampe, die er seit dem frühen Morgen nicht aus der Hand gelegt hat, und versucht, die Fassung zu bewahren.

»Ich kann das nicht, ich kann das nicht …« murmelt er

mit zusammengebissenen Zähnen. »Ich kann dich nicht da unten lassen.«

Wütend schlägt er mit dem Griff der Lampe auf die gußeisernen Kochringe des Herdes. Das metallische Scheppern hallt über das Trümmerfeld und setzt sich vibrierend im Inneren des Ofens fort. Gilles spitzt die Ohren und versucht, den Weg des Echos nachzuvollziehen. Er schlägt noch einmal gegen das Eisen. Dieses Mal gibt es keinen Zweifel, das Geräusch hallt direkt in den Boden hinein. Ein halbes Dutzend Mal wiederholt er sein Signal. Aber er hört nichts, keine Antwort, kein Echo. Hartnäckig klopft er weiter, wieder und wieder. Dann hält er inne, er kann nicht mehr. Er hat sich getäuscht.

Er legt die Taschenlampe neben sich, vergräbt das Gesicht in den Händen.

»Es hat keinen Sinn, das bringt doch alles nichts«, murmelt er verzweifelt. »Sie ist tot ...«

In diesem Augenblick hört er ein leises, fernes Geräusch, das wie ein verspätetes Echo auf sein Klopfen klingt. Er kann nicht genau sagen, aus welcher Richtung das Geräusch kam, aber ihm war so, als hätte der Herd unter seinem Gesäß unmerklich vibriert. Gilles ist ein rationaler Mensch, doch jetzt will er daran glauben.

Er nimmt die Lampe wieder in die Hand und klopft mehrmals auf die glatte Herdoberfläche. Dann beugt er sich vor, preßt ein Ohr an die Eisenplatte. Eine Sekunde, zwei, drei ... Nichts. Er klopft noch einmal, jetzt lauter. Zwei Sekunden, drei, vier unendlich lange Sekunden, die Stille ist grauenvoll. Dann plötzlich dasselbe kaum wahrnehmbare Geräusch, wie aus weiter Ferne. Gilles springt auf, das Herz klopft ihm bis zum Hals.

»Marion, Marion, du bist da! Ich wußte es ...«

Er sieht sich den massiven Herd gründlich an, öffnet eine

Doppeltür aus emailliertem Gußeisen. Am Ende einer Vertiefung, die in früheren Zeiten dazu genutzt wurde, Eier auszubrüten oder Käse reifen zu lassen, entdeckt er einen Zylinder vom Durchmesser eines dicken Ofenrohrs. Gilles tastet ihn ab und stellt fest, daß er bis an die Abdeckplatte des Herdes reicht. Über der Öffnung des Rohrs befindet sich ein durch Steine und Schutt halb eingedrücktes Messinggitter. So schnell er kann säubert Gilles das Gitter und legt eine Hand darauf. Außer den Stimmen der im Park beschäftigten Männer kann er nichts hören. Er legt ein Ohr an das Gitter, lauscht. Mit seiner Lampe klopft er wieder gegen den Herd. Er klopft noch einmal, dann ein drittes Mal und wartet.

Und plötzlich dringt aus dem Erdinneren, wie aus den Tiefen der Hölle ein schwaches Signal zu ihm empor, eine Antwort, die klingt wie der erschöpfte Schrei eines Menschen, der am Ende seiner Kraft ist.

Bei den fieberhaften Grabungen hat nun Gilles die Regie übernommen. Man hat sich damit abfinden müssen, daß der unterirdische Gang, der im Stall mündet, nicht mehr begehbar ist; dasselbe gilt für den im Park endenden Stollen, den man nach stundenlanger Suche doch noch gefunden hat, unter dem Geländewagen von Arthur Clair.

Die Räumungsarbeiten würden etliche Stunden dauern, und Sonia Bonte hat sich klar ausgedrückt: Selbst mit genügend Sauerstoff kann niemand so lange in einem engen Raum überleben.

Gilles hat sich wieder in die Pläne vertieft, die genaue Lage des Gewölbes bestimmt und nach reiflicher Überlegung die Stelle ausgewählt, an der die Grabungen beginnen sollen. Er hat alles verfügbare Gerät herbeischaffen lassen, und seit einer Stunde wechseln sich die Männer an den Schaufeln ab, angetrieben durch den »Verlobten der Kommissarin«, wie sie ihn nennen. Keiner sagt ein Wort. Es herrscht eine angstvolle, beklemmende Stille, in der das Klopfen der Spitzhacken und das Rumpeln der Steine um so lauter widerhallt. Die Arbeit ist mühsam, und es gilt schnell voranzukommen, weshalb sich die Männer häufig abwechseln.

Auch Capdevil wollte mithelfen, aber seine Ungeschicklichkeit hat ihn schnell ins Abseits befördert; um seine Ungeduld zu zügeln, ist er zum Einsatzwagen gegangen, in dem die erschöpfte Meceri sitzt.

»Ich weiß auch nicht warum, aber ich spüre, daß sie tot ist«, sagt Naïma mit düsterer Miene.

Der Beamte wirft ihr einen noch finstereren Blick zu.

»Klappe!«

Die Rettungskräfte haben einen Schacht von anderthalb Meter Durchmesser in den Schutt gegraben und abgesichert; Gilles glaubt, daß sie auf der Höhe des Fußbodens angelangt sind, was kurz darauf durch zahlreiche Terrakottafragmente bestätigt wird. Man hat jetzt mindestens anderthalb Meter tief gegraben, und je tiefer man in den Boden eindringt, desto schwieriger wird die Arbeit. Auch die Gefahr, daß alles in sich zusammenstürzt, nimmt zu.

»Das ist der Küchenfußboden«, sagt Gilles mit sonderbar ruhiger Stimme. »Los, Jungs, strengt euch an, wir müßten bald auf einen Stützpfeiler stoßen.«

»Hören Sie nicht auf!« sagt Sonia Bonte, die Quercy dabei beobachtet, wie er an Gilles Stelle weiter Signale durch das Rohr im Küchenherd sendet.

Paul Quercy schüttelt mutlos den Kopf. Seit einer halben Stunde bekommt er keine Antwort mehr aus dem verschütteten Gewölbe. Verzweifelt ertappt er sich dabei, wie er innerlich betet, und er verflucht seine früheren Freunde und sich selbst. Obwohl er den wahren Grund dafür, daß Marion in diesem Loch gelandet ist, nicht kennt, fühlt er sich verantwortlich für die Situation. Er weiß, daß er es sich niemals verzeihen würde, wenn ein Unglück geschähe. In seinen Gebeten verspricht er einem Gott, der eigentlich schon seit langem nicht mehr für ihn existiert, daß er als Gegenleistung für das Leben seiner Kommissarin auf eine Karriere im Ministerium verzichten wird. Sein ganzer Ehrgeiz kommt ihm plötzlich so bedeutungslos vor.

»Ich sehe den Pfeiler!« ruft der Mann, der kurz zuvor die Spitzhacke übernommen hat und sich mit äußerster Vorsicht vorarbeitet, um keinen Einsturz zu riskieren.

Der Stützpfeiler ist aus schnörkellosem Granit. Gilles klopft testend gegen den oberen Rand. Das Material scheint standzuhalten.

»Ich glaube, er hat gehalten«, verkündet er und packt die Hacke. Jetzt heißt es Daumen drücken, daß auch das Gewölbe der Explosion standgehalten hat. Und daß Marion dort ist.

Einige Minuten später ist der gesamte obere Bereich des Pfeilers freigelegt. Während die letzte Ladung Schutt hochgezogen wird, senkt sich plötzlich ein Teil des Bodens ab, und mit einem zischenden Geräusch stürzt ein ganzer Quadratmeter Sand und Steine in die Tiefe.

»Achtung!« brüllt Gilles, der inzwischen mit seinen Nerven am Ende ist.

»Scheiße!« schreit ein anderer, während Quercy wieder anfängt, wie verrückt auf das Rohr einzuschlagen, um die Angst zu verscheuchen, die sein altes Herz gefährlich zum Pochen bringt.

Gilles hat den Mann, der dieses neue Problem ausgelöst hat, hochzitiert und läßt sich nun selbst in den Schacht hinab. Ohne das geringste Zutun seinerseits löst sich ein weiterer Brocken aus Steinen und Sand und rieselt in das Loch hinab. Inzwischen ist es so groß, daß ein übler, stickiger Geruch nach Staub, Sprengstoff und Verbranntem aus dem unterirdischen Gewölbe emporsteigt. Es riecht auch nach Mensch, nach Schweiß, Angst und vor allem, wie Gilles jedenfalls findet, nach Apotheke.

»Da! Wir haben's geschafft!« ruft Gilles aus, obwohl er nicht weiß, ob er sich darüber freuen oder in Panik geraten soll. »Gebt mir eine Taschenlampe!«

Eilig reichen ihm die Männer die Lampe. Wie ein Lauffeuer verbreitet sich die Neuigkeit auf dem Trümmerfeld. Capdevil und Meceri kommen herbeigerannt, bleich vor Angst. Quercy hebt den Kopf zum Himmel, der aufgehört hat, seine Tränen zu vergießen.

Das Licht von Gilles Lampe fällt in eine dunkle Aushöhlung. Am liebsten wäre er hineingesprungen, ohne nachzudenken. Aber er bremst sich, alles ist noch möglich, auch der Einsturz des Gewölbes, das durch die Explosionen und ihre Druckwellen wahrscheinlich heftig erschüttert worden ist. Am Fuß des nächsten Stützpfeilers, den Gilles sehen kann, erkennt er die Umrisse einer länglichen Gestalt. Er sieht nur den unteren Teil von zwei staubbedeckten Hosenbeinen und Schuhe, die nach Militärstiefeln aussehen. Was hatte Marion an, als sie sich auf dieses Abenteuer eingelassen hat? Trug sie solche merkwürdigen Treter?

»Marion!« ruft er. »Hörst du mich? Edwige?«

Die Gestalt bewegt sich ein wenig, und Gilles' Herz tut einen Sprung. Er ruft noch einmal.

»Edwige? Ist alles in Ordnung? Bist du verletzt? Wir holen dich hier raus! Rühr dich nicht! Mach vor allem keine abrupten Bewegungen!«

»Können Sie sie sehen?« fragt Sonia Bonte, die zusammen mit einem Notarzt und dem Einsatzleiter der Feuerwehr an den Rand des Schachts getreten ist.

»Ja, ich sehe sie!« antwortet Gilles. »Sie scheint sich zu bewegen.«

»Sie lebt!« ruft Sonia Bonte in die Runde.

»Mein Gott!« murmelt Quercy.

»Jesus Maria!« Capdevil bekreuzigt sich.

»Helfen Sie uns runter«, ordnet der Arzt an.

Es braucht noch eine gute Viertelstunde, um unter Vermeidung unnötiger Risiken zwei weitere Personen in das Loch hinabzulassen. Fünfzehn Minuten, die für alle Anwesenden kaum zu ertragen sind. Aber Gilles arbeitet mit ruhigen, kontrollierten Bewegungen, ohne sich durch die Ungeduld der anderen beeinflussen zu lassen. Er hat Marion wiedergefunden, daß er sie nun durch dummes, überstürztes Handeln wieder verlieren soll, kommt überhaupt nicht in Frage. Während er den Notarzt anseilt, der zu ihm herabsteigen soll, glaubt er zu sehen, wie sich die längliche Gestalt bewegt. Er hält inne, und der Arzt sieht ihn fragend an. Dann verfolgt er Gilles Blick. Die Gestalt dort unten hat sich tatsächlich bewegt. Man sieht jetzt den Oberkörper und einen Teil des Gesichts.

Der Arzt kennt Kommissarin Marion nicht, aber eins ist sicher: Das, was er dort unten in dem Gewölbe sieht, ist ein Mann. Ein Mann, der sie mit verstörtem Blick anfunkelt. Ein Mann, der vielleicht den Verstand verloren hat, aber lebendig ist.

Und zwar so lebendig, daß er in Rächerpose eine Hand in die Höhe streckt, die einen runden, dunklen Gegenstand umklammert.

117

Wieder ist eine Stunde vergangen. Eine entsetzliche Stunde im strömenden Regen, der von neuem eingesetzt hat. Die

Rettungskräfte sind am Ende, aber um nichts in der Welt würden sie das Feld räumen. Durch das Wasser ist der Schutt glitschig geworden, die Finger sind steif, der Nachmittag zieht sich hin, bald wird es dämmern.

Pierre Blanc umklammert noch immer seine Granate, nachdem er darauf hingewiesen hat, daß sie um achtzehn Uhr explodieren wird. »Warum ausgerechnet um achtzehn Uhr?« fragt Quercy erregt, doch niemand kann ihm den Grund nennen. »Und wer ist dieser Irre eigentlich?«

Brigadeleiter Chrétiennot klärt ihn auf, und man merkt ihm an, wie sehr es ihn mitnimmt, daß ausgerechnet ein Sproß des Dörfchens Charmes dieses Katastrophenszenario zu verantworten hat.

»Ich verstehe nicht, was da passiert ist«, klagt er wieder und wieder. »Er war so unauffällig …«

Der persönliche Referent des Präfekten, der den Ort des Geschehens zwischenzeitlich verlassen hatte, ist wieder da und verkündet, daß man dieses Mal um das Sondereinsatzkommando der Gendarmerie nicht herumkommen wird.

Es ist siebzehn Uhr fünfzehn.

Gilles hat versucht herauszubekommen, wo sich Marion befindet und ob sie noch lebt. Der Mann mit der Granate hat mit herausfordernder Miene zum hinteren Teil der Höhle gedeutet.

»Die wird mir keinen Ärger mehr machen«, lautete seine Antwort.

Gilles weiß nicht, wie er diese Worte deuten soll. Er fürchtet, ihnen entnehmen zu müssen, daß Marion schon tot ist.

Quercy hat mit Unterstützung des Kripochefs von Dijon versucht, mit dem »Irren« zu verhandeln. Danach hat Sonia Bonte den Versuch unternommen, ihn mit medizinischen Argumenten zur Vernunft zu bringen, da er behauptet, sich ein Bein gebrochen zu haben. Er hat nur mit seinem Sprengsatz herumgefuchtelt und allen frech ins Gesicht gelacht.

»Was willst du?« hat Gilles ihn schließlich wutentbrannt gefragt.

»Nichts, ich will nichts. Ich werde alles in die Luft jagen. Und mich selbst auch. Niemand wird mich daran hindern.«

Die Helfer haben sich angesehen. Ist dem Mann eigentlich bewußt, daß sowieso schon alles in die Luft geflogen ist?

Noch zehn Minuten bis zum Ende des Ultimatums. Acht, um genau zu sein. Das Sondereinsatzkommando ist noch nicht eingetroffen, wobei man sich vor Ort ohnehin fragt, was diese Supergendarmen eigentlich ausrichten sollen. Sobald einer der Männer auch nur seine Nasenspitze in die Gewölbeöffnung steckt oder Pierre Blanc einen Hauch von Gefahr wittert, zieht er den Splint der Granate heraus, streckt die Faust von sich und beginnt die Finger abzuspreizen und zu zählen.

»Eins, zwei …«

Niemand wartet die schicksalhaften fünf Sekunden ab. Blanc hat noch sieben Minuten vor sich. Keiner weiß, warum er das eigentlich tut, wahrscheinlich nur, damit die Spannung steigt und das Warten immer unerträglicher wird.

Quercy wäre am liebsten in das Loch hineingesprungen, um diesen Bekloppten kaltzumachen. Auch Gilles kann sich kaum noch zurückhalten. Capdevil hat in seiner Ohnmacht wieder angefangen, mit aller Kraft gegen das Rohr zu hämmern. Aber er bekommt keine Antwort. Alle fragen sich schon, ob nicht Blanc selbst gegen den Belüftungskanal geschlagen hat, obwohl der sich am anderen Ende des Gewölbes befindet. Niemand traut sich, die Frage auszusprechen, die in allen Köpfen herumspukt: Wo ist Marion?

»Seine Mutter ist gestorben«, verkündet Meceri, die gerade vom Einsatzwagen zurückkommt.

»Wer?« fragt Quercy verdutzt.

Meceri deutet auf das Loch.

»Marie Blanc. Seine Mutter ...«

118

Ein ohrenbetäubendes Scheppern hallt durch ihren schmerzenden Schädel. Aufhören!, möchte sie schreien, doch ihr Mund ist zu trocken. Ihr ist übel und kalt, schrecklich kalt. Warum ist es in ihrem Zimmer so kalt? Und Gilles, wo ist Gilles? Sie möchte die Hand unter der Bettdecke ausstrecken und sich an ihn schmiegen, um sich aufzuwärmen und die Übelkeit zu vergessen. Sie kann sich nicht bewegen.

Sie hört seine Stimme:

»Wir müssen es ihm sagen, vielleicht wirft er dann die Flinte ins Korn ...«

Wer antwortet ihm? Quercy? Aber was macht der denn hier? Er ist gekommen, um sich die Kartons anzusehen. Wir müssen sie verstecken. Gilles! Hilfe, schnell!

Nicht ein Ton kommt über ihre Lippen.

»Ich habe Angst, daß es das Gegenteil bewirkt. Und dann ...«

»Worauf warten wir eigentlich, verdammt noch mal? Darauf, daß er sie umbringt?«

Warum schreit er? Warum sind die beiden so aufgebracht?

Das Hämmern in ihrem Kopf hat aufgehört. Jetzt hört sie Schritte, oben, auf dem Speicher. Dann die Stimme von Sonia Bonte, ganz nah. Steht sie an ihrem Bett? Herrgott noch mal, was ist eigentlich los in diesem Haus?

»Lassen Sie uns runterkommen, okay? Sie brauchen medizinische Hilfe. Und sagen Sie mir, ob Kommissarin Marion bei Ihnen ist.«

Aber ja doch, ich bin hier! Warum sieht Sonia mich nicht?

»Hör zu, Blanc«, sagt Quercys Stimme. »Ich glaube, deine Mutter wäre sehr traurig, wenn sie jetzt hier wäre …«

Blanc? Erinnert dich das an irgend etwas? Blanc … Keine Chance, das Gedächtnis streikt.

Nicht weit von ihr bewegt sich etwas. Jemand lacht, sie spürt die Verzweiflung, die in diesem Lachen mitschwingt.

»Ihr Mistkerle!« schreit eine Stimme, die anders klingt, irgendwie näher. »Ihr wollt, daß ich den Schwanz einziehe, aber ich weiß, daß sie gestorben ist. Ich habe euch gehört … Ich werde alles in die Luft jagen!«

Mit einemmal ordnen sich die Dinge. Das beruhigende Zimmer mit seinem Bett verschwindet, ist plötzlich wie ausgelöscht. Die Schmerzen in ihrem Körper werden real.

Marion öffnet die Augen.

Und auf geradezu brutale Weise tritt die Wirklichkeit wieder auf den Plan. Sie sieht Pierre Blanc und begreift blitzartig, was hier vor sich geht. Jetzt ist alles wieder da: die furchtbaren Explosionen, das Gefühl, daß die Zeit stehenbleibt, das Eingeschlossensein, die Nacht. Das Warten. Dann diese weit entfernten Stimmen, das Klopfen, oben. Als Antwort hat sie mit den Handschellen gegen irgend etwas aus Metall gehämmert, das unter ihrem Körper eingeklemmt ist. Blanc hat ihr zugeschrien, daß sie aufhören soll. In der Dunkelheit konnte sie ihn nicht sehen, aber sie hat gespürt, daß er näher kam. Er hat auf gut Glück zugeschlagen. Der Hieb hat sie an der Schläfe getroffen. Keine Geräusche mehr, keine Bilder mehr. Alles schwarz.

Es ist erstaunlich, mit welchem Scharfblick sie nun die Situation analysiert. Man könnte meinen, ihre Ohnmacht hätte die Müdigkeit, die Angst und den Streß aus ihrem Hirn vertrieben. Ihr ist völlig klar, was Blanc vorhat: Er will das zu Ende bringen, was er angefangen hat. Sich selbst und

Marion in die Luft sprengen, in einem grandiosen Feuerwerk, einem letzten Geniestreich, den man ihm, diesem unauffälligen, bedeutungslosen Mann niemals zugetraut hätte.

Seine Hände sieht sie nicht, aber sie kann sich denken, daß er vorhat, die Granaten an seinem Gürtel zu zünden.

Von oben dringen weiter vertraute Stimmen zu ihr herab, die über sie sprechen, als wäre sie schon tot oder so gut wie tot. Gilles, Quercy, Capdevil, Meceri, Sonia Bonte ... Wie gern würde sie ihnen zurufen, daß sie noch lebt, ja nicht einmal schwer verletzt ist. Irgend etwas hält sie davon ab.

Sie spürt deren Angst und Panik, als Blanc mit seiner provozierenden Stimme »Nur noch fünf Minuten!« bellt.

Plötzlich steigt ein überwältigendes Gefühl der Empörung in ihr hoch, das ihre Körpertemperatur in die Höhe treibt und sie die Übelkeit vergessen läßt. Pierre Blanc wendet ihr den Rücken zu, weil er sich darauf konzentriert, die Vorgänge weiter oben im Auge zu behalten. Von ihrem Platz aus kann Marion die Öffnung nicht sehen, aber sie spürt die frische Luft, die durch das Loch hereinströmt, und die plötzliche Feuchtigkeit, die sie darauf zurückführt, daß es draußen regnet. Für einen kurzen Augenblick fragt sie sich, warum niemand in diese Gruft hinabsteigt, um sie zu befreien. Sie ist sich sicher, daß es einen Grund dafür gibt, auch wenn sie sich die allgemeine Passivität noch nicht genau erklären kann.

Vorsichtig und unter Vermeidung abrupter Bewegungen, die die Aufmerksamkeit ihres Gegners auf sich ziehen könnten, streckt Marion prüfend die Beine. Alles scheint in Ordnung zu sein. Dafür sind ihre Hände noch immer auf dem Rücken gefesselt, und sosehr sie es auch versucht, sosehr sie auch daran dreht und zieht, schafft sie es nicht, die Handschellen abzustreifen. Behördenhandschellen haben eigentlich einen ziemlich schlechten Ruf. Aber an diesem Abend zeigt sich, daß sie besser sind, als man gemeinhin annimmt.

Marions Verrenkungen haben ein leises Klirren zur Folge, und ihr fällt wieder ein, daß unter ihrem Gesäß ein Gegenstand eingeklemmt ist. Sie windet sich, bis ihre Hände einen kühlen, glatten Metallzylinder berühren. Sie läßt ihre Finger darübergleiten und ertastet am Ende des Zylinders eine rundere, dickere Form aus dem gleichen Metall und aus Holz. Unter tausend Gegenständen würde sie dieses Ding erkennen.

Eingeklemmt unter ihrem Po liegt Pierre Blancs Pumpgun.

119

Gilles hat sich noch einmal über die Gewölbeöffnung gebeugt. Er will ein letztes Mal versuchen, mit Pierre Blanc zu verhandeln. Er kündigt ihm an, daß er zu ihm reinspringen wird, daß ihm die Granate scheißegal ist und daß er, wenn Marion umkommt, sowieso sterben will. Blanc, der zu ihm hochsieht, reagiert auf jede Provokation. Er merkt nicht, was hinter ihm vor sich geht. Auch Gilles kann es nicht wissen, aber sein Wutausbruch, der Pierre Blancs Aufmerksamkeit fesselt, hilft Marion.

Langsam verändert sie ihre Position und schafft es, sich mit an die Wand gestütztem Rücken hinzusetzen. Durch heftiges Verdrehen des ganzen Körpers gelingt es ihr, mit den gefesselten Händen den Gewehrlauf zu packen und sich zentimeterweise bis zum Sicherungsbügel und zum Abzug heranzuschieben. Sie preßt die Waffe an ihre Hüfte, um sie abzustützen. Ihr verletzter Arm ist völlig überdehnt, die Schmerzen sind unerträglich. Die Handschellen schneiden ihr ins Fleisch.

Mit zusammengebissenen Zähnen versucht sie, den Schmerz zu vergessen, umfaßt das Gewehr und hebt den Lauf an.

»Zwei Minuten«, frohlockt Pierre Blanc.

Gilles verliert die Geduld. Er stößt Beschimpfungen und Flüche aus, von denen Marion nicht weiß, ob sie an den Briefträger gerichtet sind oder eine Reaktion auf die Ohnmacht der um ihn Versammelten. Quercy mischt sich ein. Über dem Gewölbe hört man hastige Schritte.

Pierre Blanc hat sich nicht ein einziges Mal nach Marion umgesehen.

Während sie einen Finger auf den Abzug legt, betet sie zu Gott, daß das Gewehr nicht abrutschen möge. Es ist ein verrücktes Vabanquespiel. Sie erinnert sich genau daran, wie Blanc die Waffe vor der Explosion, noch ehe sie den Gewölberaum erreicht hatten, geladen hat. Sie hofft mit aller Kraft, daß das Gewehr entsichert ist.

Sie wird auf den Rücken ihres Gegners zielen, so gut es geht, und abdrücken. Entweder sie trifft oder sie trifft nicht …

»Dreißig Sekunden!« brüllt Blanc.

»Das wirst du nicht tun«, erwidert Quercy im gleichen Ton. »Wir legen dich um, Blanc. Ergib dich. Hör auf mit dem Zirkus!«

Marion hört, wie oben davon gesprochen wird, daß das Sondereinsatzkommando noch fünf Minuten vom Zielort entfernt ist.

Sie preßt das Gewehr so fest es geht an ihre Hüfte und knickt mit einer übermenschlichen Kraftanstrengung das erste Zeigefingerglied ab, bis es den Abzug berührt. Die Schmerzen sind so groß, daß sie kaum noch atmen kann.

Mit einer kurzen, kräftigen Bewegung drückt sie gegen den Metallbügel. Sie zielt auf Blancs Rücken, und im gleichen Moment, als das Gewehr mit einem Krachen seine tödliche Ladung ausspuckt, sieht sie, wie die Hand des Mannes über seinem Kopf in die Höhe steigt. Dann das Bild der Granate in seiner Hand, die Finger in unverkennbarer Haltung am Splint. Sie will »Neeeiiin!« brüllen, aber kein Ton dringt aus ihrer Kehle. Sie möchte den Film zurückspulen, wieder dort sein, wo alles angefangen hat, sollen die anderen sich doch kümmern. Aber das einzige, was ihr in den Sinn kommt, ist Nina, die Choupette in den Armen hält.

120

Die Detonation läßt alle erstarren. Für den Bruchteil einer Sekunde scheint die Welt stehenzubleiben.

Gilles, der dem Loch am nächsten steht, reagiert als erster. Er sieht, wie es Blanc nach vorne reißt, während vor ihm eine rote Fontäne aufspritzt. Ein paar lauwarme Tropfen rieseln ins Freie. Der Gesichtsausdruck des Mannes verrät eine grenzenlose Überraschung, dann bricht er zusammen.

Wie in einem Alptraum starrt Gilles, hinter dem sich Quercy, Capdevil und die anderen versammelt haben, auf den Arm des Briefträgers, dessen Finger sich öffnen, während die Hand auf dem Boden aufschlägt. Stumm vor Entsetzen blicken alle auf die rollende Granate.

Da springt Gilles ohne nachzudenken in das Loch hinein.

121

»Es gab eine Explosion. Der Typ ist nach vorne geschleudert worden, während das Blut aus ihm rausspritzte wie ein roter Geysir. Zuerst hab ich gedacht, der hat die Granate losgelassen, ohne daß ich's gemerkt habe, und jetzt fliegt er mit dem Ding in die Luft. Ich kann euch sagen, so was geht irrsinnig schnell, ein Alptraum ist das.«

Wie durch eine dicke Nebelwand dringt Gilles Stimme zu ihr. In lockerem Ton erzählt er die wahnwitzige Geschichte, in die sie ihn hineingezogen hat. Langsam taucht Marion aus dem Schlaf auf; an eine Bestandsaufnahme ihrer Gliedmaßen und Knochen hat sie sich noch nicht gewagt. Sie hat nicht die leiseste Ahnung, wo sie ist, und verspürt keinerlei Drang, die Augen zu öffnen.

»Obwohl ein Gewehrschuß und die Explosion einer Granate ja nun wirklich nicht das gleiche sind«, entgegnet eine vertraute Stimme.

»Für mich gibt's da keinen Unterschied«, verkündet Capdevil. »Dafür würde ich aber zum Beispiel niemals einen Dürer mit einem Picasso verwechseln ...«

»Also wirklich, das würde ich auch noch hinkriegen«, erwidert Meceri.

»Egal, die Typen interessieren doch eh keinen. Was sind das eigentlich? Fußballspieler? Los, erzähl weiter, Gilles. Du hast gedacht, er hätte das Ding losgelassen, diese ... wie heißt das nochmal?«

Das ist Ninas Stimme. Was ist hier eigentlich los? Was machen die alle hier?

»Die Granate. Das ist so etwas wie eine kleine Bombe. Ich hab den Kerl umkippen sehen, und sein Arm ist schlaff geworden. Die Hand ist auf dem Boden aufgeschlagen, und dann ... Kinder, Kinder! ... dann hab ich gesehen, wie die Granate erst einmal aufgetitscht ist, und dann ist sie losgerollt. Ich hab sofort angefangen zu zählen, ich konnte gar nicht anders. Verrückt ist das! Während der letzten Stunde hatte dieser Irre doch ständig den Splint rausgezogen und angefangen zu zählen.«

»Warum?« fragt Nina.

»Wenn man den Splint rausgezogen hat, kommt es fünf Sekunden später zur Explosion.«

»Damit wollte er uns unter Druck setzen«, erklärt Capdevil. »Er hat mit uns gespielt, mit unserer Angst und Nervosität. Zumal wir nicht wußten, wo deine Mutter war und ob sie überhaupt noch …«

»Oh, Capdevil, ich bitte dich …«

Das ist Talon! Die Stimme, die den gedankenlosen Capdevil daran gehindert hat, Nina zu sagen, daß irgendwann alle davon ausgegangen sind, Marion sei tot, ist die Stimme von Lieutenant Talon! Das gibt's doch gar nicht! Wie kann das sein? Vielleicht bin ich ja wirklich tot, und die anderen auch …

»Nein, nicht Nina …« stöhnt sie, noch immer halb betäubt von den Schmerz- und Beruhigungsmitteln.

»Was hast du gesagt?« fragt Nina in Meceris Richtung.

»Ich? Nichts!« antwortet die junge Frau. »Ich habe überhaupt nichts gesagt.«

»Doch, du hast gesagt: ›Nein, nicht Nina.‹«

Unter ihren geschlossenen Lidern glaubt Marion zu spüren, wie sich mehrere Augenpaare auf sie richten. Sie weiß genau, daß sie lebt. Sie hat keine Ahnung, wo sie ist, aber sie fühlt sich geborgen im Kreis dieser vertrauten Menschen. Sie zwingt sich, regelmäßig zu atmen und nicht mit den Lidern zu zucken. Sie will das stille Hochgefühl, die triumphierende Freude, am Leben zu sein und nicht mehr in einem dunklen Loch zu hocken, noch ein wenig auskosten.

»Blitzartig habe ich begriffen«, fährt Gilles fort, ohne sich durch die ständigen Unterbrechungen stören zu lassen, »und ohne nachzudenken bin ich einfach gesprungen.«

»Sie hätten sich ein Bein brechen oder sich noch etwas Schlimmeres tun können«, meint Capdevil, wie immer ganz der Optimist.

»Ich darf dich darauf aufmerksam machen«, herrscht ihn

Meceri an, »daß er dann nicht hier stehen würde, um uns alles zu erzählen.«

Gilles setzt noch einen drauf:

»Ich wäre mit diesem Irren in die Luft geflogen ... Aber ich habe eh nicht nachgedacht. Nur an Marion habe ich gedacht.«

Mein Liebster ..., denkt Marion. Die anderen hätten zugesehen, wie ich vor die Hunde gehe ... Das werden sie büßen!

»Ich weiß nicht, wie ich das angestellt habe, aber plötzlich hatte ich die Granate in der Hand. Ich kann nicht besonders gut mit diesen Dingern umgehen, und meine Zeit beim Militär ist ja doch schon ziemlich lange her. Ich habe bestimmt noch zwei Sekunden gebraucht, bis ich endlich den Splint gefunden und reingedrückt hatte. Keinen Augenblick zu früh ...«

»Das kann man wohl sagen«, erwidert Talon nickend.

»Dann hast du Mama gerettet?«

Ninas Stimme ist leise und tränenerstickt. Marion stellt sich vor, daß sie Gilles um den Hals gefallen ist. Sie hört schmatzende Küsse.

»Weißt du, Nina, das ist nur normal, ich liebe deine Mama!«

»Auch wir müssen uns bei Ihnen bedanken, Monsieur Andrieux«, sagt Meceri. »Marion ist eine gute Chefin.«

»Eine Frau mit Herz ... manchmal vielleicht ein bißchen stur ...«

»Ja, ja, eine Chefin, die viel verlangt und hin und wieder richtig nervt ...«

Marion hat das Gefühl, daß es nun an der Zeit ist einzugreifen. Sie öffnet die Augen und läßt ihren Blick durch das Krankenhauszimmer schweifen. Das Datum auf der Wanduhr verrät ihr, daß sie fünfzehn Stunden lang ausgeschaltet war. Vermutlich sind die Krankenschwestern, die sich in der Dosierung von Beruhigungsmitteln auskennen, nicht ganz unschuldig daran, daß sie so lang geschlafen hat … In den Stunden nach ihrer Bergung aus dem Kellergewölbe von Saint-Léger war sie noch so erregt, daß sie jedes Mal, wenn sie eingenickt war, sofort wieder hochschreckte. Nachdem Marion geröntgt worden war, ein erstes Gespräch mit einem Psychologen geführt und ein leichtes Abendessen zu sich genommen hatte, kam irgendwann die Nachtschwester, um ihre Verbände zu wechseln. Als sie feststellte, daß Marion den Inhalt ihres Schrankes hervorgekramt und angefangen hatte, einen seitenlangen Brief zu lesen, anstatt sich auszuruhen, hatte die Frau beschlossen durchzugreifen.

Gus Lémans Brief liegt noch immer unter dem Kopfkissen, Marion kennt den Inhalt und braucht nur die Hand auszustrecken, um das feine Papier zu berühren. Sie weiß nicht, was sie damit tun wird: ihn noch einmal lesen oder ihn zerreißen.

Meine liebe Tochter,

ich kann mir Deine Überraschung vorstellen. Ich kann Deine Wut erahnen. Aber es gibt einen Grund für mein zugegebenermaßen etwas pathetisches Vorgehen: Ich wollte Dich schützen, Dich vor indiskreten Fragen und Argwohn bewahren …

Schon wieder jemand, der sie beschützen wollte.

Aber aus diesem Heer von Beschützern hatte nur einer den Mut, sich auf eine Handgranate zu stürzen, um ihr das Leben zu retten.

Sie betrachtet ihn, wie er am Fußende des Bettes sitzt und in einem Tonfall, der eher an einen Nachruf erinnert, von ihrem schlechten Charakter schwärmt. Die anderen sitzen um ihn herum. Nina hängt an seinen Lippen. Marion merkt, wie gerührt alle sind.

»Tag allerseits!« sagt sie und richtet sich auf.

122

Dieses Mal sitzt Marion an Talons Bett. Er ist noch blaß und abgemagert, aber er hat sich aufgerichtet und ist von allen Schläuchen befreit. Am Vortag hatte man ihn im Rollstuhl zu Marion gebracht. Er wollte dabeisein, wenn sie aufwacht, zusammen mit den anderen. Eigentlich war es unvernünftig, aber er hatte darauf bestanden, weil er ihr einfach zeigen wollte, daß er am Leben war und glücklich darüber, daß auch sie noch lebte.

»Die Operation war reine Formsache«, sagt er. »Das hat nicht mal dreißig Minuten gedauert, weil die Kugel noch einen halben Zentimeter weggerutscht war.«

»Das ist toll. Und mit irgendwelchen Folgen ist nicht zu rechnen?«

»Im Prinzip nicht. Ein bißchen wird's natürlich dauern, bis ich wieder ganz auf der Höhe bin ... Ich freue mich für Naïma.«

Das aus seinem Rücken entfernte Projektil ist sofort an die Ballistik weitergeleitet und mit den Kugeln verglichen worden, die in die Waffe der jungen Beamtin passen. Das Ergebnis kam sehr schnell und war negativ. Meceri ist ins Krankenhaus geeilt, um Marion und Talon die frohe Nachricht zu verkünden. Die junge Beamtin hat offenbar eine echte Zuneigung zu Talon gefaßt.

»Passen Sie auf, worauf Sie sich da einlassen«, hat Marion sie gewarnt. »Talon ...«

»Ich weiß, daß er schwul ist«, fiel ihr Meceri gereizt ins Wort. »Ich mag ihn einfach als Freund. Er hat eine Sensibilität, die anderen Männern fehlt. Heteros sind doch richtige Platzhirsche.«

Marion sah sich genötigt, sie zur Ordnung zu rufen.

»Ja«, sagt sie zu Talon. »Ich freue mich auch, daß sie aus dieser dummen Sache raus ist. Wissen Sie, ich habe nie an ihr gezweifelt. Und an Ihnen auch nicht. Wann werden Sie entlassen?«

»Ich habe alle Zeit der Welt. Meine Karriere ist eh im Eimer, oder zumindest mit einem großen Fragezeichen versehen ...«

Aus seiner Stimme klingt keine Verbitterung, nur eine Schicksalsergebenheit, die eigentlich nicht zu ihm paßt.

»Warum sagen Sie das?«

»Wegen der juristischen und sonstigen Folgen meines ›Amtsdelikts‹, wie das, was ich getan habe, ja wohl heißt ... Ich habe die Zeitungen gelesen, und Quercy war heute morgen hier, um mir mitzuteilen, daß ich vom Dienst suspendiert bin.«

»Ausgerechnet der! Der falsche Fuffziger!«

Mit einem ernüchterten Lächeln zuckt Talon die Schultern.

»Er erfüllt seine Rolle.«

»Ja, aber ich finde das nicht in Ordnung. Es fehlt ihm an Objektivität. Sowohl was Sie betrifft, als auch Meceri gegenüber.«

»Ich weiß warum ...«

Marion sitzt in einem Sessel neben dem Bett. Sie trägt saubere, neue Kleider – eine weiße Leinenhose und einen rosafarbenen Seidenpullover –, die ihr Gilles am gleichen Morgen gekauft hat, dazu Schuhe von Yves Saint Laurent. »Die Erneuerung deiner Garderobe wird noch richtig Geld in die

Kassen der Modeindustrie spülen«, hat er gesagt, um sie zu foppen. Die Sachen, die er in einer Boutique erworben hat, sind Luxusklamotten. An diesem Nachmittag hat Marion sie ihm zuliebe angezogen, aber wohl fühlt sie sich irgendwie nicht darin. Ihre alte, verwaschene Jeans und ihre Paraboots sind ihr lieber als diese Schühchen, auf denen sie gefährlich schwankt, obwohl die Absätze gar nicht so hoch sind.

»Ach ja?« sagt sie und beugt sich vor, was dank der Narben und Blutergüsse, die in allen erdenklichen Farben auf ihrem Körper schillern, nur mit schmerzverzerrtem Gesicht geht.

»Die beiden sind verwandt ... verschwägert, um genau zu sein. Prunier ist der Mann seiner Nichte.«

»Ach deshalb!« ruft Marion aus. »Ich wußte doch, daß da irgendwas ist ... Aber trotzdem, so richtig begreifen kann ich das nicht, Familie hin oder her.«

»Das sehen Sie so, aber für Algerienfranzosen steht die Familie über allem.«

Félix hat mir den Bruder ersetzt, den ich niemals hatte ... Und gerade für ihn war der Begriff Familie mehr als ein leeres Wort. Nicht einmal als er sich in Agnès verliebt hat und sie sich empfänglich für seine Aufmerksamkeiten zeigte, konnte ich ihm böse sein. In Algier hatte er etwas für mich getan, das kein Mitglied meiner Familie jemals getan hätte. Für Südländer wie ihn ist Familie ein dehnbarer Begriff: Wenn sie dich einmal aufgenommen haben, gehörst du dazu, komme was wolle ...

Überrascht sieht Talon, wie Marion aufspringt.

»Gehen Sie schon?«

»Ich kann nicht länger untätig herumsitzen und auf Gott weiß was warten. Ich hasse Krankheiten und Krankenhäuser. Ich mache mich auf. Wenn Gilles auftaucht, sagen Sie ihm, daß ich heute abend zu ihm ins Hotel komme.«

»Darf ich wissen, was Sie jetzt schon wieder vorhaben?«

»Ich muß ins Büro.«

123

Sie hat Capdevil angerufen, aber gekommen ist Meceri. Die junge Frau ist entspannt, wenn auch noch nicht wieder ganz auf der Höhe. Nachdem sie über der Sorge um Marion die eigenen Probleme fast vergessen hatte und dann erst einmal aufatmen konnte, ist heute alles wieder über sie hereingebrochen. Sie fährt deutlich ruhiger als Capdevil, aber ihre Stimme klingt verbittert, als sie erzählt, wie man sie dazu genötigt hat, die Vorgänge im *Chien qui fume* zu rekonstruieren.

»Warum glauben die eigentlich, sie müßten sich unbedingt was aus den Fingern saugen?« fragt sie aufgebracht. »Ich kam mir vor wie eine Schwerverbrecherin. Die hätten mich am liebsten gefoltert, aber das dürfen sie ja nicht. Rassisten sind das, da bin ich mir sicher!«

Auf Ali und Hassan kann man sich verlassen. Man hatte sie verdächtigt, im Untergrund für den FLN tätig zu sein, ich habe sie verhaftet, »verhört«, und dann sind sie wie viele andere bei uns geblieben. Sie haben als Dolmetscher oder Koch gearbeitet … Die beiden sind Kameraden geworden. Als Félix*

* (frz.) *Front de Libération Nationale*. Die 1954 gegründete »Nationale Befreiungsfront« Algeriens führte von 1954 bis 1962 den Unabhängigkeitskrieg gegen Frankreich. Nach der Unabhängigkeit ging aus ihr das über Jahrzehnte hinweg alleinherrschende Einparteienregime Algeriens hervor.

bei Kriegsende in die Hauptstadt zurückgekehrt ist, hat er dafür gesorgt, daß sie mitkommen konnten. Das einzige, worum ich dich wirklich in aller Form bitte, ist, diese beiden Männer nicht fallenzulassen. Sie haben keine Heimat mehr, sind weder Araber noch Weiße, weder Algerier noch Franzosen.

Wie aus weiter Ferne die Stimme von Meceri:

»Hören Sie mir zu, Chef?«

Marion fährt zusammen.

»Natürlich! Was ist denn bei der Rekonstruktion herausgekommen?«

»Nichts, nur daß die Ballistiker ihre Projektilauswertung etwas modifiziert haben.«

»Und? In einem für Sie günstigen Sinne?«

»Ja, ich meine, wie man's nimmt. Die Kugel, die Talons Stirn gestreift hat, kam nicht aus meiner Waffe. Man hat sie schließlich doch noch gefunden, in einer Sessellehne. Die Abweichung von den ursprünglichen Berechnungen lag bei dreißig Grad.«

»Das ist doch eher positiv für Sie.«

»Nur daß der Verdacht jetzt in eine andere Richtung geht. Man ist darauf gekommen, daß ich ja vielleicht eine andere Waffe in der Hand gehabt haben könnte. Das ist ziemlich ... erschreckend.«

Marion denkt fieberhaft nach. Sie hat eine Idee, wie alles abgelaufen sein könnte. Sie wendet sich wieder Naïma zu, deren feingeschnittenes Profil sich gegen die Gebäude abzeichnet, die hinter der Autoscheibe vorüberziehen.

»Haben Sie gesehen, wo Prunier gestanden hat, als der Schußwechsel begann?«

»Aber ... In der Nähe der Klotür. Warum?«

»Sind Sie sicher?«

»Ja ... Ich meine ... nein ...«

Marion blickt wieder nach vorn und fixiert, ohne wirklich hinzusehen, die Rückseite eines Busses, auf dem das Foto eines bekannten Topmodels prangt. Und wenn Prunier, der sternhagelvoll gewesen sein muß, gar nicht an seinem Platz geblieben ist? Kann es nicht sein, daß er vorgeprescht ist, ohne daß Talon oder Meceri es bemerkt haben?

»Prunier ist derjenige, der eine andere Waffe hatte«, murmelt Marion.

»Wenn Sie etwas hätten, wofür Sie ein sicheres Versteck suchten, Capdevil, wo wäre das?«

Das Funkeln in Marions schwarzen Augen kennt der Beamte nur allzugut. Er hat sich geweigert, sie abzuholen, weil er nicht damit einverstanden ist, wie sie auf alle ärztlichen Empfehlungen pfeift, und weil er genau weiß, daß ihm diese verfrühte Rückkehr nur wieder neuen Ärger bringen wird. Das, was er in den letzten Tagen mitgemacht hat, reicht ihm fürs erste, er mag nicht mehr. Er sieht sie von der Seite an.

»Wollen Sie mich auf den Arm nehmen?«

Sie haben nur ein paar Minuten gebraucht, um die Schubläden von Pruniers Schreibtisch und seinen privaten Schrank zu öffnen. Capdevil war eigentlich gegen diese regelwidrige Idee. Aber Marion hat Überzeugungskraft. Allerdings hat sie ihn dieses Mal umsonst dazu verleitet, eine Ordnungswidrigkeit zu begehen. Die Schubfächer und der Schrank sind leer.

»Das kann doch gar nicht sein«, empört sich Marion. »Dabei war ich mir so sicher ...«

»Sie haben sich getäuscht, das ist alles. Ich kann mir auch nicht vorstellen, daß Prunier einen für ihn so gefährlichen Gegenstand ausgerechnet hier versteckt ...«

»Das tun Sie doch auch ...«

»Und Sie auch!«

»Ein Grund mehr.«

Beide sehen konzentriert auf ihre Schuhspitzen. Es ist so still, daß man einen Floh husten hören würde. Capdevil ergreift als erster das Wort:

»Wissen Sie was? Wenn ich eine Waffe verstecken wollte, die nicht ganz hasenrein ist, wissen Sie, wo ich die hintun würde?«

Dutzende von Handwaffen und Gewehren, mal mit langem Lauf, mal mit kurzem, mal mit kleinem Kaliber, mal mit großem – die Waffenkammer der Kripo ist ein zeitentrückter Ort, wo sich Schußwaffen stapeln, die Tag für Tag benötigt werden, Waffen, die man nur gelegentlich einsetzt, Waffen, die vergessen worden sind oder solche, die noch darauf warten, repariert, neu eingestellt oder gereinigt zu werden. Wie überall fehlt natürlich auch die eine oder andere Trophäe nicht.

»Was suchen wir eigentlich?« fragt Capdevil.

»Eine Beretta ...«

124

Paul Quercy hat seine Krawatte gelockert und den obersten Hemdknopf geöffnet. In seinem Büro, dessen Fenster geschlossen ist, herrscht eine Bruthitze.

Marion hat angeklopft und den Raum betreten, ohne auf eine Antwort zu warten. Sie überrascht ihren Chef am Schreibtisch, in zwanglosem Aufzug, aber mit ernstem, sorgenvollem Gesicht; vor ihm stapelt sich ein Haufen Papiere. Er stützt die Unterarme darauf und sieht sie an, während sie auf seinen Tisch zusteuert. Wortlos legt sie eine automatische Schußwaffe in einem durchsichtigen Beutel vor ihn hin.

»Was ist das?«

»Was denken Sie?«

»Wo haben Sie das gefunden?«

»Ist das so wichtig? Das ist die Waffe, die Prunier im *Chien qui fume* in der Hand hatte. Er wird sie wohl einem Ganoven abgenommen haben. Damit hat er Talon niedergeknallt, was er natürlich schamhaft verschwiegen hat. Sehen Sie, Chef ... ich fand es immer komisch, daß er nach einer schweren Schießerei mit Todesopfer den Reflex gehabt haben soll, seine Dienstwaffe zu reinigen ...«

Quercy wirkt plötzlich müde.

»Was wollen Sie jetzt tun?«

»Und Sie, Chef ...?«

Der Ton, in dem Marion diese Anrede in den Mund nimmt, ist von unerträglicher Ironie. Er steht auf, vergräbt die Hände tief in den Hosentaschen, hält inne, starrt sie an, zieht die Hände wieder hervor und verschränkt die Arme vor der Brust. Er tritt ans Fenster und blickt auf die Stadt zu seinen Füßen.

»Ich wollte Ihnen sagen, daß mir das, was Ihnen passiert ist, sehr leid tut. Ich habe alles in die Wege geleitet, damit Sie in den kommenden Tagen eine neue Bleibe finden. Meine Sekretärin wird Ihnen eine Liste mit Wohnungen geben, die Sie sich ansehen können. Und ... ich bin froh, daß die Sache so ausgegangen ist und nicht anders. Das wollte ich Ihnen sagen.«

Marion spürt, wie die Wut in ihr hochsteigt.

»Ist das alles, was Sie mir zu sagen haben?«

Er schweigt, den Blick auf einen Punkt in der Ferne geheftet. In den letzten Tagen scheint er um Jahre gealtert zu sein.

»Sie wissen genausoviel wie ich, wahrscheinlich sogar mehr, nach dem Ton zu schließen, in dem Sie seit neustem ›Chef‹ zu mir sagen. Also los, packen Sie aus.«

Der Krieg hat uns alle verändert. Mich selbst genauso wie die anderen. Ich betrachte das nicht als eine Entschuldigung. Ich habe mein früheres Leben ad acta gelegt, um mich für eine Sache einzusetzen, die nicht die meine war, aber ich habe nicht aus einem Ideal heraus gehandelt. Was mich angetrieben hat, war die Liebe zu einer Frau und die glühende Zuneigung zu einem Mann. Alles übrige war bedeutungslos. Félix hat bis zum Schluß geglaubt, daß sein Geburtsland Algerien immer seine Heimat bleiben würde, daß er zurückkehren und dort weiterleben würde wie früher. Die Raubüberfälle sollten ihm dabei helfen, den Kopf über Wasser zu halten, und ihm die Illusion geben, daß noch etwas zu tun sei. Mich selbst hat das nichts gekostet, ich hatte Männer, Waffen und meinen Spaß. Die Leute, die uns damals protegiert haben, sind von mir bestochen worden. Dunois, der für die Finanzierung seiner Partei und seiner Wahlkampagnen Geld brauchte. Berthe, der bei allen möglichen Kungeleien mitgemischt hat, der sich Geheimpolizisten gekauft und Söldner ausgebildet hat, für Gott weiß welche Machenschaften in Afrika oder anderswo. Denn die Entkolonialisierung, das Schreckgespenst für alle Anhänger eines totalitären, unwandelbaren Imperialismus, schritt stetig voran … Félix war nicht so verdorben. Er jagte Hirngespinsten nach, aber er meinte es ehrlich. Sein Chef Quercy hat einfach nicht hingesehen, dafür bekam er, wenn ich hier und da mal was mitbekommen hatte, Hinweise von mir, die Félix an ihn weitergab. So waren alle zufrieden …

Marion hat noch immer keine Antwort auf die Fragen, die sie sich zu Quercys Vergangenheit stellt. Sie blickt ihm fest in die Augen.

»Sagen Sie mir, wie mein Vater gestorben ist. Ehrlich.«

»Es gab überall Waffen«, fängt Quercy nach einer Weile an. »Alle Polizisten, oder sagen wir die große Mehrheit der

Polizisten, die damals aus Algerien zurückgekommen sind, waren ziemlich übel drauf. Die haben nach Vergeltung geschrien und sich über jeden Araber gefreut, den sie fertigmachen konnten. Es gab keinen Bullen, der nicht seine Sten in der Schublade hatte. Sichergestellte Waffen, hieß das dann, Trophäen, egal ob man sie dem FLN oder der OAS abgenommen hatte.«

»Das rechtfertigt nicht alles. Wenn ich auspacke, gehen Ihre Freunde hoch und Sie gleich mit.«

Quercy müßte wütend werden, sich verteidigen, ihr die Stirn bieten. Doch er zuckt nur die Achseln und geht langsam zu seinem Schreibtisch zurück, um sich einen Zigarillo aus der Schachtel zu nehmen. In aller Ruhe zündet er ihn an, dann sieht er Marion, während er noch das Streichholz schüttelt, in die Augen.

»Mach, was du willst.«

Marion hat in ihrem Krankenhausbett lange nachgedacht. Sie hat noch nicht entschieden, was sie mit Gus' Brief tun wird. Den Kreuzritter spielen und einen Skandal heraufbeschwören? Wer wird sich nach so langer Zeit überhaupt noch für die kriminellen Machenschaften einiger längst verstorbener Ganoven und einer Handvoll hoher Beamter interessieren, die kurz vor der Pensionierung stehen?

Skandale liegen ihr nicht. Obwohl sie prinzipiell eine Streiterin für die Gerechtigkeit ist. Außerdem könnte sie es nur schwer ertragen, einmal nicht die Wahrheit zu erfahren.

Ich weiß, was diese Leute Dir wahrscheinlich sagen werden. Quercy wird behaupten, daß der letzte Überfall in der Silvesternacht für mich die Gelegenheit war, mir Félix vom Hals zu schaffen und mit der Beute abzuhauen. Ich will, daß Du die Wahrheit erfährst, selbst wenn Du all das für Dich behalten mußt und es niemals verwenden wirst. Geplant war, daß ich, sobald einer unserer Männer die Stromversorgung unterbrochen hätte, durch die Küche und den Garten das Weite suchen sollte. Félix hat den Einsatz hinausgezögert, um mir die Flucht zu erleichtern. Als das Licht ausging, bin ich zum Ende das Ballsaals gerannt. Dort stand plötzlich ein Mann mit Strumpfmaske vor mir. Das konnte keiner von meinen Leuten sein, die kannte ich alle viel zu gut. Der Mann hat mir die Tasche aus der Hand gerissen. In dem Moment habe ich gesehen, wie Félix auf mich zu kam, um zu schauen, was los war. Er hat mich angeschrien, weil ich mich nicht beeilt habe. Ich habe den Mann mit der Maske festgehalten und versucht, die Tasche wiederzubekommen. Es gab ein Gerangel, dann ging die Schießerei los. Ich habe nicht abgewartet, was weiter passiert, sondern bin abgehauen. Mit leeren Händen. Am nächsten Tag habe ich erfahren, daß Félix tot war. Ich weiß nicht, wer ihn umgebracht hat, aber eins weiß ich mit Gewißheit: Ich war es nicht. Ich habe nicht einen einzigen Schuß abgegeben.

Aus Quercys Mund will sie das hören, aus dem Mund ihres geistigen Vaters. Sie versucht es noch einmal, obwohl sein Schweigen darauf hindeutet, daß er das Gespräch als beendet betrachtet.

»Ich weiß, wie das damals war«, sagt sie. »Aber es ist mir Wurscht. Ich will nur wissen, wer den Polizeibeamten Félix Marion umgebracht hat. Meinen Vater.«

»Léman. Das müssen wir nicht noch mal durchkauen.«

»Das stimmt nicht. Noch am Tatort haben Unbekannte Gus Léman die Beute abgenommen. Diese Leute haben Félix umgebracht.«

Quercy schnippt ein Stück Asche in den Papierkorb und erwidert in unverändert ruhigem Ton:

»Léman hat das Schloß gekauft und es renovieren lassen. Das hat er mit dem Geld finanziert, das ihm der Überfall eingebracht hatte. In der Schweiz oder anderswo hat er es waschen lassen.«

»Falsch. Gus ist nach Spanien geflohen, wo die OAS noch so weit intakt war, daß man ihm helfen konnte. Von dort ist er nach Mittelamerika gegangen und hat mit irgendwelchen Geschäften ein Vermögen gemacht. Ich sage nicht, daß diese Geschäfte sauber waren, ich habe keine Ahnung, aber so ist das gewesen. Vor zwanzig Jahren ist er unter falschem Namen nach Frankreich zurückgekehrt, hat Saint-Léger gekauft und es restaurieren lassen. Das Geld war *sein* Geld.«

Du hast keinen Grund, Dich zu schämen. Alles, was ich Dir hinterlasse, ist sauber. Der Schmuck im Tresor sind Geschenke an Deine Mutter, die ich ihr regelmäßig geschickt habe, zusammen mit etwas Geld für Dich, für Deine Ausbildung. Ich kann mir denken, daß Du mir nicht glauben wirst; und am allermeisten fürchte ich, daß Du Dich weigern wirst, das anzunehmen, was ich für Dich zusammengetragen habe, damit Du mit Deiner Tochter ein angenehmes Leben führen kannst. Ich schwöre Dir, daß alles, was nun dir gehört, auf ehrliche Weise verdient worden ist.

»Ich habe Beweise.«

»Beweise! Das ist ja toll! Dann verwende deine Beweise, anstatt mir eine Strafpredigt zu halten.«

Er sieht sie an. Trotz ihres noch immer verschwollenen Gesichts und ihrer Hände, die krampfhaft den Tischrand umklammern, hat sie in ihrem rosafarbenen Pullover eine überwältigende Ausstrahlung. Er geht auf sie zu.

»Soll ich dir sagen, was es mit deinen Beweisen auf sich hat? Gus Lémans Behauptungen sind deine Beweise. Und die sind genausoviel wert wie das, was ich sage, oder etwa nicht? Denk doch mal nach. Es gibt einfach Dinge, denen man niemals auf den Grund gehen wird. Damit muß man leben.«

»Ich nicht. Das kann ich nicht. Ich muß es wissen.«

Er stellt sich neben sie, stützt sich in der gleichen Haltung wie sie auf die Schreibtischkante.

»Hör zu, Marion. Es gibt nicht die eine Wahrheit, es gibt immer mehrere. Die Wahrheit ist nichts Statisches, sie verändert sich ständig. Du brauchst dir nur die Stadt anzusehen, hier.«

Sein Finger deutet zu dem Hügel, auf dem sich die Kirche Notre-Dame de Fourvière erhebt.

»Das Bild, das du hier siehst, wird schon in einer Stunde nicht mehr dasselbe sein. Auch wenn du dich woanders hinstellst, verändert es sich. Mit der Wahrheit ist es das gleiche …«

»Nein, ich …«

»Laß mich ausreden! Ich habe meine Fehler in dieser Sache eingesehen, und ich verurteile das, was einige Leute aus Dummheit oder Angst getan haben. Ihretwegen ist ein Commandant der Gendarmerie gestorben, und das ist unverzeihbar. Sie werden ihre Ämter niederlegen, sie haben keine andere Wahl. Und ich gehe zum Jahresende in Pension. Für alles andere ist dieser Irre verantwortlich, der in den Kellern des Schlosses umgekommen ist. Was willst du noch?«

Marion tritt ans Fenster und reißt es weit auf. Sie atmet die frische Luft ein und lauscht auf das Rauschen der Stadt. Lange betrachtet sie den Hügel, tritt einen Schritt zurück, neigt den Kopf.

»Ich bedaure«, sagt sie schließlich, ohne sich umzudrehen, »aber ich sehe Notre-Dame de Fourvière und nichts anderes, auch wenn ich vor- oder zurücktrete oder den Kopf neige. Für mich kann es nur eine Wahrheit geben, und nach der werde ich weiter unermüdlich suchen.«

Sie dreht sich zu Quercy um und blickt ihm gerade in die Augen. Er hat Angst, daß sie die Diskussion erneut entfachen wird. Er weiß, daß sie es tun wird. Er kennt sie, sie wird ihm zusetzen, ihn zermürben. Erschöpft stellt er sich darauf ein, den Kampf wiederaufzunehmen.

Lange starrt sie ihn an, stolz, herausfordernd. Dann zeigt sie auf die Beretta.

»Ich verlange nur eins von Ihnen, Chef. Ich will, daß Sie der Affäre im *Chien qui fume* ein Ende setzen. Und zwar so, daß die Interessen von Talon und Meceri gewahrt bleiben. Vergessen Sie nicht, daß auch die beiden Teil Ihrer Familie sind.«

125

»Mama!« ruft Nina aus. »Wann gehen wir Möbel kaufen? Und was ist mit Choupette? Sollen wir sie in einem großen Käfig mit viel Gras auf den Balkon stellen?«

Hand in Hand stehen sie im Wohnzimmer ihrer neuen Bleibe, einer großen Maisonettewohnung am Ufer der Saône, zweihundert Meter von Ninas Schule entfernt und in unmittelbarer Nähe zu einem Reitstall. Zwei Türen führen zu einer Terrasse mit Ausblick. Gilles hat vorgeschlagen, die Einrichtung zu finanzieren, aber das wollte Marion nicht. Das Thema wurde tagelang durchdiskutiert. Letztlich ging es dabei um die Hochzeit, der Marion eines Abends zugestimmt hatte. Das alles scheint nun eine Ewigkeit her zu sein. Gilles hat begriffen, daß es zu dieser offiziellen Verbindung nicht kommen wird und daß die vielen Dinge, für die ihm Marion inzwischen dankbar sein müßte, zwischen ihnen stehen, anstatt sie einander näherzubringen.

»Wir werden ein bißchen warten müssen. Das kostet alles Geld, Nina, viel Geld.«

Nina weiß nichts von dem Vermögen, das Marion beinahe gehört hätte, von der verschütteten Schmuckschatulle, dem zerstörten Schloß. Sie wird niemals von den Männern und den drei Pferden erfahren, die sterben mußten – wegen der Dummheit, der Habgier und nicht zuletzt der fehlenden Liebe, die allein gelassene Kinder in den Wahnsinn treibt.

Marion hat Gilles und Capdevil das Versprechen abgenommen, niemandem jemals das Geheimnis ihrer Herkunft zu verraten. Sonia Bonte und Suzanne unterstehen aus beruflichen Gründen der Schweigepflicht, und sie hat beschlossen, daran zu glauben, daß man sich auch heutzutage noch an so etwas hält. Sie ist die Tochter von Félix Marion, der bei einem Einsatz ums Leben gekommen ist, genau so, wie sie es Nina schon mindestens zwanzig Mal erzählt hat. Auch Ninas Vater, der einer von Marions Leuten war, ist bei einem Polizeieinsatz ums Leben gekommen, und die Ähnlichkeit dieser beiden Schicksale fasziniert das Mädchen.

Das einzige, was Marion von ihrem kurzen Reichtum geblieben ist, sind ein paar Wunden, die noch verheilen müssen.

»Wann kommt Gilles zurück?« will Nina wissen, während sie zur Terrasse läuft.

Ihre Stimme hallt durch den leeren Raum, und Marion fragt sich, ob sie sich verhört hat.

»Aber ich dachte, du wolltest nichts von ihm wissen …«

»Das habe ich nie gesagt. Immerhin hat er dir das Leben gerettet, und mir auch. Und seit ich fast gestorben wäre, ist er viel cooler geworden.«

»Ja«, spottet Marion. »Das ist mir auch aufgefallen. Er ist ein viel lustigerer Spielkamerad als Choupette.«

»Aber klar doch! Er ist klasse! Weißt du, wo er ist?«

Marion zögert. Sie weiß es genau, schließlich hat sie ihn selbst gebeten, nach Saint-Léger zu fahren, um der Kripo von Dijon und den Leuten vom Erkennungsdienst zu helfen. Mit einem Hintergedanken.

»Nein«, lügt sie. »Aber er wird bald zurückkommen.«

Sie folgt ihrer Tochter auf die Terrasse. Die Wohnung befindet sich im obersten Stock eines Wohnhauses, und zu ihren Füßen, auf der anderen Seite des Flusses, rauscht leise die Stadt. Nina plaudert fröhlich weiter, versucht einzelne Straßen auszumachen. Als sie in der Ferne die Place des Terreaux entdeckt, klingelt es an der Tür.

Der tiefe, ungewohnte Ton läßt die beiden zusammenfahren.

»Wer kann das sein?« fragt Nina. »Wir erwarten doch niemanden.«

Auf der Schwelle steht Gilles, an den Türrahmen gelehnt, in Jeans und festen Schuhen und mit erschöpftem Gesicht. Er ist allein, ohne Gepäck, nur ein längliches, in braunes Papier eingeschlagenes Paket hält er in der Hand. Er beugt sich vor, um Marion zu küssen. Sie läßt es mit einem Anflug von Widerwillen geschehen, denn sie hatte für sich eine klare Regel aufgestellt: Sie will keine Geschenke mehr von ihm. Vor allem keine Überraschungen, die sich völlig ihrer Kontrolle entziehen.

»Kann ich reinkommen?« fragt er.

»Darf ich wissen, was du im Schilde führst?« erkundigt sich Marion mißtrauisch.

Gilles sieht sich nach einer Sitzgelegenheit um. Er dreht sich mehrmals im Kreis und lehnt sich schließlich an die Wand, ohne sein Paket aus der Hand zu legen.

»Wie wär's, wir kaufen morgen ein Sofa?« schlägt er vor.

Marion wirft ihm einen ärgerlichen Blick zu.

»Ich habe dir doch schon gesagt: nein. Außerdem bin ich morgen nicht da ...«

»Wo bist du denn?« fragt Nina, deren Miene sich schlagartig verfinstert.

»In Dijon.«

»Schon wieder!«

»Ich muß zu einer Beerdigung«, murmelt Marion. »Eigentlich zwei ...«

Gilles sieht sie an, und sie beantwortet seine stumme Frage mit einem kurzen Nicken.

»Gus um elf, und am Nachmittag der Notar.«

Nina, die wieder angefangen hatte, in dem leeren Zimmer herumzuhüpfen, hält inne.

»Welcher Notar?«

»Jemand, den du nicht kennst. Der Vater einer Schulkameradin.«

Marion ist zu Gilles getreten, nimmt ihn an der Hand und zieht ihn auf die Terrasse.

»Und?« fragt sie leise.

»Ich war zwei Tage dort und habe die Grabungen beaufsichtigt, wobei ich deine Kollegen aus Dijon ständig im Genick hatte ... Es war kräftezehrend. Vor allem die Suche in den verkohlten Trümmern.«

»Welche Trümmer?« erkundigt sich Nina, die nähergekommen ist, ohne daß die beiden es bemerkt haben.

»Eine Baustelle, auf der ich gerade arbeite«, erwidert Gilles rasch. »Ich habe jetzt meine Jungs hingeschickt. Das Gröbste ist erledigt, aber ein paar Tage werden sie noch brauchen.«

Er spricht leise, und Nina reckt den Hals, um etwas zu verstehen. Marion fordert ihn mit einem unmißverständlichen Blick auf, endlich zur Sache zu kommen.

»Wir haben nichts gefunden. Weder einen Safe noch Fotos oder Papiere. Die Schriftstücke und die Fotos müssen verbrannt sein, weil das Arbeitszimmer in dem Bereich lag, wo der Brand am schlimmsten gewütet hat. Das mit dem Safe ist und bleibt ein Rätsel ...«

»Was willst du damit sagen?«

»Ich weiß nicht. Aber eins ist sicher: An der Stelle, die du mir gezeigt hast, ist er nicht. Vielleicht hat ihn jemand mitgehen lassen ...«

»Der ganze Bereich wurde bewacht«, entgegnet Marion. »Und auch wenn das Ding nur fünfzig Kilo wiegt, so leicht kann man einen Safe nicht wegtragen ...«

»Ich habe keine Erklärung dafür. Tut mir leid für dich.«

»Hör zu, Gilles, ich habe dir doch gesagt, daß ich diese Erbschaft nicht wollte ... Wenn dieser ganze ... diese ganze Geschichte nicht passiert wäre, hätte ich auf alles verzichtet. Ich will nur, daß niemand erfährt ...«

Gilles zuckt die Achseln.

»Das Anwesen gehört dir, ob du es willst oder nicht. Die Urkunden liegen den Behörden vor, du kannst nicht so tun, als wäre nichts geschehen.«

»Ich will endlich wissen, worüber ihr redet!« beschwert sich Nina.

»Das erzähle ich dir später«, sagt Marion. »Versprochen. Und jetzt hol mir bitte ein Glas Wasser, Nina.«

»Na toll!« empört sich die Kleine. »Dann könnt ihr weiter eure Geheimnisse austauschen. Das ist unfair!«

»Nina«, ermahnt Gilles sie freundlich. »Tu, was deine Mutter dir sagt. Sei ... cool!«

Murrend trollt sich das Mädchen und zieht unwirsch die Terrassentür hinter sich zu. Marion merkt es kaum.

»Manchmal frage ich mich, ob ich nicht alles geträumt habe«, sagt sie mit abwesender Stimme. »Ob nicht meine Phantasie mit mir durchgegangen ist.«

Gilles legt Marion einen Arm um die Schulter, den sie mit einer fahrigen Bewegung abschüttelt. Er reicht ihr das rechteckige Paket.

»Hier, das ist das einzige, was ich gefunden habe.«

Marions Blick wandert von Gilles zu dem geheimnisvollen Paket; sie dreht und wendet es, ohne sich dazu durchringen zu können, es aufzumachen. Schließlich gibt sie sich einen Ruck und reißt den Tesafilm ab, der das Papier zusammenhält.

Das Haus unserer Träume, die Räder vom Wind umgestürzt ...

»Wo hast du es gefunden?«

»Der Golf von Martinez hat nichts abbekommen. Das Bild war unter dem Vordersitz versteckt.«

»Oh, das ist ja toll!« ruft Nina aus, die mit leeren Händen zurückkommt. »Ich dachte, es wäre in unserem Haus verbrannt! Das hängen wir hierhin, zwischen die beiden Fenster, ja, Mama?«

»Wenn du willst«, murmelt Marion.

Nina nimmt das Bild, betrachtet das Schloß, dreht den Rahmen um und sieht ihre Mutter fragend an.

»Weißt du, wo das Schloß steht, ich meine, in echt?«

Marion starrt auf einen Lastkahn, der unten auf der Saône vorüberzieht, verschränkt die nackten Arme über ihrer Hemdbluse, schaudert.

»Das ist nur ein Bild, Nina. Das Schloß gibt es nicht.«

Marion zieht sich eine Jacke über. Abends beginnt es schon kühler zu werden, und das Restaurant, in das Gilles sie und Nina führt, besitzt eine der schönsten Terrassen der Stadt. Er hat auch Talon eingeladen, der sich langsam von seiner Verletzung erholt, Capdevil und Meceri. »Dann hast du deine ganze Familie um dich«, hat er zu Marion gesagt. Er hofft, auch dazuzugehören, aber in ihren schwarzen Augen hat er keine Antwort auf seine stumme Frage gefunden.

Sie eilt die Treppe hinab, von Nina eng umschlungen. Unten bleiben die beiden atemlos stehen und sehen gemeinsam zu Gilles hoch, der schwerfällig die letzten Stufen herabkommt.

Zärtlich schaut er sie an. Er nimmt Marions Hand und drückt einen Kuß auf ihre kurzen Fingernägel. Vorsichtig zieht sie die Hand zurück und legt sie auf Ninas Schulter.